CW01648428

Kevin le révolté

TOREY L. HAYDEN

L'enfant qui ne pleurait pas	*J'ai lu* 1606/**3**
Kevin le révolté	*J'ai lu* 1711/**4**
Les enfants des autres	*J'ai lu* 2543/**5**
Une enfant comme les autres	*J'ai lu* 3369/**6**
La forêt de tournesols	*J'ai lu* 2988/**5**
L'enfant qui ne parlait pas	

Torey L. Hayden

Kevin le révolté

Traduit de l'américain
par Anne Laflaquière

Éditions J'ai lu

Titre original :
MURPHY'S BOY

à S.K.
pour m'avoir appris à chérir
le brutal privilège d'être humaine

PREMIÈRE PARTIE

1

Zoo-boy. Les pieds de la table formaient sa cage. Les bras enroulés au-dessus de la tête, il se balançait. D'avant en arrière, d'arrière en avant. Une surveillante tentait de le pousser doucement hors de sa cache, sans succès. D'avant en arrière, d'arrière en avant, l'enfant se balançait.

Je l'observais de l'autre côté du miroir sans tain.

— Quel âge a-t-il ? demandai-je à la femme qui se tenait à ma droite.

— Quinze ans.

Plus vraiment un enfant. Je me penchai tout contre la vitre.

— Depuis combien de temps est-il ici ?

— Quatre ans.

— Sans dire un seul mot ?

— Sans dire un seul mot. (Elle me dévisagea dans l'étrange pénombre qui baignait la pièce.) Sans même émettre le moindre son.

J'observai encore un peu. Puis je ramassai ma boîte d'accessoires et me rendis dans la pièce, de l'autre côté du miroir. La surveillante interrompit son manège et, dès que j'entrai, elle se retira sans se faire prier. J'entendis le déclic d'une porte dans le couloir, et je sus qu'elle était passée derrière le miroir pour observer à son tour. Je restai seule avec Zoo-boy dans la pièce.

Avec précaution je déposai ma boîte d'accessoires. J'attendis un instant, pour voir s'il réagirait à une présence nouvelle mais il n'en fit rien. Je m'approchai. Je m'assis par terre, à une longueur de bras du refuge où il s'était barricadé, sous la table. Il se balançait toujours, bras et jambes noués autour du corps. Je n'avais pas la moindre idée de la taille qu'il pouvait avoir.

— Kevin ?

Pas de réponse.

Ne sachant trop que faire, je regardai autour de moi. Je sentais vivement les spectateurs, derrière la vitre. Ils discutaient, là-bas, et de leurs voix indistinctes ne s'élevait qu'un murmure, semblable à la brise dans les joncs par un après-midi d'été. Mais je n'étais pas dupe.

Le garçon ne paraissait pas ses quinze ans. Même roulé ainsi en boule, alors qu'on ne voyait presque rien de lui, il ne semblait pas si âgé. Neuf ans, peut-être. Ou onze. Mais près de seize ans, certainement pas.

— Kevin, répétai-je, je m'appelle Torey. Tu te souviens, miss Wendolowski t'a annoncé que quelqu'un allait venir travailler avec toi ? C'est moi. Mon nom est Torey, et je travaille avec les gens qui ont du mal à parler.

Il se balançait. Sans manifester le moindre signe d'intérêt pour ma personne. Autour de nous pesait un silence épais, émaillé des coups réguliers de son corps sur le linoléum.

Je commençai à lui parler, d'une voix douce et bienveillante, comme on s'adresse à un chiot effarouché. Je lui racontai pourquoi j'étais là, ce que j'allais faire avec lui, comment j'avais travaillé avec d'autres enfants, et réussi. Je lui parlai de moi. Ce que je disais n'avait pas d'importance, seul le ton comptait.

Pas de réponse. Il se balançait.

Les minutes s'enfuirent. J'étais un peu à court de sujets. Il n'était pas facile d'entretenir ainsi une conversation unilatérale, mais ce n'était pas tant Zoo-boy qui me posait problème, que la fantomatique présence des observateurs, derrière le miroir. Je me sentais plutôt ridicule à soliloquer ainsi sous le regard d'une demi-douzaine de témoins invisibles. Finalement, je saisis ma boîte d'accessoires et j'en extirpai un livre en édition de poche, la mystérieuse aventure d'un adolescent et de sa petite amie.

— Je vais te lire une histoire, annonçai-je à Zoo-boy, jusqu'à ce que nous soyons un peu plus à l'aise l'un avec l'autre. « Premier chapitre. La longue route. »

Je lus.

Je lus encore.

De temps en temps le son étouffé d'une porte qui s'ouvrait et se fermait, au-delà de notre petite pièce. Ils s'en allaient, un par un. Rien de ce qui se passait ici ne valait la peine qu'on perdît son après-midi. Je ne lisais pas de façon spectaculaire. L'histoire n'était pas envoûtante. Et Zoo-boy se balançait.

Combien de personnes se tenaient derrière le miroir ? Je ne m'en souvenais pas exactement. Six ? Sept, peut-être ? Et combien étaient déjà sorties ? Cinq ?

Je lisais.

Click-click. Une de moins.

Click-click. Cela faisait sept.

Je poursuivis mon récit. On n'entendait plus que ma voix, désormais, dans la pièce. Je levai les yeux. Zoo-boy avait cessé de se balancer. Lentement, il baissa les bras pour mieux me voir. Il sourit. Pas si bête. Il avait compté, lui aussi.

Il me fit un signe, un petit geste, du fond de son abri de table et de chaises.

— Quoi ? demandai-je, car je ne comprenais pas ce qu'il tentait de me communiquer.

Il répéta son geste, avec plus d'ampleur cette fois. Mais il ne s'agissait plus seulement d'un simple geste. C'était plutôt une phrase, presque un paragraphe, de mouvements mimés.

Je ne comprenais toujours pas. J'écartai une chaise pour avoir une meilleure vision de lui, mais je dus lui demander de répéter.

Il voulait me faire savoir quelque chose. Ses gestes avaient une sorte de grâce poétique, dans leur vol empressé, tournoyant. Un ballet de mains. Mais ce n'était pas un langage par signes que je connaissais, ni l'Ameslan ni l'alphabet des sourds-muets. Je ne comprenais rien.

Un profond soupir me parvint de dessous la table. Il me fit une grimace. Puis, patiemment, il recomposa ses gestes, plus lentement, plus nettement, comme on parle à un enfant un peu idiot. Il s'irritait de ne pouvoir faire passer son message.

Finalement, il renonça. Nous restâmes là, à nous dévisager en silence. J'avais toujours le livre entre les mains, et je lui demandai, en désespoir de cause, s'il voulait que je lui fasse encore un peu la lecture. Zoo-boy hocha la tête.

Je m'adossai de nouveau au mur.

— « Cinquième chapitre. La sortie du souterrain. »

Zoo-boy repoussa légèrement l'autre chaise et tendit le bras pour toucher le tissu de mon jean. Je levai les yeux.

Il avait la bouche ouverte, et d'une main écartelait sa mâchoire inférieure. Il désigna le fond de sa gorge. Puis, lugubre, il secoua la tête.

2

Depuis un peu plus d'un an, je travaillais à la clinique comme psychologue expérimentale. Ma vie professionnelle, jusque-là, avait été en majeure partie consacrée à l'enseignement. Dans ce domaine, j'avais occupé toutes sortes de postes, du cours préparatoire au séminaire d'université, de l'école pilote en milieu ouvert à la classe verrouillée du service pour enfants d'un hôpital psychiatrique. J'adorais l'enseignement. Depuis toujours; encore à l'époque. Mais au fil des années, les conceptions pédagogiques tendaient à changer de cap, dans le secteur de l'éducation spécialisée notamment, et je me sentais peu à peu exclue de mon univers familier.

Je décidai alors d'entreprendre un doctorat en éducation spécialisée. Je ne sais pas vraiment dans quel but. Je ne tenais pas particulièrement au titre lui-même; il me donnerait une qualification trop importante, qui serait une barrière pour un éventuel retour dans une classe. Et nulle autre fonction éducative ne me tentait. Jamais je ne serais une administratrice. Néanmoins je persistai et commençai mon doctorat. Je suppose, en dernière analyse, que je m'étais simplement trouvé là quelque chose à faire en attendant de décider quelle direction prendrait ma vie désormais.

Au fond de moi, j'espérais que le pendule oscillerait de nouveau, en matière de conceptions pédagogiques, et que je pourrais revenir dans une classe sans compromettre mes propres convictions. Mais, après avoir étiré sur quatre années mes études, je ne vis aucun changement, et fus confrontée à ce choix cruel : passer le diplôme et me fermer à jamais la porte d'une classe, ou bien laisser tout ce travail inachevé et tenter une expérience nouvelle. Ce fut cette voie-ci que je choisis, en fin de compte, car je ne pus me résoudre à l'idée que jamais plus je n'enseignerais, à l'avenir. Je quittai donc Minneapolis et l'université sans laisser aucune trace des quatre années que je venais d'y passer.

Tout au long de ma carrière, j'ai poursuivi des recherches sur un phénomène psychologique mal connu : le mutisme volontaire. Il s'agit d'un trouble d'ordre émotionnel, qui atteint principalement les enfants. L'enfant est physiquement capable de parler, mais s'y refuse pour des raisons psychologiques. La plupart de ces enfants s'expriment, de fait, quelque part, en général chez eux, avec leur famille, mais se taisent partout ailleurs. Au fil des ans, j'avais compilé un grand nombre de données sur ce problème, et mis au point des méthodes de traitement. Aussi, lorsque je lus cette annonce qui recrutait un psychologue pour enfants, sur un poste de recherche comportant une part de travail clinique, je vis là une solution raisonnable aux difficultés auxquelles je me heurtais dans mon propre domaine.

Au bout de quelques mois, je ne me trouvais pas si mal dans ce travail à la clinique, mais c'était différent de l'enseignement. On m'envoyait les enfants au compte-gouttes, pour des problèmes de langage ou de mutisme essentiellement, puisque telle était ma spécialité. Mais jamais ils ne devenaient *mes* enfants. Les quelques heures hebdomadaires que je passais avec eux, individuellement, ne permettaient en aucune manière l'éclosion de cette petite civilisation autonome qui se développe dès que se ferme sur le monde extérieur la porte d'une classe.

La clinique, en revanche, présentait toutes sortes d'avantages. J'appréciais de me retrouver en compagnie d'adultes une bonne partie de la journée. Non tant pour leur fréquentation elle-même, du reste, que pour les bénéfices annexes que j'en retirais. Je pouvais m'habiller décemment et me maquiller, et ne pas m'inquiéter de ce qu'un gamin expédie un crachat sur mon unique blazer frais sorti du pressing, ou s'échappe de la salle parce que je n'avais pas mis ce jour-là mes souliers de course à pointes antidérapantes. Je pouvais lâcher mes cheveux sur mes épaules sans craindre qu'on me les arrache du crâne. Et ce qui me plaisait le plus, sans doute, c'était de pouvoir porter de nouveau des jupes. Je n'avais plus besoin de la liberté de mouvement ni de la facilité d'entretien de mes bons vieux jeans; et puis surtout, mes jambes n'étaient plus couvertes d'ecchymoses, fruits des coups de pied que je recevais en permanence.

La collaboration avec mes nouveaux collègues, à la clinique, eût été une raison suffisante d'accepter ce poste. Ils étaient tous bardés de diplômes, bourrés d'expérience, intelligents et beaux parleurs. On trouvait toujours quelqu'un avec qui ergoter sans fin sur une idée. Il y avait d'autres avantages. J'avais à ma disposition un matériel magnifique : une salle de thérapie vaste, aérée, ensoleillée, des jouets et des accessoires flambant neufs, une vidéo qui fonctionnait, un ordinateur au fond du couloir, avec un statisticien, et qui s'exprimait dans un anglais authentique. De plus, mon travail jouissait d'une certaine considération. J'avais un bon salaire et plus de temps libre que je n'en avais jamais eu dans le passé. Donc, l'un dans l'autre, je n'étais pas si mal lotie.

Et puis vint Zoo-boy.

Je n'avais pas vraiment eu envie de m'occuper de ce cas. Dès le début, l'affaire semblait désespérée. Un matin, une assistante sociale dénommée Dana Wendolowski, du Garson Gayer Home, avait téléphoné à la clinique et demandé à me parler. « Nous avons un gamin pour vous », me dit-elle, et sa voix avait un peu laissé transparaître une lassitude navrée.

Il se nommait Kevin Richter, bien que personne ne l'appelât jamais Kevin, semblait-il. Son surnom, il le devait au fait qu'il passait tout son temps, lorsqu'il ne dormait pas, sous des tables et entouré de chaises qui le protégeaient, telle une palissade, de leurs barreaux de bois. Là il restait assis, se balançait parfois, mangeait, faisait ses devoirs, regardait la télévision. Là il vivait, dans la petite cage qu'il s'était aménagée. Zoo-boy.

Mais le problème de Kevin dépassait une simple affinité avec les meubles à pattes. Kevin ne parlait pas. Il n'émettait pas un seul son, même lorsqu'il pleurait. Son dossier signalait qu'il parlait, autrefois, dans sa petite enfance. Selon les rapports de Garson Gayer qui retraçaient sommairement son histoire, Kevin n'avait jamais ouvert la bouche à l'école, du temps où il y allait. Il avait redoublé à deux reprises, car ses institutrices, n'ayant pas entendu une seule fois le son de sa voix, ignoraient s'il apprenait ou non quelque chose. Il avait parlé chez lui, c'est du moins ce qu'indiquait le rapport. Et puis il avait cessé. Il avait d'abord cessé de parler à son beau-père, et un peu plus tard à sa mère. On suppose qu'il continua à s'adresser verbalement à ses petites sœurs, mais à l'époque où fut décidée pour lui une thérapie à domicile, quelqu'un remarqua que Kevin était muet ; il avait neuf ans. Personne ne sut dire exactement quand il avait tout à fait cessé de parler. Quand on posa la question, nul ne se souvenait de la dernière fois qu'on l'avait entendu. Et personne ne l'avait plus entendu depuis.

Bien plus spectaculaires que son mutisme étaient les phobies de Kevin. Il vivait dans une terreur morbide, de tout ou presque, qui lui triturait les boyaux ; qui dévorait son existence. Il avait peur des routes et des gonds de porte, des spirales de carnet et des chiens, du noir, des tenailles, et des petits bouts de ficelle qui pouvaient tomber par terre. L'eau le terrifiait bien trop pour qu'il se lave ; l'idée de se retrouver sans vêtements l'affolait trop pour qu'il en change. Et depuis trois ans, Kevin refusait de mettre un pied hors de Garson Gayer. Il était, de fait, resté entre quatre murs durant tout ce temps. Les peurs de Kevin le verrouillaient dans une raison bien plus sûre que celle qu'il pourrait jamais se bâtir à l'aide de tables et de chaises.

Tandis que l'assistante sociale me racontait tout cela, j'avais le front appuyé sur mon poing, l'écouteur du téléphone niché dans le creux du cou. De l'autre main, j'emplissais de griffonnages nerveux la marge de mon buvard de bureau. La femme s'exprimait avec une sorte d'urgence désespérée, comme si elle craignait que je l'interrompe avant qu'elle eût exposé tout ce qu'elle avait à dire.

Garson Gayer était un établissement récent, qui pratiquait des méthodes de pointe. Le personnel y était nombreux, et comprenait des psychologues résidents, des thérapeutes du langage, des infirmières et des enseignants. Pourquoi avaient-ils besoin de moi ? demandai-je.

Elle avait lu des articles sur mes recherches. Elle avait entendu dire que je travaillais avec les enfants qui ne parlaient pas. Je m'étonnai : pourquoi, alors que ce garçon avait tant de problèmes, avaient-ils décidé de s'attaquer à son mutisme ? Eh bien, il faut commencer par un bout, répondit-elle, et son rire sonna faux. Le téléphone se tut un instant. En vérité, dit-elle, ce n'est pas tout à fait pour cette raison. Kevin aurait seize ans à la mi-septembre et nous étions déjà fin août. Garson Gayer ne prenait les enfants que jusqu'à leur quinzième anniversaire, et on avait déjà enfreint la règle pour lui permettre de rester plus longtemps. C'était l'État qui avait la garde de Kevin. Et rien de ce qu'ils avaient tenté jusque-là n'avait apporté d'amélioration à son comportement. Si l'on n'obtenait pas très vite un progrès quelconque, eh bien... Elle ne le dit pas. Ce n'était pas la peine. Nous connaissions toutes les deux le genre d'endroit où échouaient les enfants comme Kevin, qui n'avaient ni famille, ni argent, ni espoir.

Il apparaissait dès le début comme une cause perdue. Il avait un passé désastreux. Je trouvai fort peu de données utiles dans le dossier de Garson Gayer, mais suffisamment pour assimiler l'enfance de Kevin à tant d'autres déjà rencontrées dans ma carrière. Echecs scolaires, difficultés financières, sévices infligés à Kevin et aux autres enfants de la famille, problèmes conjugaux, mésentente entre Kevin et son beau-père, alcoolisme et, le point le plus sinistre de tous, peut-être, l'abandon volontaire de Kevin par sa mère à l'Assistance publique. Dans quel état devait se trouver un enfant dont même sa mère ne voulait plus ? En outre, Kevin avait déjà passé sept ans en institution, plus de huit totalement muet, et près de seize à apprendre à s'accommoder de sa folie. Si ce n'était pas là le portrait d'un enfant perdu d'avance...

Je ne voulais pas de ce cas. J'avais déjà trop d'enfants pour m'impliquer auprès de celui-ci qui serait visiblement un trou noir — un gouffre où s'engloutiraient en pure perte temps, énergie, efforts. Et tandis que j'écoutais, en traçant des dessins géométriques sur le buvard, il me vint une pensée encore plus indigne. Ceci était une clinique privée ; nous ne prenions pas, en principe, les enfants de l'Assistance. Il me suffisait donc, pour me débarrasser de ce cas, d'envisager très sérieusement l'aspect financier du problème. Car si Garson Gayer semblait prêt, de toute évidence, à payer mes premières séances de travail avec Kevin Richter, si je ne voulais pas me charger de cette affaire, eh bien, c'était la façon la plus simple...

La tentation était grande. Bien plus grande, de refuser ce cas, que je ne voulais l'admettre. Pourtant je ne le pus. Ces pensées qui me venaient, je ne pus me résoudre à les concrétiser. C'eût été si différent dans ma classe. Ed, ou Birk, ou Lew m'aurait simplement téléphoné du Bureau de l'Éducation spécialisée, et m'aurait dit : « J'ai un nouveau gosse pour vous. » Et j'aurais ronchonné parce que je ronchonnais toujours, et il n'y aurait strictement attaché aucune importance, comme toujours. Alors il aurait été mien, ce *desperado*, ce gamin sans espoir, qui n'arrivait à rien nulle part, et nous aurions essayé, là, dans ma salle, parmi les bouquins déchiquetés et les vieux jouets, dans le vacarme des pinsons et la puanteur des culottes jamais changées, de lui bâtir une nouvelle chance. Nous ne réussissions pas très souvent. Nos succès, quand nous en obtenions, étaient rares et sans panache. Parfois personne d'autre ne les remarquait. Mais cela n'avait aucune importance. Je n'avais jamais songé à refuser de tenter l'expérience, pour la simple raison que je n'avais jamais eu le saint privilège de décider si je le devais. Ou si je le pouvais. Ou si je le désirais. Et donc, alors que je ne voulais pas de ce cas, je le pris et acceptai de venir. Placée devant le choix et consciente des faibles chances de réussite, je n'étais pas des plus enthousiastes. Mais j'estimai que ce n'était pas à moi de décider.

Au fil de mon expérience en classe et de mes recherches, j'avais élaboré des techniques thérapeutiques qui différaient légèrement de celles de mes collègues de la clinique. Les enfants les plus gravement atteints, je préférais les voir chaque jour pendant une courte période, plutôt qu'une fois par semaine sur plusieurs mois ou plusieurs années. D'autre part, je me rendais souvent moi-même auprès de l'enfant plutôt que de le faire venir à la clinique, afin que nous puissions travailler dans le milieu qui posait problème. Au cours des premières séances, je précisais très clairement à l'enfant ce que j'attendais de lui. Dès le début, nous savions tous deux pourquoi j'étais là et quels projets nous devions réaliser ensemble. Par ailleurs, les séances proprement dites se déroulaient dans un style décontracté, informel. Cette approche me convenait fort bien et je m'y sentais parfaitement à mon aise.

Mon expérience m'avait permis de mettre au point une méthode efficace pour le traitement du mutisme volontaire : je n'étais pas certaine cependant de pouvoir faire quelque chose pour Kevin-le-troglodyte. Je partais toujours de l'hypothèse que l'enfant parlerait si on lui en offrait l'occasion, et tenais comme établi qu'il n'agirait pas autrement. Mais si cette technique avait réussi jusque-là, je doutais fortement de son efficacité dans le cas de Kevin. La question la plus délicate, songeai-je en raccrochant, après ma conversation avec l'assistante sociale, était de déterminer si Kevin était ou non un « muet volontaire ». Avait-il jamais parlé, en fait ? Pour un parent angoissé ou impatient, tant de bruits pouvaient ressembler à des mots. D'après mes calculs, il devait être tout petit lorsqu'on l'avait entendu parler pour la dernière fois, et encore ne s'agissait-il que de sa proche famille. Pouvait-on se fier au jugement d'une fillette de cinq ans ? Une mère était-elle capable d'évaluer le niveau de langage d'un bambin, en âge préscolaire, qu'elle n'entendait parler que de temps en temps à la maison ? Et nous n'avions aucune preuve que quiconque pouvant passer pour un témoin digne de foi en matière de langage l'eût jamais entendu. Kevin n'était pas sourd ; ce fait avait été vérifié à plusieurs reprises dans les diverses institutions où on l'avait placé. Il savait exprimer par gestes ses besoins élémentaires, mais ne connaissait pas le véritable langage par signes. Quelqu'un avait tenté de le lui enseigner à Garson Gayer, mais on évoqua, devant ses réticences à l'apprendre, l'éventualité qu'il eût un Q.I. très bas. De fait, Kevin refusait de communiquer. Son silence était-il le résultat d'un choix, des circonstances, d'un trouble affectif ou d'un mauvais fonctionnement du cerveau ? Nul ne le savait.

Que pourrais-je donc faire de lui ? Comment savoir ?

Ce premier jour dans la salle de thérapie m'avait vaguement rassurée. Malgré un comportement bizarre, il avait une conscience assez nette de ce qui l'entourait pour faire quelque chose d'aussi finaud que de compter les personnes qui sortaient de la pièce, derrière le miroir. Ce n'était pas là le fait d'un garçon stupide, quel que fût le Q.I. qu'on lui attribuât. Et pourtant il m'avait mise dans la confidence. Quand les autres étaient partis, il avait cessé de se balancer et réagi à ma présence.

J'avais également appris qu'il savait lire. En réalité, si l'on en croyait les devoirs écrits de Kevin, il lisait remarquablement bien pour un gamin qui avait grandi en institution, avec le statut d'arriéré mental. Il comprenait des textes écrits du niveau de sixième.

Équipée de ces quelques miettes de renseignements, je résolus d'aller vaillamment de l'avant, de supposer qu'il savait parler et de tenter de l'y amener. Je me décidai pour une tactique qui avait réussi avec d'autres cas de mutisme sélectif : je lui demanderais de me lire tout haut l'aventure mystérieuse que nous avions commencée dans la salle au miroir.

Le lendemain matin, je retournai à Garson Gayer. De grand cœur j'acceptai le nouveau local que l'on me proposa à la place de la pièce au miroir sans tain. Les autres thérapeutes avaient besoin de cette salle, m'expliqua miss Wendolowski, et j'en fus ravie. Ni Kevin ni moi n'avions besoin, en plus de tout le reste, du fardeau de ces fantômes.

La pièce qui nous fut attribuée était une sorte de réduit sobre et dépouillé. Minuscule. J'en franchissais en quatre pas les deux dimensions. Pour tout mobilier une table, deux chaises et une bibliothèque vide. Une moquette vert dégueulis, du genre inusable. L'un des murs était à moitié vitré, ce qui produisait un effet plaisant. Un large radiateur rampait sous les fenêtres, en émettant un petit son reptilien. Les autres murs étaient nus et peints en blanc, un blanc pas-vraiment-blanc, brillant jusqu'aux deux tiers de la hauteur, pour l'entretien, mat au-dessus. C'était une pratique habituelle dans les institutions, et dont j'avais horreur. J'avais l'impression de me trouver dans une cage qui ne disait pas son nom et, lorsque j'enseignais, j'éprouvais le besoin d'accrocher les travaux des gamins là-haut, sur la partie mate, et d'y faire des saletés, juste histoire de me sentir un peu libre. Ici, il n'y avait aucun dessin sur les murs, aucune affiche, rien, hormis une pendule noire et blanche qui égrenait sans discrétion les minutes. Et le pâle soleil doré de septembre.

J'arrivai avant Kevin ce matin-là. Un surveillant me conduisit jusqu'à la porte, puis partit le chercher. Je restai seule, debout, dans ce réduit, à attendre. Au-delà des vitres, dans la cour, j'aperçus une petite fille. Elle semblait avoir huit ou neuf ans, et elle était clouée dans un fauteuil roulant. Elle avait des gestes spasmodiques, et sa tête pendait sur un côté. Je l'entendais réclamer en pleurant quelqu'un du nom de Winnie. Sans fin elle geignait, d'une voix suraiguë, comme pour une lamentation funèbre. Cette mélopée solitaire me donna la chair de poule.

La porte s'ouvrit et le surveillant poussa Kevin dans la pièce. Puis, sans entrer, il me demanda pour combien de temps nous en avions. Trente minutes, répondis-je. Il hocha la tête, fit cliqueter un instant ses clés et parut vouloir ajouter quelque chose. Mais il ferma la porte et j'entendis la clé tourner dans la serrure. Je sursautai. Je n'avais aucune clé en ma possession pour sortir, et je ne m'attendais pas à être enfermée. Un petit élancement de panique me pinça l'estomac, et je dus inspirer profondément avant d'être en état d'accepter la situation et de me tourner vers Kevin.

Il était figé sur place, paralysé de terreur. Ses yeux voltigeaient follement dans toute la pièce. Je me tenais entre lui et la table, et je le sentais qui mesurait le danger qu'il y aurait à passer près de moi pour se mettre à l'abri.

C'était un grand adolescent. Je le voyais vraiment pour la première fois, et il était costaud aussi, presque un homme, bien qu'un air d'enfance baignât encore ses formes. Il était au moins aussi grand que moi, mais mince et frêle comme une tige de maïs d'hiver. Une frange de cheveux bruns et plats pendait sur son front. L'adolescence lui avait ravagé la peau, modelant des traits grumeleux et des joues mangées d'acné. Des lunettes aux verres épais glissaient sur son nez, malgré l'élastique noir prévu pour les maintenir en place. Il avait des yeux gris, aussi morts qu'une flaque d'eau dans une grande ville. Il portait des nippes de charité, une chemise de flanelle à carreaux rouges irrémédiablement trop petite, et un pantalon de gabardine qui couvrait à peine le haut de ses chaussettes. Il évoquait plus une caricature de gamin de bandes dessinées qu'un véritable individu.

Dieu, qu'il était laid.

Le désespoir me submergea un instant, tandis que je le regardais. Je fis un pas de côté, le laissai passer. Un intense soulagement illumina son visage, et il fila devant moi, plongea sous la table.

Les chaises se mirent en place, siège vers l'extérieur, dossier collé à la table. Debout, je le regardai composer sa cage. Il ne m'excluait pas. Il me souriait gentiment et m'adressait des gestes amicaux, et je savais que ce n'était pas de moi qu'il se sentait ainsi obligé de se protéger. Le fait inquiétant, c'est qu'il n'y avait personne d'autre dans la pièce, rien, hormis les murs et le soleil pâle.

Je réfléchis à la façon dont j'allais travailler avec lui : devais-je m'installer par terre, de l'autre côté de la barricade de fortune, comme j'avais fait dans la salle au miroir, ou le rejoindre sous la table ? Après quelques secondes encore d'indécision, je me mis à quatre pattes et rampai à mon tour sous la table. Il m'accueillit avec un sourire ravi, s'écarta pour me faire de la place, si l'on peut dire, car il n'y en avait guère, et nous nous retrouvâmes finalement accroupis tous deux tels des gnomes dans la demi-obscurité.

Nous n'étions qu'à quelques centimètres l'un de l'autre. A cette distance, son parfum faisait un peu faisandé, et je restai sans bouger pendant quelques minutes, le temps de m'accoutumer au manque de lumière, à l'étroitesse du lieu et à l'odeur. Kevin commença à se balancer discrètement, bras cadenassés autour des genoux, menton sur les rotules. Il me dévisageait sans ciller.

Bon, et maintenant ? Je me sentis, à cet instant, affreusement pessimiste. Me penchant en avant, j'attrapai ma boîte d'accessoires. Je retirai le couvercle, allai pêcher le livre que nous lisions.

— Cela fait peur, expliquai-je à Kevin en farfouillant dans mes trésors de pacotille, de recommencer à parler quand on s'est tu pendant si longtemps. Mais le plus simple, c'est de se jeter carrément à l'eau.

Je connaissais d'autres enfants, lui dis-je, avec qui j'avais travaillé, et qui ne parlaient pas non plus. Je racontai leur histoire à Kevin, comment ils se sentaient avant de parler de nouveau, combien ils avaient eu peur la première fois, persuadés qu'ils ne réussiraient jamais. Mais ils avaient réussi. Chacun de ces enfants avait fini par parler, lui dis-je, et rien de déplaisant ne leur était arrivé, à aucun d'eux. Il n'y avait aucune raison d'avoir peur. Ils étaient tous effrayés, au début, mais il n'y avait en fait rien à craindre, ce n'était qu'une impression.

Je m'exprimais d'une voix lente et tranquille, où je laissais transpirer une sereine assurance. Je m'accoudai nonchalamment en arrière, autant que je pouvais me le permettre, coincée sous une table avec un adolescent dégingandé, afin qu'il voie combien j'étais détendue, combien j'étais certaine de réussir.

Ouvrant le livre, je feignis de me passionner pour l'histoire, et contemplai les illustrations sans cesser de bavarder, d'un air éminemment convaincu, à la façon d'un vendeur d'automobiles. Puis je posai le livre sur la moquette.

— Voici ce que nous allons faire, lui dis-je : tu vas me lire la suite de l'histoire. Commençons ici.

Kevin me regarda, affolé.

— Ici, je pense, dis-je. J'ai lu ces chapitres hier, nous allons donc prendre ici : « Chapitre sept. La mer se retire. »

Kevin empoigna mon bras et secoua violemment la tête. Ses yeux étaient écarquillés d'horreur.

— Oui, je sais. Tu n'as pas l'habitude. Mais tout ira bien. Il ne t'arrivera rien. Tout le monde a un peu peur, au début. C'est normal.

Je m'efforçais à la désinvolture, comme s'il s'agissait d'une chose parfaitement ordinaire. Kevin savait bien, lui, qu'il n'y avait rien de plus insolite. Il avait l'air d'un cheval effrayé, avec cette expression farouche, tête tournée d'un côté, où seul étincelle le blanc des yeux.

Lissant les pages, je désignai du doigt le premier mot.

— Nous allons commencer par ce mot, simplement, d'accord ? Ne t'occupe pas des autres. Concentre-toi sur celui-ci. Qu'est-ce que c'est ?

Il se balança un peu plus fort et la table trembla.

— Regarde. Ce mot, seulement. Essaie.

Kevin examina la page. Il avait toujours son air de cheval effaré. Levant une main, il se frotta le front, et fit glisser la paume le long de son visage, qui s'étira, difforme. Puis, à tout hasard, il posa un doigt sous le premier mot.

Les secondes passèrent.

— Quel est ce mot ? Regarde. Qu'est-ce que c'est ?

Kevin prit une longue inspiration.

— Le premier mot est toujours le plus difficile. Après, c'est du tout cuit. Tu vas voir.

Il recommença à se balancer. J'entendais son souffle court, et la frayeur qui lui râpait la gorge.

— Rien que ce mot. Ce mot. Quelle est la première lettre ? Allons. Dis-moi ce mot.

Kevin me prenait très au sérieux. Il allait essayer. Baissant l'autre main, il la promena sur le pourtour du livre, puis l'immobilisa pour maintenir la page. Avec un soin extrême, comme si le livre pouvait lui sauter à la figure et le mordre, il se pencha, se plia presque en deux. Dans la pénombre, son mouvement camoufla le peu de lumière qui tombait sur la page.

Il prit une autre profonde inspiration. Moi, je ne cessais de le presser, de débiter des paroles pour éloigner le silence. Je ne voulais pas qu'il l'entende, ce silence, qu'il sache qu'il était plus fort que moi.

Une troisième inspiration, plus tremblante cette fois. Il leva une main et en essuya la sueur sur le devant de sa chemise. Une tache humide marquait l'emplacement de son doigt, sur la page. Nerveusement, il tenta de l'effacer, et quand il vit qu'il n'y arrivait pas, il me jeta un coup d'œil pour observer ma réaction. Puis il reposa la main sur la tache, la recouvrit.

Il lui fallut encore se balancer une minute. Ce n'était pas facile, dans cette position voûtée, et toute la table s'agita.

— Allez. Essaie donc.

Il ouvrit la bouche. Aucun son, pas même un souffle. Les secondes devinrent des minutes. Il referma la bouche.

Je poursuivais mon babillage

— Vas-y, vas-y, vas-y. Allez. Essayons.

De nouveau, Kevin se prépara à longues inspirations. Il ouvrait et fermait la bouche, tel un poisson, tandis qu'il ébauchait une tentative, puis perdit courage. Il se mit à tapoter le mot du bout du doigt, et ce petit bruit insistant et régulier emplit bientôt l'espace où nous nous tenions.

— Fais un essai. Allons, Kev, tu peux y arriver. Je sais que tu peux. C'est toujours ainsi que cela se passe, essaie donc.

Un bruit étrange s'ajouta à celui que faisait son doigt sur la page. Kevin claquait des dents. Je dus d'abord me redresser un peu pour identifier le son, et il me regarda. Je vis cogner ses dents. Je souris. Kevin se pencha de nouveau sur le livre, brusquement, déterminé. Il commençait à me croire. Il allait prononcer ce mot.

La sueur perlait sur sa lèvre supérieure. Ses mains tremblaient. De larges cercles sombres mouillaient sa chemise sous les bras et jusqu'au milieu du dos, et l'odeur était infecte. Il continuait à ouvrir et à fermer la bouche dans de vaines tentatives, l'étirant en de grands cercles, comme pour tenter de la remettre en marche.

Les minutes s'ajoutèrent aux minutes, remplies de ses grimaces et de mon interminable caquetage, et j'eus bientôt la sensation que nous étions englués dans un tourbillon du temps. Kevin, lui, devait penser que nous étions coincés en enfer. Les nerfs de son cou étaient tendus à craquer. Les veines palpitaient à ses tempes. Son visage était cramoisi.

J'entendais la respiration mécanique de l'horloge noir et blanc du mur. Extirpant mon buste de dessous la table, j'y jetai un œil. Vingt-trois minutes s'étaient écoulées.

Le surveillant reviendrait bientôt. Afin de tirer Kevin, par un effet de surprise, du cycle improductif où il s'était enferré, je frappai violemment du plat de la main sur le sol. Le stratagème réussissait assez souvent, et nous plongions illico sur le premier mot. Mais pas cette fois. Kevin sursauta, mais se contenta de se cogner le crâne au plateau de la table. Le frottant tendrement, il se pencha et s'attaqua derechef au mot en question. Il porta une main à la bouche et s'efforça de modeler le mot sur ses lèvres. Il s'agissait du terme *every*[1], et il lui fallut bientôt les deux mains pour retrouver la forme du *e*. Des gouttes de sueur dégoulinaient de son visage sur la page. L'écho de ses dents qui claquaient résonnait dans notre réduit.

Je sortis de dessous la table et me redressai, massant les muscles de mon dos endolori. Les trente minutes étaient presque écoulées, et nous n'avions rien obtenu. S'il ne s'était pas tant acharné à réussir, je crois que je n'aurais pas ressenti un tel découragement, mais de toute évidence, Kevin *voulait* y arriver. Malheureusement, cela ne suffisait pas.

— Eh bien, c'est une sacrée journée, non ? (Je tendis la main sous la table et pris le livre.) Ce n'est pas si grave, que ça n'ait pas marché aujourd'hui. C'est souvent ce qui se passe. Nous essaierons de nouveau demain.

Il me regarda. Des larmes s'amoncelèrent dans ses yeux en deux petites flaques, puis dégoulinèrent le long de ses joues.

3

Déconcertée, je pris ma voiture et retournai à la clinique. Kevin semblait faire tant d'efforts. Je n'avais que très rarement rencontré des gamins qui s'appliquaient ainsi dès le début. Ce serait agréable de travailler avec lui, car nous serions deux face au problème. Je n'étais pas naïve, cependant, au point de ne pas me poser de questions. Pourquoi mettait-il, apparemment, tant d'ardeur à vouloir parler, s'il en était capable, et refusait-il de parler ? Cela n'avait pas grand sens. Quel était

1. Chaque.

exactement son problème ? A quel niveau intervenait son mutisme ? Ses frayeurs étaient-elles à l'origine de son incapacité à s'exprimer ? Ou était-ce son impuissance qui causait ces frayeurs ? Y avait-il seulement un rapport entre ces deux sortes de difficultés ? Ce qui m'agaçait peut-être plus que tout, c'était de ne pas savoir si Kevin pouvait, réellement, parler. S'il ne le pouvait pas, cela expliquait évidemment son mutisme. Et peut-être aussi son acharnement, car il pouvait croire que j'allais lui donner un pouvoir qu'il ne possédait pas. La pauvreté des renseignements que nous possédions sur ce garçon, qui passait d'une institution à l'autre depuis tant d'années, était effarante. Se pouvait-il que Kevin n'eût jamais parlé normalement ? Qu'il eût perdu l'usage de la parole au cours d'un accident ou à cause d'un trouble d'ordre organique ? Étais-je en train de l'obliger à effectuer une opération dont il était, physiquement ou mentalement, incapable ? Souffrait-il de quelque insidieuse maladie mentale, comme la schizophrénie, qui lui interdisait le langage, comme cela arrive parfois ?

Tant de questions se posaient au sujet de ce garçon. Des questions sans réponse.

— Quelqu'un a téléphoné pour toi, dit Jeff lorsque je revins dans mon bureau, à la clinique.

Il était penché sur le *New England Journal of Medicine* et ne prit pas la peine de lever les yeux.

— Qui était-ce ? C'est toi qui as répondu ? demandai-je.

La plupart du temps, Jeff répugnait à répondre au téléphone. Il terminait sa spécialisation en psychiatrie infantile, et partageait avec moi un bureau grand comme un placard, qui avait abrité des rats et des pigeons du temps de son précédent locataire, le docteur Kirk, qui traversait sa phase rats-pigeons. La pièce avait conservé un vague effluve de cage infectée de rongeurs. Il n'y avait pas de fenêtre, ce qui n'arrangeait rien, mais nous ne nous sentions guère isolés de l'extérieur. Car à la place, nous possédions trois téléphones pour deux, tous dotés d'un numéro différent. Le sien, le mien et le nôtre. J'ignorais pourquoi il y en avait trois, puisque la pièce était trop petite pour contenir un autre bureau et que le docteur Kirk, tout compétent qu'il fût, n'avait pas pu mettre au point un standard zoologique. Mais il était bel et bien là, ce troisième téléphone, échoué sur une chaise entre nos deux bureaux, et continuait à recevoir un curieux assortiment d'appels. Ce qui fait que les sonneries carillonnaient gaiement dans notre pièce. Jeff, s'il le pouvait, ne décrochait jamais aucun des trois appareils.

Je commençai à retirer ma veste.

— Je disais, Jeff, c'est toi qui as répondu ?

— Oui. (Son article devait être absolument captivant.)

— Alors, qui était-ce ? Qu'est-ce qu'on me voulait ?

— Je n'en sais rien. (Il leva les yeux enfin.) On a raccroché.

Mon silence fut assez éloquent.

— Je t'assure que j'ai demandé ! Ce n'est pas la peine de me regarder comme ça.

Je laissai tomber mon carton d'accessoires sur le bureau et m'effondrai dans mon fauteuil. Tous les muscles de mon dos me faisaient mal. Je n'avais pas senti, sur le moment, combien je prenais à mon compte la détresse de Kevin. Pendant quelques minutes je restai simplement là, à laisser se décrisper mes muscles, sans vraiment penser. Mon regard grimpa sur le mur d'en face, jusqu'au fatras qui recouvrait mon tableau d'affichage. J'y retrouvai l'image de mon cerveau en pagaille — des dessins de gosses, un badge antinucléaire écrit en gallois, quatre photographies, mon calendrier et toutes ces bonnes raisons, notées là, noir sur blanc, de refuser un cas du genre de Kevin, l'emploi du temps de mes tours de garde, quelques feuilles aux teintes vives, que j'avais saisies au vol dans leur chute afin de sacrifier à cette ancienne croyance qui veut que douze feuilles ainsi cueillies en automne portent chance, une affiche géante représentant un chat du Cheshire, le poème encadré, calligraphié d'une main enfantine, de l'une de mes anciennes élèves. Kevin se blottissait tout au fond de ma tête, issu du néant. J'avais l'intention de solliciter l'avis de Jeff sur cette affaire, mais pour l'instant j'étais épuisée. Je ne bougeai pas.

Puis le téléphone sonna, faisant voler en éclats les quelques miettes de logique que j'étais parvenue à rassembler dans mon cerveau.

Nous avions un programme social de quartier, intitulé *Grands Frères-Grandes Sœurs*, qui se proposait de fournir aux enfants défavorisés, notamment à ceux dont le foyer était détruit, l'occasion de vivre une relation affectueuse avec un adulte. J'avais participé à ce programme autrefois, mais y avais renoncé lorsque j'enseignais, par manque de temps. Aujourd'hui que je n'avais plus de classe à moi, que j'étais en manque de ma dose quotidienne de filouteries, j'avais décidé de m'y joindre à nouveau.

La femme que j'eus au bout du fil m'annonça que l'on m'avait appariée à une petite Américaine d'origine indienne, âgée de huit ans. Elle s'excusa de n'avoir pu me joindre plus tôt, car ils organisaient le soir même une soirée pour les nouveaux participants. Elle espérait de tout cœur que je pourrais m'y rendre, bien que j'aie été avertie à la dernière minute.

C'était une gamine à l'allure négligée, un peu boulotte, pourvue de deux joues d'écureuil crasseuses et de deux sparadraps sur le front. Elle portait un pantalon de velours côtelé bleu, rapiécé, un haut de polyester à rayures roses, piqueté de petits glands de tissu, et un cardigan rouge boutonné au col. Ses cheveux dégoulinaient en deux longues tresses, grosses comme le poing. Et je suppose qu'il lui manquait plus de dents qu'elle n'en avait dans la bouche. Car elle sifflait comme un serpent lorsqu'elle prononçait les *s*, et postillonnait également.

— C'est vous ma Grande Sœur ? me demanda-t-elle, comme j'entrais tranquillement dans la pièce.

Nous avions toutes deux un badge portant notre nom. Le sien était à l'envers. Je penchai la tête pour le déchiffrer : Charity Toujours-Première.

— Oui. Je m'appelle Torey.

Elle me gratifia d'un énorme sourire édenté. Nous nous assîmes côte à côte sur l'une des longues banquettes. Je tenais à la main un verre de cherry sans alcool et deux gâteaux. Charity avait déjà bu un petit coup, apparemment : une moustache rouge vif lui ourlait la lèvre supérieure.

— Est-ce qu'un de ces gâteaux est pour moi ? s'informa-t-elle poliment.

Ce n'était pas le cas. J'imagine qu'elle avait déjà eu sa part, mais je le lui donnai quand même. Nouveau sourire énorme, qui fendit en deux son minois.

— Bon, alors, qu'est-ce que vous allez faire avec moi ? (Elle enfourna le gâteau tout entier dans sa bouche.) Où c'est que vous allez m'emmener ? Mon autre Grande Sœur, Diana, elle m'emmenait toujours au ciné. Vous allez m'emmener au ciné ?

— Peut-être, dis-je.

— Bon, alors, il faudra m'acheter du pop-corn — du pop-corn au beurre — quand j'irai au ciné. Et un Pepsi grand modèle. Ou du Coca, aussi bien. Ça ira. Et une de ces grosses sucettes qui durent longtemps. Et une boîte de biscuits à la confiture. Diana, elle m'achetait toujours tout ça. Chaque fois.

— Je vois.

— Elle m'achetait d'autres trucs, aussi. Vous allez m'acheter des trucs ?

— Quel genre de trucs ?

Elle haussa les épaules.

— Des trucs, répondit-elle d'un air ambigu, et elle lorgna le reste de mon autre gâteau. Des trucs bien, précisa-t-elle comme je ne proposais ni commentaire ni gâteau. Vous savez. Pas des habits ou des choses comme ça. Je suis pas pauvre. Vous avez pas besoin de m'acheter des habits. Ce qu'il me faut, c'est des trucs bien. Comme une fois, Diana m'a acheté un camion. Vous savez. Un gros, où on peut s'asseoir dessus, pour faire des tours dans la cour.

— Oh ! je vois.

— Elle s'appelait Diana. Je vous l'ai dit ? Comment vous vous appelez, déjà ?

— Torey.

— Ah ! ouais. J'avais oublié. C'est un drôle de nom. Où c'est que vous êtes allée chercher un nom comme ça ?

— Il vient de Victoria.

— Oh ! il est encore plus bizarre, celui-là.

Charity m'examina d'un œil plutôt sévère, et je me fis l'effet d'une tête de bétail à la foire du canton.

— Je pensais que vous seriez plus jolie, dit-elle enfin.

Ne sachant pas trop comment renvoyer cette balle-là, je me contentai de hausser les épaules.

— Vous avez des yeux marrants. Pourquoi ils sont de cette couleur ? Vous portez des verres de contact ?

— Non.

— Diana en avait, elle. Elle était presque aveugle. Et ils tombaient tout le temps. Un jour, elle les a perdus chez Woolworth's, et on a dû les chercher partout à quatre pattes, et puis il y a un type qui est arrivé et CRAC !

Charity s'effondra de rire. Je terminai mon cherry.

— Vous avez pas grand-chose à dire, pas vrai ? reprit-elle. Vous avez une drôle de voix. C'est pour ça ? Vous êtes gênée ? Où c'est que vous avez attrapé cette voix ? Vous êtes malade ou quoi ?

— Je ne crois pas. Je suis née avec.

Il y eut un long, très long silence, pendant que Charity poursuivait son examen. Puis elle secoua la tête, résignée.

— Vous êtes pas très intéressante, hein ?

Je ne pouvais en dire autant d'elle. Pétrie de narquoise

arrogance et d'une confiance en elle qui en eût intimidé plus d'un, Charity estimait que le monde lui appartenait. Cinq minutes auprès d'elle suffirent à m'en convaincre. Je sus aussi que si Charity avait été la première gamine à croiser mon chemin, jamais sans doute je n'aurais choisi de travailler avec des enfants.

Je crus deviner que c'était une gosse des rues, plus futée à huit ans que je ne le serais jamais à quatre-vingts. Elle avait cet air d'en savoir trop long que confère l'expérience du macadam, l'assurance de ceux qui ont appris à se débrouiller seuls. Et pourtant, elle était absolument désarmante, avec ses joues rebondies, ses sparadraps, et son sourire béant, immense.

— Alors, fit-elle, la bouche farcie d'un gâteau qu'elle venait d'extorquer par le charme à la dame du buffet, qu'est-ce que vous faites quand vous êtes pas ici ?

— Je travaille. Avec des enfants.

— Ah ? Quel genre d'enfants ? Où ça ? Je les connais ?

— Je travaille à la Clinique Sandry.

— Ohhhhhm, répondit-elle avec un hochement de tête averti. Ce genre d'enfants-là. Qu'est-ce qu'ils ont, vos gamins ? Ils sautent partout ? Mon frère, il saute partout et il fait pipi au lit. Il est allé dans un de ces endroits, une fois. Mais vous savez, ça l'a pas guéri. Il fait toujours pipi au lit.

— Cela arrive, quelquefois.

— Ils sont comment, vos gamins ? Qu'est-ce qu'ils font ?

Je lui parlai de Kevin. Je ne me serais jamais attendue à une telle réaction de ma part, mais c'est ce que je fis. Je lui dis comment ce garçon avait vécu tant d'années, dans un établissement de soins, sans jamais prononcer un mot. Je lui racontai comment nous étions restés assis ensemble sous la table, à essayer de lire. La puissance des frayeurs de Kevin me revint en mémoire, et je tentai de décrire à Charity l'impression que j'avais eue de me trouver ainsi près de lui, qui avait si peur.

Charity était penchée en avant, le menton dans les mains. Elle écoutait attentivement.

— Pourquoi est-ce vous qui travaillez avec lui? demanda-t-elle.

— Parce que c'est mon métier.

— Il m'a l'air bizarre, ce garçon.

— Il est bizarre. Mais ça ne fait rien. Ça m'est égal.

— Je pourrai le voir, quelquefois? Vous m'emmènerez le voir?

— Peut-être. Un jour peut-être.

— Il me parlerait, à moi. Je lui dirais : « Mon vieux, tu ne dois pas avoir peur de moi. Je suis qu'une petite fille. » Et il me parlerait, à moi.

— Le problème, dis-je, c'est que nous ne savons même pas s'il peut parler. Peut-être que nous cherchons à lui faire faire une chose dont il est vraiment incapable.

— Pourquoi vous ne savez pas?

— Parce que nous ne savons pas, répliquai-je, vaguement exaspérée. Voilà pourquoi.

Une ombre de dédain traversa sa frimousse, et elle s'adossa à la banquette.

— C'est vraiment idiot. C'est le truc le plus idiot que j'aie jamais entendu.

— Quoi donc? Pourquoi?

— Eh ben, si vous savez pas, pourquoi vous lui demandez pas? Pourquoi vous lui dites pas simplement : « Petit, est-ce que tu peux parler? » Comme ça, vous savez. (Elle sourit, aimable.) Comment vous voulez savoir, si vous lui demandez pas?

4

Les employées de la réception, à Garson Gayer, commençaient à me connaître. Elles me crièrent bonjour derrière la cloison vitrée lorsque je passai. En entrant dans la salle du fond pour boire un café, j'entendis l'une des femmes expliquer à l'autre qui j'étais : « La thérapeute de Zoo-boy. Elle vient tenter de le faire parler », ajouta-t-elle, et je devinai à son ton qu'elle ne croyait guère à ma réussite. Je suspendis ma veste et me rendis jusqu'à la petite pièce blanche. Je ne parvenais même pas à impressionner les secrétaires.

Au cours de ce second essai, nous n'obtînmes rien de plus, Kevin et moi, que la veille. La seule différence, ce fut que les larmes arrivèrent plus vite. Roulant sur ses joues boutonneuses, glissant le long du menton, elles dégouttaient sur le livre, où il les frottait furieusement de ses doigts qui déposaient sur le papier de grosses taches malpropres. Mais pas une fois les pleurs ne le découragèrent. Il s'acharnait. Bien après que me fut venue la tentation de renoncer, bien après que toute cette affaire eut pris un tour sinistre et quelque peu pervers, Kevin continua à s'acharner, besognant toujours dans l'espoir de tirer quelque chose de sa voix, de sa bouche, de son cœur. Et toujours il échouait.

Mais l'enfer de Kevin, je l'eus bientôt fait mien aussi. Je me sentis aussi captive de ses angoisses que de sa cage de tables et de chaises. Ses efforts me laissaient une impression curieuse et déroutante, car pendant qu'il s'appliquait si fort, je sentais la vanité de son entreprise nous étouffer de ses plis comme une cape. Je ne pouvais m'en débarrasser. Tel Sisyphe poussant son rocher jusqu'au sommet de la colline, Kevin continuait à lutter, mais avec l'inévitable perspective, quel que fût son labeur, de voir le rocher redescendre la pente, toujours. C'était cela, que je trouvais pervers : qu'il pût s'acharner à ce point et susciter en même temps autant de désespérance.

Je sentais se raidir tous les muscles de mon corps. J'avais la migraine d'avoir trop serré les dents. Ma voix vacillait. J'avais tant encouragé, enjôlé, cajolé, que même le café ne suffisait plus à lubrifier ma gorge.

Kevin frissonnait. Ses épaules tremblaient. Même sa tête tremblait. J'entendais son souffle déchiqueté de terreur se faufiler entre ses dents qui s'entrechoquaient. Et tout cet effort en pure perte.

Finalement, je posai la main sur le livre. La séance était presque terminée.

— Nous essaierons de nouveau demain, tu veux bien ?

Il me considéra d'un air désenchanté. Son menton s'agita un peu plus.

— Nous y arriverons, Kevin. Ne t'inquiète pas.

Mais il s'inquiétait, de toute évidence.

— Kevin, je voudrais te poser une question.

Il me regarda.

— Est-ce que tu *sais* parler ? Je veux dire, est-ce que tu le *peux* ? En es-tu capable ?

Ses yeux plongèrent. Sur la moquette. Le livre. Ses mains. Un silence profond s'éleva, qui à la fois nous divisait, posant une immensité entre nous, et nous liait. Pour un garçon qui ne disait mot, il était plutôt éloquent.

— Kevin ?

Il fit un geste. Je ne compris pas. Il le répéta, avec force grimaces, et la contrariété aiguisait les mouvements de sa main. Mais je restai stupide. Furieux, il gifla le sol de ses doigts, et ce fut de nouveau le silence.

— Est-ce que tu le peux, Kevin ?

Ses yeux revinrent sur moi, revinrent chercher les miens. Il hocha la tête.

— Tu le peux ?

Il haussa les épaules.

— Donc tu le peux. Tu *sais* parler. Tu sais, mais tu ne le fais pas ? Tu ne le veux pas ? C'est quelque chose comme ça ?

Il amorça un signe de la main, puis laissa tomber le bras. Il haussa encore les épaules et se mit à contempler la moquette.

— Pourquoi ne parles-tu pas, alors ?

Il fondit en larmes, mâchoire effondrée, misérable. J'eus envie de le prendre dans mes bras pour le consoler, mais je n'en fis rien. Il ne fallait pas. Le silence qui pesait entre nous m'en dissuada, et je restai assise à ma place, mains nichées dans mon giron. Kevin pleurait plus fort, nouant et dénouant sans cesse ses gros doigts d'homme. Ses épaules faisaient des soubresauts. Mais aucun son ne sortait de lui.

Sur le chemin de la clinique, après avoir quitté Garson Gayer, je m'arrêtai en ville pour aller retirer une série d'étiquettes que j'avais commandées à l'imprimeur. Comme je me dirigeais à pied vers la boutique, je passai devant la vitrine d'un *drugstore*, qui regorgeait de décorations de *Halloween*[1]. J'avais dépassé le magasin lorsqu'un désir soudain me fit revenir sur mes pas, et je restai en contemplation devant l'étalage. Des chats noirs sur des potirons, des citrouilles-lanternes en papier alvéolé, des squelettes phosphorescents, des broches en forme de fantômes, un recueil de chansons à la gloire du potiron, et d'autres aventures des *Peanuts*, ornaient la vitrine.

Une nostalgie profonde et douloureuse monta en moi. Je n'avais plus d'enfants pour qui acheter ces décorations, plus de raison d'égayer ma classe de papier crépon orange et noir. Ma vie, depuis que je baignais à plein temps dans un univers d'adultes, me sembla soudain vide.

J'entendais encore mes gamins. Fichée là, en pleine rue, devant ce *drugstore*, je croyais entendre les folles acclamations de Robbie Cutmar lorsque j'avais extirpé du sac ce gros potiron de papier. Il m'avait coûté près de quatre dollars, à une époque où quatre dollars représentaient une somme pour moi, mais il nous avait valu de si bons moments. Nous inventions des légendes autour de ce potiron — sur le pays d'où il venait, sur les choses mystérieuses qu'il avait dû voir pendant la nuit, quand notre sinistre petite classe était vide. *Halloween* s'en vint

1. Veille de la Toussaint. Fête populaire au cours de laquelle les enfants se déguisent.

et s'en fut, et nous ne pouvions nous résoudre à décrocher le potiron. Il était encore avec nous au début du printemps, lorsque Tessa, au cours d'une attaque d'apoplexie, était tombée dessus et l'avait écrabouillé. Et pourtant, tout superbe qu'il fût, ce potiron était loin d'égaler en splendeur l'un de ceux qui me souriaient dans cette vitrine. Tout le problème est là, pensai-je tristement. Maintenant que je pouvais m'offrir tous les potirons de la terre, je n'avais plus aucun endroit où les mettre.

Le spectacle de cette vitrine était par trop alléchant. Il fallait que j'entre pour examiner tout cela de plus près. Pendant ce temps, un lutin minuscule et noiraud, accroupi dans un recoin de mon être, me réprimandait pour l'irrationalité de ma conduite. Après tout, je n'avais plus de classe à présent, n'en aurais peut-être jamais plus. Je n'avais pas d'enfants. Aucune raison non plus d'acheter ces objets pour mon usage personnel. Mais, chemin faisant, je tripotais les pièces au fond de ma poche, comptant combien il m'en resterait une fois l'imprimeur payé.

Je succombai. Je pris un petit paquet contenant deux chauves-souris aux ailes de carton, auxquelles il fallait fixer un corps en papier alvéolé. Pendues au bout d'un fil, elles volaient. Puis je m'emparai d'un exemplaire du recueil de chansons. J'étais depuis toujours une fervente admiratrice des *Peanuts*. J'avais connu l'une des plus grandes joies de ma carrière, la dernière année où j'enseignais, lorsque mes gamins étaient allés ensemble m'acheter une montre-bracelet Snoopy en guise de cadeau de fin d'année.

Feuilletant le livre de chansons, je ris tout haut. Puis je le retournai pour voir le prix. Un dollar. Un bon gros dollar, pas moins, pour quatre feuillets et sept chansonnettes. Quelle somme exorbitante pour si peu de chose ! D'autant que je n'en avais pas besoin. Je reposai le livre.

J'errai sans but dans le magasin, examinant les autres

articles, les cartes d'anniversaire et les stylos à bille. Je longeai les allées foisonnant de shampooings, de boules de coton et de coupe-ongles. Mais cela ne me valait rien. J'entendais mes gamins fredonner ces petits refrains idiots. *Mais il n'y a plus de gosses à présent!* Pourtant, je les entendais. Et sans l'ombre d'un effort, je voyais leurs visages. Qui a osé prétendre qu'une riche imagination est un cadeau du ciel?

Je revins à la vitrine, saisis le recueil de chants, le feuilletai encore. Puis, telle une voleuse à l'étalage, je le glissai sous mon bras, pour ne pas avoir à avouer à mon lutin noiraud que j'allais faire une chose aussi stupide que de l'acheter.

De retour à mon bureau, je déchirai le paquet aux chauves-souris et tirai vivement les deux objets de leur papier. Après avoir posé devant moi le mode d'emploi, pour le cas où, m'énervant par trop sur le montage, je déciderais d'y recourir, je commençai à assembler les éléments. Cela tenait du tour de force. Un doctorat de mécanique n'eût pas été inutile.

— Qu'est-ce que tu fais là, bon sang? (Jeff, dans l'encadrement de la porte.)

Grimpée sur trois de ses dictionnaires médicaux que j'avais empilés sur mon bureau, je tentais d'atteindre le plafond. Nous travaillions dans un vieux bâtiment, où la hauteur sous plafond devait bien avoisiner les trois mètres cinquante.

— Je suspends des chauves-souris.

Il ferma la porte et s'approcha de mon bureau. Il me contempla d'un œil sceptique.

— Ne seraient-ce point plutôt des araignées évadées de ton plafond?

Je lui décochai une grimace.

— Où es-tu donc allée pêcher cette idée que nous avions besoin de chauves-souris dans ce bureau?

Je réussis enfin à piquer une punaise dans le plâtre, après quoi je m'étirai pour y attacher un fil. Même avec trois énormes bouquins sous les pieds, je n'étais pas assez grande.

— Tu n'as quand même pas l'intention de suspendre une de ces bestioles au-dessus de mon bureau, dis-moi, Hayden ? Il n'en est pas question.

Le fil refusait de coopérer. Une fois que je l'eus enroulé autour de la punaise, il l'arracha du plafond dès que je tentai d'y faire un nœud. Cette péripétie, alliée aux commentaires de Jeff, me fournit l'occasion d'exercer mon vocabulaire dans une gamme plus colorée que celle dont je me servais d'ordinaire.

L'intérêt de Jeff, néanmoins, s'éveilla pour de bon. Appuyé sur ma table, il observait soigneusement la manœuvre.

— Pourquoi tu ne fais pas d'abord une boucle ? demanda-t-il.

— Pourquoi tu ne fous pas le camp d'ici ?

— Écoute, tu mets la punaise, ensuite tu fais une boucle au fil, et tu essaies de l'y accrocher comme un lasso.

— Ne t'en fais pas, Jeff. J'y arriverai.

Il alla jusqu'à son bureau, empoigna son édition toute neuve du *Physician's Desk Reference* et revint avec. Il me poussa la jambe du coude.

— Tire-toi de là, Hayden. Laisse-moi faire.

Quelques instants plus tard, nous étions tous deux perchés en équilibre sur un monticule de livres au-dessus de mon bureau, et des chauves-souris de carton se balançaient au bout de nos doigts.

Je l'aimais bien, Jeff. Tout le monde aimait Jeff. Il y avait quelque chose en lui de foncièrement sympathique, mais c'était une qualité subtile, insaisissable. Il était grand sans être particulièrement beau, du moins selon l'idée classique que l'on se fait du beau médecin. Lui, c'était plutôt le jeune homme charmant que l'on aurait adoré présenter à sa mère quand on était lycéenne. Il avait des cheveux bruns et ondulés, un reste de taches de rousseur sur le nez, et ne s'était jamais fait rectifier les dents, de sorte que, lorsqu'il souriait, cela donnait un grand rictus joyeux et bancal. Il possédait un sens de l'humour sans égal, insolent, bouffon, et un peu plus juvénile que l'on aurait pu s'y attendre de la part d'un médecin. Et je soupçonnais, en secret, que c'était la raison pour laquelle on nous avait isolés ensemble, Jeff et moi. Nous représentions largement à nous deux la contribution que la clinique voulait bien offrir à la psychiatrie Nouvelle Vague. Mais en dépit de ses gamineries qui distrayaient la galerie, Jeff était brillant. De tous les gens que j'ai croisés dans ma vie professionnelle, je ne pense pas avoir connu un individu aussi pétri de pure intelligence que Jeff. Elle émanait de lui comme une onde de chaleur. Nous savions tous que Jeff était brillant, Jeff le premier, ce qui le rendait parfois un peu difficile à vivre. Mais il avait l'intuition fulgurante et magique. Et s'il n'en tirait aucune modestie, il prenait la chose avec simplicité, comme s'il n'y avait rien là que de très normal. C'était ce qui le rendait sympathique, ce côté génie désinvolte, et nous n'en étions que plus fiers de le connaître.

Nous étions toujours perchés nez à nez sur l'amas de livres échafaudé sur ma table, lorsque Kevin s'insinua de nouveau dans ma conversation.

— Qu'en penses-tu ? demandai-je à Jeff après lui avoir raconté la séance du matin.

Jeff s'immobilisa, tripota les alvéoles en papier du ventre de la chauve-souris.

— De quoi a-t-il peur ? A-t-il peur de parler, en fait, selon toi ? Ou d'entendre sa voix ? (Une nouvelle pause, et Jeff me regarda.) Ou de ce que sa voix pourrait dire, s'il parlait ?

— Je ne sais pas, répondis-je.

— Ou peut-être n'a-t-il pas peur du tout ? Peut-être qu'il ne *veut* pas parler et qu'il a découvert que la peur constituait une couverture commode ? On se fait moins importuner quand on a des phobies et que tout le monde le sait. On n'est pas fautif, pas responsable.

Sur ces mots, Jeff s'étira de tout son long et fixa le fil. La chauve-souris prit son vol entre nous deux.

— Je ne sais pas. Il est différent de mes autres cas de mutisme. Je ne sais pas ce qui se passe en lui. Je ne sais pas ce qu'il pense.

Jeff grimaça une sorte de sourire tranquille, très détaché.

— D'accord. Mais le savons-nous jamais ?

5

La seule autre personne dont le comportement énigmatique de Kevin captivait l'imagination était l'assistante sociale de Garson Gayer, Dana Wendolowski. C'était elle qui avait obtenu que l'on garde Kevin dans l'établissement au-delà de l'âge limite, elle qui avait pris la peine de chercher une spécialiste des aphasies d'origine psychologique.

Je découvris en Dana une amie. C'était une travailleuse infatigable. Seule assistante sociale pour les quatre-vingt-seize enfants que comptait Garson Gayer, elle parvenait à tenir des fiches de progrès sur chaque cas, même les plus désespérés, et à faire tout son possible pour améliorer leur situation à tous, que ce fût dans ou hors les murs de l'institution. Il n'y avait pas un enfant sur lequel je m'informais qu'elle ne connût personnellement. Et pas un seul, certainement, qu'elle n'aimât de tout son cœur.

Proche de la trentaine, elle avait un charme fou, qui évoquait un peu celui des femmes scandinaves ; mais ses traits fins et racés correspondaient mal à l'extrême douceur de sa personnalité.

Dans le passé, Dana avait tenté de travailler avec Kevin, de le faire parler. Elle l'avait invité à plusieurs reprises dans son bureau, et s'était efforcée de le mettre à l'aise en ne le forçant à rien, en se montrant aimable et rassurante. Mais elle avait trop d'obligations par ailleurs, et après quelques semaines d'action unilatérale et stérile, elle avait dû déclarer forfait. Mais jamais elle n'avait renoncé.

Je rencontrai Dana le lendemain matin, en entrant dans la pièce qui prolongeait la réception. Elle retirait quelques pages dactylographiées commandées aux secrétaires, et je fonçais sur la cafetière pour me préparer un café au lait. Les séances auprès de Kevin me bousillaient la voix, et bien que le café ne fût pas une de mes passions, c'était le seul breuvage qui me sauvât de l'enrouement.

Comment cela se passait-il ? demanda-t-elle. Bien ? La pièce me convenait-elle ? Est-ce que je manquais de quelque chose ? Avais-je tout ce qu'il me fallait là-bas ?

Je lui assurai que tout allait bien.

Elle sourit, timide.

— Vous ne devineriez jamais ce à quoi nous avons trouvé Kevin occupé hier soir.

Je secouai la tête.

— Un surveillant est entré dans sa chambre à l'improviste, et Kevin ne l'a pas entendu. Il était debout devant la glace, et faisait fonctionner sa bouche. Conn — c'est le surveillant — pense que Kevin essayait de parler. Vous voyez, il poussait ses lèvres pour leur donner la forme des mots. Il n'émettait aucun son, mais il essayait de former des mots avec ses lèvres. (Elle me sourit, se tut, me dévisagea. Elle serrait ses feuilles très fort, comme un bouclier, sur sa poitrine.) C'est bon signe, vous ne trouvez pas ? C'est bien, non ? Qu'il ait envie de parler. Que vous ayez pu obtenir cela.

Je lui rendis son sourire. Je sentais de l'inquiétude dans sa voix. Elle ne travaillait à Garson Gayer que depuis deux ans — moins de la moitié du temps que Kevin y avait passé — et je compris déjà quelle faim de miracles la tenaillait. Elle avait investi une grande part d'elle-même dans cette entreprise barbare, ce métier où il y a toujours trop à faire et trop peu de moyens. Et je compris combien cela pouvait peser sur le cœur d'une petite paysanne du Tennessee.

— Oui, fis-je. Je pense que c'est sans doute bon signe.

— Conn est immédiatement descendu me le dire. Il m'a dit ce qu'il venait de voir et j'ai bien failli vous appeler. J'en mourais d'envie. J'étais tellement contente ! Et je tenais à vous faire savoir combien vous aidez Kevin.

J'arrivai comme je pus jusqu'à la salle de thérapie, maintenant ma tasse de café en équilibre sur ma boîte d'accessoires et farfouillant dans ma poche pour trouver la clé. C'était une journée d'automne radieuse, et lorsque j'ouvris la porte de la petite pièce, je fus saisie par l'éclat mordant du soleil. Il illuminait toutes les poussières en suspension dans l'air.

Cette scène de Kevin grimaçant devant son miroir m'intriguait. Difficile de savoir si cela signifiait ou non quelque chose. Je ne tenais pas à y attacher moi-même trop d'importance, car nous n'avions aucun moyen de savoir ce qu'il faisait. Peut-être de simples grimaces. Peut-être une réelle tentative. Qui sait. Mais je classai quand même cette observation dans un coin de ma tête. Nous connaissions si peu de chose sur ce gamin silencieux que j'accueillais avec bonheur le moindre indice.

J'étais venue ce matin-là avec un projet tout neuf. Au lieu de besogner sur le morne roman que nous utilisions jusque-là, Kevin pourrait tenter de lire le recueil de *Chansons du potiron*. Cela nous ferait une détente. Je lui en dirais quelques-unes ; nous en ririons ensemble ; il essaierait à son tour. Cela me semblait relativement facile.

Kevin apparut à neuf heures trente précises. Le surveillant ouvrit la porte et Kevin déboula dans la pièce, moitié marchant, moitié rampant, genoux fléchis, bras raides le long du corps. Dès que le surveillant fut parti, Kevin fila devant moi, se jeta sous l'abri de la table.

Après avoir retiré une chaise, je me laissai tomber par terre à mon tour, et glissai sous la table. Aussitôt, Kevin empoigna la chaise et la remit en place, dossier contre la table, siège à l'extérieur, selon la tactique qui semblait le rassurer. Les poussières continuaient à ruisseler le long des rais de soleil à quelques pas de nous seulement, mais rien n'était plus éloigné pourtant de notre cache obscure.

Je tirai délicatement de la boîte le livre de chants des *Peanuts* et le montrai à Kevin. Parcourant les diverses chansons, je tentai de lui expliquer dans quel esprit elles avaient été composées. Il écouta poliment, mais je sentais bien qu'il ne comprenait pas. Mes commentaires étaient maladroits, et l'humour se dessèche devant une attention trop sévère.

Il tendit alors le bras vers la boîte. L'ouvrant de nouveau, il se saisit du roman et le feuilleta sans merci jusqu'à ce qu'il eût trouvé la page avec laquelle nous avions bataillé.

— J'ai pensé que nous pourrions lire celui-ci. Je crois qu'un changement ne nous ferait pas de mal, dis-je.

Il me considéra un long moment, sans me laisser rien deviner de ce qui se passait dans sa tête. Ses yeux se rétrécirent. L'autre livre resta dans ses mains.

— Tu ne veux pas essayer ces chansons ? Elles sont rigolotes, non ? Elles sont sur l'air des chants de Noël. Tu sais bien. (Et l'idée me vint soudainement que peut-être il ne savait pas. Que sa vie d'enfant recueilli, médicalisé, s'était recroquevillée, sans doute, loin d'un monde qui résonnait de chants de Noël.) Tu veux bien m'en lire une ? (Ma voix commençait à prendre une tonalité légèrement pathétique. Toute la matinée tombait à plat.)

Kevin secoua la tête. Étalant le roman sur la moquette, il se pencha dessus. Il leva une main et de nouveau tritura ses lèvres pour obtenir un *e*. J'entendis s'ébaucher les respirations familières. Puis il s'élança à corps perdu dans la bagarre. Kevin trembla, claqua des dents, transpira et s'efforça de modeler sur sa bouche la forme du mot. Il se frotta la gorge de bas en haut pour en extirper le vocable. Il s'étira le cou, comme s'il était sur le point de vomir. Rien n'y fit.

— Écoute, dis-je. J'ai une autre idée. Viens ici. Sors un peu de là-dessous. Il me faut de la place.

Je me dégageai à quatre pattes de dessous la table. Me redressant, je l'invitai à prendre l'une des chaises.

— Viens ici.

Kevin rampa jusqu'au bord de la cache, mais refusa d'en sortir. Je ne pus l'attirer plus loin. Alors, saisissant la chaise, je m'y installai. Il était assis, les pieds coincés sous lui, et m'arrivait à la hauteur des genoux. Je me penchai, posai ma main sur sa gorge.

— Tu sais ce qu'il nous faut ? Un peu d'exercice. Je pense que tu es si tendu que tes muscles sont tout raides. Nous allons essayer de te décontracter, pour permettre à ta gorge de parler.

Il tremblait sous mes doigts. Bon sang, qu'il était donc vilain. Je m'y étais quelque peu habituée, mais à le regarder, là, nez à nez, difficile d'oublier.

— Ouvre la bouche. Bien grand.

Des perles de sueur apparurent, mais il entrouvrit la bouche.

— *Grand !* Comme ça. (J'ouvris un four immense.) Je veux que tu fasses exactement comme moi. Je vais laisser les mains contre tes cordes vocales pour sentir ce que font tes muscles. Détends-toi. Détends-toi, Kevin, je ne vais te faire aucun mal.

J'inventai les exercices au fur et à mesure. Je n'avais jamais rien tenté de la sorte, et n'étais pas certaine non plus de parvenir précisément à localiser les cordes vocales. Mais j'avais trouvé pour mes mains, semblait-il, un emplacement assez vraisemblable. Nous écartions tous deux des mâchoires béantes de requins en chasse. Nous aurions fait un tableau superbe pour une publicité de dentifrice.

Toute cette affaire était une vaste escroquerie. Sans doute en est-il souvent ainsi, en psychologie. Il ne s'agissait pas à proprement parler d'un mensonge. Car si je ne disposais d'aucun exercice adapté à ce cas, j'estimais que tout travail pouvait avoir son utilité. Et si je ne savais pas où se trouvaient exactement les cordes vocales, je percevais bel et bien la tension des muscles, et leur relâchement, si Kevin y parvenait, serait à coup sûr d'une aide précieuse. Donc il ne s'agissait pas vraiment d'un mensonge, d'un canular tout au plus. Rien de mal, sans doute, à cela. Mais rien de très grisant non plus, à se retrouver planté sur une chaise, enserrant des deux mains la gorge d'un enfant.

— Détends-toi, Kev. Tu es tout crispé. Tu n'as rien à craindre. Fais-moi confiance. Tiens, mets tes mains sur ma gorge. Tu sens les muscles ? Tu sens comme ils sont détendus ? Touche les tiens, maintenant. Tu sens la différence ? Nous allons faire en sorte que tes muscles soient comme les miens.

Et nous voici, chacun encerclant de ses mains le cou de l'autre, comme en un combat mortel. C'était un peu le cas, si on veut. Je lui fis ouvrir grand la bouche et déformer les lèvres dans tous les sens. Prendre de longues inspirations, les retenir, puis les relâcher lentement. Bouger la tête d'un côté, de l'autre, palper mes muscles, puis les siens, les miens de nouveau, agiter encore le cou pour se détendre. Pendant ce temps, je ne cessai de parler d'un ton plein d'assurance, ainsi que je le faisais tous les jours, et j'enchaînai rapidement les exercices, afin de maintenir sa concentration.

— Très bien, Kevin, et maintenant, avec la bouche grande ouverte comme ça, tu expires très, très lentement, regarde.

Je fis la démonstration, donnant à mon souffle assez de pression pour produire un *haaa* très légèrement murmuré. Kevin, qui avait une main autour de ma gorge et l'autre sur son cou, relâcha lentement son souffle. Mais aucun son n'en sortit.

— Parfait. Essaie encore, un peu plus fort. Sens ces muscles se détendre. Le but de l'exercice, c'est de détendre ces muscles-là. Gonfle ton diaphragme, utilise-le davantage. Recommence.

Ici, un petit mensonge pour distraire son attention du

son obtenu. Je fis mon numéro, à grands effets de diaphragme.

Cette fois, il y eut un son lorsqu'il essaya à son tour, mais il était si absorbé par sa manœuvre qu'il n'y prit pas garde. Je m'empressai de l'en détourner en lui faisant comparer encore une fois les muscles de nos gorges respectives. Étaient-ils pareils ? Oui. Bien. Recommence.

Je continuai à exhaler avec mes *haaa* un son à mi-voix, un peu plus fort chaque fois, mais assez doux cependant pour que ce fût autant un souffle qu'un murmure. Je désirais que les gradations d'intensité soient de fait indécelables.

Kevin suivait le rythme, imitant ma progression. La concentration lui creusait le front. Il ne tremblait plus. Nous étions, je crois, tellement affairés à obtenir des expirations semblables, qu'aucun de nous ne se rappelait à cet instant pourquoi nous le faisions.

— Bien, plus fort maintenant. Touche ton estomac pour sentir si ton diaphragme pousse. Comme ça. *Haaaa*. (Un vrai murmure, cette fois.)

— *Haa*... émit Kevin.

Il comprit alors ce qu'il venait de faire. Son murmure s'éteignit à mi-course. Je vis soudain ses joues en feu, ses prunelles exorbitées. Je le tenais toujours à la gorge, mais il s'arracha brusquement à mon étreinte. Il disparut sous la table.

Je me penchai pour saisir son regard.

— Dis donc. Sors de là. Allez. Tu y arrivais très bien. Essayons encore.

Kevin s'était rencogné de nouveau tout au fond, roulé en pelote comme au premier jour.

Je glissai de ma chaise et me faufilai sous la table à mon tour. Effleurant son épaule, je lui souris.

— C'était formidable. Est-ce que tu t'en rends compte? Tu as vraiment fait du bon boulot. Allez, encore un coup.

Sous mes doigts je sentais des muscles durs comme pierre. Puis il y eut un frisson, et Kevin explosa. *Bang!*

Tel un volcan il s'élança de toute sa hauteur, retournant la table d'un coup d'épaules. Les chaises dégringolèrent. Ma boîte, avec tout ce qu'elle contenait, s'envola. Kevin se mit à détaler en un manège sans fin tout autour de la pièce. Il se cognait dans les murs, escaladait les meubles, trébuchait et se relevait, chancelant.

Abasourdie, je me dressai d'un bond à mon tour. C'était un gamin grand et fort et le spectacle qu'il donnait, dans cet état de panique, était plutôt effrayant. Ce fut à cet instant que je compris à quel point je le connaissais mal, Kevin-le-troglodyte. Il aurait aussi bien pu être un animal, et je pensai à mon chien, dont je ne pouvais que deviner les angoisses, tant nos mondes étaient différents, et limitée la communication qu'il nous était donné d'établir entre nous.

Kevin allait et venait, de sa démarche de crabe affolé. Il criait, ou du moins aurait crié s'il avait émis un bruit quelconque pour accompagner ses mimiques. Il avait la bouche grande ouverte et grimaçait violemment, mais seules s'échappaient de sa gorge des bouffées d'air en saccades. Des flots de larmes lui balayaient les joues. La morve lui dégoulinait dans la bouche.

Soudain la porte s'ouvrit derrière moi et le surveillant entra. Il jura à voix basse quand il nous vit et referma vivement la porte. Quelques secondes plus tard, quatre hommes convergeaient vers nous telle une division de marines. Ils entrèrent, saisirent Kevin à bras-le-corps, l'épinglèrent par terre comme un papillon. Une infirmière les suivait. A la main une seringue hypodermique. Tandis que les hommes immobilisaient Kevin, elle lui baissa prestement le pantalon et administra l'injection.

Kevin n'avait pas cessé de se débattre. Tout mince et décharné qu'il fût, il luttait comme un beau diable, et les quatre hommes n'étaient pas de trop pour le maintenir à terre.

N'étant pas habituée à ce que l'on vienne à mon secours en cas de crise, je restai figée sur place, muette de stupeur. Kevin et moi avions-nous à ce point perdu les pédales? Il était bouleversé, bien sûr, mais nous n'avions pas quitté les limites de la pièce. Il ne m'agressait pas, je ne lui faisais aucun mal. Et rien dans son comportement ne justifiait ce déploiement de marines, ces neuroleptiques.

Kevin fut enfermé en cellule d'isolement, à l'autre bout de l'unité psychiatrique. C'était une pièce minuscule, pourvue d'une épaisse porte de bois et de longues bandes matelassées vertes, pendues aux murs. Un cachot capitonné. Avec pour seule fenêtre une petite ouverture à claire-voie découpée dans la porte. On n'avait laissé à Kevin que son slip, afin qu'il ne se blesse pas, et il se jetait à présent contre les parois matelassées.

Je restai un moment à le regarder. Après quoi je me rendis au bureau de Dana Wendólowski.

Dana me sourit d'un air plein de sympathie lorsque j'entrai.

— Je suis au courant, dit-elle. Mais ne vous en faites pas. Il réagit ainsi quelquefois.

— Ah bon? (Personne ne me l'avait dit.)

— On ignore pourquoi. Cela ne ressemble pas vraiment à des crises de nerfs. Je ne sais pas. Ça le prend, c'est tout. On lui fait une piqûre, on le place en isolement pendant quelque temps, et il finit par se calmer. Ces crises ne durent jamais longtemps. Et il peut s'écouler pas mal de temps entre deux.

— Oh! je vois, dis-je, et je m'adossai au fauteuil.

Je ne voyais pas du tout.

Après une seconde tasse de café, je retournai à l'unité psychiatrique. Plusieurs surveillants étaient assemblés autour du bureau de réception et me lorgnèrent tandis que je passais les doubles portes.

— Ça lui arrive, me dit une jeune femme.

Cette réponse semblait décidément tout expliquer pour tout le monde.

— Est-ce que je pourrais entrer le voir? demandai-je.

Je commençais à me sentir nerveuse et vaguement irritée, sans savoir exactement pour quelle raison. Je n'avais pas la patience de rester là à tailler une bavette avec ces gens.

Une femme se détacha du groupe et se dirigea vers la porte de la cellule d'isolement. Elle colla son œil un moment à la lucarne et s'en revint.

— Oui, je suppose que c'est possible. Si vous voulez. Il est couché par terre.

La pièce était incroyablement exiguë, mais moins, peut-être, qu'elle n'en donnait l'impression. Kevin ne bougea pas lorsque j'entrai. Il gisait à plat ventre, le visage blotti dans ses bras croisés. Je me tins un instant au-dessus de lui, sans rien faire.

Je restai là, l'esprit vide ou presque. Je le regardais d'un œil fixe, sans qu'aucune pensée consciente me traversât véritablement le cerveau. C'était vrai qu'il était grand. Et mince : je le voyais, maintenant qu'il était seulement vêtu de son slip. Une peau jaunâtre et cireuse. De toute évidence, il avait subi des sévices. Je reconnaissais les petites cicatrices que moulent dans la chair les fils de lampe et les cigarettes allumées. Elles lui tatouaient le dos et les jambes, pareilles aux empreintes d'une vermine minuscule.

Je n'éprouvais aucun amour pour ce gamin. Aucune réelle sympathie, même. Il était trop vieux. Devant les adolescents, je me sentais désemparée. Il était trop enfoui dans sa folie pour le genre de magie que je pratiquais. Moi, je jouais sur une certaine innocence, sur la conviction qu'ont les enfants que les adultes, simplement parce que ce sont des adultes, peuvent tout arranger. Mais Kevin était trop vieux. Il savait déjà que c'était faux, et nous étions sans aucun recours, deux individus ordinaires.

Kevin remua. Il leva les yeux vers moi. Alors s'étira entre nous un long silence.

— Tu as cru que je voulais te jouer un sale tour ? lui demandai-je. Dans ce cas, je m'en excuse. Si c'est cela qui t'a contrarié, j'en suis désolée, car ce n'était nullement mon intention.

Kevin détourna le regard. Toujours à plat ventre, il rapprocha ses bras croisés et y appuya le menton.

— C'est vrai que tu pouvais le croire, dis-je. Tu as dû avoir l'impression que je voulais te surprendre et te faire une mauvaise blague. Ce n'était pas mon but. Je désirais simplement t'aider, faire en sorte que tu aies moins peur.

Il leva la tête pour me regarder.

— Je m'en excuse, dis-je.

Kevin se retourna et se mit sur son séant. Il me dévisagea longuement. Je me tenais toujours près de la porte, mais la pièce était si petite que moins d'un mètre nous séparait. Il semblait étrangement détendu. La peur l'avait momentanément abandonné, et s'il enserrait ses genoux dans ses bras, c'était en une position naturelle. Mais peut-être n'était-ce dû qu'à l'effet des calmants.

— Il faut que je m'en aille, dis-je. Je dois retourner à la clinique où je travaille.

Kevin plissa le visage. Il me fit un signe.

— Je reviens demain, d'accord ? (Je tournai les talons et ouvris la porte. Kevin se leva tandis que je sortais.) Au revoir, donc, et à bientôt.

Il s'approcha de la porte, et j'eus bien du mal à la lui refermer au nez. Il colla son visage à la lucarne et resta là, à me regarder. Même après que j'eus quitté le bâtiment et laissé les deux grandes portes battantes se replier derrière moi, lorsque je me retournai, j'entrevis le visage de Kevin toujours pressé contre la vitre de la minuscule fenêtre, dans la porte de la cellule d'isolement.

6

Il était arrivé dans la petite pièce blanche avant moi, le lendemain. Le surveillant, qui se tenait dans le couloir, m'ouvrit la porte. Kevin était déjà sous la table.

Je l'entendais.

— *Haa*, faisait-il, *haa, haa, haa.*

C'était un son sourd, pas vraiment un murmure. On eût dit le toussotement d'un moteur qui démarre.

Je me penchai et écartai une chaise. Kevin sursauta, levant sur moi de grands yeux sombres. Je n'eus pas droit au large sourire niais dont il me gratifiait d'ordinaire, et je me sentis une intruse dans son domaine. Je lui demandai donc la permission de venir le rejoindre. Il recula pour me faire de la place, puis détourna la tête et continua ses sons. Je me glissai sous la table, replaçai la chaise.

— *Haa.*

Haa. Haa.

Haaaaaaaaa.

Comme les autres jours, Kevin se stimulait tout seul. Ma présence n'était nullement indispensable. *Haaa. Haa. Haaaa.* Il y avait en lui ce jour-là une détermination farouche, urgente. Il y arriverait.

— *Haa. Ha. Haaa. Haaaaaaaaaaaaaa.*

Il vacilla.

Haa n'était pas un son à émettre ainsi sans discontinuer. L'effort de Kevin provoquait dans son organisme un afflux trop important d'oxygène, qui lui donnait le vertige et le forçait parfois à s'arrêter, le temps de retrouver ses esprits. Je me demandai, en le regardant, s'il savait que cette sensation provenait de son souffle, ou s'il pensait qu'il s'agissait là d'un effet de sa peur.

La peur était avec nous. Telle une créature vivante, elle s'était accroupie sur ses épaules. Il tremblait. La sueur coulait en minces filets dans ses cheveux et sur sa peau ravagée.

— *Haaaaa. Ha. Ha. Ha.*

Pas de véritable son encore, mais on approchait du murmure.

Les minutes passèrent. J'étais assise, moi aussi, genoux dans les bras, menton posé sur le tout. *Haa*, répétait Kevin. Ma rotule douloureuse commençait à me tourmenter, dans cette position immobile, mais je craignais de bouger.

— *Haaaaaaa. Haaa. Haa. Haa.*

Toujours et encore il se gargarisait de ce son unique. Il semblait vouloir s'entendre, car il tenait la tête penchée de côté. Il émettait le bruit, puis ses yeux se rétrécissaient, concentrés, comme s'il tâchait d'en évaluer la qualité. Je me demandai s'il avait oublié le son de sa voix. Ou quel effet cela faisait de parler.

— *Haaa. Haa, haa, haa, haa, haa, haa.*

Longue inspiration.

— *Haaaaaaaaaaaa.*

Le son se modula pour la première fois en un vrai murmure, dont avait disparu la tonalité sourde. Kevin releva brusquement la tête, se cogna à la table. Il dressa de nouveau le cou.

— *Haaaaaaaaaaa,* prononça-t-il tout bas. *Hooo, haaa, ho.* (Il fronça les sourcils.) *Ho,* murmura-t-il encore, puis il écouta le timbre de sa voix.

Voilà qu'il chuchotait vraiment, à présent. Il continua à répéter, variant les voyelles : *Haaa, ho, hiiii, huu, haaaaaaa.* Puis il revint au souffle du début : *ha, ha, ha,* avant de reprendre plus timidement ses murmures. Il percevait la différence. Entre les deux, d'avant en arrière, il oscillait.

Il ressemblait à un accordeur de piano ajustant un bel instrument. Serrant très fort mes genoux, je tentais de me faire aussi petite et discrète que possible. Je n'étais pas à ma place ici. Je n'avais rien à voir dans ce que Kevin était occupé à réaliser. Tout au plus jouais-je à la voyeuse dans cette affaire privée que Kevin menait avec lui-même. Mais en même temps, j'étais totalement fascinée ; comme si je me trouvais nichée soudain dans un autre cerveau, comme si j'avais reçu le privilège de me faufiler dans la peau d'un autre individu et d'assister à ce dialogue personnel, intime, que chacun poursuit avec soi-même.

— *Haaaaaaaaaaaaa. HaaaaAAAAAaa.*

Sa voix avait percé soudain. Surpris, il se glaça, tous muscles raidis. La sueur gouttait de son menton sur sa chemise. Autour de nous vrombissait le silence.

— *HaaAAA ?* tenta-t-il, et il se figea de nouveau. *HAA ? HAA*, d'une vraie voix. *HAAAAAAAAAAAAAAA.*

Les muscles de Kevin restaient noués, et leur relief ondulait sous le tee-shirt, modelait sur son cou des colonnes romaines. Mais son attention ne se relâchait pas.

— *Haa*, prononça-t-il bien haut, à l'écoute du son.

Sa voix surgissait rocailleuse et rauque de n'avoir pas servi depuis longtemps.

— *Ha. Ha, ha, ha, ha*, éructa-t-il à courtes secousses.

L'intensité de sa concentration lui plissait tout le visage.

— *Ha. Ha. Ha. Ho. Ho. Ho. Ha. Ha.* (Syllabes crachées telle une rafale de mitrailleuse.) *Huu. Huu. Ho. Ho. Hii. Hii. Ha.*

Je restai toute petite dans mon coin, et muette. J'ignorais s'il m'avait ou non oubliée, mais ce n'était sûrement pas le moment d'attirer son attention sur ma présence.

— *Huu. Huu. Huu. Huu. Hup. Hup. Haa. Haap. Haap. Haap.*

Il expérimentait de nouveaux sons.

Et soudainement, il se vida de toute vie. Il émit un long soupir de lassitude et laissa dégringoler la tête sur les genoux, épuisé. Puis, comme un arbre qui s'abat, il s'écroula sur le flanc, en un tas, immobile. Soupira encore.

Je l'observai.

Il était à bout de forces. Son énergie l'avait déserté jusqu'à la dernière goutte. Je ressentis à cet instant pour lui une profonde sympathie. Je n'étais pour rien dans sa victoire, mais j'appréciais la faveur qu'il m'avait faite de la partager avec moi. Je souriais. Sans en avoir même conscience, je souriais.

— Ça a été dur, pas vrai ? dis-je. Tu dois être affreusement fatigué.

— *Ho*, fit-il, et je l'entendis répéter le son par deux fois. *Ho, ho*. Je... dit-il. Je, je ne... *ho*... Je ne pensais pas pouvoir y arriver. *Ouf. Ouuuuuuuuh.* (Sa voix se brisa, il s'éclaircit la gorge.) Je ne me croyais pas capable de refaire ça un jour, ajouta-t-il tout bas, du fond de l'abri de ses bras. Je pensais que je n'y arriverais jamais.

Le dimanche après-midi, je reçus Charity chez moi. C'était la première fois que nous nous retrouvions depuis la soirée des présentations. J'avais prévu de fabriquer avec elle un cerf-volant; ensuite nous irions le faire voler dans le pré, au bout de la rue. Le vent était parfait, et nous avions un superbe après-midi d'automne.

Charity ne fut nullement impressionnée.

— C'est pour quoi faire? s'enquit-elle en entrant dans la cuisine.

J'avais étalé des baguettes et des journaux sur la table. Je le lui expliquai et m'efforçai de rendre contagieux mon enthousiasme pour le projet. J'adorais monter des cerfs-volants, et cet amour avait dégénéré en une véritable passion lorsque j'avais eu ma propre classe.

— Pourquoi vous voulez faire ça? questionna-t-elle, l'air grave. On peut en acheter dans les magasins. C'est pas la peine de les fabriquer, vous savez.

— C'est plus rigolo.

— Ah bon!

Je la soudoyai au moyen d'un gâteau au chocolat, et nous nous mîmes en devoir de découper, coller, fixer les queues. Charity était encore plus souillon qu'à la soirée où j'avais fait sa connaissance. Elle avait tressé ses cheveux, mais la nuit avait sans doute passé sur cet effort, délivrant de longues mèches folles. Des miettes de pain grillé et des perles de confiture se balançaient dans les frisettes qui encadraient son minois. Son front était encore rapiécé de deux sparadraps en croix, qui évoquaient l'emblème d'une bande de pirates. Elle portait un tee-shirt délavé, frappé à l'effigie d'un chaton plus fané encore et, sur l'épaule droite, une énorme broche d'Uniprix, étincelant de tous les feux d'un gros éclat de verre bleu, ceint de faux diamants.

Je marquai mon intérêt pour la chose.

— Oh! ça? fit Charity, louchant légèrement pour l'entrevoir. C'est ma grande sœur Sandy qui me l'a acheté. Vous voyez, elle me l'a donné. C'est une émeraude.

— Je croyais que les émeraudes étaient vertes. C'est peut-être un saphir.

— Non, non. C'est une émeraude. Une émeraude bleue. Elles sont plus meilleures que les vertes. Les vertes, c'est commun. Tandis que celles-là, elles sont rares.

— Je veux bien te croire, dis-je.

— C'est une vraie, en plus.

— Ah oui?

— Ouais. Elle vaut au moins un million de dollars. Mais je n'ai pas l'intention de la vendre. C'est Sandy qui me l'a donnée, et c'est une vraie émeraude bleue véritable.

— Tu as d'autres sœurs, Charity?

— Oh! oui. Il y a Sandy, elle a douze ans. Et Cheryl, elle a dix ans. Et Diana, qui en a huit.

— Diana? Je croyais que Diana était ta Grande Sœur, à l'association.

— C'est une autre Diana. Elle, c'est ma vraie sœur véritable. Pour de vrai.

— Je vois. Et c'est tout? Tu es la plus jeune?

Elle hocha vigoureusement la tête.

— Ouais. C'est moi la plus petite. Quand ils m'ont eue, ils ont arrêté. Parce que je suis la plus meilleure. Ils en ont pas voulu d'autres après moi.

Comme je les comprenais. Je m'appliquai un instant à coller le papier sur le bord du cerf-volant, puis je levai les yeux.

— Hé, attends une minute, Charity. Il me semble que tu m'as dit que tu avais huit ans. Si tu as huit ans, comment cela se fait-il que Diana ait huit ans, elle aussi?

Charity parut troublée, l'espace d'un éclair. Puis elle se frappa le front d'une main.

— Oh ! c'est vrai. Quelle idiote je suis. Diana a neuf ans. J'avais oublié.

— Ah bon. Je pensais que vous étiez peut-être jumelles, fis-je, remerciant le Très-Haut de n'avoir pas créé deux exemplaires de Charity.

— Oui ! C'est vrai ! J'avais oublié. On est jumelles.

— Mais je croyais que tu venais de dire...

— C'est que Diana, c'est la plus vieille des jumelles, et moi je suis la plus jeune.

— Mais tu m'as dit qu'elle avait neuf ans. Et toi, tu en as huit.

— Oui, c'est vrai, je l'ai dit, rétorqua-t-elle, en me lorgnant comme si c'était moi qui perdais la boule.

— Est-ce que tu sais au moins ce que sont des jumelles, Charity ?

— Bien sûr, que je le sais. Vous me prenez pour une idiote ou quoi ? J'ai oublié, c'est tout. J'ai tellement de choses à penser, j'ai oublié. Diana, c'est la plus âgée, et moi la plus jeune. Elle est venue la première, ensuite moi. C'est pour ça qu'elle a neuf ans. Et je vais bientôt avoir neuf ans, moi aussi.

— Ah bon ? Quand ?

— En août prochain.

— Mais, Charity, nous sommes en octobre.

— Vous voyez, qu'est-ce que je vous disais ? Je vais avoir neuf ans d'un jour à l'autre.

De toute évidence, il valait mieux laisser tomber le sujet.

Plus tard, nous allâmes jusqu'au pré pour lancer le cerf-volant. Le vent était favorable, et même la portion montée par Charity semblait tenir bon, malgré les rapiéçages. Charity courut quand je lui dis de courir, s'arrêta quand je lui dis de s'arrêter, et laissa flotter la ficelle dès qu'elle en reçut l'ordre. Lorsque le cerf-volant eut enfin pris le vent, elle plongea avec délices dans l'herbe, où elle se vautra de tout son long. Je m'assis à côté d'elle.

Elle me regarda.
— Pourquoi vous faites ça ?
— Parce que c'est amusant.
— Ah bon ? fit-elle, très intéressée. Quand est-ce qu'elle commence, la partie amusante ?
— C'est ça, la partie amusante, Charity.
— Ah ! c'est ça ? (Son front se plissa.) Vous faites ça pour vous *amuser* ?
Elle me gâtait quelque peu mon plaisir, cette gamine. Après tout, c'était aussi de mon repos dominical à moi, qu'il s'agissait.
— Oui, pour m'amuser. Et je m'amuse bien. Pas toi ?
Charity sembla stupéfaite.
— Ben, peut-être que oui, concéda-t-elle. Seulement, je ne le savais pas.
Et pour la première fois depuis qu'elle était arrivée, elle se tut.
Allongées dans l'herbe, nous contemplions le cerf-volant. Puis Charity se leva, fit le tour du pré et revint s'asseoir près de moi. Elle babillait constamment.
A la fin de la journée, comme je m'apprêtais à la reconduire chez elle, elle extirpa un objet de sa poche.
C'était une sorte de tampon de nature non identifiable, de dix centimètres de large environ.
— J'ai apporté ça pour vous, dit-elle.
Je pris le paquet, la remerciai. Il était emmitouflé d'un fin papier que je tentai de défaire. A l'intérieur, une masse molle et gluante.
— Qu'est-ce que c'est ? m'enquis-je poliment.
— Un morceau de gâteau. Mercredi, on a fêté l'anniversaire d'une fille, à l'école, et elle nous a apporté du gâteau. J'en ai gardé un bout pour vous.
— Oh !
Sachant cela, je ne pouvais qu'y faire honneur, et j'en mordis une bouchée, dont je m'efforçai d'exprimer sur ma mine l'extrême succulence.
— J'en ai mangé un petit bout. Juste là, sur le bord. Mais je vous ai gardé le plus gros.

Elle me souriait gentiment, de toutes ses alvéoles dentaires vides.

— Merci beaucoup, Charity, c'est vraiment très aimable à toi.

— Oh! de rien, répondit-elle avec un haussement d'épaules. J'ai voulu le donner à notre chien, mais il a tout recraché.

7

Kevin parlait. Ainsi que je l'avais souvent remarqué dans les cas de mutisme volontaire, il avait retrouvé une totale maîtrise du langage — grammaire, vocabulaire, syntaxe — comme s'il n'avait jamais cessé de parler. Au tout début, sa voix rendait des sons âpres et rudes. Nous engloutîmes des montagnes de pastilles pour la gorge et autres douceurs, pour tenter d'atténuer l'enrouement, mais il se réhabitua bientôt à parler, et l'irritation disparut.

Kevin n'était pas un interlocuteur farouche. Au cours des premiers jours, nos conversations furent plutôt limitées, le temps qu'il réapprît à se servir de sa voix. Mais il s'exprimait avec aisance dès la fin de la seconde semaine.

Nos débats ne volaient pas très haut, au début. Après une telle épreuve, je crois qu'on a tendance à espérer, pour le moins, des échanges de vues d'une certaine profondeur. Aussi trouvai-je frustrant de constater que nos conversations tournaient autour de sujets tels que les mots croisés, la journée de Kevin à l'institution ou mon travail à la clinique. Je n'aurais su dire s'il me cachait beaucoup de choses, car je ne le connaissais pas encore très bien.

Néanmoins, le succès que nous venions de remporter sur son mutisme n'impliquait pas que nous avions résolu tous ses problèmes. Loin de là. Ses phobies, par exemple, étaient toujours aussi spectaculaires. La seule différence résidait dans le fait qu'à présent il se hasardait parfois à quelques commentaires à leur sujet. Mais nous restions englués sous cette fichue table. Plus coincés, me semblait-il, qu'auparavant.

J'établis un compromis, à ce propos, en ne me glissant plus systématiquement sous la table moi-même. Je poussais les chaises sur un côté, et m'installais sur la moquette, juste en dehors du périmètre fatal. C'était plus confortable, car j'avais plus de place et n'étais plus obligée de me tenir accroupie, menton sur les genoux. Mais mon stratagème n'incitait pas Kevin à sortir, et il refusait de me parler si je m'éloignais trop. Le plus souvent donc, je m'allongeais à plat ventre, moitié sous la table, moitié en dehors.

Kevin parvenait à m'imposer certaines autres de ses phobies. Un matin, quelqu'un avait laissé dans la bibliothèque vide de notre pièce une boîte remplie de vieux manuels scolaires. C'était un carton volumineux, et je remarquai de vieux livres de lecture et des cahiers d'exercices usagés qui en dépassaient, sans y attacher plus d'importance que cela. Kevin, au contraire, fut immédiatement obsédé par cet objet.

— Qu'est-ce qu'il y a, dans cette boîte ? demanda-t-il, de dessous la table.

— Des vieux livres d'école, je crois, répondis-je.

— Quel genre de livres ?

— Je l'ignore. Je n'ai pas regardé.

Il prit un air soucieux.

— Allez voir. (Il me poussa du coude.) Allez voir pour moi. Dites-moi ce qu'il y a dedans.

Comme je ne bougeais pas, il devint plus nerveux. Le fait qu'il parlât lui conférait un pouvoir nouveau sur moi, car maintenant, il était certain que je comprenais ce qu'il désirait. La sueur perla sur son visage.

— Il y a peut-être des spirales, là-dedans, souffla-t-il à mi-voix. Sur les carnets. Peut-être qu'il y a des carnets à spirale, dans ce carton.

— Je ne crois pas, Kevin. Je pense que ce sont simplement de vieux manuels scolaires.

— Mais quelquefois il y a des spirales sur les vieux livres.

— Non, je ne crois pas.

— Mais c'est possible. Vous n'avez pas été voir. Vous ne savez pas. Il y en a peut-être, et vous ne les voyez pas d'ici. Allez-y, dites-moi.

Il n'arrivait plus à se concentrer. Dès que la pensée terrifiante se fut immiscée dans son cerveau, elle s'en empara totalement. Kevin *savait* que ces petits ressorts métalliques étaient là, tapis dans la boîte, prêts à lui sauter à la figure. Toutes les manifestations banales de l'angoisse se déclenchèrent, frissons, claquements de dents, transpiration, souffle court. Il se pelotonna bien serré tout au fond de l'abri de sa table et se balança. Rien de ce que je pouvais lui dire ne le soulageait. Les pleurs jaillirent. Les jointures de ses doigts devinrent toutes blanches. Et finalement je me levai, retirai tous les livres du carton et les lui montrai un à un, pour bien lui prouver qu'aucun carnet à spirale ne le menaçait. Seulement alors il put se détendre.

Au cours des premières séances qui suivirent celle où Kevin avait retrouvé l'usage de la parole, je ne dis rien à personne. Je ne sais pas exactement pourquoi. Je sentais qu'il me fallait garder le secret quelque temps encore. Mais dès que son expression orale commença à revêtir toutes les allures de la normalité et ne fut plus seulement une prouesse technique à encenser en tant que telle, j'entamai le processus habituel qui consiste à élargir le dialogue et à y inclure d'autres personnes.

En principe, je parvenais rapidement à faire parler un enfant en dehors de nos entrevues en tête à tête. Mais dans le cas de Kevin, je compris bien vite que la décision qu'il avait prise de parler avait peu de rapport avec moi, personnellement, ou avec mes compétences techniques. En conséquence de quoi je ne disposais d'aucun moyen pour le faire s'exprimer verbalement devant les autres. Il devenait de plus en plus clair que je n'étais pas responsable de sa guérison. Il avait tout simplement entrouvert son univers intime pour m'y inclure.

De fait, Kevin décida tout bonnement de ne parler à personne d'autre. Ce qui rétrécissait considérablement l'ampleur de notre première victoire.

J'en fus fort contrariée pendant quelque temps, car j'étais réduite à l'impuissance. J'avais raconté à Dana, à l'équipe médicale et à Jeff ce qui s'était passé, mais j'avais beau faire, si Dana ou quelqu'un d'autre pénétrait dans la petite pièce blanche, je ne pouvais obtenir de Kevin qu'il prononce un seul mot. J'essayai l'approche habituelle. J'essayai mes techniques de rechange. J'essayai ensuite diverses méthodes, dont je m'étais servie avec profit dans plusieurs cas. J'essayai des recettes conseillées par d'autres découvertes dans des revues. Quand toutes ces lueurs d'espoir s'éteignirent pour avoir trop servi, j'inventai sur-le-champ quelques techniques nouvelles. J'espérais user sa résistance, faute de mieux, par la seule profusion de ces tentatives. Mais ce fut peine perdue. Rien n'y faisait.

Rien n'y faisait, et pour une raison bien simple, à mon avis. Kevin ne voulait pas. Le combat qui s'engageait là était très différent de celui de la première semaine. Avant, il y avait lui et moi contre le silence. Désormais, c'était Kevin contre moi.

Je renonçai, finalement. La situation avait dégénéré en une lutte pour le pouvoir, et rien de plus. Je ne sais pas. Si j'avais insisté, peut-être aurait-il fini par céder. Mais dans ce cas, l'objectif eût été terni par les moyens mis en œuvre pour l'atteindre. Pour gagner, j'aurais dû abandonner le véritable enjeu, dépouillé de son intégrité. Voyant qu'au fil des jours je ne pouvais faire partager à d'autres la conversation de Kevin, je dus reconnaître ma défaite. C'était pénible et lamentable de devoir ainsi en rabattre, mais de toute évidence, et quelle qu'en fût la raison, ce n'était pas encore le moment.

L'aspect le plus irritant de cette affaire, sans doute, fut qu'on sembla mettre en doute ma parole. Jeff, notamment, ne ménagea pas ses sarcasmes. Mais de sa part, pour agaçant que ce fût, il s'agissait d'une simple taquinerie. Il savait fort bien que si je disais que le gamin parlait, il parlait. L'équipe de Garson Gayer, en revanche, me porta vraiment sur les nerfs. On lançait des remarques aigres-douces, on s'agglutinait contre la porte de la petite pièce blanche, on se passionnait soudain pour les bandes magnétiques et les enregistrements qui eussent permis de se faire une idée. Personne n'ignorait qu'en temps normal je réalisais de nombreux enregistrements vidéo. Mon refus d'en faire autant avec Kevin semblait renforcer l'hypothèse que j'avais tout inventé. Mais je ne pouvais pas enregistrer. Il était impossible de dissimuler un magnétophone dans la petite pièce nue, et même dans le cas contraire, je crois bien que je ne l'aurais pas fait. C'eût été une trahison envers Kevin, qui redoutait tant le monde extérieur. Remporter cette bagarre sur lui ou raffermir ma position face au personnel de l'établissement ne valait pas un tel prix. Je me contentai donc de tenir ma langue, de rester à l'écart des bavardages quand je le pouvais, et d'ignorer les insinuations qui m'effleuraient les oreilles.

Et, tandis que s'effilochaient les jours brumeux d'octobre, il ne resta plus que nous deux, seuls, sous la table.

L'un des aspects les plus singuliers de Kevin était l'indigence des renseignements qu'on possédait sur son histoire personnelle. J'avais toujours réprouvé l'usage des dossiers, qui modelaient une idée toute faite de l'enfant avant même qu'on le rencontre. Ils consistaient généralement en une succession d'inepties bureaucratiques et de grommellements prétentieux émis par des petits maîtres. Néanmoins, tous mes gamins m'arrivaient ainsi lestés, d'une manière ou d'une autre, et j'avalais toujours cette prose. Généralement, l'épaisseur du dossier variait en proportion directe de la gravité du cas. J'eus un jour en ma possession un dossier de trente-trois centimètres d'épaisseur sur un gosse de dix ans! Pour Kevin, rien de la sorte en revanche, ce qui ne laissait pas de surprendre si l'on songe à toutes ces années qu'il venait de passer à la garde de l'Assistance publique.

Il y avait une fiche administrative, où figuraient les noms de la mère et du beau-père. Aucune mention n'était faite d'un père naturel. Une case cochée indiquait que Kevin avait des frères et des sœurs d'un même parent, mais ils n'étaient pas énumérés. Je trouvai aussi quelques rapports plus ou moins anecdotiques sur sa vie à Garson Gayer. Leur lecture ne manquait pas d'intérêt : récits concernant ses diverses phobies, son refus de sortir, ses « crises », qui avaient nécessité isolement et administration de calmants. Mais finalement, rien que de très banal. Il y avait aussi des rapports médicaux : problèmes de grippe et d'ongles incarnés. La routine.

Le seul commentaire détaillé de tout le dossier se rapportait à la carrière scolaire de Kevin. Il avait fréquenté une école maternelle au sud de la ville. Au bout de la première année, on l'avait fait redoubler parce qu'il ne parlait pas. Comme il ne parlait toujours pas à la fin de la seconde année mais semblait progresser convenablement, il passa en cours préparatoire. Ce fut un désastre. Le cours préparatoire est conçu pour des enfants qui parlent. Kevin se taisait. Soumis à des contrôles de comportement, des tests, des enquêtes, il refusait de répondre. Immobile sur son siège, il se contentait d'observer.

Cette partie du rapport comprenait quelques notes sur la vie familiale de Kevin. Problématique, précisait-on. Kevin portait sur le corps des ecchymoses et autres traces de sévices physiques. Je revins au début du rapport. La date était antérieure à l'arrêté officiel qui obligeait, en cas de mauvais traitements constatés sur un enfant, d'en référer aux autorités. Et apparemment, ces violences-là n'avaient jamais été notifiées. Cicatrices.

Brûlures. Une ecchymose au visage. L'institutrice s'était procuré de la pommade qu'elle appliquait sur sa peau déchirée, et elle nettoyait ses blessures, mais elle n'en avait parlé à personne. Il fallait que quelqu'un comme moi, dix ans plus tard, le découvre. Kevin avait une sœur, âgée de cinq ans à l'époque, et qui allait aussi à la maternelle. Ils étaient très proches l'un de l'autre, et l'institutrice avait cru entendre Kevin parler à sa sœur dans la cour de récréation. Il avait à son égard un comportement très protecteur. La seule fois où l'enseignante l'avait vu réagir, c'était un jour où quelqu'un avait menacé la fillette. Plutôt positif, estimait l'institutrice.

Malheureusement, à la fin de cette année-là, Kevin ne donnait aucune preuve qu'il eût appris quoi que ce soit. S'il savait lire, il n'en montrait rien. On convoqua le psychologue scolaire, qui soumit Kevin à une série de tests.

Ici, le rapport tournait court, les indications devenant sporadiques. Kevin fut envoyé dans une classe spécialisée l'année suivante. Il avait huit ans. A la fin de l'année, on détermina un Q.I. de 40, qui le plaçait dans l'une des catégories les plus basses, inscolarisable. On le confia pour la première fois à une institution, et ce ne fut plus dès lors pour lui, semble-t-il, qu'un chapelet de foyers d'accueil, de centres de réadaptation, d'instituts médico-pédagogiques. Il connut même, un court moment, le service des enfants de l'asile psychiatrique, avant d'être déclaré trop attardé et confié à une institution publique pour handicapés mentaux. On ne précisait pas vraiment quand il se trouvait où, ni pour combien de temps, ni pour quelle raison on l'avait déplacé si souvent. Mais quoi qu'il en soit, cela ne le fit pas sortir de son mutisme.

Il n'y avait rien de récent dans le dossier de Kevin, en dehors de ses progressions de taille et de poids, régulièrement mises à jour par Garson Gayer. Rien non plus n'indiquait pourquoi il avait échoué finalement dans cet établissement dont la vocation n'était pas de prendre en charge des cas graves de retard mental ni des enfants de l'Assistance publique. Et surtout, carence lamentable et sinistre entre toutes, il n'y avait aucune explication, nulle part, de cette seule ligne notée au crayon en haut de la fiche administrative : *Abandon volontaire des droits parentaux. Confié à la garde de l'État.*

Quand je voulus m'informer, je découvris que personne n'en savait beaucoup plus. Presque aucun membre du personnel n'était là au moment de l'arrivée de Kevin, parce que Garson Gayer, comme la plupart des institutions, voyait se renouveler constamment ses équipes thérapeutiques. Dana, qui était ma principale source d'information, était là depuis moitié moins de temps que Kevin. Elle n'avait jamais attaché d'importance à son absence de passé. Submergée par les problèmes des quatre-vingt-quinze autres enfants et convaincue que seul importait l'*ici et maintenant*, elle s'en souciait comme d'une guigne. « Restez dans le présent, ne cessait-elle de me répéter. C'est aujourd'hui que vous vivez, consacrez-vous à aujourd'hui. » Et au fond de moi, je sentais qu'elle avait sans doute raison. Quant au psychologue, il se contenta de hausser les épaules lorsque je l'interrogeai. « Qu'est-ce que vous voudriez ? Une biographie reliée plein cuir ? Il y en a autant dans son dossier que dans n'importe quel autre. »

Ce que je voulais ? Question stupide. Je voulais des réponses. Je voulais savoir pourquoi ce gamin se comportait de la sorte. Je voulais savoir comment m'y prendre avec lui. Je savais qu'un dossier ne me donnerait pas de recettes, quand bien même il eût été aussi épais qu'une encyclopédie. Mais j'en avais besoin malgré tout, peut-être plus pour moi que pour Kevin.

Nous lisions un livre de cuisine. Il s'agissait d'un manuel pour enfants, en édition de poche, qui présentait différents plats du monde entier. Je m'en servais en classe, autrefois, avec mes gamins, et lorsque j'eus raconté à Kevin que nous préparions de temps à autre des petits plats, il me demanda de lui apporter le livre.

Nous étions donc assis sur la moquette, et nous en feuilletions les pages ensemble.

— Qu'est-ce que c'est ? demanda-t-il, le doigt pointé sur une illustration.

— Des spaghetti avec de la sauce tomate dessus, je crois.

Il resta un instant songeur.

— Ça ressemble un peu à un cerveau.

Je n'avais jamais envisagé les spaghetti sous cet angle, et j'examinai plus soigneusement l'image.

— Vous avez déjà vu un cerveau ? questionna Kevin.

— Oui. L'épicerie de la 12e Rue vend parfois des cervelles. Je crois qu'on les prépare avec des œufs brouillés, ou quelque chose dans ce genre.

— Non, je veux dire, un vrai cerveau.

— Ce sont des cerveaux. De mouton ou de veau, je crois. Il y a des gens qui en mangent. On dit que c'est très bon, mais je n'ai pas encore eu le courage d'essayer.

— Non, insista Kevin. Je veux dire un *vrai* cerveau. Comme celui qu'on a là-dedans. (Il se tapota le front.) Le cerveau d'une personne.

Je ne dis rien. J'avais déjà vu des cerveaux humains. Lorsque j'étudiais la biologie à l'université, il y en avait plusieurs, conservés dans du formol, sur une étagère du bâtiment des sciences. Il y avait aussi des bébés, dans ces bocaux.

— Moi j'en ai vu, dit Kevin avant que j'aie ouvert la bouche. C'est tout rouge, et un peu jaunâtre aussi, avec des tas de bosses. Comme ces spaghetti.

— Hmmm.

— Ça vous dégoûte ? me demanda-t-il, en me dévisageant avec soin.

— Il faudrait ?

— Ça vous dégoûte ?

— Ce n'est pas l'un des sujets auxquels j'aime le mieux penser, si c'est ce que tu veux dire, répondis-je.

Il m'examinait attentivement. Il avait une expression pénétrante, et j'ignorais ce qu'il cherchait exactement en moi. Puis il revint au livre.

— Je ne pourrais pas manger des spaghetti, dit-il, pas si c'est comme ça — comme un cerveau, tout écrabouillé.

Je hochai la tête.

Un peu détendu, il s'adossa au mur.

— Tournons la page, dit-il. Regardons autre chose.

Ces journées d'octobre, dans l'ensemble, furent tranquilles. Le souvenir des premières semaines de folie où j'avais tenté si désespérément de faire parler Kevin s'estompa, et nous parvenions peu à peu à nous connaître. J'appris ses angoisses et la façon de les apaiser. Il résistait vaillamment à mes crises d'impatience inquiète. Je commençai à lui apporter des objets de l'extérieur, des jeux qu'il aimait, comme des rébus ou des albums à colorier. Je lui apportai des sucres d'orge et des revues, et des choses qu'il n'avait pas vues depuis des années. Il me parlait surtout de sujets insignifiants, de tous ces petits détails qu'il avait thésaurisés au cours de ces années de silence.

Lentement, lentement nous parvînmes à nous extraire de dessous la table. La mutation ne se fit pas du jour au lendemain. Je reculais de quelques centimètres chaque jour et Kevin, absorbé dans la conversation, avançait peu à peu vers moi. A la fin, nous nous retrouvâmes tous deux hors du périmètre de la table, et une fois là, nous y restâmes. Kevin ne pouvait toujours pas se lever du sol. Il avait besoin de rester à portée de sa cache, pour y plonger en cas d'urgence. Mais il ne ressentait plus la nécessité de s'abriter en permanence.

La peur commença à disparaître. Dès que nous étions dans la petite pièce blanche, porte fermée sur l'extérieur, il s'asseyait dans une attitude plutôt détendue et bavardait avec animation. Il ressemblait alors à n'importe quel adolescent de seize ans. A peine, cependant, quelqu'un apparaissait-il à la porte, à peine entendait-on un bruit au-dehors, que l'angoisse s'abattait sur lui. Je le voyais pâlir, ses pupilles se dilataient, son souffle s'affolait. Puis il se taisait. Cela ne changeait pas. Il se détendait un peu mais restait toujours aux aguets, toujours sur le qui-vive.

Je lui avais apporté un livre de blagues. Des blagues sur les éléphants. Elles étaient abominables, et de si mauvais goût que l'on ne pouvait même pas grogner de façon convaincante en les entendant. Mais Kevin les adorait toutes. Il avait un sens de l'humour plutôt rare, pour un gamin dans sa situation. C'était donc un vrai plaisir de plaisanter avec lui. Son histoire favorite du moment concernait une sombre affaire de grenouilles coincées dans des mélangeurs, et je l'avais entendue au moins vingt fois, d'où le livre de blagues sur les éléphants.

J'avais subtilisé quelques coussins de la salle de thérapie qui se trouvait à l'autre bout du couloir. Après les avoir calés contre le radiateur, sous la fenêtre, je m'y adossai tandis que Kevin, assis en tailleur, me lisait les blagues. Le livre devait bien compter une trentaine de pages, à raison d'une ou deux histoires drôles par page. Kevin me les lut toutes et lorsqu'il eut fini il feuilleta le livre à l'envers et me relut celles qu'il préférait. Elles étaient si atroces que je ne me souvenais même pas des réponses, et je fis rire Kevin en lui proposant d'autres solutions de mon cru, tout aussi abominables.

— Où est-ce que vous avez trouvé ça ? me demanda-t-il lorsque nous eûmes terminé.

— Sur l'avenue. Dans une petite boutique de jeux.

— Est-ce qu'ils en ont d'autres ?

Je hochai la tête.

— Pas sur les éléphants. Mais ils ont des livres de ce genre.

Il me dévisagea un instant.

— Vous voudriez m'en acheter un ? Un autre ?

— Oui, peut-être. Plus tard. Ils coûtent cher, pour le nombre de pages qu'ils ont. Mais j'en achèterai un autre dès que je le pourrai.

Il continuait à m'observer. C'était une journée

superbe, et le soleil matinal coulait à flots par la fenêtre. Il lui effleurait un côté du visage et illuminait ses yeux. Même imbibés de soleil, ses iris étaient d'un vrai gris. Sans aucune autre nuance.

Et toujours il me regardait.

— Vous ne me détestez pas, hein? demanda-t-il tout bas.

— Non en effet.

Une étrange ébauche de sourire se posa sur ses lèvres.

— C'est bien ce que je pensais.

Son regard délaissa mon visage, grimpa vers la fenêtre, au-dessus de moi. Puis Kevin se dressa lentement sur ses genoux pour voir dehors. Il resta ainsi une minute ou deux avant de s'affaler de nouveau.

— Vous savez, dit-il, puis il se tut, feuilleta le livre. Vous savez, je vous ai parlé.

Je hochai la tête.

— Je vous ai parlé. J'avais envie de vous parler. (Il leva les yeux.) Je savais bien que vous ne me détestiez pas.

— C'est vrai.

— Je le savais. Dès le début, même. Vous ne me détestiez pas, et je le voyais bien.

Il sourit de nouveau, de son curieux demi-sourire, et contempla le soleil au-dessus de ma tête. Il l'avait dans l'œil mais ne cillait pas. Les rayons le baignaient. Il contemplait fixement le soleil, sans bouger, tel un bouddha gracile.

— Kevin, dis-je, est-ce que je peux te poser une question?

Ses yeux revinrent sur moi.

— Pourquoi t'es-tu mis à parler? Pourquoi as-tu pris cette décision?

Il soupira, replongea dans sa contemplation solaire.

— Eh bien, je me suis mis à parler pour la raison que je viens de vous dire. Parce que je savais que vous ne me détestiez pas. Je vous l'ai déjà dit.

— Mais pourquoi as-tu décidé de parler tout à coup, après toutes ces années?

Il garda le silence. Il se tut si longtemps que je crus qu'il ne me répondrait pas. Il regardait fixement le soleil.

— J'avais un chat, autrefois, dit-il enfin. Mais il est mort, maintenant. Il est dans la terre. Il n'est plus qu'os et poussière. (Il me dévisagea.) Comment parler de ça ? (Ses yeux se noyèrent de nouveau dans le soleil.) Comment ne pas en parler ?

8

Il y avait deux problèmes, concernant Kevin, auxquels il faudrait s'atteler tôt ou tard. Le premier se rapportait à son hygiène. J'avais compris dès le début qu'une partie de son refus de la propreté était liée à ses nombreuses phobies. Par exemple, il avait si peur de l'eau qu'on ne pouvait espérer le plonger un jour dans une baignoire. Mais cette absence d'hygiène corporelle rendait généralement si déplaisant son voisinage, si peu séduisante sa personne, que j'estimai qu'il s'agissait là d'une urgence. Car s'il est vrai que la beauté n'est qu'à fleur de peau, les jugements qu'elle suscite tendent à plonger plus profond, qu'on le veuille ou non. Qui irait se prendre de sympathie pour un gamin dont l'apparence évoquait les ravages du mont Saint-Hellens en éruption, et l'odeur un vestiaire de stade après le match, quelque talent que nous eussions employé, moi, Dana ou quiconque, à modifier son comportement ? Les gens, d'ordinaire, ne vont pas chercher si loin.

Kevin ne bouleverserait sans doute jamais la face du monde, physiquement parlant. Il figurait, pourrait-on dire, la quintessence de la hideur adolescente. Mais à supposer que ses cheveux ne fissent plus penser à un terrain d'essai pour tondeuse à gazon, qu'il portât enfin des vêtements à sa taille et consentît à se laver, il avait quelque chance de ressembler à la moyenne des garçons de son âge.

Malheureusement, je compris très vite que certains aspects du problème échappaient à mon autorité. Sa coiffure, par exemple. C'était la bonne vieille boule à zéro, hormis une seule mèche longue qui pendouillait sur le front, façon Mohican. Tous les garçons de Garson Gayer se baladaient ainsi affublés. Car une fois par mois, Zoé, la cuisinière, s'armait de sa tondeuse, et tous les gamins passaient à la casserole. On n'y pouvait pas grand-chose. Zoé ne coûtait rien, et elle était sur place. Je ne connaissais pas de coiffeur, encore moins de coiffeur qui se dérangeât à domicile. Et je ne savais pas couper les cheveux. J'avais bien essayé un jour, alors que j'enseignais dans un hôpital psychiatrique, quand l'un de mes gamins se plaignit de ressembler à une fille. Je pris alors dans mon bureau les grands ciseaux d'école et j'arrangeai la coupe. Si je parvins à remédier à la regrettable confusion, cette expérience mit un terme à toutes les illusions que j'aurais pu nourrir sur une éventuelle carrière dans la haute coiffure.

Les vêtements de Kevin étaient presque aussi affligeants que sa coupe de cheveux. Visiblement de troisième main, ils étaient démodés d'au moins dix ans, ce qui n'eût pas été grave s'ils n'avaient été en plus trop petits pour lui. Il ne pouvait pas boutonner les manches de l'une de ses chemises, car elles remontaient si haut sur les poignets que le bord des manchettes ne s'ajustait plus. Il ne possédait aucun pantalon qui couvrît le haut de ses chaussettes. Pire, ces pantalons étaient tous trop serrés à l'entrejambe. Au début, je croyais que Kevin se masturbait en permanence. En fait, il essayait simplement de tirer un peu sur le tissu pour pouvoir s'asseoir plus à l'aise. Cette torture quotidienne m'était insupportable à regarder.

Mais le comble, sans doute, c'était la peau de Kevin. Un dermatologue eût pu y consacrer sa vie. Il avait de l'acné partout, et le fait qu'il ne se lavait jamais n'arrangeait sûrement rien. Des boutons, il en bourgeonnait sur les joues, le nez, le menton, le front, les oreilles même.

Dans les coins les plus atteints, les boutons semblaient avoir des boutons. S'asseoir tout près de lui, et devoir subir un tel spectacle de désolation, relevait de l'exploit macabre. Et je n'imaginais que trop bien, si cela me dégoûtait, quelle impression cette vue pouvait faire sur des inconnus.

De toute évidence, l'apparence et la propreté de Kevin étaient deux des domaines dans lesquels on devait envisager une révision complète et énergique, et tandis que la sympathie grandissait entre nous, je ruminai diverses méthodes d'approche. Mais avant de m'embarquer dans quelque téméraire projet de ravalement, je désirais m'assurer la coopération de Dana et des collègues de Garson Gayer qui prenaient en charge Kevin le reste du temps.

Nous étions en réunion de travail lorsque je soulevai ce point. Présentant ma réflexion sur le sujet, je fis remarquer qu'une telle démarche rendrait plus agréable la fréquentation de Kevin, réduirait l'image négative que les gens avaient de lui, éliminerait certains préjugés qui l'entouraient en raison de son allure de débile mental (alors qu'en réalité je ne serais pas étonnée de découvrir que son Q.I. avoisine la moyenne), et rehausserait très probablement l'estime de Kevin envers lui-même, tant il est vrai que personne n'aime se trouver laid. C'étaient là des objectifs raisonnables, ajoutai-je, si nous nous y mettions tous. Il existait sûrement un spécialiste attaché à Garson Gayer qui pourrait lui prescrire un traitement pour la peau. Il faudrait que l'Assistance augmente l'allocation vestimentaire qui lui était attribuée. Quand lui avait-on examiné la vue pour la dernière fois ? Et ses cheveux... eh bien, m'enquis-je poliment, ne pourrait-on pas dispenser Zoé de cette corvée, juste pour quelque temps ?

Mais à ma stupeur, je me heurtai sur tous ces points à une opposition — ou plutôt une apathie — générale. Dana répondit carrément qu'elle voyait Kevin depuis si longtemps qu'elle s'était habituée à lui. Pas grand-chose à faire, de toute façon. Il ne serait jamais Monsieur Amérique. Non, acquiesçai-je, et ce n'était pas le but recherché. Mais il n'y avait aucune raison non plus qu'il ressemble à un cinglé enfermé à perpétuité à l'asile. Un des types assis à la table haussa les épaules à ces mots. Il réitéra son geste quand je le regardai. A quoi bon s'en faire ? dit-il. Ce temps viendrait toujours bien assez tôt.

Dana m'opposa un autre argument, que je ne pus si facilement réfuter. Pourquoi lui procurer des vêtements neufs, quand il refusait de se laver ou de seulement en changer ? Ils seraient fichus en quelques semaines. Comment l'emmènerait-on consulter un dermatologue ou un ophtalmologiste, alors qu'il refusait de quitter son bâtiment ? Pourquoi lui infliger toutes ces tracasseries, puisqu'il s'en fichait ?

Comment pouvions-nous affirmer qu'il s'en fichait ? J'étais certaine du contraire, avançai-je d'une voix faiblarde. En fait, nous n'en savions rien. Kevin semblait heureux comme un pape, dans sa crasse et son laisser-aller. Il n'y avait jamais fait allusion devant moi. Peut-être cela n'avait-il aucune espèce d'importance. Alors, pour l'instant du moins, je renonçai à cette entreprise. Peut-être venais-je seulement de comprendre ce que tous les autres savaient déjà, même si ce n'était pas dit. Quelle importance cela pouvait-il avoir pour un gamin comme Zoo-boy ? Où irait-il, de toute façon ?

Je me débarrassai moins facilement du second problème. La peur.

La peur vivait avec nous tel un troisième larron. Elle avait son existence propre. Elle dictait sa loi, elle nous tyrannisait. J'en vins, au bout d'un moment, à l'envisager non plus comme une partie de Kevin, mais comme une entité séparée. Elle le malmenait, et me rudoyait. Et quels que fussent nos efforts pour passer outre, si nous nous hasardions un peu trop loin — *slash* — elle nous tirait en arrière d'un coup sec, comme des chiots qui ont fait des bêtises au bout de leur laisse. Kevin s'affalait aussitôt en une masse frissonnante, vibrante et larmoyante, et à la séance suivante, il était terrifié à l'idée de tenter à nouveau l'expérience qui venait de le traumatiser.

Ces phobies étaient de drôles d'affaires — singulières, vraiment. Je ne savais jamais d'un jour à l'autre quels objets susciteraient son angoisse. Comme les spirales des carnets qu'il imaginait tapies dans ce carton, ou les gonds de porte. Il pouvait devenir fou de terreur en entendant grincer un gond de porte. Ou une chaise. Je devins experte dans l'art d'improviser des lubrifiants de fortune, mine de crayon finement écrasée entre mes doigts ou rouge à lèvres. Quant aux odeurs, c'était tout aussi terrible. Les senteurs fortes et âcres mettaient Kevin dans tous ses états, et ce n'est pas facile de fuir une odeur. Plus d'une fois, j'en fus réduite à bourrer délicatement ses narines de coton pour qu'il ne sente pas un arôme infiniment subtil qui flottait dans la pièce.

Au bout d'un certain temps, j'eus l'impression de pédaler dans le vide, tel le hamster dans sa roue. Mais si désagréable que ce fût pour moi, nul doute que pour Kevin la souffrance était pire.

— Quelquefois, je ne dors pas dans mon lit, la nuit, me dit-il un jour. Vous savez bien comment c'est, quand on est dans son lit et qu'il fait sombre. Ils laissent une lampe allumée dans le couloir, mais on n'a pas le droit d'en garder une dans la chambre après dix heures. Et ça fait des ombres, cette lumière du couloir. Et tous les objets ordinaires s'étirent. Moi je suis couché là, je les regarde et je me dis : ce sont les choses de tous les jours. Ce n'est que mon bureau. Ça, ce n'est qu'une chaise. Mais ce n'est plus pareil. Ça ressemble à autre chose.

Il pivota pour me jeter un bref coup d'œil. Sa voix, comme toujours, était douce. Lorsque Kevin parlait, on eût plutôt dit qu'il s'adressait à lui seul, à mi-voix. Le ton était toujours tranquille, presque onirique.

— C'est comme les gens, reprit-il. Vous savez, les gens dont on croit qu'ils nous aiment, et on comprend tout à coup que ce n'était pas vrai. Les chaises, le bureau et les autres objets, ils changent dans le noir. Comme les gens. Et je suis couché dans mon lit et je me dis : voici la véritable apparence de la chaise. La forme qu'elle prend dans la journée, c'est une illusion. Pour me faire croire qu'il n'y a rien à craindre. Mais c'est une chose horrible, la nuit, une chaise. Et même pendant le jour, je sais comme elle est affreuse en dessous. Je sais qu'elle sera de nouveau affreuse quand je me retrouverai seul avec elle. Quand il fera nuit. La chaise sera une horreur.

Un court silence s'immisça entre nous. Le soleil du matin me douchait, et j'avais chaud.

— J'ai peur des chaises, avoua Kevin. (Comme je ne disais mot, il me regarda furtivement. Puis se concentra sur la moquette où il s'amusa à tripoter un objet invisible.) J'essaie de ne pas avoir peur des choses. J'essaie de combattre. Mais je n'y arrive pas. C'est partout à la fois. C'est comme se battre contre la nuit.

Novembre vint. Sans le repère des vacances scolaires, je sentais glisser de mes mains les jours et les semaines, et les mois s'écoulaient doucement sans que je me rappelle quand l'un commençait, quand l'autre s'achevait. Les journées scintillantes de soleil s'affadirent peu à peu, devinrent grises et capricieuses. Les feuilles de l'été gisaient dans les caniveaux, et la paix descendit enfin sur un monde qui s'assoupissait au creux de l'hiver.

Kevin et moi restions attelés à notre tâche. Il apparut à un moment que trente minutes ne suffisaient plus, et j'étendis mes séances à une heure. Je ne pouvais guère me le permettre, à cause des autres gamins dont je m'occupais à la clinique, et je dus travailler le soir pour venir le voir tous les jours. Kevin ne parlait toujours qu'à moi et à personne d'autre, mais nous avions laissé ce problème de côté pour l'instant. Au bout du compte, ce fut une période calme, de courts moments partagés à deux.

Nous faisions du coloriage. Kevin avait un faible pour le gribouillage en couleurs, et je n'y voyais aucun inconvénient : c'était reposant, et le genre d'activité insouciante idéal pour nous permettre de bavarder sans trop en avoir l'air.

J'avais déniché dans un magasin de soldes une de ces immenses affiches que l'on colorie au crayon-feutre. Elle représentait un vaisseau spatial dans un semis d'étoiles.

Kevin coloriait l'équipage, au hublot de la fusée, et je m'occupais du ciel, qui était vaste et fort ennuyeux à faire, et que Kevin boudait. Je ne me sentais pas particulièrement inspirée, de mon côté.

— Tu sais, dis-je au bout de ce qui me parut une interminable corvée de coloriage, je ne raffole pas tellement de ça, moi non plus. Je voudrais bien avoir un gros feutre à la place de celui-ci.

— Eh bien, répondit Kevin, l'air de rien, vous devrez le faire quand même.

— Nous pourrions en faire chacun une moitié, suggérai-je, considérant tout ce qui restait.

Il y eut un long, très long silence, pendant lequel Kevin regarda fixement l'affiche. Je vis ses articulations blanchir tandis qu'il serrait plus fort son crayon. Sa respiration se bloqua. Je reconnus les signes familiers, et jetai vivement un coup d'œil dans la pièce pour tâcher de repérer ce qui pouvait bien l'effrayer ainsi.

— Non, vous le ferez, dit Kevin.

Sa voix était basse. Les muscles de sa mâchoire se crispèrent.

Je le dévisageai, car je voyais la panique l'envahir, sans savoir ce qui la provoquait. Puis je revins à l'affiche, pensant que je pourrais peut-être lui faire oublier son angoisse.

— Si on le laissait tout simplement vide ? Il y a trop à faire. Je pourrais plutôt colorier les étoiles et les entourer de noir. Elles ressortiraient bien.

— Non, fit-il, le plus tranquillement du monde.

Je le regardai. Il soutint carrément mon regard. La peur lui dilatait les pupilles, mais elles vibraient, tout au fond, d'une intensité que je n'y avais jamais vue.

— Que se passe-t-il, Kevin ? Qu'est-ce qui ne va pas ?
— Vous devez le faire. Vous devez colorier ce ciel.
— Pourquoi ?
Il se mit à trembler. Tout son corps se voûta, comme s'il voulait s'éloigner de moi.
— Vous *devez* le faire.
Je l'observai.
Sa voix n'était plus qu'un murmure.
— Vous le ferez. Parce que je vous l'ai ordonné, vous entendez ?
Je changeai de position. J'étais assise sur mes talons et je m'ankylosais ; je bougeai donc.
— Hé là ! couina Kevin.
Son marqueur s'envola de sa main. Brusquement, il plongea sous la table.
— Kev ?
— Je ne voulais pas ! hurla-t-il, et, se couvrant la tête, il se roula en boule. Je ne voulais pas, je ne voulais pas. Vous n'êtes pas obligée de le faire !
Abasourdie, je le regardai bouche bée.
— Je m'excuse, je m'excuse, je m'excuse. Je ne voulais pas ! (Noyé de larmes déjà, il se balançait, sanglotant.) Je vous en prie, je vous en prie, je ne voulais pas. Je vous assure. Je vous en prie. Je m'excuse.
— Kevin, ça m'est égal. Ce n'est pas si grave. N'aie pas peur. Je ne suis pas en colère. Tu veux que je fasse le ciel ? Ça m'est égal, je ferai le ciel. D'accord ?
— Je vous en prie, je vous en prie, je vous en prie, supplia-t-il. Oh ! je vous en prie, ne croyez pas que je parlais sérieusement. Ce n'est pas vrai. Je vous en prie, je suis désolé.
— *Kevin ?*
Hors de lui, il oscillait et pleurait, me criait d'oublier et de lui pardonner. J'étais trop stupéfaite d'avoir causé une telle fureur pour réfléchir posément à ce qui se passait. A quatre pattes, je traversai la moquette pour le rejoindre et tenter d'apaiser son hystérie par mes paroles.

BANG!

Bondissant sur ses pieds à mon approche, il culbuta la table par-dessus son dos.

— Allez-vous-en! hurla-t-il, le visage soudain cramoisi, les yeux vitreux de terreur. Allez-vous-en! Allez-vous-en!

Avant que j'eusse repris mes sens, il avait empoigné une chaise. Il la lança dans ma direction, violemment, avec précision, et elle manqua de peu son but. Douloureusement, je me relevai.

La pièce était trop petite pour permettre à Kevin de me fuir comme il le désirait, et il était clair que c'était moi qui le terrifiais. Il réagissait à ma présence comme si j'étais le diable en personne.

En raison de l'exiguïté des lieux, il se sentait obligé de me tenir en respect en me lançant divers projectiles. Ce n'était pas la peine. J'étais suffisamment affolée moi-même et je ne demandais qu'à rester en dehors de sa route. Je le savais dangereux dans cet état de panique. Et du haut de son mètre quatre-vingts, une chaise à bout de bras, il formait une figure plutôt impressionnante.

Je n'avais guère de ressources. Je plongeai. Kevin lançait n'importe quoi, tout ce qui lui tombait sous la main. Des chaises, des crayons, l'affiche, ma boîte, son contenu, la table, même. L'épouvante lui donnait une force invraisemblable. Et moi, telle une acrobate de cirque, je sautais, plongeais, esquivais. Les projectiles les plus douloureux étaient les innombrables petits cubes de bois que j'avais dans ma boîte. Des petits cubes colorés, de cinq centimètres de côté, dont je me servais pour apprendre à compter aux petits, et qui possédaient des arêtes étonnamment tranchantes; Kevin les projetait tels des missiles.

Comme une folle, je cherchai dans la pièce un bouton d'appel ou quelque autre moyen de réclamer de l'aide. Je n'en trouvai point. J'avais bien une clé de la porte, que cet idiot de surveillant s'obstinait à verrouiller. Mais avec Kevin dans cet état, je ne voulais pas courir le risque de lui tourner le dos le temps d'ouvrir. Que faire d'autre? Dans mon cerveau tournoyaient à vive allure toutes sortes de solutions. Serais-je capable de le calmer par des paroles? S'épuiserait-il avant de me réduire en bouillie? Je ne pense pas qu'il voulait sérieusement me faire du mal. Tout ce qu'il désirait, c'était me tenir à distance. Le moindre mouvement de ma part était interprété comme une agression, et provoquait un nouveau cycle de fureur panique et de missiles. C'était un cercle vicieux. Quand je bougeais, il lançait des projectiles. Quand il lançait des projectiles, je devais me déplacer encore pour ne pas être touchée.

Et nous poursuivions notre infernal manège. Il poussait des cris perçants à présent, déchirait ses vêtements, se jetait contre les murs dans l'espoir de m'échapper. Arrivé à la porte, il la secoua de toutes ses forces, mais, bien sûr, elle était fermée à clé.

A la fin, je limitai mes déplacements aux deux murs sans ouverture, et me tins éloignée des fenêtres et de la porte, afin qu'il ne pense pas que je voulais l'empêcher de sortir. Je brandis une chaise d'une main et détournai du mieux que je pus ce qu'il me lançait. Il se mit à hurler en voyant que je gardais la chaise, car il crut, j'imagine, que je prévoyais de l'attaquer avec cette arme. Il hurla, hurla sans fin.

C'est ce qui nous sauva. On nous entendit. En quelques secondes, une multitude de visages se pressèrent contre la lucarne de la porte, affolant encore plus Kevin. Puis nous parvint le cliquetis nerveux d'une clé dans la serrure. S'écartant de la porte, Kevin s'écroula, tête en avant, par-dessus la table. Son hystérie s'intensifia tandis qu'il se relevait et se jetait contre les fenêtres.

La porte s'ouvrit d'un coup. Des gens déboulèrent dans la pièce. Soulagée, je m'affalai contre le mur du fond et me laissai glisser jusqu'à terre. On s'agglutina autour de Kevin pour tenter de l'écarter de la fenêtre. Il hurlait plus fort et luttait comme un tigre blessé. Les marines avaient empoigné ses jambes et son pantalon.

Ils firent tomber ses chaussures en le tirant du rebord de la fenêtre. J'entendis le craquement d'un tissu qui se déchire. Ils étaient six, cette fois, six grands gaillards de forte carrure, bras tatoués et muscles d'acier gonflant les chemises. Et pourtant ils ne pouvaient venir à bout de Kevin. Affalé par terre, il se tortillait en tous sens. Il échappa à leur étreinte et, tel un oiseau fou de peur dans sa cage, s'abattit de nouveau contre la vitre. Deux hommes vinrent à la rescousse, puis une infirmière. Dana était présente également. Ainsi que le psychologue et deux hommes en complet-veston que je ne connaissais pas. Je restai à l'écart, bien au fond de la pièce, craignant, si je m'approchais, d'alimenter le délire de Kevin. Finalement, il fallut neuf hommes pour vaincre ce frêle adolescent et l'emporter. Tout le long du couloir, je l'entendis qui hurlait, d'une voix de tête perçante, hystérique.

Dana s'approcha de moi, redressant les chaises et la table au passage. De tous les gens présents dans la pièce, elle fut la seule à venir vers moi quand le branle-bas s'apaisa. Je relevai la manche de mon chemisier pour examiner mon bras.

J'avais mal partout. Inutile de le nier. Maintenant qu'on avait emmené Kevin, je ressentais cruellement le besoin d'être un peu réconfortée moi-même.

La chaise avait frappé mon bras, et déjà une ecchymose mauve et rouge s'étirait du coude à l'épaule. Dana l'effleura doucement.

— On va appeler un médecin pour Kevin, dit-elle. Vous devriez lui demander d'y jeter un coup d'œil avant qu'il s'en aille. Vous avez mal ?

Je hochai la tête.

— Vous avez une estafilade sur le nez, également. Que s'est-il passé ?

— Je voudrais bien le savoir. Je l'ignore.

— Ça l'a pris comme ça ?

Je haussai les épaules.

Je comptais attendre que Kevin fût calmé pour aller bavarder avec lui. Mais lorsque je me rendis dans son bâtiment, il était toujours en cellule d'isolement, toujours à hurler et à se précipiter contre les murs. Je descendis donc voir le médecin. Il n'y avait pas de médecin permanent, en temps normal, dans l'établissement, mais pour augmenter une dose de neuroleptiques en cas d'urgence ou mettre un individu en cellule d'isolement, il fallait la visite et l'accord signé du psychiatre attaché à l'institution. Puisque je ne pouvais voir Kevin, je rejoignis donc le psychiatre dans la pièce qui prolongeait la réception, où il buvait un café, assis dans un fauteuil. C'était un homme grand et fortement charpenté, proche de la soixantaine, cheveux blancs et mine joviale. Il m'inonda d'antiseptique et me colla du sparadrap sur tout le corps, tout en me parlant des tournesols géants qu'il avait fait pousser dans son jardin pour un concours. Après quoi je m'offris une boîte de soda et je me rendis dans le bureau de Dana, où je commençai, sans plaisir aucun, à rédiger un rapport complet sur l'incident, qui s'en irait gonfler le dossier de Kevin. La plupart des membres du personnel que je croisai me grimacèrent un sourire pincé, manifestation de cette sorte d'humour macabre que l'on cultive à travailler dans des endroits de ce genre. Au moins, me dirent-ils, tout le monde avait entendu Kevin, à présent.

Lorsque je revins voir Kevin une heure plus tard, il avait subi une seconde injection de tranquillisants. Il continuait néanmoins à se cogner partout, dans sa cellule. Je jetai un coup d'œil par la lucarne de la porte. Il était entièrement nu. On lui avait tout retiré afin qu'il ne se blesse pas, même ses lunettes. Il tanguait d'un côté à l'autre de la pièce capitonnée, s'abattait sur les parois, rebondissait, retombait. Ses mouvements étaient ceux d'un homme ivre, à cause des médicaments, ou peut-être simplement parce qu'il était à bout de forces. Il criait toujours, mais c'était plutôt une mélopée irréelle, fine et flûtée, funèbre. Paupières closes, tête déjetée en arrière, il tournoyait sur ses jambes vacillantes, se griffant des doigts le visage et la poitrine comme pour les déchirer.

Savoir que je pouvais effrayer quelqu'un à ce point me donnait le frisson. Une surveillante s'approcha de moi.

— Il est psychotique, dit-elle, gentiment, comme si ces mots pouvaient me consoler, et je suppose qu'elle le pensait.

J'étais en proie à des émotions grandioses et terrifiantes, qui se pressaient en foule contre mes côtes, ma poitrine, puis grimpaient, jusqu'à m'arracher des larmes. J'avais envie de pleurer sans vraiment comprendre pourquoi. Je n'étais pas déçue par ce qui venait de se passer. C'était relativement normal. Je n'étais pas déprimée. Je n'avais placé en ce gamin aucune espérance particulière. En fait, je ne pense pas que mon émotion eût un rapport direct avec Kevin. Mon bras me faisait mal. Je me sentais fatiguée, et très vulnérable. Je n'avais envie que d'une chose à cet instant : que la surveillante inconnue qui se tenait près de moi me prenne dans ses bras. J'avais besoin de réconfort. Je n'arrivais même plus à réfléchir sur la raison d'une telle souffrance. Elle était trop profonde, trop complexe pour se mouler dans des mots.

Finalement, je dus partir. Je ne pouvais plus attendre. C'est ce qui me fut peut-être le plus pénible, de laisser Kevin dans cet état. Mais je n'avais pas le choix. J'étais déjà en retard pour mon rendez-vous suivant, et Kevin ne se calmait pas. Je l'abandonnai donc à sa cellule capitonnée, à sa terreur.

9

Le lendemain, Kevin ne vint pas. Je restai à l'attendre dans la petite pièce blanche. Puis un surveillant m'annonça que Kevin ne descendrait pas. Quand je demandai pourquoi, il me répondit qu'il était malade. Pouvais-je monter le voir? Le surveillant n'y vit aucun inconvénient.

Je n'étais jamais entrée dans la chambre de Kevin. C'était un petit box parmi d'autres, dans une sorte de grand dortoir; Garson Gayer s'efforçait, en effet, d'assurer à chaque enfant un minimum d'intimité. L'établissement se voulait très progressiste dans ce domaine et soulignait cet aspect dans ses brochures.

Kevin était allongé sur son lit, dos à la porte, lorsque j'entrai. J'examinai d'un coup d'œil la chambrette. Elle était aussi dépouillée que notre petite pièce blanche.

— Kev? appelai-je doucement, au cas où sa peur de moi ne l'eût pas quitté. (Il pleurait, ou venait de pleurer, et se cachait le visage dans les mains, en une détresse pesante et muette. Je m'assis au bord du lit et glissai la main le long de son bras. C'était la première fois que je le touchais.) Kev, c'est l'heure de notre séance. Tu ne veux pas descendre?

Il secoua la tête.

Je me penchai contre lui pour voir son visage.

— Écoute, Kevin, je sais que la séance d'hier n'a pas été des plus formidables. Ça s'est mal passé. Mais ce sont des choses qui arrivent. Ce n'est pas très grave. Nous nous en remettrons.

Il secoua de nouveau la tête. Je voyais les larmes ruisseler sur ses doigts qui me dissimulaient toujours son visage.

— Tout va s'arranger. Ce n'est déjà plus pareil, aujourd'hui. On aurait pu croire que c'était la fin du monde, pas vrai? Mais c'était faux. Je suis ici. Je ne serais pas revenue si je n'en avais pas eu envie. Mais j'ai eu envie. Parce que j'aime beaucoup être avec toi.

Kevin ne répondit rien.

J'essayai encore, répétai que tout irait bien et que je m'étais remise de ce qui s'était passé la veille. Kevin restait allongé, les mains sur la figure. Je craignis qu'il n'eût peut-être décidé de ne plus me parler.

— Kevin, tu ne veux pas descendre ? Il ne nous reste plus qu'une demi-heure. Allons. Lève-toi, nous allons faire des mots croisés ensemble. D'accord ? Tu veux bien ?

Il refusa de bouger. Il refusa de faire un geste, de répondre, de me regarder, seulement. J'attendis encore cinq minutes puis je me levai. Un autre jour, lui dis-je. Nous essaierions encore un autre jour, une autre fois.

En sortant du bâtiment, je m'arrêtai au bureau des infirmières pour prendre le dossier de Kevin. Comme il était à la charge de l'Assistance publique, je devais noter tout ce que je faisais avec lui sur un rapport d'activités tenu au jour le jour. Dossier en main, je me rendis dans la salle de travail du personnel, de l'autre côté du couloir. Je m'installai à la table, ouvris la chemise et commençai à écrire.

Kevin apparut dans l'encadrement de la porte. J'étais seule dans la salle, trônant au beau milieu d'un chaos de tasses à café sales, de carnets de travail et de feuilles volantes comme s'il en pleuvait. Il était simplement venu jusqu'à la porte et il attendait que je prenne conscience d'une présence, que je lève les yeux.

Les ravages de la veille avaient laissé des traces. Tout un côté de son visage était tuméfié. Il avait des ecchymoses sur tout le corps. Je souris en le voyant.

— Salut.

Il ne dit rien.

Je baissai les yeux sur le dossier, revins à lui. Le silence entre nous était fragile, comme souvent après une dispute, ou dans les soubresauts d'une grande colère. Sauf que, pour moi du moins, il n'y avait eu ni dispute ni colère.

Kevin me regardait fixement.

Je tripotai le stylo avec lequel j'étais en train d'écrire. Le silence battait doucement entre nous.

— Je peux m'asseoir ? demanda-t-il.

J'acquiesçai d'un hochement de tête et désignai une

chaise, en face de moi. Il entra dans la pièce, tira la chaise et s'assit.

De nouveau ce calme profond, qui s'étirait comme du coton sur une plaie sensible. Je me penchai et recommençai à écrire : « Kevin est venu dans la salle de travail pour me voir après que je l'eus laissé dans sa chambre. Il s'est assis sur une chaise, non plus par terre. Il ne semble pas avoir peur. »

Au-delà de la pièce vibraient les bruits familiers. Surveillants et gamins qui allaient et venaient. Infirmières qui bavardaient. Je vivais dans la terreur que quelqu'un ne fonce sur nous, n'exige de savoir ce que faisait Kevin dans un lieu interdit aux enfants, et ne détruise cette complicité qui se retissait avec tant de délicatesse entre nous, dans le silence.

Kevin croisa les bras sur la table et posa la tête dessus.

— C'est la Thorazine qui te donne encore envie de dormir ? demandai-je.

Il hocha la tête.

Je me remis à écrire.

— Vous savez ce qu'il m'a fait un jour ? dit-il, s'adressant autant au silence qu'à moi.

— Non. Quoi donc ? (J'ignorais de qui il parlait.)

— Je ne mangeais pas mon porridge. C'était la seule chose au monde que je ne mangeais pas. Ma mère, elle en faisait au petit déjeuner. Tous les jours, elle en faisait. Et lui, il me disait de le manger. Il m'obligeait à rester à table jusqu'à ce que j'aie tout fini. Et quand je protestais, il allait m'en chercher un peu plus.

Je ne fis aucun commentaire, je n'osais pas.

— Quand je ne le mangeais pas et que je devais aller à l'école ou ailleurs, il me le gardait pour le repas de midi. Et un jour, cette fois-là, le porridge était vieux de deux jours. J'avais envie de vomir rien qu'à le regarder.

Il se tut, prit une inspiration. J'avais tellement peur que quelqu'un n'entre soudain et ne l'interrompe...

— Il m'a saisi les cheveux et a tiré jusqu'à ce que j'ouvre la bouche. Et puis il me l'a versé dedans. Moi, j'ai tout revomi, juste là, sur la table. Je n'ai pas pu m'en empêcher. Il y avait plein de moisi dessus. C'était dégoûtant. Mais vous ne savez pas ce qu'il m'a forcé à faire ? Il m'a forcé à manger le vomi.

Je continuai à écrire.

— C'était la seule chose que je n'aimais pas du tout. Je mangeais tout le reste. Je faisais bien attention à manger tout le reste. Mais je crois que ça ne comptait pas tellement.

— Tu as dû être vraiment furieux, dis-je, et je levai les yeux : la sueur avait peint d'énormes taches sur sa chemise.

— C'est sûr, que j'étais furieux contre lui. J'ai eu envie de le tuer. (Kevin me regarda. Ses yeux se rétrécirent.) Et je le tuerai un jour. Quand je sortirai d'ici. Il ne pourra plus me donner d'ordres, comme avant. Et s'il le fait, je découperai son corps en petits morceaux.

— Et après, dit Charity, qui s'allongea sur mon canapé et posa les pieds sur l'accoudoir, vous savez ce qu'on a fait, après ? Eh ben, on a dormi dehors, sous le porche, moi et Sandy. On a sorti nos couvertures et on a dormi là.

— Vous avez dormi sous le porche au mois de novembre ?

— Ouais. On a campé. Comme à la télé. Maman m'a donné la permission parce que Sandy était avec moi. Elle a douze ans, Sandy. Alors ma mère, elle a dit que c'était d'accord.

— Il ne faisait pas un peu froid ?

— Oh ! non. On avait tout plein de couvertures. (Charity s'étira de tout son long et leva les jambes, les remua. Pendant quelques instants, elle pédala dans le vide.) Et le lendemain matin, on s'est levées et on a fait des crêpes, moi et Sandy. Elle a douze ans, Sandy. Elle a le droit de toucher à la cuisinière.

— Je vois.

En fait, je ne voyais pas quand Charity trouvait le

temps de faire tout cela, étant donné qu'elle semblait, depuis quelques semaines, s'être installée chez moi. Quand je rentrais du travail, je la trouvais accroupie sur le pas de ma porte, encore vêtue de ses habits d'école. Elle restait jusqu'au dîner et mangeait avec moi si je l'y autorisais. Après quoi elle s'affalait devant la télévision. Ou si j'écrivais, elle se plantait derrière ma chaise et, les pieds sur le barreau, lisait par-dessus mon épaule, tout en faisant osciller mon siège. Elle ne savait pas lire trois mots et se contentait, généralement, de déchiffrer en hurlant les lettres qu'elle reconnaissait. *B! R! H!* Telle était la mélopée qui se déroulait dans mon dos tandis que j'essayais de me concentrer sur les problèmes du bilinguisme ou du langage psychogénique. Charity s'incrustait ainsi tous les soirs, jusqu'à ce que je la flanque dehors. En fin de semaine, j'étais encore plus gâtée. Un samedi, elle arriva à six heures quinze du matin.

La famille de Charity semblait tout à fait ravie de cet arrangement. Je dois admettre que si Charity avait été ma fille, j'aurais sans doute réagi de même. Au début, j'exigeai qu'elle me fournisse la preuve qu'on lui avait permis de rester chez moi. Mais ce fut peine perdue. La famille n'avait pas le téléphone, et les rares fois où je pris le temps de fourrer la gamine dans ma voiture et de la conduire chez elle pour obtenir ladite autorisation, personne n'avait seulement remarqué son absence. Ils avaient compris, j'imagine, qu'elle s'était dégotté un endroit où aller et quelqu'un pour la nourrir, et ils la laissaient, bien contents de l'aubaine, exploiter la situation aussi longtemps qu'elle durerait. Cet abus de confiance me contrariait vivement; j'avais l'impression d'avoir hérité d'un chat errant. Mais comme avec les chats, j'étais trop faible pour feindre d'ignorer sa présence et la renvoyer chez elle le ventre vide.

La vérité, bien sûr, c'est que la famille de Charity avait des tonnes de problèmes, et non des moindres, Charity la première. Ils vivaient bien en dessous du seuil de pauvreté, dans un petit logement crasseux au bord du fleuve. Je n'avais rencontré la mère qu'une fois, un soir que je reconduisais Charity chez elle. C'était une femme jeune, mais on eût dit une vieillarde. Son corps était criblé des stigmates d'une existence rude, qui avaient contaminé son cœur aussi, je l'aurais parié. Le logis fourmillait de parents de toutes sortes, qui semblaient installés là de façon plus ou moins permanente. Et si Charity n'avait pas de père, il ne manquait pas d'hommes à la maison, encore que leur position exacte dans la structure du foyer fût un point que je ne parvins jamais vraiment à élucider.

Charity elle-même restait pour moi un défi personnel. Passée maître dans l'art de la vexation involontaire, Charity avait plus fait pour dévaster mon ego en trois mois que l'ensemble de mes gamins en l'espace d'une vie. Il ne fait aucun doute que si j'avais connu Charity plus tôt dans ma carrière, je serais devenue technicienne médicale, ainsi que le souhaitait ma mère.

Pourtant, il émanait de sa petite personne un charme évident. Je la voyais rouspéter bien haut, plantée devant ma porte, ou se débattre parfois dans quelque mésaventure, comme le jour où elle s'était verni les ongles et ne pouvait plus retirer ses moufles, et je me disais : Qu'est-ce qu'il t'arrive ? Tu es censée représenter l'*autorité* ! Charity, c'était trente kilos de provocation pure et simple.

Un mercredi soir donc, elle se vautrait sur mon mobilier et me racontait force détails croustillants de sa vie avec Sandy.

— Je peux souper avec vous ? Qu'est-ce qu'on mange ? questionna-t-elle dès que je me levai avec sans doute, peinte sur mon visage, l'expression de quelqu'un qui s'apprête au repas du soir.

En une seconde elle bondit du canapé et me précéda, gambadant, jusqu'à la cuisine, dans une danse de chiot fou de bonheur.

— Du ragoût, dis-je. Du ragoût, de la salade et du pain.

— C'est tout?
— C'est tout.
— Pourquoi vous avez jamais des bons trucs en réserve?
— Quoi, par exemple? demandai-je.
— Des glaces, ou du Coca, des choses comme ça.
— Parce que ça n'entre pas dans mes menus.
— Oh! tant pis, fit-elle, accommodante. Puisque c'est ce qu'il y a à manger, c'est ce qu'on mangera, hein?

Je hochai la tête.

Je lui confiai la laitue à laver et les carottes à couper en rondelles. *Touché*, s'écria-t-elle en poignardant l'air de son couteau. Je le lui retirai, ainsi que les carottes, et la chargeai d'agiter la sauce.

Puis, comme je versais le ragoût dans des assiettes, Charity cabriola jusqu'à moi et se pencha au-dessus de mon bras pour voir ce qui se passait.

— Tor?
— Oui.
— Je peux dormir ici, cette nuit?
— Non. Demain tu as école.
— Et alors? Quelle différence ça fait? J'irai quand même en classe.
— Tu dois rentrer chez toi, prendre un bain et...
— Pourquoi? m'interrompit-elle, examinant d'un regard son apparence. Je suis sale? Vous avez pas de baignoire, chez vous?
— Ce n'est pas la question. Demain tu as école. Tu devrais déjà être au lit chez toi, pour pouvoir te lever demain matin, mettre des vêtements propres et arriver là-bas avant la sonnerie. D'ici, ce serait trop compliqué. Nous sommes pratiquement à l'autre bout de la ville. Et je dois me lever beaucoup plus tôt que toi pour aller travailler.
— Ce serait pas si compliqué que ça. J'y arriverais. Je remettrais ces vêtements. Ils sont pas sales. Je pourrais me lever très, très tôt. D'accord? Je peux rester? S'il vous plaît.

Je secouai la tête et lui tendis une assiette de ragoût.

— Non, pas une veille de classe, Charity. Un samedi ou un dimanche, peut-être, mais pas une veille de classe. N'en parlons plus.

Avec précaution, elle alla poser son assiette sur la table, puis escalada sa chaise.

— Tu vas recevoir un type ici, ce soir, c'est pour ça que je peux pas rester?

Je la regardai.

— Non, Charity. Ce n'est pas pour ça que tu ne peux pas rester. Je viens de t'expliquer.

Elle avait déjà commencé à enfourner une bouchée et elle se contenta de hausser les épaules.

— Bon, ça fait rien. Je comprends. C'est l'heure où ma mère travaille, elle aussi. Tous les soirs sauf le lundi.

La matinée suivante s'annonçait sombre et grise, et lorsque j'arrivai à Garson Gayer à neuf heures trente, les lampadaires brillaient encore.

Kevin était entré dans la pièce avant moi. Je le trouvai debout devant la fenêtre, regardant dehors. C'était la première fois que je le voyais planté simplement ainsi sur ses deux jambes, sans qu'il fût occupé à se rendre quelque part, si j'excluais, bien entendu, la veille, quand il était apparu sur le seuil de la salle de travail. Il semblait s'être défait, pour le moment, de son fardeau d'angoisse.

Il ne se retourna pas à mon approche, continua à contempler le paysage de la fenêtre. La journée était grise, une journée aigre de novembre qui ne parlait que d'hiver et donnait l'illusion que la pénombre glacée qui s'étalait devant nous allait durer mille ans. Il ne neigeait pas. Il ne se passait rien du tout dehors. Rien qu'un silence, immobile et froid comme la mort.

Je me glissai près de Kevin, posai ma boîte sur le radiateur, au-dessous de la fenêtre, et ne dis mot. Je dois avouer qu'il m'effrayait un peu. L'autre jour n'était pas si loin. J'étais encore sous le choc, et il m'avait prouvé sa force physique. Avec les petits, c'était différent, autrefois. J'étais passablement robuste moi-même, et même les enfants plus âgés, les garçons de dix, onze ou douze ans, je parvenais sans mal à les maîtriser quand il le fallait, parfois au cours de crises graves. J'avais toujours fait preuve d'assurance, sans trop me préoccuper des risques, parce que j'étais grande et solide, et en bonne condition physique, et que je le savais. Mais avec Kevin, c'était un homme que j'avais en face de moi. Et je trouvais épouvantable de ne devoir compter désormais que sur mon intelligence. Qui ne se révélait pas toujours si brillante que cela.

Kevin ne se détournait pas de la fenêtre, et quelque chose en lui me dissuadait de rompre le silence. Je regardai à mon tour par la vitre. La petite cour était sans vie.

Kevin restait calme, épaules en arrière, mains nouées dans le dos. Il avait un côté du visage tuméfié, et la commissure de la bouche, où l'ecchymose semblait la plus sérieuse, virait au vert bleuâtre. En l'observant, je sentis qu'il n'avait pas forcément refoulé sa frayeur, mais qu'un autre élément, plutôt, avait pris le dessus. Il m'apparut soudain, et pour la première fois, très âgé. Très las, aussi.

— Je voudrais voir plus loin, dit-il enfin.

— Comment cela ?

— Au-delà de cette fenêtre. Ce n'est pas une bonne fenêtre. Elle ne montre rien d'autre que l'endroit où l'on est. Je le sais déjà, où je suis. Je voudrais voir plus loin.

Et puis le silence de nouveau.

Qui s'éternisa. Qui me mit mal à l'aise, peut-être seulement du fait que je redoutais de le rompre. Kevin était ailleurs, de toute évidence, et je ne savais si je devais ou non le rappeler à la réalité du moment. C'était un autre Kevin ; différent du gamin qui rampait sous la table. Je ne le reconnaissais plus.

Il se tourna légèrement, me lança un coup d'œil.

— Ils vous paient, non ?

— Qui ? demandai-je. Pour quoi faire ?

— Pour venir ici.

J'acquiesçai.

— Vous venez ici et vous restez avec moi parce qu'on vous paie pour ça.

— C'est mon métier, si c'est ce que tu veux dire.

Silence.

— Tu le savais, ajoutai-je. Tu l'as toujours su.

Il haussa les épaules, une épaule, plutôt, l'air de se moquer de tout.

— Qu'est-ce qui te tracasse, Kev ?

— Rien.

— Je ne te crois pas.

Haussement d'épaules. Puis le silence. Il savait en jouer avec talent, de son silence, s'en vêtir comme d'une cotte de mailles pour s'y mettre à l'abri. Mais je n'étais pas trop mauvaise à ce jeu, moi non plus. Je me tus donc, et nous restâmes figés côte à côte, le regard englué dans l'épaisse grisaille. Les minutes passèrent.

— Je croyais, murmura-t-il, que peut-être vous veniez parce que vous en aviez envie.

— C'est le cas.

— Mais pas parce qu'on vous payait pour ça.

— C'est secondaire. Je le fais parce que j'en ai envie. Je ne viendrais pas, sinon. Tout l'or du monde ne suffirait pas à me faire aller où je ne veux pas aller. L'argent n'est donc pas le problème.

Il souleva l'épaule.

— Aucune importance. J'ai l'habitude. (Ses yeux glissèrent jusqu'à moi.) On vous a dit que je n'ai pas de famille, hein ? On vous a dit qu'ils m'ont amené ici, qu'ils m'ont laissé et que je ne les ai jamais revus depuis.

— Non, on ne m'a pas donné tous ces détails.

— Je m'imaginais simplement, conclut-il, que ç'aurait été formidable d'avoir au moins une personne au monde qui n'ait pas besoin d'être payée pour m'aimer.

10

Les jours prirent une allure irréelle. C'était la mi-novembre. Saison, d'ordinaire, de vastes ciels pâles et de grosses plumes de neige, où l'hiver s'en venait sur nous tendrement, charmeur. Mais cette année-là, la température avoisina brusquement zéro. Les nuages planèrent bas et noirs, obligeant à laisser les lampes allumées tout le jour. Ils ne fondirent pas en pluie, cependant. Tandis que les journées s'égrenaient, moroses et toutes semblables, le brouillard se leva de la terre, emmitouflant la pâleur mortelle des jours dans un linceul blanc et moelleux. C'était ce que l'on aurait appelé au Pays de Galles le *mabinogi*, saison où s'éveillent les esprits et les choses du passé qui n'existent plus.

Kevin semblait revêtir la même nature secrète que le ciel. Il ne s'était jamais remis de la crise de l'affiche. Quoi qu'il se fût passé alors, l'effet en était définitif. Kevin n'était plus le même.

Son comportement resta particulièrement énigmatique pendant une dizaine de jours. Il m'adressa fort peu la parole ; bouda les amusements où il trouvait du plaisir, avant. Plus de mots croisés ni de livres de jeux, plus de voitures miniatures. Il grandit brusquement, au cours de cette période, et l'aura d'enfance qui le baignait s'évanouit. Il était nerveux, passait la plupart de son temps devant la vitre ou à faire les cent pas dans la pièce blanche. Mais le point le plus mystérieux était, à mon avis, la disparition de sa peur, qui semblait s'être détachée de lui telle la mue d'un reptile. Sa fiche de comportement indiquait qu'il restait peureux au dortoir ou en classe, où il continuait à rechercher l'abri de tables ou de chaises, mais lorsqu'il venait à nos séances, il balayait ses craintes. Il entrait dans la pièce, s'asseyait sur une chaise, la table ou le radiateur, redressait les épaules, semblait un tout autre individu. L'absence d'angoisse avait cédé la place à un accablement d'un autre genre, une sorte de lassitude qu'il traînait après lui et qui lui donnait un air très vieux, non vulnérable pourtant. Peut-être s'agissait-il d'une forme de dépression nerveuse. Je ne sais. Mais je sentais émaner de lui cette fatigue lourde, insensible.

Je ne comprenais pas ce qui se passait en lui, et ne fis pas semblant de savoir. Je me contentai de venir et de maintenir une réserve prudente. Je n'avais plus peur de lui comme les deux premiers jours qui avaient suivi l'explosion. Mais ne possédant aucun indice qui m'eût permis d'y voir plus clair, je restais vigilante. Ce fut pour moi une période de vague anxiété, comme lorsqu'on attend une tornade après que l'alerte en a été sonnée ; période, aussi, d'extrême curiosité.

— Je vous ai fait un dessin, m'annonça Kevin lorsque j'arrivai.

Comme les autres jours, il s'était installé dans la pièce avant moi et il était perché sur le radiateur, devant la fenêtre ; mais dès que j'entrai, il se dirigea vers la table. Il marchait. Comme un homme il marchait, à longues enjambées puissantes. Plus d'attitudes blotties, ratatinées. Il tira une chaise, s'assit.

— Regardez, dit-il, voyez ce que j'ai dessiné pour vous.

Il tenait un morceau de papier d'emballage, un sac, qu'il avait ouvert avec soin, de façon à dégager la plus grande surface possible de support non froissé.

— Ce n'est pas très bon, dit-il. On n'a pas le droit d'avoir des crayons, et j'ai dû en voler un dans la classe, pendant les cours. Facile. Ils ne me surveillent pas, sous la table. Mais voyez, c'est tout sale. J'ai dû prendre une craie pour le rouge. Si j'avais des crayons de couleur, je ferais mieux. Mais je n'en ai pas. J'aurais voulu que ce soit meilleur.

Meilleur, le dessin ne pouvait guère l'être. En fait, il était atrocement superbe. Sur ce sac de papier mis à plat, figuré d'une main experte, un homme gisait sur une route. Il avait été éventré et les torsades reptiliennes et tourmentées de ses boyaux jonchaient le macadam. Un oiseau — une corneille, je crois —, perché sur un bout d'os qui jaillissait de la cuisse, extirpait de la cavité abdominale une longue lanière de viande tendineuse. Le sang s'était répandu partout, en flaques sur la chaussée, en gouttes dans l'herbe. Sur un côté, j'aperçus même les empreintes rougies d'un rongeur qui avait pataugé dans le sang avant de disparaître au bord de la feuille.

C'était une image abominable, qui révoltait par sa précision photographique, démoniaque dans son obsession inouïe du détail. Et le fait que l'incontestable talent de Kevin fût resté ignoré de tous rendait la chose encore plus sinistre.

— J'aurais pu faire mieux, expliqua-t-il tranquillement. Si j'avais eu de vrais crayons.

— C'est déjà très bon ainsi. Je ne savais pas que tu dessinais si bien.

— Je dessine *très* bien, rétorqua-t-il, du ton assuré et légèrement menaçant de celui qui connaît l'exacte mesure de sa valeur.

— Je le vois.

Il me dévisageait intensément, dans l'espoir de découvrir, j'imagine, si le propos du dessin me choquait ou me dégoûtait. C'était le cas, du reste, surtout en raison de la surprenante perfection du style; mais le thème ne pouvait guère laisser indifférent non plus. C'étaient les détails qui me bouleversaient le plus, notamment les empreintes sanglantes du rat. Mais je m'efforçai de n'en rien laisser paraître. Cela semblait préférable.

Lorsque je levai les yeux, Kevin souriait. C'était le grand rictus familier et débonnaire, cette grimace un peu niaise qui lui donnait son air de débile profond, alors qu'il était loin d'être idiot, j'en étais certaine à présent.

— C'est ça, que je vais lui faire, dit-il. Je veux voir son sale corps déchiré en deux et les asticots qui lui dévorent les tripes.

— Oh! fis-je, mais je me rendis compte que je ne savais même pas de qui il parlait.

Je lui posai la question.

— Mon beau-père, évidemment.

Il plissa le front, comme si j'avais dû le savoir, comme s'il me l'avait déjà dit et constatait, déçu, que j'avais oublié. Mais jamais il ne m'en avait parlé.

De nouveau il étudia mon visage de très près, scruta mes yeux sans ciller. Je me demandai ce qu'il cherchait, cette fois. Peut-être l'avais-je troublé en ignorant ce que représentait son dessin, et il jaugeait ma valeur. Peut-être calculait-il simplement jusqu'à quel point il pouvait se confier à moi, se laisser aller. Je n'aurais su dire. Mais il m'observa ainsi indéfiniment, louchant derrière le mur épais de ses lunettes, et je me sentis fouillée jusqu'à l'âme.

Il se détourna enfin, baissa les yeux sur le dessin.

— C'est ça, que je vais lui faire. Mais ce jour-là, ce ne sera plus seulement un dessin.

Le lendemain, le dessin réapparut. Il l'avait plié en un petit carré et fourré dans son tee-shirt. Comme personne ne l'ennuyait pour qu'il se lave ou change de vêtements, le papier était passé inaperçu. J'avais parcouru le dossier avant de descendre dans la petite pièce blanche. Aucun dessin n'y était mentionné, ce qui signifiait qu'aucun autre membre du personnel ne l'avait vu, car c'était le genre de détail qui n'eût pas manqué de faire une forte impression. On l'aurait signalé. Je sus donc que le dessin était notre secret.

Quand j'entrai dans la pièce, Kevin s'assit à la table et lissa son dessin avec soin. Tandis que je m'installais près de lui, il l'examina d'un bout à l'autre. Du bout du doigt, il en retraça certains détails, les organes exposés, la flaque de sang à côté du cadavre. Puis il se détourna et regarda par la fenêtre. Les minutes s'écoulèrent, et il contemplait fixement la paix fuligineuse et embrumée de la cour.

— C'est un bon endroit, ici, murmura-t-il tout bas, comme se parlant à lui-même.

Je ne répondis rien.

— C'est le meilleur endroit de tous. (Il ne me regardait toujours pas. Il y eut une longue pause, puis :) Vous êtes magicienne, on dirait, non ?

Je ne comprenais pas où il voulait en venir.

— Rien ne m'arrive, ici, quand vous y êtes. Vous êtes un peu magicienne, non ? Vous empêchez qu'il m'arrive des mauvaises choses.

Ce n'était pas facile de répondre à une remarque de ce genre. Ignorant ce que pouvaient cacher ces mots, je me contentai d'y faire écho. Il y avait trop d'inconnues dans cette affaire, pour l'instant.

— Tu te sens en sécurité, dans cette pièce, dis-je.

Il hocha la tête. Puis, caressant le papier, la hocha encore.

Et le lendemain, le dessin était de retour.

— Tu le détestes vraiment, n'est-ce pas ? le questionnai-je tandis qu'il en retraçait des fragments du bout du doigt.

— C'est un foutu salaud, répondit Kevin.

C'était la première fois que je l'entendais jurer.

Je hochai la tête.

— J'aurai sa peau, reprit-il. Quand je sortirai d'ici, je me procurerai un couteau, je le trouverai et je l'aurai. Je le jure.

— Tu as envie de le tuer.

— Le tuer ? Je veux le tabasser, le fumier, jusqu'à ce que sa cervelle d'imbécile se répande partout sur le sol. Que ses sales boyaux s'écrasent sur le ciment comme une bouillie pour chien.

Et le jour suivant, le dessin encore. Kevin était complètement obsédé par lui. Il ne voulait parler que de cela. Il avait ajouté un détail. Dans le coin du haut, un autre crâne, écrabouillé. La matière cérébrale avait jailli assez loin des débris osseux, évoquant un peu les restes d'un animal écrasé sur la route. Cette scène aussi, Kevin l'inspecta à fond avec moi. Sa conversation se faisait concise et nerveuse, son corps se raidissait. La tension crépitait autour de nous comme l'air avant un orage.

Les premiers jours, je restai simplement près de lui, à faire écho à ses sentiments et à réfléchir à ce que je pourrais bien envisager pour la suite. Je l'observais avec attention, fermement décidée à débrouiller ce qui se passait en lui, à glaner quelque indice sur son visage, dans ses attitudes, son comportement, ses paroles. Grandissait au fond de moi la crainte qu'il fût dangereux. Et si j'avais créé, en le délivrant des prisons qu'il se construisait, une sorte de monstre à la Frankenstein ?

La myriade des frayeurs qui le paralysaient s'était dissipée, du moins dans la petite pièce blanche. Je vis surgir à la place un sentiment auquel ces phobies, commençai-je à soupçonner, avaient servi de camouflage : la haine. Au fil des jours, tandis que l'adolescent libérait les scènes de meurtre atroces et les discours de violence qui le hantaient de plus en plus, je me pris à penser qu'il avait dû se servir de ses angoisses comme d'une technique destinée à bâillonner sa haine. Ainsi s'expliquaient peut-être également ces longues années de silence. En se taisant complètement, il évitait le risque de révéler des pensées compromettantes. Kevin avait simplement fait ce qu'il avait pu pour contrôler ses émotions. Si un élément se révélait périlleux et menaçait d'exacerber sa sensibilité, il choisissait d'en avoir peur et de ne pas en parler. C'était devenu une sorte de drogue. Il lui avait fallu toujours plus de phobies pour contenir ses sentiments, toujours plus de silence pour verrouiller les vérités non dites, et puis soudain, il s'était trouvé pris au piège, esclave de ses terreurs et de son mutisme. Mais il convenait de rendre hommage à ce garçon. Zoo-boy avait fait de son mieux dans ces circonstances. Il avait mis en cage le coupable.

Voilà aussi qui donnait un sens à son explosion au sujet du vaisseau spatial. Là, il avait osé exprimer ses sentiments et, plus significatif peut-être, il avait osé m'imposer sa volonté. Puis, telle la goutte par laquelle déborde le vase, la frayeur qui s'était ensuivie avait déclenché un flot de panique, trop intense.

Mais en fin de compte, il avait survécu, et moi aussi. Je crois qu'il s'en était fort bien rendu compte. Cette pièce était un endroit sûr. Ces pouvoirs magiques dont il m'auréolait, quelle que fût leur nature, s'effriteraient tôt ou tard, je n'en doutais pas, mais la pièce elle-même tiendrait bon. Il y avait pris le risque de parler. Le ciel ne l'avait pas foudroyé. Nous y avions eu cette horrible crise au sujet de l'affiche. Nous nous en étions tirés tous deux. Aujourd'hui, il pouvait y apporter ses dessins et prononcer des paroles jusque-là tenues secrètes, et rien ne lui arrivait. Lentement mais sûrement, Kevin découvrait que le monde était moins hostile qu'il ne le croyait, du moins cette infime portion d'univers où nous nous tenions.

Tout cela n'était, bien sûr, que conjectures de ma part, le genre même d'introspection auquel j'évitais d'ordinaire de m'adonner au sujet de mes gamins. Mais mon hypothèse semblait plausible. Et si nous avancions, pour l'instant, dans des eaux plutôt houleuses, je n'étais pas mécontente de voir Kevin délivré d'une partie de son angoisse.

Au bout d'une semaine ou presque de conversation obsessionnelle et rageuse au sujet du dessin, Kevin ne semblait toujours pas rassasié. Nous étions assis à la table, le vendredi matin, lorsque le surveillant arriva pour le reconduire à son bâtiment. Il était venu plus tôt que de coutume et fit sursauter Kevin en triturant la serrure. Kevin courba les épaules, rentra la tête, recouvrit le dessin de son corps. Le temps que la porte s'ouvre, il était redevenu ce vieux cinglé de Zoo-boy, et dégringolait de la chaise sur la moquette. Il fit suivre le papier et le crayon sous la table avec lui.

— Tu ne sortiras donc jamais de là ? demanda le surveillant, qui traversait la pièce pour aller pêcher Kevin dans son abri. (Nous devions composer un étrange tableau, moi assise à la table et Kevin dessous. Il y avait une note de découragement bonhomme dans sa voix.) Allons, Kevin. C'est l'heure. Madge va t'assommer, si tu es encore en retard pour l'histoire religieuse. Allez, sors de là-dessous. Dépêche-toi. (Il glissa un bout de pied sous la table et poussa Kevin.)

Kevin se releva péniblement. Comme il s'apprêtait à partir, il me passa le dessin, plié en un petit carré, dans le creux de la main. De toute évidence, il n'avait pas voulu courir le risque de se faire surprendre pendant qu'il le cachait dans son tee-shirt. Puis il s'éclipsa.

Toujours assise à la table, je rouvris le dessin pour l'examiner tranquillement. Là, griffonné à la hâte en haut de la feuille, il y avait un message.

Apportez-moi du papier! Et aussi des crayons. Des crayons de couleurs S.V.P. J'en ai besoin!

Le lendemain matin, je revins munie de trois carnets à croquis et d'une boîte de vingt-quatre crayons de couleurs. Kevin était là, assis par terre à l'autre bout de la pièce. Il se retourna lorsque j'entrai.

— Voilà, dis-je, en m'approchant et en m'asseyant à côté de lui.

Son visage s'illumina.

— Vous avez acheté ça pour moi ?

— Oui.

— Parce que je vous l'ai demandé ? Rien que pour moi ?

Je hochai la tête.

Il prit le sac et le déchira. Joyeusement, il feuilleta les carnets puis fit sauter le couvercle de la boîte de crayons. Il toucha les pointes.

— Hé, ils sont bien. (Il extirpa un crayon et gribouilla sur le bord du sac.) Oui, oui, ils sont rudement bons. J'ai envie de les essayer, d'accord ? Je peux les sortir et dessiner avec ?

— Ils sont à toi. Tu peux en faire ce que tu veux.

— Oui. (Il vida toute la boîte par terre et ouvrit un carnet.) Je vais vous dessiner quelque chose. Qu'est-ce que vous voulez que je dessine? Dites-le. Je dessine n'importe quoi.

Je pris le temps de réfléchir. De l'endroit où j'étais assise, je voyais au-dehors. Il y avait un gros arbre juste au-delà de la vitre, une variété de peuplier, je pense. Un faible rayon de soleil avait percé les nuages et jouait dans les branches nues. Un instant, les scintillements de lumière et d'ombre me fascinèrent, et je ne répondis pas tout de suite. Lorsque je me retournai, Kevin était déjà penché sur son bloc. Je m'avançai contre son bras pour voir de quoi il s'agissait.

C'était une petite fille, six ou sept ans peut-être, aux longs cheveux bruns emmêlés et aux lèvres entrouvertes.

Tandis que je la regardais prendre vie sous le crayon de Kevin, je fus de nouveau saisie d'étonnement et de respect devant l'évidence de son talent artistique. Comment avait-il pu, pendant tant d'années, passer inaperçu? Mais était-ce vraiment le cas? Kevin semblait conscient de ses capacités. Et il connaissait le matériel de bonne qualité et la façon de s'en servir. Son travail, également, comportait un raffinement indéniable. Où, en quelle occasion, à quelle source, ce talent avait-il un jour enrichi sa substance?

A l'exemple du macabre dessin qui l'avait précédé, celui-ci avait la qualité d'une photographie. Agrémenté de couleurs, il se rehaussa bientôt d'ombres et d'harmonies subtiles. La fillette paraissait étrangement vivante, mais nimbée en même temps d'une atmosphère mystique, créée par les couleurs.

C'était une enfant au visage obsédant, pas vraiment jolie, avec ses mèches éparses et mal peignées. Elle ne souriait pas. Elle nous contemplait d'un regard intense, comme si nous étions des intrus dans son dessin. Je remarquai particulièrement ses lèvres. Écartées, pleines et un peu boudeuses, elles lui conféraient un air de sensualité enfantine. C'était une image stupéfiante, aussi précise qu'une photo, mais raffinée, comme seul l'art peut l'être.

— Qui est-ce ? demandai-je.

— Carol.

Il continua à dessiner, la main balayant vivement la feuille, comme si l'image n'apparaissait jamais assez vite. La fillette devenait de plus en plus vivante.

— Qui est Carol ?

— Ma sœur.

— Elle est ravissante.

Il hocha la tête.

Il y eut un silence infini, seulement troublé par le frottement du crayon de Kevin sur le papier. Je me plaçai face à lui et m'adossai au mur. Je l'observai ; j'étudiai la façon dont il se tenait en dessinant.

Je fus surprise de constater alors qu'il n'était pas vraiment vilain. Pas si ingrat que cela. La rigidité des dernières semaines avait abandonné son corps et, absorbé dans sa création, il avait pris une attitude souple et naturelle que je ne lui avais jamais vue.

Je m'interrogeai sur lui. Je me demandai quel effet cela faisait d'être dans sa peau. Quelles pensées lui trottaient dans la tête. Plus qu'aucun autre des gamins avec qui j'avais travaillé, celui-ci me déroutait.

Il poursuivait sa tâche, sans un mot. Je jetai un coup d'œil à la pendule. A la fenêtre. Je tripotai le poignet de ma chemise. Le silence se rétrécissait, grignoté par le chuchotement du crayon.

Enfin, Kevin brandit le dessin à bout de bras pour l'examiner. Il le tourna vers moi, mais avant que j'aie pu me faire une opinion, il avait déjà replongé sur son œuvre pour adoucir un trait du bout du doigt.

— Ouais, fit-il à mi-voix.

Puis il me lança un bref regard. Sourit. D'un drôle de petit sourire, tendre et rassurant. Puis il revint à son dessin.

— Vous savez, dit-il, un jour j'ai voulu acheter un bateau à Carol. Je vous l'ai déjà raconté ?

— Non. (Il n'avait même jamais mentionné jusqu'alors l'existence de Carol.)

— Voilà. Je voulais lui acheter ce petit bateau. Il fallait aller dans ce magasin qui fait l'angle, à côté du garage, ils avaient des petits bateaux en plastique qu'on peut faire flotter sur l'eau. Vous savez, dans la baignoire ou un truc de ce genre. Mais il fallait demander, pour les voir. Le vendeur, il les avait rangés sur une étagère, derrière le comptoir, à cause des gamins qui les volaient. C'étaient de beaux bateaux.

» Ils coûtaient 2.98 dollars et j'avais 3.10 dollars, alors j'ai dit à Carol que j'allais lui acheter un de ces bateaux. J'y vais. Et j'entre. Je pensais, bon tu vas demander à ce type de t'en montrer un. Mais je n'ai pas pu. Vous comprenez. Je devais *demander*. Je n'ai pas pu. Je suis sorti du magasin et je me suis assis un moment au bord du trottoir. Ensuite je me lève, je rentre et je me dis, *cette fois*, tu vas demander au type de t'en montrer un. Impossible. Alors je suis retourné au bord du trottoir et je me suis assis là encore un moment.

Kevin ne leva pas une seule fois les yeux de son dessin. Je fermai les miens un instant et vis la petite fille de l'image. Elle ressemblait à tant d'autres de mes gamins. Je voyais ses longs cheveux emmêlés et ses vêtements misérables, et cette expression provocante de dignité acquise de haute lutte que prennent souvent les gosses de la rue. Je voyais le petit garçon, aussi, qui ne pouvait rassembler assez de courage pour parler.

— Et au bout d'un moment, reprit Kevin, je me dis en moi-même, maintenant tu *vas* entrer et demander au type de te montrer un de ces bateaux. J'y vais. Impossible. Je restais planté là, et je voyais bien qu'il croyait que j'étais un des gamins qui venaient pour lui piquer des trucs, et il me fait : « Qu'est-ce que tu veux, petit ? » et j'ai eu peur et je suis sorti en courant. Et je me suis assis de nouveau sur le trottoir. Je n'arrêtais pas de me dire : tu dois y arriver. Tu as promis à Carol de lui acheter ce bateau. Tu *dois* le faire, imbécile. Alors à la fin, je me dis, maintenant tu *vas* entrer et demander au type de t'en montrer un, et je rentre et je dis : « Est-ce que je peux voir un de ces bateaux ? » et il m'en a montré un, il était rouge et Carol détestait le rouge, alors je dis : « Est-ce que je peux en voir un bleu, maintenant ? » et il me dit : « Tu as de l'argent, petit, ou c'est juste pour regarder ? » Et je lui dis : « Je veux en acheter un pour ma sœur. » Alors il m'en a montré un bleu, il m'a plu et je l'ai acheté. Et je l'ai rapporté à la maison et je l'ai donné à Carol.

» Mais un peu plus tard, quand j'étais dehors, mon beau-père s'est amené. Et Carol tourne au coin de la maison, avec le bateau dans la main, et il lui dit : « Où c'est que tu as eu ça ? » et elle répond : « C'est Kevin qui me l'a acheté au magasin qui est à côté du garage. » Alors il a dit que ce n'était pas vrai. Il a dit : « Tu n'as pas pu l'acheter, Kevin, tu l'as sûrement volé. » Je savais qu'il pensait ça parce que je ne lui parlais jamais. Je ne pouvais donc pas parler au type du magasin. Mais Carol a dit : « Si, il l'a acheté pour moi. » Et il lui a dit de la fermer. Et puis il a pris le bateau, il l'a mis par terre et il a marché dessus.

Kevin tendit de nouveau le dessin pour l'examiner. Il y avait des larmes dans les yeux de la fillette.

— Bon, alors Carol s'est mise à pleurer. Pas à cause du bateau, elle ne pleurait jamais pour des trucs comme ça. Mais à cause de moi. Elle était triste pour moi. Je crois que tout seul, j'aurais pu supporter. Mais là, je n'ai pas pu. Pourquoi avait-il besoin de me faire ça ? Devant Carol ? Pourquoi avait-il besoin de faire pleurer Carol à cause de moi ?

Il tourna la page du carnet et commença un autre dessin. Je vins à son côté pour voir ce que c'était. Sous sa main se forma la longue et maigre silhouette d'un corps. Les crayons rouges entrèrent en action et le sang jaillit. La mine bleue incrusta alors les longs doigts d'araignée du mésentère, griffant les organes exposés. Puis les crayons argentés s'animèrent et je vis la lueur d'une humeur visqueuse ramper le long des tendres boucles de l'intestin.

J'étais trop stupéfaite de ce qui se passait en lui pour faire autre chose que le regarder. Il se cramponnait à son bloc, dessinant à coups rapides, précis. Son corps était voûté sur le papier dans une tension frénétique, son visage enfiévré de concentration. Achever ce dessin devenait soudain une question de vie ou de mort.

— Je vais le tuer. Le tuer, murmura Kevin. Je vais acheter un couteau et l'assassiner.

— Ce n'est peut-être pas le meilleur moyen de résoudre les choses, Kevin, intervins-je. Imagine ce qui t'arriverait à *toi*, si tu...

— Oui, je sais, coupa-t-il. J'irais en prison. A perpétuité, sans doute. C'est un crime prémédité. J'aurais probablement une condamnation à vie. (Il leva les yeux vers moi, au-dessus du carnet.) Mais je m'en fiche. Pour moi, ça en vaut la peine. Et puis quelle importance ? J'ai déjà été bouclé la moitié de ma vie. Et je n'ai même encore rien fait.

11

Et puis l'impossible arriva.

En raison d'un colloque qui se tenait en ville cette semaine-là, j'avais signalé à Garson Gayer que je devrais avancer mes séances avec Kevin, qui se déroulaient d'ordinaire de neuf heures trente à dix heures trente. Le lundi, j'arrivai donc dans la pénombre froide et cinglante d'un matin de décembre. J'avais l'intention de m'affaler d'abord dans le bureau de Dana, le temps de bavarder un peu et de boire un café, car je ne l'avais guère vue dernièrement, et aussi parce que, la veille, un ancien petit ami était venu me rendre visite et, jusqu'à quatre heures du matin, nous avions discuté et siroté du mauvais vin en souvenir du bon vieux temps. A moitié morte de sommeil, donc, j'avais décidé que seule la redoutable potion que Dana préparait serait capable de me redonner forme humaine.

— Hé! La voici! Dana, voici Torey! cria l'une des secrétaires derrière la vitre de la réception.

Sa collègue sortit et me regarda. Je ne comprenais pas ce qui se passait.

— Torey est ici, entendis-je annoncer une voix au bout du couloir.

Et deux surveillants apparurent. Puis Dana.

— Toutes mes félicitations, dit-elle, tout sourires. (Comme je restais de marbre, elle accentua son sourire.) On ne vous a pas dit?

— Dit quoi?

— Kevin a parlé.

Kevin *avait parlé*. Pas simplement un mot ou deux. Il parlait. Comme si les sept années de silence n'avaient jamais existé, Kevin avait répondu, l'air de rien, à une remarque de Dana, le dimanche après-midi. Il apparut bientôt qu'il ne s'agissait pas d'un incident isolé. Il répondait à tout ce qu'on lui disait et, le soir même, il s'exprimait spontanément, offrant son opinion sur tel ou tel sujet au personnel ou aux autres enfants.

Dana était aux anges. A la vérité, tout le personnel de Garson Gayer était d'une humeur superbe. *Kevin parlait!* Et je fus acclamée telle une héroïne.

Kevin parlait? L'événement me prenait totalement au dépourvu. Je n'y comprenais rien. Après ces longs mois de silence, pendant lesquels j'avais si désespérément tenté de le faire parler devant les autres, pourquoi choisissait-il ce moment précis? Qu'est-ce qui l'avait soudain fait changer d'avis? Sa réaction était surprenante, totalement inattendue, et pour cette raison même, ne manquait pas de me troubler. Toute cette affaire vibrait en moi d'un écho inquiétant et vaguement sinistre.

Mais comment dire cela à Dana? Ou aux autres membres de l'équipe? Ils portèrent un toast en mon honneur avec du café qui sentait fort et des beignets poisseux. Ils pensaient que ce résultat était mon œuvre ; ils m'appelèrent la Faiseuse de Miracles. Je marmonnai, parmi des postillons de café, que j'étais aussi stupéfaite que tout le monde, que je ne m'y attendais pas non plus. Que je craignais de n'y être pas pour grand-chose. Mais même à mes propres oreilles, cet aveu ne parut que fausse modestie, alors qu'en fait il n'exprimait rien d'autre que la brutale vérité.

Je restai assez longtemps avec Dana et les autres pour ne pas être impolie, puis m'excusai et descendis à la petite pièce blanche. Kevin n'arriverait pas encore, car j'étais très en avance, mais il fallait que je m'éloigne des autres. Le fait qu'il eût parlé n'avait guère de rapport avec moi, semblait-il, du moins dans le sens où ils l'entendaient, et je n'étais pas très fière de leur laisser croire que je maîtrisais à ce point la situation. En vérité, dans la solitude de la pièce, je songeai soudain que Kevin échappait totalement à mon contrôle. Je posai ma boîte sur la table et, debout devant la fenêtre, je contemplai la cour. J'enfonçai les mains dans les poches de mon jean. Voilà que Kevin devançait mes prévisions, à présent. Il avait garni sa propre chaudière, et si j'avais donné le coup de pouce initial, il filait maintenant à pleine vapeur, dans la direction qu'il avait choisie. Et il me vint à l'idée que je ne pourrais peut-être plus le rattraper.

Dehors, la matinée s'était éclaircie. Notre grisaille monotone et interminable avait fini par céder autour de *Thanksgiving*, et la saison retrouvait son allure traditionnelle à ce moment de l'année, journées radieuses, nuits froides, arbres dressés dans leur nudité superbe sur un ciel d'un bleu si âpre qu'il en semblait cassant. Mains au fond des poches, j'observais les feuilles mortes qui s'effondraient en tourbillon au pied du peuplier. Que se passait-il donc ? J'avais l'impression de reconstituer un puzzle, si disloqué encore que j'ignorais quelle devait en être l'image finale, et de découvrir soudain que la moitié des pièces correspondaient à un tout autre jeu. Que se passait-il ? Et pourquoi ?

Kevin était aussi content de lui que Dana. Il pénétra hardiment dans la pièce, la bouche en cœur. Tel un roi d'humeur clémente, il congédia le surveillant d'une arabesque du bras. Il s'approcha de la fenêtre, se hissa sur le radiateur. J'étais restée fichée à la même place, et il se trouvait tout près de moi.

— Je suppose qu'on vous a déjà annoncé la nouvelle, dit-il.

Sur quoi il descendit, se dirigea vers la boîte posée sur la table. Il l'ouvrit, sortit un carnet de croquis et un crayon noir ordinaire, referma le couvercle et revint sur le radiateur.

— Oui, on m'a dit.

— J'aurais préféré vous l'annoncer moi-même, mais j'étais sûr qu'ils s'arrangeraient pour vous voir avant moi.

Il commença à dessiner.

— C'est qu'ils sont tous très émus. C'est compréhensible. Imaginez ce que cela doit représenter pour eux...

Je me tus, ne sachant plus quoi dire. Kevin me lança un bref coup d'œil lorsque je m'interrompis. Il me gratifia de l'un de ses sourires dernier cri, minaudant, puis retourna à son dessin. Il n'y avait plus l'ombre d'une peur en lui. Chrysalide trop étroite, l'angoisse avait chu à terre, libérant un individu entièrement neuf, dans lequel je n'aurais jamais reconnu le gamin terrorisé qui se balançait sous la table trois mois plus tôt. Mais en un sens, je me sentais plus à mon aise avec Zoo-boy.

— Alors, vous êtes fière de moi ? questionna Kevin. Que j'aie enfin parlé comme vous le vouliez ?

— Ça a été difficile ? demandai-je.

Il leva la tête, pivota et contempla un instant la fenêtre. Puis il hocha la tête.

— Oui, ç'a été dur. Je savais que j'en étais capable. Vous voyez ce que je veux dire. J'y pensais beaucoup, ces derniers temps. Mais le faire vraiment, c'était dur.

J'acquiesçai. Pour quelque obscure raison, je me sentais bizarre. C'était une impression physique, très étrange. Les cheveux follets de ma nuque me picotaient. Je me tenais sur la défensive aussi, comme si la métamorphose de Kevin était non pas tout à mon honneur, mais de ma faute, plutôt.

— Alors, répéta-t-il, vous êtes fière de moi ? C'était ce que vous vouliez, non ?

Je le dévisageai, cherchant à discerner en lui l'invisible. Oui, je l'*avais* souhaité. Un jour. Je n'étais plus si sûre de le désirer, à présent.

Kevin m'observait aussi. Voûté au ras de son carnet de croquis, crayon toujours en l'air, il m'observait, tentant de déchiffrer sur mon visage, sans doute, le même genre d'indice que celui que je recherchais sur le sien. Nous étions l'un pour l'autre des inconnus familiers, qui avaient cru mieux se connaître qu'ils ne se comprenaient, en réalité.

— Pourquoi as-tu fait ça, Kev? demandai-je. Pourquoi as-tu décidé de parler, maintenant ?

— Parce que vous le vouliez.

Je secouai la tête.

Ses lèvres se crispèrent. Il baissa les yeux sur son carnet.

— Eh bien, c'est parce que je pensais que c'était le moment.

— Pourquoi ?

— Parce que je savais que si je ne parlais pas, ils ne me laisseraient jamais sortir d'ici. Et que si je ne sortais pas d'ici, je...

— Tu ne pourrais pas le tuer ?

Le silence tomba entre nous, un bloc de granit. Si j'avais tendu la main, je l'aurais touché, j'en suis certaine.

Puis il hocha la tête.

— C'est ça. Je ne pourrais pas le tuer.

Tandis que les jours s'enfuyaient, l'un après l'autre, je regardais se démasquer la haine de Kevin. Je compris que j'en étais en grande partie responsable. La petite pièce blanche était un lieu protégé. Ces soixante minutes étaient hors du temps. Je poursuivais, ainsi que je le faisais depuis le début, une relation des plus singulières avec Kevin. Il me parlait, comme si j'étais une part de lui-même et que, tandis qu'il me disait ces choses, c'était à lui qu'il se les révélait, simplement. D'une certaine façon, je me sentais presque invisible. Face à Kevin, je n'avais d'autre identité que celle de son propre reflet.

Mais pour moi, l'expérience prenait peu à peu les proportions d'une histoire d'horreur, tel un roman noir qui jaillit sous la plume au plus profond de la nuit. Était-il à ce point dangereux ? Telle était la question très concrète qui se posait à moi. Et je ne devais cesser de me la répéter au cours des jours et des semaines qui suivirent. Les meurtres et la violence de Kevin composèrent une toile de fond des plus piquantes à mes fêtes de Noël.

Je ne contrôlais pas Kevin. Je le savais. Irait-il se mettre en tête d'expérimenter pour de bon ce qu'il illustrait dans ses dessins ? Ne risquait-il pas de reporter sa fureur sur un surveillant ou une infirmière dans un moment d'inattention de ceux-ci ? Ou sur un autre enfant ? Ou sur moi ? Surmonterait-il soudain la peur de sortir qui le paralysait, ainsi qu'il avait vaincu sa peur de parler, pour décider de s'enfuir ? Parviendrait-il à changer cette phobie-là, comme tant d'autres, en actes ? Savait-il que s'il mettait le pied hors de Garson Gayer, il ne serait peut-être plus capable de contenir sa rage meurtrière ?

Des pensées de ce genre m'habitaient constamment. Voudrait-il ? Pourrait-il ? Je l'ignorais. C'était là que résidait toute l'horreur de la situation. Honnêtement, je l'ignorais. Mais je pense avoir su à ce moment par quelles affres avait dû passer Frankenstein avec sa *créature*.

Pourtant, en dépit de ces incertitudes, je rechignais à

en dire plus à mes collègues qu'une remarque occasionnelle glissée dans le dossier. Je ne possédais aucune preuve que Kevin pût être dangereux. Les dessins et les émotions verbalisées ne suffisaient pas. De fait, en eux-mêmes, ces deux modes d'expression pouvaient fort bien passer pour une façon très acceptable d'évacuer des sentiments d'une telle intensité. Tout le monde, à un moment ou un autre, ressent des pulsions de ce genre, de toute façon, et considérant le passé de Kevin, il était raisonnable de s'attendre à ce qu'il en revendique plus que la moyenne des gens ; il avait des raisons, après tout. Ses dessins, en tant que tels, ne permettaient donc pas d'affirmer qu'il mettrait un jour ses projets à exécution.

Mais qui étais-je pour préjuger ainsi de l'avenir ? Les émotions qu'il laissait paraître étaient extrêmement dynamiques. Et s'il était véritablement dangereux ? S'il s'enfuyait et blessait grièvement quelqu'un ? Comment pourrais-je jamais le justifier à mes propres yeux, puisque j'avais envisagé cette éventualité et n'avais alerté personne ?

Ce fut une période éprouvante pour moi. Avec une prudence extrême, je surveillais ma *créature* et flanchais peu à peu sous le fardeau. Le plus pénible, sans doute, fut de constater qu'au beau milieu des festivités de Noël j'étais incapable de soulager mes angoisses. Toutes les frustrations que je subissais du côté de Kevin, j'avais envie de les défouler sur ces mille et une niaiseries qui font le charme de cette période. J'avais envie de bondir de ma voiture et de boxer les Pères Noël qui secouaient leur clochette au coin des rues. D'aplatir d'un coup de poing ce stupide haut-parleur qui nasillait des cantiques sans interruption dans l'ascenseur de mon bureau. Et puis surtout, j'avais envie de hurler. J'avais envie de me planter sur le trottoir au milieu de la foule affairée à ses emplettes et de hurler. Hurler quoi, je n'en sais rien, mais le désir de brailler me prit fort souvent au cours de ces semaines-là.

Comme si Kevin ne suffisait pas à mon tourment, Charity ajoutait sa petite goutte d'huile sur le feu. Des visites fréquentes, elle était passée aux visites continuelles. Non contente de me priver du peu de solitude que je pouvais m'offrir, notamment en période de Noël, elle me rendait impossible toute éventualité d'association avec des individus du sexe masculin. Les quelques braves qui osaient franchir ma porte s'empalaient généralement, au bout de quelques minutes, sur l'une de ces remarques insignifiantes et abominables dont seule Charity semblait avoir le secret. Ou pire, ils avaient droit au récit, étoffé d'exagérations toutes charitesques, de mes liaisons précédentes. Si bien qu'en un temps record, la gamine était parvenue à faire le vide autour de nous, et nous restâmes seules, elle et moi.

Un soir, après une journée particulièrement éreintante où j'avais subi, outre Kevin, un gosse dénommé Fletcher Forbes, qui pratiquait le culte des aspirateurs et venait de m'imposer pendant une heure une discussion approfondie sur les accessoires, les sacs à poussière et la vie intime des appareils Hoover, je fus accueillie, devant chez moi, par Charity, assise sur les marches. La journée, lumineuse et ensoleillée, s'achevait en une soirée de décembre classique, et il faisait déjà nuit lorsque je quittai mon travail, dans les rafales violentes qui soulevaient les feuilles. Charity était blottie à l'abri du porche.

— Ouf, gémit-elle lorsque je sortis de la voiture. Je croyais que vous n'alliez jamais rentrer. Où étiez-vous donc ? Pourquoi vous revenez si tard ?

Nerveuse et très lasse, je n'avais guère envie d'affronter ce genre de situation. Je ne désirais que paix et calme.

— Que fais-tu ici ? demandai-je.

— Comment ça se fait que vous êtes en retard ?

— Je suis passée à l'épicerie acheter des provisions.

— Ah ! chouette. Qu'est-ce qu'on mange pour souper ?

Je me débattais avec mes clés, cherchant celle de la maison, le sac de provisions en équilibre.

— J'ai dit, qu'est-ce qu'on mange pour souper ?

insista-t-elle. Quelque chose de bon, j'espère. De la pizza ? Vous avez acheté des pizzas ?

— Qui a dit que tu dînais avec moi ? Qu'est-ce que tu fais ici, de toute façon ? Et dans ce froid de canard ? Tu vas attraper la mort, un de ces jours.

— Je suis toujours là, répondit-elle, joyeuse, et elle me prit le sac des mains pour en inspecter le contenu.

— Je le vois bien. C'est justement ce que je te demande. Qu'est-ce que tu fais ici ? (J'ouvris brutalement la porte et j'allumai la lampe de l'entrée.) Pourquoi ne vas-tu pas chez toi de temps en temps, pour me laisser un peu tranquille ?

— Parce que je me plais bien, ici, dit-elle, aussi sourde que de coutume à mes paroles.

— Mais ce n'est pas chez toi. C'est *chez moi*, ici.

Je retournai à la voiture pour prendre l'autre paquet et rentrai dans la maison. Charity se tenait toujours sous le porche, ses prunelles dilatées emplissant ses yeux de nuit, dans la lueur qui coulait de l'entrée. Elle me tint la porte. Je posai les provisions sur la chaise du vestibule.

— Charity, est-ce qu'il ne t'arrive jamais de penser que tu peux me déranger ? Que peut-être j'ai d'autres choses à faire, quelquefois ?

— Mais je vous empêche pas de les faire.

— Si, tu m'en empêches. J'ai envie de les faire seule.

Son front se plissa.

— Vous voulez pas de moi ? (Sa voix était devenue minuscule soudain.)

C'était l'exacte vérité. Ce que je désirais, c'était pouvoir m'installer dans un fauteuil et avoir la soirée à moi, pour une fois, faire couler un bain peut-être, pousser la stéréo à fond jusqu'à ce que tout le plancher vibre et me calmer, me plonger dans un bouquin facile qui ne souffrirait pas trop si je le laissais choir dans mon bain. Charity présente, tout cela était hors de question. Pourtant, en voyant sa mine se décomposer dans la blême lumière du vestibule, je n'eus pas le cœur de lui dire d'aller au diable.

Mais Charity prit mon silence pour ce qu'il était, l'aveu que je ne voulais pas d'elle chez moi. Brusquement, les pleurs débordèrent. Elle eut l'air absolument accablée de douleur, et je me sentis pourrie jusqu'à la moelle, ignoble.

— Non, non, bien sûr que je veux bien de toi, Char. Entre donc. J'avais simplement d'autres soucis en tête.

Mais Charity refusa de bouger. Elle posa les mains sur son visage, cacha ses pleurs.

Je me mis à genoux pour être à sa hauteur.

— Écoute, Charity, j'ai été un peu brutale. Je m'en excuse. Bien sûr, que je veux bien de toi. Entre, nous allons nous faire à manger, d'accord ?

— Je vous avais même apporté un bon devoir que j'ai fait à l'école, sanglota-t-elle dans ses doigts. (Elle alla pêcher un petit torchon de papier dans sa poche.) Je croyais que vous seriez contente de voir comme je travaille bien à l'école. Et vous voulez même pas que je vienne chez vous. (Là-dessus, gémissements mélodramatiques.)

— Je t'ai dit que je m'excusais, Charity. Allons, viens, n'y pense plus. J'ai pris des beignets de poisson, pour ce soir. Tu aimes bien ça, n'est-ce pas ? Viens, on va les préparer.

Je l'enlaçai d'un bras, mais elle ne se laissa pas si aisément consoler. Elle brailla de plus belle.

— Parfait, comme tu veux. Moi je rentre. On est en train de réchauffer toute la rue, à rester là-dehors.

Je la tirai à l'intérieur et fermai la porte derrière elle. Puis je la laissai et trimbalai les provisions jusqu'à la cuisine, les déposai sur le plan de travail, commençai à ranger.

Tandis que je lisais le mode d'emploi sur la boîte de beignets de poisson, Charity entra en traînant la jambe. Son nez coulait, et elle se frottait les yeux à grands renforts d'effets de manche.

— Vous m'aimez bien ? demanda-t-elle pendant que je versais les beignets sur une feuille d'aluminium.

— Oui, bien sûr, que je t'aime bien. (Je lui effleurai la tête en passant près d'elle.)

— Vous voulez toujours être ma Grande Sœur ?

Je m'arrêtai pour la regarder.

— Oui, bien sûr. Je suis fatiguée, parfois, tu sais. Et ça me met de mauvaise humeur. Mais cela n'a rien à voir avec toi. Ce n'est pas de ta faute, si je suis fatiguée.

— Je peux avoir un gâteau, alors ? demanda-t-elle, et la lueur familière scintilla de nouveau dans ses prunelles.

— Tu en auras un après dîner. Nous mangerons dès que ce sera prêt.

— Ma mère, elle me donne toujours un gâteau si j'arrête de pleurer.

— Je n'en doute pas. Mais je ne suis pas ta mère, pas vrai ?

— Exact, dit Charity, qui grimpa sur le plan de travail pour s'asseoir près de moi. Mais ça me dérangerait pas, si vous le seriez.

Charity s'installa devant la télévision avec trois biscuits, un demi-soda et un bol de pop-corn. J'allai dans ma chambre jeter un œil à mes classeurs. J'avais lu pas mal de choses sur le traitement de la haine chez les enfants, et il me semblait avoir gardé quelque part un article découpé dans une revue psychiatrique.

C'était une erreur. En ouvrant le tiroir du milieu, je découvris tous mes vieux papiers de classe. Des dizaines et des dizaines de dossiers bourrés de recettes pédagogiques, images de tableaux d'affichage, idées chipées dans des revues spécialisées, communications que j'avais entendues ou présentées, articles de magazines qui avaient attiré mon attention, et même coupures en tout genre, comme cet éditorial d'un journaliste décrivant son chagrin à la mort récente de sa femme. Tout cela compilé selon un ordre intime et familier, de moi seule compris. Je dénichai aussi les chemises contenant les travaux de mes anciens élèves. Je les pris, m'assis par terre et me mis à les parcourir, feuille à feuille. Je retrouvai Sheila, et Cliffie, et Joyce. Stephen, Sandy, Tommy, Adam, Lucio, Yolanda, Leslie. Tous, avec leurs dessins, les messages qu'ils m'adressaient, leurs histoires, leurs devoirs, souvent un peu jaunis, déjà, par le temps. Les lettres calligraphiées par de petites mains s'envolaient du papier pour venir se fondre à la riche texture de ma mémoire.

J'étais douée d'une imagination puissante. A partir de feuillets cornés, je parvenais si bien à recréer mon ancien univers que pâlissait tout autour de moi la réalité du moment. Mon taux d'adrénaline, déjà élevé en raison de mes déboires récents avec Kevin, fit un bond spectaculaire. C'était une sensation à laquelle je m'étais accoutumée au fil de ces années passées dans une classe, une sorte de drogue. Je me camais à cette impression que produisait l'adrénaline filant dans mes veines, et il me fallut des années, lorsque j'eus abandonné l'éducation spécialisée, pour arriver à m'en passer. Et même à présent, alors que je me rongeais les sangs au sujet de Kevin, je ne ressentais plus comme autrefois cette excitation tenace et irréductible qui m'habitait, heure après heure, et faisait que mon cœur battait toujours un peu vite, que je pouvais engloutir des repas de 3 000 calories sans jamais prendre un gramme. Assise sur le plancher de ma chambre, je recomposai dans mon cerveau ces enfants, ces jours, ces mois, l'odeur même de mes salles de classe. Et mon corps répondit sans autre stimulation extérieure, et crépita soudain le long de mes bras cette sensation familière de picotement, qui fit trembler mes mains si fort que je ne pus tenir plus longtemps la feuille.

Qu'avais-je donc fait de mes classes? Pourquoi n'étais-je plus là-bas? J'étais une exilée involontaire. Et tout en compulsant ces travaux d'enfants, qui ne revivaient plus que dans mon imagination, je mourais d'envie de reculer les aiguilles de l'horloge, de revenir dans une classe et d'apprécier un peu plus les trésors qui étaient alors en ma possession.

Tout était plus simple, à l'époque. Ce n'était pas ce que je pensais alors. Mais je savais aujourd'hui que les responsabilités n'étaient pas les mêmes. Dès que je fermais la porte de la classe et créais mon propre petit univers dans l'œil de l'ouragan, j'avais l'impression de tenir seule le gouvernail. C'était peut-être vrai, quelquefois. Mais faux le plus souvent. En réalité, les autorités académiques décidaient qui venait dans ma classe, qui en partait, combien de temps je devais garder un gamin. Elles décidaient même si je devais ou non continuer d'exister.

Ici, rien de tel. Soudain je me voyais confier cette responsabilité que j'avais tant souhaitée autrefois, non seulement de mon propre destin mais de la vie d'autres individus, des personnes innocentes que Kevin pouvait blesser ou tuer si je me trompais sur son compte, des enfants à qui je pourrais consacrer mes recherches si Kevin se révélait incurable et devait être envoyé à l'asile ou en prison, et bien entendu de Kevin lui-même, de façon tout à fait concrète. Son destin dépendait de moi, totalement. Je pouvais faire ou dire des choses qui annihileraient plusieurs années de son existence, sa vie tout entière peut-être. Inversement, mais c'était beaucoup moins facile, je pouvais lui restituer son avenir, avec un peu de chance.

Je frissonnai. Assise sur le parquet de ma chambre, dos au mur, dossiers d'école ouverts sur mes cuisses, je tremblais du ventre aux épaules. C'était trop de responsabilités pour n'importe qui. On aurait pu dénommer cela « jouer à Dieu », car Dieu nous étions, à faire ce genre de travail, et jouer à le faire croire était la seule chose dont nous étions capables. Je savais que quelqu'un devait se charger de cette affaire. J'aurais simplement voulu que ce ne fût pas moi.

Parmi les papiers éparpillés dans mon giron, un petit poème écrit par l'un de mes gamins plusieurs années auparavant.

Le perroquet est un drôle d'oiseau,
Je me demande, quand il parle,
S'il sait qu'il dit des mots humains
et continue quand même à penser
en perroquet.

C'était moi, le Perroquet de Dieu.

12

Je traversai décembre à bride abattue. Toujours plus vigilante, toujours plus impliquée dans l'histoire de Kevin, je tentai de maintenir un semblant d'autorité. Ce fut, en fin de compte, comme de monter un cheval emballé. On est terrifié à l'idée de tomber, mais au bout d'un moment, on se laisse emporter dans une sorte de vertige nerveux et arrogant qui se nourrit de cette terreur et que l'on se prend, tôt ou tard, à aimer. Mon taux d'adrénaline s'éleva. Je perdis du poids. Je dormais mal. Et pourtant, j'étais comme droguée. Jour après jour je revenais, pour voir le phénomène que j'avais déchaîné.

Janvier arriva, accompagné de fortes chutes de neige et d'une température glaciale. En entrant dans mon bureau un matin, après ma séance avec Kevin, je trouvai Jeff assis à sa table, la tête ballottant entre les genoux. Je dus me dépouiller de deux couches de laine avant de pouvoir lui parler.

— Qu'est-ce que tu fais ? demandai-je.

— J'ai la migraine. Je laisse descendre le sang dans mon cerveau.

— Et tu es médecin ? Dieu du ciel. Pourquoi ne prends-tu pas simplement une aspirine ? J'en ai dans mon bureau.

Toujours emmitouflée dans ma veste et traînant mon cache-nez après moi, j'allai farfouiller dans un de mes tiroirs. Le flacon était là depuis fort longtemps et exhala un relent de vinaigre lorsque je le débouchai.

— Tiens.

Jeff garda la tête en bas.

— Je n'ai pas envie de me polluer l'organisme, répondit-il.

Jeff ne manquait jamais de me surprendre. Quel hypocrite ! Lui qui s'imbibait régulièrement d'une bière qu'il brassait, avec son compagnon de chambre, dans leur baignoire.

— Prends donc cette aspirine, Jeff.

— Je suis crevé, c'est tout. (Il se redressa, me prit les cachets des mains.) J'ai été sur les dents presque toute la nuit dernière, à l'hôpital.

— Je vais te chercher un verre d'eau, dis-je.

Quand je revins, Jeff avait pulvérisé l'aspirine dans le creux de sa paume à l'aide de la gomme d'un crayon. C'était le seul médecin, à ma connaissance, qui fût incapable d'avaler un cachet.

— Que s'est-il donc passé, à l'hôpital ? demandai-je.

— Cheri Bennett. Une fois de plus.

Et il roula de gros yeux.

En revenant de conduire Charity chez elle, j'entendis le téléphone sonner pendant que je rentrais la voiture au garage. Je jouai fébrilement des clés et des mains pour ouvrir la porte, mais le temps que j'atteigne le téléphone, il était trop tard.

Bien qu'il ne fût qu'un peu plus de neuf heures, ces longues semaines commençaient à ébranler ma résistance et je décidai de me faire couler un bain brûlant et de me coucher de bonne heure. A la seconde même où je me laissais glisser dans l'eau, le téléphone sonna de nouveau.

C'était Jeff. Il n'avait pas une simple migraine ce matin-là ; cloué chez lui par une angine carabinée avec une fièvre de cheval, il se demandait si je ne pouvais pas le remplacer pour les urgences. Grelottante et dégoulinante au téléphone, je voulus bien tout ce qu'il voulait. Après quoi je m'en retournai dans un bain tiédasse.

Jeff avait dû flairer le vent. Moins d'une heure après que je me fus enfouie au chaud dans mon lit et dans un livre, le service psychiatrique de l'hôpital téléphona. Pouvais-je venir? Cheri Bennett y était allée de sa crise, chamboulant tout le service, et tenait maintenant les infirmières en respect à l'aide d'une ampoule cassée.

Je m'extirpai sans entrain de ma couche. Il était près de dix heures trente.

Je n'ignorais rien de Cheri Bennett. Elle avait quinze ans et, à mon avis, en pinçait sérieusement pour Jeff. C'était également une gamine très perturbée, qui faisait en permanence de graves tentatives de suicide. Rien de ce que Jeff entreprenait ne semblait dévier sa course périlleuse à l'autodestruction. Lorsqu'elle avait été admise en psychiatrie le lundi précédent, après avoir sauté de la passerelle de la 17e Rue, Jeff en avait presque eu les larmes aux yeux de découragement.

Si je n'avais jamais vu Cheri Bennett, je n'eus pas trop de mal à la repérer, debout sur le rebord de la fenêtre, dos à la vitre, qui fendait l'air bravement de son ampoule, telle une escrimeuse.

— Qui vous êtes, vous? hurla-t-elle à mon intention.

— Le Dr Tomlinson est malade, braillai-je en retour pour tenter de couvrir le boucan que faisaient surveillantes et infirmières.

— Mais *vous*, qui vous êtes?

— Je suis Torey Hayden. Je suis une collègue du Dr Tomlinson.

— Vous êtes docteur?

— Non. Je travaille avec le Dr Tomlinson. Je viens à sa place. Il est malade. Je suis ici pour t'aider.

— Qui a dit que j'avais besoin d'aide? Je me fous de qui vous êtes, de toute façon. Vous n'êtes même pas médecin. Comment voulez-vous m'aider?

Ce ne fut pas une nuit de tout repos. Cheri était le genre de gamine dont l'air de bravade farouche et angoissé m'allait droit au cœur. Sentiment non réciproque, hélas! Il me fallut plus d'une heure pour seulement la persuader de descendre de son perchoir et de s'asseoir sur le lit.

Je restai toute la nuit. Je mis plusieurs heures à la calmer assez pour pouvoir lui retirer l'ampoule, la lime à ongles, la ceinture de peignoir de bain et autres accessoires mortels dont elle était parvenue à se munir. Après quoi je n'eus pas le cœur de l'abandonner à son sort, bourrée de tranquillisants et gisant dans le noir à attendre le sommeil ou autres fantômes nocturnes. Lorsqu'elle fut calmée et plus détendue, nous bavardâmes.

Le personnel de nuit s'en alla. Arriva l'équipe de jour, pétillante de rires et de bonne humeur. J'attendis le petit déjeuner pour me retirer, et quand je pris congé, Cheri m'expédia d'un haussement d'épaules et se détourna pour manger.

A huit heures vingt du matin, je revins chez moi, juste comme Jeff m'appelait. D'une voix pitoyable il me croassa quelques directives concernant son travail au bureau. Quelques petites choses, précisa-t-il, qu'il n'avait pas eu le temps de terminer. Lorsque j'arrivai au bureau, je découvris qu'il en avait laissé plus à faire que faites. Trop pour moi. Je téléphonai à Dana, à Garson Gayer, et lui expliquai ce qui s'était passé. Puis je fis une halte au secrétariat et informai Shirley qu'en ce qui me concernait, Hayden, Tomlinson & Co. avaient fermé boutique. Et je rentrai chez moi, où je dormis toute la matinée.

Lorsque j'arrivai le lendemain matin, Kevin était abattu. Il était là avant moi, comme d'habitude, perché sur le radiateur, près de la fenêtre, un genou plié soutenant sa joue. Il regardait par la vitre et ne se retourna pas à mon entrée. Il ne dit mot.

Je posai mes affaires sur la table.

— Où étiez-vous hier ?

— Dana t'a averti, n'est-ce pas ? dis-je. J'ai dû passer la nuit à l'hôpital. Elle ne te l'a pas dit ?

Il hocha la tête et la fit lentement pivoter pour me regarder.

— Mais c'était la nuit. Pourquoi vous n'êtes pas venue hier matin ?

— J'étais trop fatiguée. J'avais veillé toute la nuit, et je suis rentrée chez moi me coucher.

— Mais vous auriez pu venir d'abord ici.

— J'étais trop épuisée. Je n'aurais pas été très drôle.

— Mais vous auriez pu. C'était seulement pour une heure. Pas pour toute la journée, ou je ne sais quoi. Ou toute la nuit, comme pour cette fille.

— Je suis désolée, Kevin. Mais je ne me sentais pas bien, d'avoir dû tant veiller. Il fallait que je dorme.

Kevin se détourna et contempla de nouveau le paysage. Il se tut.

Je ne pus lui tirer un mot de la bouche. Accroupi dans un silence maussade, il refusa de se retourner, de descendre du radiateur, de parler. J'ouvris donc ma boîte et pris un livre de mots croisés, où je m'absorbai, assise à la table, pendant vingt-cinq minutes. Lorsque je relevai les yeux, Kevin m'observait.

— Tu te décides à te joindre à moi ? demandai-je.

Il se détourna.

Je me replongeai dans ma grille.

— J'ai fait quelque chose pour vous hier, dit-il.

Je levai la tête. Il me dévisageait, mais pivota immédiatement vers la vitre. C'était comme un ballet, ce mouvement de nos têtes de bas en haut, de gauche à droite.

— J'ai fait quelque chose pour vous, et vous n'êtes même pas venue.

— Tu veux bien me le montrer maintenant ? Tu l'as sur toi ?

Il haussa les épaules.

— Tu boudes, Kevin. Tu es en colère parce que je ne suis pas venue. Je regrette, Kev, si je t'ai gâché un plaisir, mais je ne pouvais faire autrement.

Pas de réponse. Je revins à mes mots croisés.

— C'est presque l'heure, dit-il.

— Mmm-mmm.

— Je peux rester un peu plus, aujourd'hui ? Pour rattraper la séance d'hier ?

Je secouai la tête.

— Tu serais en retard pour le cours de Mr Gardner. Impossible.

La clé du surveillant cliqueta dans la serrure et Kevin se leva. Il me dévisagea un instant.

— Vous savez, déclara-t-il, en réalité, je ne vous aime pas beaucoup.

J'espérais que la tourmente se serait dissipée le lendemain ; mais je retrouvai Kevin aussi renfrogné et bougon que la veille. Je m'étais installée dans la pièce avant lui, cette fois, postée contre le radiateur pour l'empêcher de chercher refuge dans la fenêtre. Il en fut légèrement contrarié et arpenta le sol. Arrivé dans le coin opposé, il s'immobilisa et me regarda. Je fourrageai dans ma boîte et en tirai un bloc à dessin, que je lui expédiai en rase-mottes, à fleur de moquette. Un crayon suivit.

— Tiens, dessine.

Kevin m'observa longuement. Puis, sans se hâter, il s'agenouilla et prit le bloc. La tentation était trop forte et il s'assit, ouvrit le carnet, feuilleta les dessins précédents et trouva enfin une page vierge. Crayon suspendu, il la considéra. Puis leva les yeux vers moi.

— Qu'est-ce que vous voulez que je dessine ? demanda-t-il.

— Je n'en sais rien. (Petit haussement d'épaules.) Ce que tu veux. Invente-toi un monde.

Il continua à me dévisager.

— C'est ce que je faisais. Quand j'avais ton âge. Je ne dessinais pas, mais j'écrivais. Et je m'inventais tout un monde, exactement comme je le souhaitais. J'écrivais des histoires. Des tas et des tas d'histoires. Mais toi, tu sais dessiner. C'est mieux, à mon avis. Parce que les gens peuvent voir à quoi ressemble ton monde. J'ai toujours regretté de ne pas savoir illustrer ce que j'imaginais, pour montrer les choses telles que je les voyais.

Le regard de Kevin ne lâchait plus mon visage.

— Vous faisiez vraiment ça ? Inventer un monde ?

Je hochai la tête.

— Oui. Et il y avait des gens, et tout le reste. Et c'était moi qui décidais de tout.

— Vous continuez ?

— De temps en temps. Je m'écris toujours des petites histoires, et ce sont chaque fois mes plus belles. Parce qu'elles sont pour moi.

Il y eut un silence. Kevin tripota le tissage de la moquette.

— Vous voulez savoir quelque chose ? (Silence encore.) Quelque chose que je n'ai jamais dit à personne ? A personne d'autre ?

— Oui ?

— Eh bien, moi aussi j'ai une sorte de monde en moi. Depuis toujours, je crois bien. Je ne l'ai jamais dessiné, ni rien. Il est dans moi, c'est tout. (Il sourit, tritura la moquette.) Vous voyez, il y a comme qui dirait un autre garçon en moi. Je l'appelle Bryan. Bryan, c'est un nom qui a de la force, j'estime. Le genre de nom que porterait un gars solide. Eh bien, à l'intérieur de ce vieux crétin de Kevin, il y a ce Bryan, un type vraiment bien. Et parfois je me dis que je suis réellement Bryan. Pas d'apparence, peut-être, mais au fond de moi. Mais personne ne le sait à part moi. Personne ne sait que je suis un type formidable à l'intérieur. C'est mon monde secret à moi, si on veut, comme le vôtre. Je l'ai toujours caché, Bryan, pour que les autres ne sachent pas. Parce qu'ils ne me croiraient pas, et je ne veux pas qu'ils me l'enlèvent. Je ne veux le partager avec personne. (Il me glissa un coup d'œil.) C'était pareil, pour votre monde à vous ?

— Oui, tout à fait.

— Je ne l'avais jamais dit à personne.

Je souris.

— Mais vous le saviez, n'est-ce pas ? Vous savez tout, n'est-ce pas ?

Je lui souris à nouveau et secouai la tête.

— Non, loin de là. C'est simplement que chacun de nous a son monde intérieur. Chacun de nous.

— Vous ne le direz à personne, hein ?

— Non.

— Vous ne l'écrirez pas dans les dossiers ni rien ? Ça restera entre nous, hein ? C'est notre secret ?

— Oui, top secret.

Il me sourit tendrement.

— Vous savez, ça ne me dérange pas vraiment que vous soyez au courant. Peut-être même que vous pourriez m'appeler Bryan, quelquefois. Quand nous sommes seuls. Comme maintenant. Vous pourriez m'appeler Bryan, comme si j'étais lui. Comme si je n'étais pas du tout Kevin.

Je hochai la tête.

— Vous pensez que vous pourriez ?

J'acquiesçai de nouveau.

Il sourit.

— Alors allez-y, d'accord ? Appelez-moi Bryan tout de suite. Que je vous entende dire que je suis Bryan. D'accord ?

— D'accord, Bryan, c'est promis.

J'étais bien. Je rayonnais d'un bonheur illusoire tandis que nous poursuivions notre bavardage et que Kevin griffonnait distraitement sur son bloc. Puis, jetant un œil à la pendule, je vis qu'il ne nous restait plus que cinq minutes avant le retour du surveillant.

— C'est presque l'heure, dis-je.

Kevin leva les yeux de son dessin. Il y eut un court silence un peu nerveux, et je m'attendis presque à ce qu'il réclame plus de temps. Ce qui eût gâché cette impression momentanée que j'avais que nous venions d'aboutir à quelque chose de valable. Mais il ne demanda rien. Après un ultime et long regard à son travail, il ferma le carnet et se leva pour le ranger dans la boîte.

— Vous savez ? me sourit-il. Je suis content de venir ici.

— Bon. Tu m'en vois ravie.

— C'est mieux ici que tout le reste de ma journée réuni.

Il alla jeter quelques morceaux de papier dans la corbeille, de l'autre côté de la pièce. A mi-chemin, un objet glissa de la poche de son pantalon. Allongé, roulé dans du papier d'emballage.

Kevin s'arrêta brusquement. Il se baissa, le ramassa.

— Qu'est-ce que c'est ? demandai-je.

— Oh ! rien.

— Dis-moi. (Je me levai et m'approchai de lui.)

Kevin l'avait sorti de nouveau de sa poche et le tripotait. Je sentis qu'il n'avait pas très envie de me le montrer, mais qu'en même temps il baignait encore dans la chaleur de notre récente intimité. Le plaisir de partager un autre secret fit naître sur ses lèvres un demi-sourire.

— C'est un truc que j'ai fabriqué, dit-il, et je perçus de la fierté dans sa voix. Vous voulez le voir ?

J'acquiesçai.

Soigneusement, il défit le paquet. Ses doigts ouvrirent le papier avec une tendre dextérité. Son amour pour cet objet était évident, jusque dans la façon dont il retirait l'emballage.

Je ne sus l'identifier exactement. C'était un bout de métal bleu, long de vingt centimètres environ, pourvu d'une extrémité pointue et d'une autre arrondie. Je dus avoir l'air perplexe.

— C'est un couteau, expliqua gentiment Kevin, comme s'il s'adressait à une enfant. Je l'ai fait à partir d'une lame de métal que j'ai retirée de mon lit. Vous voyez, je l'ai frottée contre le mur de la salle de télé, là où il y a des briques.

Comme je ne disais mot, il sourit avec la même douce patience. Puis il tendit la main et me saisit le bras, le tourna paume en l'air.

— Vous voyez, je l'ai taillé bien pointu, pour qu'il coupe.

Et il fit glisser vivement la pointe sur l'intérieur de mon bras. Une éraflure apparut, qui se gorgea de petites perles de sang.

— Oui, je vois, dis-je et je rabattis mon bras contre mon corps.

Il souriait toujours, d'un sourire un peu étrange qui ne relevait qu'un coin de sa bouche. Et qui n'eût pas été vraiment sordide, si cet épisode n'avait suivi de si près la naissance toute neuve de notre amitié. Je me sentais trahie soudain. Je ne voyais plus en face de moi qu'un individu capable de retourner mon bras, de l'entailler et de continuer à sourire.

Kevin leva le couteau et en examina le tranchant.

— Je vais lui faire la peau. Tout ce que je vous demande, c'est de m'apprendre à sortir d'ici. Et quand j'y arriverai, je lui crèverai le ventre et je répandrai ses boyaux partout.

Sans doute devina-t-il que j'allais élever une objection à ses propos, car il revint brusquement vers moi et me brandit le poignard sous la gorge. Il sourit de nouveau, et j'en eus des frissons dans le dos.

— Vous vous rappelez ce qu'on a dit, sur nos secrets ?

— Oui.

— Eh bien, en voilà un autre que vous avez intérêt à bien garder. Vous ne direz à personne que j'ai fabriqué ça, hein ? (Ce n'était pas une question. Une menace, plutôt.)

— Pourquoi irais-je le dire ?

Il eut encore un grand sourire.

Le couteau s'abaissa. Il le caressa, examina le tranchant, scruta la pointe.

— C'est un bon couteau. Il est acéré. Il tuerait facilement.

— Kev ? dis-je. Donne-le-moi. Je te le garderai. Tu ne peux pas le camoufler, ici. Ils le trouveront.

— J'ai une bonne cachette. Ils ne le trouveront jamais.

— Oh ! si, Kev. Tôt ou tard. Et ils te l'enlèveront. Je vais te le garder. Comme j'ai fait pour le dessin, tu te souviens ?

Il me regarda.

— Vous n'allez pas me le rendre.

— Bien sûr que si. Pourquoi ne te le rendrais-je pas ? Tu peux me faire confiance. Je tiens toujours parole. Et à moi, ils n'oseront pas me l'enlever.

— Non.

— Si, donne-le-moi. Je le rapporterai à chaque séance. Je te le promets, Kevin. Confie-moi ce couteau.

Il retourna longuement le bout de métal bleu dans sa paume, le palpa tendrement, toucha la pointe, les bords acérés. Il avait raison sur un point. Cette lame pouvait tuer. C'était une petite arme grossière mais efficace, d'autant plus dangereuse peut-être que l'on ne reconnaissait pas immédiatement en elle un poignard.

Une sueur froide commençait à me dégouliner dans le dos, me laissant une sensation détestable de démangeaisons humides. L'horloge égrenait ses pulsations, semblables au souffle d'un oiseau de proie, au-dessus de mon épaule gauche. Je craignais que le cliquetis de la clé n'intervienne à présent d'une seconde à l'autre et ne surprenne Kevin avant qu'il me donne le couteau.

Il leva la lame, la plaça sous son propre menton, puis l'écarta en un éclair. Il la pointa de nouveau sous ma gorge. Sourit.

— Je crois vraiment que je pourrais tuer quelqu'un, vous savez. Je crois même que je pourrais y prendre du plaisir.

— C'est un bon couteau, Kevin. Il me plaît. Mais confie-le-moi, pour qu'ils ne te l'enlèvent pas. Ce n'est pas ce que nous souhaitons, n'est-ce pas ?

Il resta en contemplation. Je ne dis plus rien. J'avais peur d'avoir l'air trop enthousiaste. Ou trop anxieuse. Derrière nous, le soleil déversait par la fenêtre une splendeur toute printanière. On se serait cru tout près du mois de mai, non à la veille de s'enliser dans les ombres cadavéreuses de l'hiver.

— Tenez, dit enfin Kevin, qui me glissa le couteau dans la main. Vous pouvez le garder pour moi. (Il sourit.) J'ai confiance en vous.

13

J'étais bouleversée. Kevin était un adolescent en colère, animé d'une rage profonde et brutale. J'avais connu, au fil des ans, quantité de gamins violents. J'avais encaissé force coups de pied, châtaignes, morsures, raclées et menaces, et tout cela faisait partie du boulot, partie des conventions que j'avais acceptées en prenant une classe. Il en fallait donc plus pour m'ébranler. Mais avec Kevin, c'était différent. Il m'obsédait. Jamais un enfant ne m'avait inspiré de vraie terreur. Bien sûr, je m'étais déjà trouvée dans des situations à faire se dresser les cheveux sur ma tête, mais jamais auparavant je n'avais redouté un enfant pour lui-même. Kevin, lui, m'effrayait pour de bon. Ce n'était encore qu'une angoisse un peu entêtante, comme doivent en connaître les fous de saut à ski ou de deltaplane. Elle me grisait, en un sens, et m'empêchait de l'identifier pour ce qu'elle était réellement. J'étais la souris piégée dans le regard fixe et meurtrier du cobra — terrorisée, mais trop fascinée pour s'enfuir.

Pourtant, assise à mon bureau, tripotant la lame vive du poignard fait main, je sus, sans équivoque aucune, que Kevin était dangereux.

Et alors ?

Lorsque je revins le voir le lendemain, je glissai le couteau dans la poche de mon jean en velours. Le verrait-il ? Ce fut ce qu'il demanda en premier. Je le lui montrai. Il l'examina, le retourna entre ses paumes, palpa les deux tranchants, la pointe. Et sourit. C'était son sourire qui m'effrayait le plus ; il était si niais, si pétri de débile innocence, et je savais à présent, comme il le savait, qu'il n'avait jamais été, depuis le début, qu'une sorte de jeu. Puis Kevin me rendit le couteau, je le remis dans ma poche, et nous passâmes à nos activités ordinaires, comme si le poignard n'existait pas.

Ce fut une séance d'une inquiétante étrangeté. Kevin

fut joyeux et agréable, jouant avec les voitures miniatures qu'il dénicha dans la boîte, manipulant les marionnettes, riant d'elles et de moi, de lui aussi. Je l'observai discrètement tout le temps que dura la séance. Quel gamin incroyable. En quatre mois à peine, il m'avait révélé tant d'aspects de lui. Et je n'en connaissais véritablement aucun.

Je montai ensuite dans la salle de travail pour faire mon rapport. Il fallait que je me décide à inscrire quelque chose dans le dossier de Kevin. Je m'assis à la table encombrée, ouvris la chemise et commençai à écrire. « Je suis inquiète au sujet de Kevin, notai-je, je pense qu'il est... » Quoi ? Dangereux ? Ce gamin fabrique des poignards dans des lames de vieux lits. Ce gamin dessine les victimes qu'il rêve d'assassiner. Ce gamin câline sa haine comme nous cajolons des petits chats. Pouvais-je écrire cela ? Que se passerait-il alors ? Que ferait-on après avoir lu ces mots ? Kevin était déjà enfermé. Où pouvait-il aller ? Les locaux de Garson Gayer étaient certes un modèle de propreté, de lumière et de chaleur, mais sûrement pas de liberté, avec leurs portes verrouillées et leurs cellules capitonnées. Renverrait-on Kevin d'ici ? Et où ? A l'asile psychiatrique ? Dans un service spécial de sécurité ? Le décréterait-on fou ? Ou seulement violent ? Ou les deux ? Et l'était-il ?

Je n'en savais rien. Je barrai ce que je venais d'écrire et recommençai. Je biffai de nouveau. Je ne pouvais jeter la page car d'autres membres du personnel avaient noté leur rapport dessus, je continuai donc à écrire, raturer, ajouter « erreur ». Je contemplai la feuille d'un œil fixe. En fin de compte, je marquai : « Susceptible de comportements violents révélés en séances de thérapie. A surveiller avec soin. » Le confort du jargon.

Une flûte mozartienne flottait dans les couloirs de la clinique. Il était plus de cinq heures et demie, et tous les bureaux étaient fermés et éteints. Seules les lampes de sécurité éclairaient les corridors.

Le Dr Rosenthal se tenait voûté sur ses papiers, derrière son bureau, en cravate impeccablement nouée et veston. Il s'était permis le luxe d'un lecteur de cassettes posé devant lui, qu'il écoutait en travaillant.

Je frappai à tout hasard, et il ne se retourna pas immédiatement.

— Un instant, dit-il enfin, sans lever les yeux.

D'une main, il me fit signe de m'asseoir. Je posai ma veste sur l'accoudoir d'un énorme fauteuil rembourré qui jouxtait son bureau et m'installai.

Le Dr Rosenthal était le directeur de la clinique. Costaud, friselis grisonnants autour des tempes, il évoquait ces vieux amants de cinéma dont raffole Hollywood. Il n'était pas vraiment beau mais possédait un charme certain, ce genre de magnétisme viril que l'on rencontre souvent chez les intellectuels de sexe masculin. Il était très grand, près de deux mètres, et fort cérémonieux, il portait toujours costume et cravate, nous appelait Hayden et Tomlinson, si nous étions plus jeunes que lui, ou simplement docteur, quand nous le méritions. Le Dr Rosenthal et moi étions très différents l'un de l'autre. Nos points de vue en matière de psychiatrie et de psychologie étaient diamétralement opposés — lui le déiste, moi l'athée. C'était un fervent de Freud. J'étais une enragée de l'indépendance intellectuelle. Il fondait ses conceptions sur la théorie. Les miennes s'appuyaient sur mon expérience personnelle du monde extérieur. Il expliquait. J'acceptais qu'il n'existât pas forcément une explication, ou du moins que nous ne la connussions pas forcément. Pourtant, malgré tout ce qui nous séparait, je crois bien que je n'ai jamais tenu personne en plus haute estime. Il avait l'esprit aussi cruellement acéré qu'un éclat de verre, et personne ne savait comme lui disséquer le cœur sans problème.

Nichée dans le gros fauteuil de cuir, j'écoutai Mozart pendant qu'il finissait d'écrire. Il y avait à côté de moi une étagère bourrée à craquer de textes de psychiatrie. Le Dr Rosenthal était spécialiste de la psychiatrie du nourrisson, branche dont j'ignorais l'existence avant mon entrée dans cette clinique. Il avait écrit lui-même deux ouvrages sur le sujet, et j'aperçus dans sa bibliothèque un grand nombre d'autres volumes. Je trouvais l'idée plaisante : imaginer cet homme si colossal, si bourru et sérieux dans son travail, si soucieux des apparences, des convenances et de l'étiquette, penché sur de minuscules bébés. Mais il faisait des prodiges avec eux.

Il pivota enfin sur son fauteuil. Je venais le consulter au sujet de Kevin. Depuis quelque temps déjà, le Dr Rosenthal suivait avec attention mon travail à Garson Gayer, et je venais à lui aujourd'hui, ne sachant plus vers qui me tourner. J'avais besoin d'aide.

Aux accents de Mozart, nous passâmes soigneusement tout en revue, le passé de Kevin, ou ce que j'en savais, ses phobies, ses brusques revirements, son impuissance à parler et son retour soudain au langage. Le simple fait d'en discuter m'apaisa. Je commençais à me laisser aller à des pensées fatalistes, sachant que si j'abandonnais, personne sans doute ne prendrait la relève. Mais en même temps, Kevin me décontenançait tellement que je redoutais tout autant de poursuivre, avec la perspective qu'il lui prendrait peut-être l'idée de m'agresser, de se faire du mal ou de blesser quelqu'un d'autre.

Nous discutâmes longuement. Le Dr Rosenthal me fit parler de mes recherches, des autres cas de mutisme volontaire sur lesquels j'avais travaillé et des comparaisons possibles avec Kevin. Il me fit analyser par le menu d'infimes détails de mon travail. Il me demanda quelle était ma théorie sur ce syndrome et comment j'envisageais le problème de Kevin à longue échéance, à l'échelle de sa vie tout entière.

Puis notre conversation vagabonda sur d'autres sujets. Le Dr Rosenthal se tut un instant, éjecta la cassette et la retourna. Aimais-je la musique classique ? me demanda-t-il. Oui, répondis-je. Quel genre ? voulut-il savoir. Puis il saisit sa pipe. Cela me dérangeait-il qu'il fumât ? Il essayait d'arrêter. Il avait deux enfants en bas âge et savait que ce n'était pas bon pour eux. Il ne fumait plus du tout chez lui. Et il tentait de s'en passer pendant la journée, ici dans son bureau. Mais verrais-je un inconvénient à ce qu'il s'offrît une pipe à présent ? Non. Et que diriez-vous d'une tasse de thé ? suggéra-t-il. Cela nous ferait le plus grand bien, n'est-ce pas ? Ouvrant le tiroir du bas de son bureau, il en fit jaillir une théière, des sachets de thé et une bouilloire électrique. J'allai chercher ma tasse. L'air autour de nous était gorgé de mélodies qui me firent penser à de verts pâturages au cœur de l'été.

Puis, tandis qu'il tirait sur sa pipe, adossé à son fauteuil, le Dr Rosenthal m'étudia. Pourquoi avais-je choisi ce métier ? me demanda-t-il. A quel besoin correspondait-il en moi ? M'étais-je déjà posé la question ?

Oui, répondis-je, très souvent. Et je n'avais jamais trouvé de réponse satisfaisante, car la question était trop complexe. Il y eut un silence entre nous. Il fumait et me dévisageait d'un air pensif. Je contemplai le vide, perdue dans mes propres pensées. Le thé était chaud et fort, et d'un goût délicieux. Je revins à mon interlocuteur. C'était la notion de défi, expliquai-je, qui m'avait principalement attirée dans ce métier. J'avais été une élève sans histoire au cours de ma longue carrière scolaire. J'apprenais facilement, et j'avais fini par me lasser de tout ce processus qui me laissait insatisfaite et nerveuse. Mes études universitaires étaient déjà bien entamées lorsque j'eus l'occasion de travailler bénévolement auprès d'enfants perturbés sur le plan affectif, et cette expérience me passionna. Je découvrais là le défi suprême. La véritable frontière du meilleur des mondes humains. Celui qu'on ne pourrait jamais, tout intelligent, cultivé ou créatif qu'on soit, totalement conquérir. Il resterait toujours matière à apprendre, à chercher, à réfléchir. On aurait beau méditer jusqu'à la fin des temps, au plus loin, au plus profond de ses compétences, il y aurait toujours plus à faire. C'est ce que j'aimais par-dessus tout, ajoutai-je. Comme le Nouveau Monde de Christophe Colomb, ce rêve-ci était tangible.

Le Dr Rosenthal se contenta de sourire.

Après quoi nous revînmes à Kevin. Sans doute était-il un peu plus tangible que je ne l'aurais souhaité. Mais le Dr Rosenthal eut une idée. Que dirais-je de Tomlinson? me demanda-t-il. Me sentirais-je mieux si Tomlinson se joignait à moi pendant quelques séances? Je pourrais profiter de la finesse de son jugement, et si le pire se produisait, eh bien, dit-il, Tomlinson était de taille. Il serait capable de maîtriser l'adolescent, en cas de besoin.

La solution semblait valable. Jeff était mon principal confident depuis le début de mes séances avec Kevin, et il connaissait bien le cas. De plus, nos méthodes se complétaient à merveille. En raison de sa formation, Jeff connaissait à fond les aspects traditionnels et théoriques du travail thérapeutique, tandis que mon approche était plus concrète, s'enracinait davantage dans la réalité. Nous avions déjà collaboré sur d'autres cas et découvert que, loin de souffrir de ces divergences, nous parvenions généralement à les assimiler. Je répondis donc que oui, cela me paraissait une excellente idée, et je m'en réjouis.

Jeff en fut ravi. Kevin était un gamin si différent des autres que j'étais certaine qu'il se passionnerait autant que moi pour le cas. Il avait exprimé à plusieurs reprises son intérêt pour la recherche d'une solution. Et j'entrevis immédiatement d'autres avantages. Après une période d'adaptation, nous pourrions nous partager la tâche, et je ne serais plus astreinte à mes cinq heures hebdomadaires à Garson Gayer. Dans cet arrangement inhabituel, qui mettait en scène deux thérapeutes pour un même cas, Jeff et moi aurions un point de départ pour d'autres formes de recherche. Enfin, plus important que tout, peut-être, je vis là l'occasion de présenter à Kevin un modèle masculin chaleureux et véritablement adulte, un homme qui ne le battrait pas ni ne le torturerait, qui savait que la plus grande force est toute de bienveillance.

Par malheur, Kevin ne trouva pas l'idée bonne du tout. Il fut scandalisé.

— Vous allez venir ici avec quelqu'un d'autre ? Qu'est-ce que ça veut dire, d'amener quelqu'un d'autre ici ? Pour quoi faire ? Et pourquoi ?

— Jeff travaille avec moi, Kev. Nous faisons le même genre de choses. Je pensais que ce serait bien, pour changer un peu, d'avoir une autre personne avec nous.

Kevin arpenta un instant la pièce. A l'autre bout, il s'arrêta, se tourna vers moi.

— Vous m'avez demandé mon avis ? Vous m'avez demandé si je trouvais ça bien ? (D'une main, il ébouriffa ses cheveux.) Non. Pas du tout. Vous ne vous êtes même pas posé la question de savoir ce que j'en penserais. Personne ne me demande mon avis. Personne ne me demande jamais rien.

Il s'approcha de la fenêtre, posa le visage contre la vitre. Le soleil qui jouait dans le peuplier déposait des marbrures de lumière sur sa peau.

— C'est *ma* pièce, ici, murmura-t-il à la fenêtre, et son souffle embua le verre. C'était *ma* pièce à moi. (Il se tourna vers moi.) Et vous avez tout gâché.

— Ce sera toujours ta pièce. Jeff n'y changera rien.

— Si. Je ne pourrai plus vous parler. Je ne pourrai plus vous parler comme avant, parce qu'il sera là, lui, et il entendra tout. Et je n'ai pas envie.

— Il ne changera rien. Jeff est comme moi, Kev. On peut lui parler facilement. Tu verras.

Avec un soupir de lassitude, Kevin s'éloigna d'une poussée du bord de la fenêtre. Il fit de nouveau les cent pas autour de la pièce, mais plus lentement cette fois. Finalement, il se laissa tomber à terre près de l'endroit où j'étais assise. Il ne dit rien. Il se mit à tirer des petits fils qui bordaient le poignet de l'une de ses manches de chemise.

Je l'observai, ne sachant plus que faire. Je me sentis soudain très cruelle. Sa vie était si tragique. Je l'oubliais, quelquefois, dans le tumulte des événements quotidiens. Mais tout son univers était bel et bien là, contenu derrière des verrous, confiné à cette petite pièce nue et sa moquette verdâtre. Je devrais prendre garde de ne jamais oublier, quoi qu'il m'arrivât de penser à son sujet, qu'une telle existence m'était inconcevable. C'était la sienne; il la vivait. Moi non.

Il étendit un bras, s'allongea sur le sol. Il était perpendiculaire à moi et je ne voyais pas son visage. Il palpait le tissu rugueux de la moquette.

Il déplaça la tête pour me regarder.

— Torey?

— Oui?

— Comment ça se fait qu'il vienne?

— J'avais besoin d'aide, Kev. Je voulais être sûre de faire tout ce qui était possible pour que tu ailles mieux et qu'un jour peut-être tu puisses sortir d'ici. Mais je n'étais pas certaine de pouvoir y arriver toute seule.

— Est-ce que j'ai fait quelque chose de mal?

— Non, pas vraiment. Personne n'a rien fait de mal.

Silence. Kevin gisait toujours sur la moquette, les yeux concentrés sur un point invisible.

— Tor, je peux vous demander autre chose?

— Oui.

— Est-ce que vous m'aimez bien?

— Bien sûr, Kevin.

— Je me demandais. Vous savez, des fois je ferme les yeux pour ne plus rien voir, ne plus voir où je suis. Et je fais semblant. Je fais semblant d'être une personne. Une vraie personne. Vous comprenez? Je me demandais si vous faisiez ça aussi, quelquefois, si c'était pour ça que vous m'aimiez bien.

— Je t'aime pour toi, Kevin. Et tu es une vraie personne.

— Non, non. Je veux dire, je ne suis pas une vraie personne vivante. Quelqu'un de réel. Pas moi. Pas ici.

14

Les premières séances avec Jeff furent exécrables pour nous trois. Kevin était furieux et refusa de coopérer, de parler à Jeff, de seulement le regarder. Mais c'est à moi qu'il en voulait le plus. Au cours de tout ce temps que nous avions passé en tête à tête, nous avions vécu, lui et moi, une relation insolite. Loin de l'attirer dans mon univers, je m'étais laissé absorber dans le sien. C'était lui qui avait pris la décision de me parler et l'avait fait, lui qui avait choisi le moment d'en venir aux confidences. Kevin m'avait traitée plutôt comme une part de lui-même, certain que je n'entreprendrais rien qu'il n'eût entrepris. Relation singulière, en vérité, plus unilatérale que la plupart de mes autres contacts avec des enfants, mais qui volait en éclats aujourd'hui. Je l'avais trahi. J'avais amené Jeff. Kevin était forcé, à présent, de nous voir tels que nous étions, des thérapeutes, des étrangers. Tous les deux. Et ce petit monde intime que nous avions échafaudé, lui et moi, entre les murs de la pièce blanche, s'effrita.

Kevin était allé trop loin pour pouvoir se réfugier de nouveau dans ses vieilles phobies et autres retraites sous la table. Il se sentit comme nu pendant quelques jours, le temps de se chercher une nouvelle façon d'être face à Jeff et à moi. Quand il apparut qu'il ne s'adapterait pas facilement, nous abandonnâmes la petite pièce blanche et tout ce qu'elle évoquait, pour la salle de thérapie au miroir sans tain. Kevin ne fut pas dupe un instant. Il savait que Jeff l'observait derrière la glace. Et ce qui le contraria encore plus, en un sens, fut de voir que cette pièce, que je n'aimais pas plus que lui, je l'utilisais maintenant comme tous les autres. Autre signe de mon hostilité toute neuve à son égard. Dans ce local, cependant, je parvenais momentanément à distraire son attention, dans la mesure où Jeff n'était pas physiquement parmi nous, et c'était comme avant, pendant quelques minutes, après quoi Kevin s'énervait, laissait ressurgir sa hargne contre moi.

Jeff, pour sa part, n'était guère plus enthousiaste.

— Bon sang ! gémit-il après la première séance. C'est le gamin le plus laid que j'aie jamais rencontré. Nom de nom, il est à vomir.

— Oh ! n'exagère pas. Il n'est pas si affreux que ça.

— Tu le vois depuis trop longtemps, Hayden.

Dès que Jeff entra en scène ou presque, la haine de Kevin cessa d'apparaître. Après toutes ces semaines de novembre, de décembre et de début janvier, où je n'avais eu devant les yeux que des dessins féroces, dans les oreilles que des histoires morbides, je constatai avec surprise qu'il m'avait bien fallu trois ou quatre jours avant de remarquer seulement l'absence des récits. Je suppose que j'étais encore sous le choc de l'arrivée de Jeff. Kevin aussi, peut-être.

Les semaines neigeuses du milieu de l'hiver étaient presque écoulées, et Kevin n'avait pas donné le moindre signe d'un retour à de meilleures dispositions. Nous nous retrouvions toujours dans la salle de thérapie, lui et moi, pour faire ce que nous avions toujours fait. Un peu plus tard, je commençai à m'adresser en criant au miroir sans tain, à brandir dans sa direction nos mots croisés ou nos jeux, et à parler à Jeff, invisible, aussi bien qu'à Kevin. Puis Jeff se mit à hurler des réponses. Kevin ne se joignit jamais à ces entretiens à volume sonore maximal, mais il finit par y aller de ses remarques personnelles, me priant de les transmettre à Jeff. Enfin, début février, après deux semaines derrière le miroir, Jeff put venir se joindre à nous pendant une partie des séances. Kevin ne lui adressait toujours pas la parole, mais il me parlait maintenant devant lui et ne faisait pas totalement la sourde oreille à ce que Jeff lui disait.

Le contenu de nos séances était banal, voire ennuyeux par moments. Nous étions revenus à nos activités du tout début, avant l'explosion au sujet de l'affiche à la fusée — coloriages, lectures d'histoires drôles et autres occupations sans grand intérêt thérapeutique. C'était Kevin qui en décidait, généralement, et il préférait naviguer aussi loin que possible des sujets personnels.

Puis, brusquement, Kevin changea d'attitude. A la mi-février, sa méfiance à l'égard de Jeff s'évanouit sans crier gare. En l'espace d'une semaine, il devint empressé et loquace, s'adressant directement à Jeff. Ses manières se firent charmantes soudain, comme si Jeff était un vieil ami perdu de vue, qu'il venait de retrouver. Il s'en amouracha totalement, tout en restant gentil avec moi.

Cette fois, je n'entrevis aucune raison qui justifiât ce revirement, aussi brutal néanmoins que la disparition de sa peur en novembre, de sa haine en janvier. Quoi qu'il en soit, Kevin changea. Il devint amical et expansif. Lui et Jeff furent copains désormais. Kevin oublia son poignard (auquel il n'avait plus fait allusion depuis l'arrivée de Jeff), oublia son carnet à dessin, oublia son beau-père. Il oublia toutes ces semaines d'opposition boudeuse, pour sauter à pieds joints dans une relation de franche camaraderie avec Jeff. Qui y répondit volontiers. Il enseigna à Kevin le Monopoly et les échecs, et ils prirent des tours de rôle pour me mortifier à ces deux jeux, où j'étais fort nulle. Jeff dénicha un livre de blagues et Kevin se roula littéralement de rire par terre. Jeff discuta avec lui des sujets essentiels qui occupent l'adolescent mâle : le rasage, la nourriture et les filles.

Je fus laissée pour compte. A tel point que, pendant un moment, je me sentis un peu hors du coup. Et quand ils ne m'ignoraient pas superbement, ils se liguaient contre moi. Ils jouaient à « avoir Torey », et c'était à qui se paierait la tête de Torey en l'intégrant dans ces fameuses blagues, à qui battrait Torey à tel ou tel jeu, et pas gentiment — une vraie tatouille. Kevin prenait vraiment plaisir à m'estourbir à ces jeux, à m'acculer à des banqueroutes effroyables au Monopoly ou à me coincer avec cinq rois aux échecs. Je comprenais bien ce qui se passait. Sur un plan profond, inconscient, son attitude s'expliquait et j'en reconnaissais la nécessité, mais en surface, je dois avouer qu'elle me blessait, et que tous ces jeux ne m'amusaient plus guère. J'eus beaucoup de mal à ne pas redoubler de hargne et à ne pas tenter de le battre à mon tour à plates coutures.

Au cours de cette période, j'eus plusieurs fois l'occasion, lorsque lui et Jeff s'absorbaient dans l'une de leurs activités, d'observer la scène de mon coin. Dans ces moments, Kevin me stupéfiait. C'était un personnage si complexe. Il avait complètement changé au cours des cinq mois que nous venions de vivre ensemble, mais il ne s'agissait pas de ces subtiles altérations capricieuses que j'avais souvent observées chez mes gamins. Lui modifiait complètement sa personnalité, un peu comme ces globes à facettes miroitantes qui tournent, reflétant une image, puis une autre. Je ne pensais pas qu'il eût plusieurs personnalités différentes. J'avais la conviction qu'il n'était pas loin de maîtriser ces changements, qu'il les effectuait avec, sinon préméditation, du moins intention. Et tout au fond de moi, je ne pouvais me défaire du sentiment que Kevin avait toujours été en avance d'une tête sur nous. Dès le début. Même alors qu'il se balançait sous la table, il réussissait à compter le nombre de cliquetis qui signalaient les mouvements de la porte de la salle d'observation. Et si j'ignorais presque tout de lui, j'étais certaine au moins d'une chose : nous avions très largement sous-estimé son intelligence et, plus encore, sa roublardise.

A force d'observer Kevin au long de ces semaines, je sentis croître mon malaise. Lorsque nous revenions dans notre bureau, je tentais d'expliquer à Jeff que quelque chose me semblait bizarre dans l'attitude de Kevin, mais je ne trouvais jamais les mots. Quoi, précisément ? me demandait Jeff. Précise ta pensée. Je ne pouvais pas. C'était une intuition viscérale. Jeff m'écoutait, mais à la fin, il se contentait de secouer la tête, derrière son bureau, dès que j'abordais le sujet. J'étais tout simplement jalouse. Kevin traversait un stade très pénible de sa thérapie, où il révélait peu à peu des sentiments violents à mon égard, et sans doute vis-à-vis de sa mère, disait-il. C'était la raison pour laquelle il se rangeait du côté de Jeff à tout propos. Que cela me portât sur les nerfs, à la longue, se comprenait fort bien, disait Jeff, mais cette étape était décisive dans l'évolution de Kevin. Non, répondais-je, il y avait autre chose. Mais je ne pouvais dire quoi. Les mots ne se formaient pas dans mon cerveau. C'est viscéral, ne cessais-je d'affirmer, et il me conseillait de n'y plus penser. Je prenais plus de décisions avec mes viscères qu'avec toute autre partie de mon anatomie, se plaignait-il. Il ne connaissait personne qui, comme moi, pensât exclusivement avec son ventre. Offre-lui donc un petit répit.

Je restai inquiète pendant quelque temps encore, puis d'autres réflexions prirent le dessus. Jeff avait raison sur un point. J'étais bien jalouse. Kevin semblait si proche de lui soudain. Après avoir consacré tant d'énergie à ce gamin, je n'avais pas amené Jeff pour qu'il prenne purement et simplement la relève. Cette situation me blessait. Très vite, lui et Kevin partagèrent des plaisanteries et des allusions auxquelles j'étais étrangère. Je dus en convenir : la remarque de Jeff n'était pas fausse.

Kevin en vint à faire de merveilleux progrès. Peut-être était-ce cela qui lui manquait depuis le début : la fréquentation d'un homme intrépide et enthousiaste, tendre aussi, qui pût lui fournir un modèle masculin de comportement — ce que je ne pouvais, moi, visiblement lui donner. Mes viscères s'agitèrent encore un peu, mais à l'époque où se levèrent les premiers vents de mars, j'avais à mon tour chassé de mon esprit les autres Kevin que j'avais connus. C'était difficile de leur résister, à lui, à Jeff et à leurs bouffonneries. A la fin, je me sentis coupable d'avoir eu de telles idées et, honteuse de mon rôle de rabat-joie, je me joignis à eux et oubliai bien vite pourquoi je m'étais fait tant de souci.

Kevin prit son envol. Tel un oiseau longtemps captif, il batailla pour remuer ses ailes, puis se laissa emporter dans les airs. Soudain le monde prit vie autour de lui. Il voulut tout connaître à la fois. Qu'y avait-il derrière les murs de Garson Gayer ? A quoi ressemblaient les rues qui y menaient ? Comment se formait la neige ? Qu'est-ce qui faisait que l'on plaisait à une fille ? Pourquoi cette sensation bizarre dans le ventre quand on a peur ? Où se trouve l'Inde ? Y étais-je allée ? Y avait-il des éléphants, là-bas ? La forêt vierge, c'était comment ? Linda, la nouvelle surveillante, est-ce que je la trouvais jolie ?

Kevin restait debout, dans la petite pièce blanche, courant sans cesse de Jeff à moi, un livre à la main, dont il tirait pour nous le lire quelque fait extraordinaire. Regardez ça ! Écoutez ! Écoutez ce que je viens d'apprendre ! Ou bien il se plaquait contre la fenêtre, nez sur la vitre. Vous voyez ça ? Vous voyez ce coin du bâtiment ? Vous connaissez la fille qui est là-bas ? Vous savez son nom ? Elle s'appelle Kelly. Elle habite au 4D.

Ses progrès débordèrent rapidement sur d'autres domaines, à l'extérieur de la pièce. Pour la première fois, son travail scolaire s'améliora. Il se prit d'un intérêt passionné pour les livres. Il voulut apprendre les jeux des autres enfants : tennis de table, volley-ball, lutte. Et il voulut jouer avec eux. Pour la toute première fois aussi, il exprimait un réel désir de fréquenter d'autres enfants. Dana et tout le personnel s'extasiaient devant cette métamorphose.

Jeff ne cessait de farcir la tête de Kevin d'histoires fabuleuses sur le monde extérieur, dans l'espoir de briser enfin cette barrière, l'une de ses dernières grandes frayeurs. Quand il en parlait, tous les lieux qu'il avait connus prenaient allure de merveilles. Où aimerais-tu le plus aller ? demandait-il à Kevin, et il lui racontait le zoo ou le musée des sciences, notre bureau, le théâtre, le parc d'attractions. Plus tard, lorsque nous nous retrouvions au bureau, Jeff continuait à rêver. Nous pourrions lui offrir le monde entier, disait-il, s'il voulait bien nous faire confiance.

Mais nous avions encore du pain sur la planche. Kevin ne manquait pas de matière sur quoi exercer nos talents. Son autre phobie majuscule, outre sa peur de sortir, concernait l'élément liquide. Kevin refusait absolument de s'immerger dans la moindre quantité d'eau, si infime fût-elle. On ne pouvait même pas le persuader de se tremper un pied lorsqu'il souffrait d'un ongle incarné. En conséquence de quoi il ne s'était pas vraiment lavé depuis une éternité.

Jeff se chargea de l'affaire. Il traîna un beau jour Kevin sous la douche, tout habillé, et le dévêtit sur place. Cette tactique donna d'assez bons résultats. Kevin survécut à la douche. Si le jet ne coulait pas trop fort, s'il y avait assez de place pour qu'il pût reculer en cas de besoin, et si l'écoulement fonctionnait correctement, de sorte que l'eau ne restât pas dans le bac, alors il pouvait tolérer l'épreuve. De justesse, mais il y parvenait.

Ce qui nous amena au problème suivant : l'habillement. Maintenant que nous avions trouvé le moyen de tenir Kevin dans un état de propreté passable, il apparaissait qu'il n'avait rien à se mettre qui pût faire honneur à sa nouvelle condition. Il possédait en tout trois chemises et deux pantalons, qui provenaient de dons faits à l'établissement. Après avoir farfouillé dans les registres de Garson Gayer, nous dénichâmes le montant de son allocation vestimentaire et nous voici en route, un soir, Jeff et moi, pour le centre commercial, armés des mesures de Kevin.

Quelle histoire ! Ensemble, nous n'étions bons à rien. Ce ne fut que chamailleries du début à la fin. Si je choisissais une couleur, Jeff en voulait une autre. Si je pensais que telle taille convenait, Jeff était persuadé du contraire. Quand je voulais prendre un pantalon dont la coupe me plaisait, Jeff gémissait que les garçons avaient abandonné ce style depuis 1934. Ou qu'il ressemblait à une culotte de golf à boutons pour collégien attardé. Je répondis que je prétendais savoir comment s'habillaient les adolescents. Que les femmes prêtaient plus d'attention que les hommes à ce genre de choses. Jeff me traita de sexiste. En outre, il avait eu cet âge, non? et savait mieux que personne qu'aucun type ayant un tant soit peu de dignité ne voudrait être trouvé mort dans une tenue pareille. La vendeuse crut que nous étions mariés et que nous cherchions des vêtements pour notre fils. Vu nos incessantes prises de bec, sa méprise en disait long sur l'idée qu'elle se faisait du mariage. Pis encore, elle signifiait que la femme n'avait pas remarqué que nous avions moins de trente ans et que nous aurions dû avoir dans les onze ans à la naissance du rejeton. Elle finit néanmoins par nous vendre trois jeans trop grands, car Jeff affirma que j'avais mal pris les mesures de Kevin. Nous prîmes également une série de tee-shirts de couleur d'entretien facile, et Jeff tint absolument à ce que nous y ajoutions une chemise de voile blanc dans laquelle Kevin prit soudain une allure de Mahatma Gandhi.

Mais si les vêtements et les douches apportèrent un changement spectaculaire dans l'apparence de Kevin, le clou de la métamorphose fut l'intervention du propre coiffeur de Jeff, qui accepta de venir à Garson Gayer. Kev eut droit au grand jeu — shampooing, coupe mode et brushing. Qu'il nous fallut payer, Jeff et moi, de notre poche, mais l'opération en valait la peine. Elle ne le transforma pas exactement en Robert Redford, mais Kevin en fut très fier. A la fin de la séance, debout sur le seuil de la pièce blanche, nous le regardâmes, Jeff et moi, s'éloigner avec le surveillant. Il se rengorgeait tel un jeune coq, gonflant sa maigre poitrine, les jambes trop longues de son jean retroussées, un effluve de *Old Spice* planant dans son sillage.

— Quand même, il est sacrément moche, me chuchota Jeff.

— Je ne sais pas. J'étais en train de me dire qu'il n'était pas si mal.

Jeff se tut un instant. Un sourire souleva le coin de ses lèvres.

— Ouais, dans le fond, il n'est pas si mal.

Une semaine plus tard, nous décidâmes de nous partager le travail. Nous étions à la mi-mars, et près de deux mois avaient passé depuis l'arrivée de Jeff. La contrainte des séances quotidiennes commençait à nous peser à tous deux. Nous réduisîmes donc nos visites à trois par semaine. Jeff venait le lundi, moi le mercredi, et le vendredi nous venions ensemble.

Contre toute attente, Kevin ne broncha pas quand nous lui fîmes part de cette modification. Après nous avoir écoutés, il hocha la tête. Cela lui semblait parfait. Et pour la première fois je sentis qu'il avait vraiment grandi, au cours de la thérapie ; peut-être nous dépasserait-il bientôt. Quelques mois de plus, peut-être, et Kevin n'aurait plus besoin de nous.

— Kev ?

C'était le soir. J'étais venue durant mes heures de loisir, car j'avais promis à Kevin de l'aider. Nous confectionnions une carte des États-Unis en papier mâché pour l'exposition scientifique organisée par les autorités scolaires locales. C'était moi qui avais parlé à Kevin de cette manifestation, et la carte était son idée. Les élèves de Garson Gayer ne participaient pas, généralement, à ce genre d'événements, mais Kevin pensait que ce serait passionnant d'essayer, d'être le premier. Il avait trouvé l'idée de la carte dans l'un des livres de son professeur et j'avais proposé de venir lui donner un coup de main puisque je connaissais bien la technique du papier mâché, pour l'avoir utilisée en classe avec mes gamins.

Nous étions donc là, accroupis tous deux sur la moquette de la pièce blanche, manches relevées, un seau de journaux détrempés entre nous.

Je dis son nom. Il répondit d'un grognement. Son attention était fixée sur le Kansas.

— Tu sais ce qui me ferait drôlement envie ? dis-je.

— Quoi ?

— Un chocolat chaud.

— Mmmm, ouais, acquiesça-t-il sans lever les yeux du Kansas.

— Alors, allons-y.

Kevin me regarda. Il avait sur le nez un confetti de Rocheuses du Nord, qu'il avait effleurées en se penchant trop sur son travail.

— Comment ça ? La cuisinière ne vous laissera pas entrer dans la cuisine. Ce n'est pas une heure de repas. C'est le règlement.

— Ce n'est pas au réfectoire que je pensais. Tous les jours, en venant ici, je passe devant un *Frosty-Freez*. Juste au bout de la rue. Au coin de Hill Street et de la 23ᵉ Rue. Nous pourrions aller là-bas.

Kevin se redressa. Ses yeux se rétrécirent.

— Qu'est-ce que vous voulez dire ?

— Je veux dire, allons au *Frosty-Freez* prendre un chocolat chaud.

Ses prunelles gardèrent leur intensité. Puis il secoua la tête.

— Je ne peux pas. Je n'ai pas de billet de sortie vert. Il faut avoir un billet vert pour sortir de l'établissement.

— Tu n'as besoin d'aucun billet, Kevin. De toute façon, ça n'a pas d'importance. Puisque tu seras avec moi. Ils te laisseront sortir, si c'est moi qui t'emmène.

Je vis la peur scintiller dans ses yeux mais il n'en dirait rien, je le savais. Depuis quelque temps, ses angoisses commençaient à l'embarrasser. Je pense que c'est sans doute à Jeff qu'il tenait à les cacher. Kevin et moi étions de vieux copains, à présent, mais Jeff, il désirait encore l'impressionner. En un certain sens, c'était justement pour cela que je voulais l'entraîner dehors moi-même, seule.

— Il fait trop froid, dit Kevin, qui replongea sur la carte.

— Non, pas du tout. C'est une nuit splendide. Je l'ai vu en venant.

— C'est trop loin.
— Ce n'est qu'à une rue ou deux. (Je posai mon couteau à mastic.) Allons-y. La carte attendra.
— Il fait trop noir dehors.
— Il y a des lampadaires.
— Mais ça glisse, sûrement, par terre.
— Oui, c'est probable. Mais on se débrouillera.
Il me lança un coup d'œil nerveux.
— Je n'ai pas de bottes.
— Je suis sûre qu'on te trouvera quelque chose à mettre.
J'étais debout. Kevin assis. Ses épaules commencèrent à fléchir. Je savais qu'il était à court d'excuses.
— Vous savez ? dit-il tout bas, les yeux fixés sur ses mains.
— Quoi donc ?
— Je ne suis pas beaucoup sorti, ces derniers temps.
— Je le sais.
— Je n'ai pas envie de sortir.
— Je le sais aussi.
— Alors, on reste ici, d'accord, Tor ?
Je secouai la tête. Les yeux de Kevin errèrent sur la maquette. Distraitement, il détacha du bout de l'ongle un bout de papier mâché sec.
— Je... commença-t-il, mais il ne put terminer.
Un profond soupir s'ensuivit.
Je m'agenouillai en face de lui, de l'autre côté de la carte.
— Fais-moi simplement confiance, Kev, tu veux bien ? Donne-moi une chance, d'accord ?
Puis il y eut le silence. Il s'effondra sur nous comme s'il y avait eu quelqu'un debout au-dessus de nous, comme si nous avions été des marionnettes et que le marionnettiste eût laissé tomber sur nos têtes un vaste édredon. Il descendit soudain mais en douceur, en un moelleux étouffement.
Je ne pouvais le briser. Quant à Kevin, je ne savais s'il en était capable.

Gentiment, je lui touchai la main. Ses doigts étaient glacés.

— Quelle impression ça fait, Kev? demandai-je. Qu'est-ce que tu ressens, à l'intérieur?

Il haussa les épaules.

— Quelle impression elle te donne, cette peur?

Je n'arrivais pas à l'imaginer. Je n'arrivais pas à mesurer les effets d'une peur aussi puissante.

Avec un long soupir, Kevin retira sa main de dessous la mienne et recueillit une larme. Il en fut tout gêné. Il n'avait pas pleuré depuis si longtemps, depuis ces premières semaines. Tant de choses avaient changé. Même devant moi, il était confus de ses larmes.

De nouveau il haussa les épaules.

— Je ne sais pas. J'ai très peur.

— De quoi?

— Peut-être que quelque chose arrive.

— De quelle sorte?

— Je n'en sais rien.

Nous luttions toujours contre ce silence qui nous recouvrait. Moi, du moins. J'avais l'impression de nager dans de la vase.

— Parfois je me demande... commença très lentement Kevin, et ses yeux scrutèrent le tissu de la moquette. Parfois je me demande pourquoi des gens détestent d'autres gens. Que fait-on pour qu'ils nous haïssent? (Son regard se leva vers moi.) Que fait-on pour qu'ils cessent de nous détester?

Le gris de ses yeux avait pâli. Ses iris avaient la couleur de l'eau, en hiver, juste avant qu'elle ne gèle.

— Un jour, dit-il, la voix hésitante et très sourde, j'avais un livre. C'était ma grand-mère qui me l'avait donné. Une histoire de petits chats. Des chatons avec des vêtements, qui faisaient des choses. J'aime bien les chatons. (Il leva les yeux.) Vous le saviez? Que j'aimais les chatons? Et les chats, aussi. Et puis... (Il se tut. Ses yeux s'attachèrent à un point invisible devant lui. Je savais qu'il contemplait en lui quelque recoin profond auquel je n'avais pas accès. Il resta silencieux un long, long moment.) Et un jour, reprit-il très bas, quand je suis revenu, je n'ai pas retrouvé le livre.

Il manquait un morceau du récit : je ne suivais pas très bien. Mais Kevin exprimait assez clairement ce qu'il ressentait. Il ne me parut pas judicieux de demander des précisions.

Il me regarda.

— Quand quelqu'un nous déteste, dit-il, il nous fait des misères. On ne sait jamais quand ça va arriver. On ne sait jamais ce que ça va être. Mais quand quelqu'un nous déteste, on est toujours sûr qu'il va faire quelque chose.

Mon Dieu, pensais-je, j'aurais vraiment peur de sortir, moi aussi.

15

Nous n'allâmes pas au *Frosty-Freez* ce soir-là, mais le lendemain soir. Partageant toujours avec Dieu le privilège de créer le continent nord-américain, j'étais revenue aider Kevin à terminer son œuvre. Il savait, cette fois, qu'il n'y échapperait pas. Lorsque j'annonçai que j'avais soif, il se leva sans rien répondre et se dirigea vers la porte.

Quand nous fûmes sortis de la petite pièce blanche, je dus expliquer aux surveillants ce que nous avions l'intention de faire pour obtenir la permission d'emmener Kevin à l'extérieur. Puis il nous fallut dénicher une veste pour lui, car il n'en possédait pas. Kevin subit toutes ces démarches comme un automate, et sans prononcer un mot.

Dehors, le froid était particulièrement vif pour une fin d'hiver. Mais la nuit était claire et scintillait de l'éclat fracassé d'un milliard d'étoiles. La Voie lactée enjambait le ciel, vaste allée blanche perçant la nuit. Je la montrai du doigt à Kevin, mais il garda les yeux rivés au sol. Il ne redoutait pas une agression de ce côté-là, et n'allait pas gaspiller un temps précieux à regarder là-haut.

Notre souffle s'exhalait en grosses nuées blanches. L'air glacé réveillait d'une étincelle douloureuse, à chaque inspiration, la doublure sensible de mes narines. J'adorais la nuit ; j'adorais l'hiver. C'était le moment idéal pour sortir. Nous étions complètement seuls, mais avec autant d'étoiles, on ne pouvait se sentir isolé dans l'obscurité de la terre.

— Je n'étais jamais sorti pendant la nuit, énonça Kevin d'une voix prudente. Du moins je ne m'en souviens pas.

— C'est superbe, la nuit. Parfois je pense que c'est plus beau que le jour. J'adore la nuit.

— Pas moi, répondit-il. On ne voit pas ce qui vient.

Le *Frosty-Freez* était une grotte enfouie dans un mur, composée d'un comptoir et de six ou sept boxes avec des banquettes de vinyle bien rembourrées et des vases de fleurs en plastique. Les vitres étaient pleines de buée, et une chaleur humide et graisseuse nous accueillit, semblable au baiser d'une bonne grosse tantine.

Il y avait quelques autres consommateurs dans la pièce, des adolescents pour la plupart, qui rôdaient autour du juke-box. Mais l'endroit n'était pas bondé, et il nous fut facile de nous faufiler dans un box, tout au fond, sans que notre présence fût trop remarquée. Je saisis la carte.

Kevin était accablé. Si sa frayeur ne se manifestait pas de façon spectaculaire, il était visible qu'elle le harcelait, car il ne cessait d'y revenir dans sa conversation.

— Je ne suis jamais sorti. Ça fait presque quatre ans que je ne suis pas allé dehors. Depuis que je suis entré à Garson Gayer. Trois ans, six mois, deux semaines et un jour. C'est le temps que je suis resté là-dedans.

— Tu es bien ? demandai-je.

Lentement, il hocha la tête.

— Qu'est-ce qui te fait envie ? Un chocolat chaud ?

— Non, rien. Je ne peux rien avaler. J'ai envie de vomir.

— Moi, je prends un chocolat chaud. Je reviens.

Et je me levai pour aller passer commande au comptoir. Lorsque je revins dans le box avec ma tasse, Kevin avait disparu.

— Kevin ? (Je regardai autour de moi.) Kev ?

Une main tira la jambe de mon jean. Je me penchai.

Kevin s'était glissé sous la table.

— *Kevin !* Qu'est-ce que tu fais là-dessous ? Allons, sors de là, assieds-toi sur la banquette.

— Je ne peux pas ! gémit-il.

Catastrophe. Je me sentis devenir cramoisie. Je lançai un coup d'œil rapide autour de moi pour voir si on avait remarqué que mon compagnon avait décidé de s'asseoir sous la table. Personne, semblait-il, n'y avait fait attention.

L'attitude la plus sensée me parut être de me rasseoir simplement à ma place avec mon chocolat et d'attendre que Kevin sorte de son trou. S'il n'avait pas été si grand, j'aurais peut-être considéré d'un œil plus charitable notre mésaventure, mais je dois admettre que je trouvais la situation horriblement embarrassante et je ne souhaitais nullement attirer l'attention sur ce qui se passait. Il semblait donc préférable, si possible, de patienter.

Je me voûtai sur ma tasse. Aucun de nous ne disait mot, d'autant qu'il n'était pas très facile de discuter ainsi sur deux niveaux. J'entendais Kevin s'agiter doucement au-dessous de moi, mais il ne touchait pas mes jambes. Les banquettes fixées aux cloisons du box lui fournissaient un refuge exigu mais efficace.

Nous étions arrivés à sept heures trente. Et tout en sirotant le plus lentement que je pouvais mon chocolat, je regardai l'aiguille des minutes se traîner jusqu'à huit heures, puis huit heures et demie. Le jeune homme qui servait au comptoir vint vers moi et me demanda si je prenais autre chose. Je voulus savoir à quelle heure il fermait. Onze heures, me dit-il. Je commandai donc une deuxième tasse de chocolat chaud.

Les visages changèrent. Les gamins agrippés au juke-box laissèrent la place à des couples, adolescents toujours, mais un peu plus âgés. Les pièces cliquetèrent de nouveau dans la boîte à musique. J'entendis huit fois une chanson du groupe ABBA.

— Comment ça va, là-dessous, Kev? chuchotai-je, le nez dans ma quatrième tasse de chocolat.

J'avais commandé une portion de frites, également, pour éponger tout ce liquide.

Il remua mais ne dit rien. Je savais qu'il pleurait. Cela faisait près de deux heures que nous étions là, lui ankylosé dans son réduit minuscule sous la table, et moi qui m'efforçais de prendre un air nonchalant, plantée seule sur ma banquette, à attendre, attendre.

Que devais-je faire? Téléphoner à Jeff? Ou à l'un des surveillants? Ou peut-être simplement me baisser et l'extirper de là-dessous moi-même?

Ce que je craignais le plus, je crois, c'était de l'humilier. Kevin tentait, au prix d'énormes efforts, de préserver le peu de dignité qu'il avait réussi à acquérir. Il avait un certain amour-propre, pour un gamin dans sa situation. Et il lui avait fallu une belle dose de courage pour accomplir ce qu'il venait de faire ce soir. Même le seul fait de se camoufler sous une table du *Frosty-Freez* représentait un pas en avant considérable. Et je ne tenais pas à l'humilier en faisant une scène, si je pouvais l'éviter.

Mais qu'allions-nous faire? Il était déjà neuf heures et demie et il ne restait plus qu'une heure et demie avant la fermeture. Mon propre embarras s'était dissipé depuis un bon moment déjà. Tout ce que je souhaitais à présent, c'était de pouvoir résoudre ce problème en faisant le moins de remous possible.

— Kev? Tu vas mieux? demandai-je. (Je levai un pied

et fis semblant de relacer ma chaussure pour lui parler plus aisément.) Ils ferment à onze heures. Il faut que nous sortions avant.

Je pris un soda, cette fois, et une autre portion de frites. Les frites étaient ce qu'il y avait de plus commode à grignoter pendant un long moment. Toutes ces saletés me donnaient la nausée, mais je me sentais obligée de toujours mastiquer quelque chose. Le serveur, de derrière son comptoir, lançait des coups d'œil dans ma direction, et le seul moyen pour moi de le tenir à distance était d'enchaîner commande sur commande.

Mais cela commençait à bien faire. A dix heures quinze, je me baissai de nouveau.

— Kev, je m'absente pour quelques minutes, d'accord ? J'ai trop bu, il faut que j'aille aux toilettes. Je reviens.

Ce n'était pas tout à fait un mensonge. Mais il me fallait également un téléphone.

— Jeff ? murmurai-je. (Je ne voulais pas que Kevin m'entende. Ni le gamin derrière le comptoir.) Qu'est-ce que je dois faire, Jeff ?

Il ne savait pas non plus et, Dieu merci, il se dispensa de rire. Cela me fit grand bien d'entendre sa voix. De fait, c'était tout ce dont j'avais besoin, quelqu'un avec qui partager mon embarras, car je m'en revins dans le box sans avoir de meilleure idée que celle qui consistait à attendre que Kevin émerge. Mais du moins je n'étais plus seule. Quelqu'un d'autre savait. Quelqu'un d'autre pensait aussi que c'était la meilleure chose à faire. Et je me sentis mieux.

— Kevin, il nous reste quinze minutes. Dans quinze minutes, le gars va fermer, et si tu n'es pas sorti, je vais devoir lui dire, et ce sera extrêmement désagréable. Tu m'entends ? Il nous reste un quart d'heure.

Le bruit d'un corps qui s'agite monta de dessous la table.

— Kevin, *tu m'entends* ? Il *faut* que tu sortes de là-dessous. Tu entends ?

Silence.

Je tentai de le localiser avec mon pied et lui en flanquai un coup un peu rude dans la portion de son corps que je rencontrai.

— Est-ce que tu m'entends ?

— Oui, murmura-t-il d'une voix rauque.

— Bon, alors, écoute. Je vais me lever. Je vais aller jusqu'au juke-box mettre un disque, et si tu veux sortir, ce sera le moment. Personne ne te verra.

Je me levai, m'approchai de l'engin et lus toute la liste des chansons. Aucune ne me plaisait vraiment. Finalement je choisis un morceau d'Elvis Presley, braillant et rocailleux, susceptible de couvrir le bruit que ferait Kevin en sortant.

Quand je revins, Kevin était toujours invisible.

— Je croyais que tu allais sortir, chuchotai-je. Maintenant il le faut, Kevin.

— D'accord. Donnez-moi encore une chance.

— Tu veux que je m'éloigne ?

— Oui.

Je me levai de nouveau. Revins près du juke-box. Nous étions seuls dans la salle, en dehors du serveur, qui me regardait vraiment de travers à présent. Je me demandais s'il comprenait ce qui se passait. Sans doute que non. Si on ne connaissait pas le scénario complet de l'affaire, rien de ce qui se déroulait ici n'avait beaucoup de sens, de quelque point de vue qu'on le considérât. Même s'il n'avait pas remarqué la présence de Kevin à notre arrivée, mon comportement était assez énigmatique en lui-même.

Je restai près du juke-box quelques minutes et choisis un autre titre.

— On ferme ! me cria le garçon.

Je hochai la tête.

De retour dans le box, je trouvai Kevin. Les yeux rougis et les joues boursouflées, il se tenait la tête dans les mains. Un immense soulagement m'envahit, et j'eus envie de le prendre dans mes bras. Mais la table m'en empêcha, et je lui touchai simplement le visage.

Il pleurait toujours.

— Allons-y, dis-je.

— J'ai mouillé mon pantalon, beugla-t-il.

— Ce n'est pas grave. Allez. Sortons d'ici. Vite. Allons-y.

Je me levai, tendis la main au-dessus de la table et lui empoignai le bras. D'un coup ferme, je le délogeai du box et nous sortîmes au galop du *Frosty-Freez*, ne ralentissant qu'au bout de la rue.

Kevin continuait à sangloter. Sur le chemin du retour, il pleura bruyamment, surtout à cause de son pantalon mouillé, je pense.

— Bon, nous nous en sommes sortis, n'est-ce pas ? lui dis-je tandis que nous attendions que le veilleur de nuit nous laisse rentrer dans Garson Gayer. De justesse, mais nous y sommes arrivés, hein ?

Il acquiesça, noyé de larmes.

Les employés de l'équipe de nuit, que je ne connaissais pas, se posèrent des questions, visiblement, en nous voyant passer, mais les gardèrent pour eux.

Dans la chambre de Kevin, je tirai son pyjama de dessous l'oreiller et le lui lançai.

— Tiens. Mets donc ça. Et personne ne saura, pour ton pantalon, pas vrai ? J'attends dehors. Dépêche-toi de te changer. Je reviens.

Kevin était sous les couvertures lorsque je rentrai. Ses vêtements avaient disparu dans le sac de linge sale. Je me perchai sur le bord de son lit.

— Alors, qu'en dis-tu ? Nous avons réussi, non ? Nous sommes sortis.

— C'était horrible.

— Ça n'a pas été exactement une partie de plaisir, c'est vrai. Mais nous l'avons fait. On ne pouvait s'attendre à quelque chose de parfait. Trois ans et demi, c'est long, tu sais.

Kevin hocha la tête.

— Mais nous l'avons fait, ajoutai-je.

— Le gars a dû croire qu'on était dingues.

— Oui, c'est probable. (Je lui souris.) Tu imagines ce qu'il a dû penser ? J'ai pris quatre tasses de chocolat, deux verres de soda et trois portions de frites ! J'étais à court d'argent et j'ai dû lui donner ma monnaie du parking. Rien que des petites pièces, de la ferraille.

Kevin hocha la tête.

— Et j'ai dû me farcir sans arrêt cette chanson d'ABBA. Tu sais, j'ai compté : quatorze fois en tout. Je crois bien que je saurai les paroles par cœur jusqu'à la fin de ma vie.

— Moi aussi, dit Kevin. *I have a dreeeeeeam, a song to siiiiing*, brailla-t-il d'une voix de fausset tremblotante.

Je me mis à rire.

— Et moi qui reste là, toute seule, pendant trois heures, et personne ne vient, et tout à coup nous bondissons comme des flèches vers la porte tous les deux, alors qu'il n'a même pas dû voir que tu étais là, avant. Il doit encore se demander d'où tu es sorti. On pourrait en faire un film. Ce serait vraiment drôle.

La remarque fit sourire Kevin à son tour.

— Ouais. On serait les vedettes, vous et moi. On pourrait l'appeler *Mystère au Frosty-Freez*. Non, ce serait un film d'espionnage, plutôt. Le gars a dû croire que vous étiez une espionne, ou un truc de ce genre, vu la façon dont vous restiez toujours là. Et dont je suis sorti de nulle part.

— Oui, sans doute.

— Il faudra qu'on y retourne, reprit Kevin, pour finir de l'embrouiller.

— Je ne sais pas. Vaudrait mieux pas. Il ne me restait plus beaucoup d'argent. A la fin, je ne lui ai laissé qu'un pourboire de huit *cents*.

— Ça ne fait rien, dit Kevin. Moi, je lui ai laissé une belle flaque.

Et nous nous écroulâmes de rire tous les deux.

16

Tandis que Kevin progressait à grands bonds joyeux, une personne, dans ma vie, régressait de manière inquiétante. Charity.

Je savais que les choses n'allaient pas bien pour elle. S'il n'y avait pas de crises, à proprement parler, toute sa vie était une sorte de désastre mijotant à petit feu. La famille de Charity était un groupe énorme aux contours vagues, qui s'étirait et se contractait tel un animal endormi. Un oncle, une tante ou une tripotée de cousins emménageaient chez elle un soir, une grand-mère ou une sœur s'en allait le lendemain. Le groupe se composait, à ma connaissance, de quatre ou cinq branches, deux en ville et deux ou trois dans la réserve. Et le gros de la troupe se déplaçait régulièrement, semblait-il, d'un lieu de résidence à l'autre. Je ne savais donc jamais au juste qui était qui lorsque je me présentais à la porte. J'y trouvais chaque fois des visages différents, mais eux me connaissaient tous. Je les délivrais de Charity pendant quelques heures.

A l'intérieur de ce clan informe sévissaient de nombreux problèmes, parmi lesquels l'alcoolisme, les querelles continuelles et, je suppose, la prostitution, pour ce qui concernait la mère de Charity, étaient les plus notables. Mais il y avait de bons côtés, aussi. Ils avaient un sens très fort de la famille et une superbe tradition orale. Le grand-père maternel, que je n'avais jamais vu, semblait détenir une mine d'informations sur l'ancien temps, qu'il transmettait régulièrement à Charity et à ses autres petits-enfants.

La personne qui avait le plus d'influence sur la vie de Charity était sa mère. Elle se prénommait Michaela et elle était fort jeune, bien plus jeune que moi, je pense. Son regard lui donnait un air sombre et farouche, et un tic nerveux lui secouait les épaules. C'était une âme torturée, oscillant entre de brusques éclats de fureur et une piété silencieuse et timide. Elle avait fait baptiser Charity dans trois religions différentes, et l'emmenait régulièrement à deux services religieux le dimanche. Mais Michaela se bouclait aussi dans divers recoins de la petite maison, où elle s'enivrait jusqu'à l'inconscience. Et bien entendu, ainsi que l'avait signalé Charity, elle travaillait toutes les nuits, sauf le lundi.

Charity faisait face à ses problèmes familiaux de façon tout à fait créative. Le soir où je l'avais rencontrée pour la première fois, elle m'avait paru terriblement prosaïque. Quel choc ce fut pour moi de découvrir que tout ce qu'elle m'avait raconté, ou presque, était faux. Elle n'avait pas de sœur du nom de Sandy. En fait, elle n'avait pas de sœur du tout. Elle n'était pas la cadette mais l'aînée. Elle avait quatre frères plus jeunes. Pour Charity, le monde n'était jamais assez beau, alors elle brodait. Mensonges relativement inoffensifs, mais qui m'exaspéraient, car je ne savais jamais ce qui était vrai et ce qui ne l'était pas. Pour Charity, tout ce qu'elle racontait était réel. Ce qu'elle ne pouvait obtenir, elle se l'offrait dans sa tête. Ses histoires étaient sa réalité à elle. Et elle démolissait quiconque osait affirmer le contraire.

Je n'ignorais pas les problèmes que Charity connaissait chez elle. Et je tentai d'intervenir. Je téléphonai d'innombrables fois à la responsable de l'association *Grands Frères-Grandes Sœurs*, puis aux services sociaux. Mais il s'agissait de ce genre de situation sans espoir où on ne peut s'attaquer au problème que lorsqu'il est devenu trop énorme pour que l'on puisse le résoudre. Je laissai donc, jour après jour, semaine après semaine, Charity envahir allégrement mon existence. C'était un vieux refrain, cette aventure-là, sur lequel je croyais avoir cessé de danser le jour où j'avais quitté ma classe, l'un des rares souvenirs de ma vie d'enseignante que je n'avais jamais regretté de laisser derrière moi.

Dans les moments de profond abattement, j'envisageai même de me retirer de l'association. Ce genre d'idée me venait notamment à six heures du matin, le samedi ou le dimanche, lorsque j'entendais Charity cogner à grands coups à ma porte pour réclamer son petit déjeuner, ou au beau milieu de la nuit, quand elle venait de s'enfuir pour la millième fois de chez elle pour dormir chez moi. Mais je savais que je n'abandonnerais jamais. Je savais qu'elle n'avait pas d'autre recours et que je représentais à certains moments, si peu que ce fût, le seul moyen pour elle de ne pas mourir de faim. Je ne pouvais me retirer, et je le savais. J'avais le cœur trop tendre. Et puis, les catastrophes qu'elle provoquait étaient toujours si pleines d'invention.

Le téléphone sonna dans mon bureau un matin de la mi-mars.

— Allô, Mrs Hayden ? s'enquit une voix d'homme. Ici l'officier de police Cooper, du commissariat. Nous avons votre fille, au poste de la 7e Rue.

Je restai bouche bée. Et avant que j'aie pu lui dire que je n'avais pas de fille, le téléphone changea de main.

— Écoute, M'man...

— *Charity !* Qu'est-ce que tu fais là ? Que se passe-t-il donc ?

— Écoute, M'man, je suis au commi...

— *Charity !*

— Euh, tu pourrais pas venir ?

— Pourquoi as-tu dit que j'étais ta mère, Charity ?

— Eh ben, ils m'ont dit d'appeler mes parents.

Il y eut un long silence. Pour rien au monde Charity n'aurait appelé sa mère. D'abord, elle n'avait pas le téléphone. Et puis, finaude comme elle était, Charity savait fort bien que je ne lèverais pas la main sur elle. Contrairement à sa mère.

— Écoute, Charity, ils ne te croiront plus dès qu'ils me verront entrer au commissariat. Ils verront d'un seul coup d'œil que je ne suis pas ta mère. C'est évident.

— Mais, m'man, implora-telle, j'ai déjà raconté au gentil monsieur comme tu es formidable, et comment vous avez décidé un jour, papa et toi, d'adopter une pauvre petite Indienne. Je sais que je te cause beaucoup de soucis, mais tu as si bon cœur.

— *Charity !*

Le policier reprit la ligne. Il me fit l'effet d'être un brave homme, et la patience que je perçus dans sa voix me laissa penser qu'il n'était pas totalement dupe. Je ne confirmai ni ne démentis les dires de Charity, et lui demandai pourquoi elle était là-bas.

— C'est que, voyez-vous, m'dame, répondit-il poliment, elle essayait de faire dérailler des trains.

Charity.

— C'est *pas vrai*, Torey. Je vous assure, c'est pas vrai. Je voulais juste voir comment ça fait, vous savez, quand on met des trucs sur les rails, et que ça sort tout repassé quand le train a roulé dessus. Je voulais juste voir comment ça fait. C'est tout.

Nous étions dans ma voiture, roulant vers je ne sais où. J'avais dû faire assaut d'imagination, exhiber ma carte professionnelle et tous les papiers en ma possession, en dehors du passeport, pour qu'on accepte de me la confier sans en informer sa vraie mère. Maintenant que je l'avais récupérée, je ne savais que faire d'elle.

— Pourquoi traînais-tu dans ce coin, au fait ? Il y a école, aujourd'hui. Pourquoi n'es-tu pas en classe, comme tu devrais l'être ? Tu n'aurais pas tous ces ennuis, à l'heure qu'il est.

Elle haussa les épaules.

— Ne hausse pas les épaules, s'il te plaît. Réponds-moi. C'est très grave, Charity.

— Vous êtes en colère après moi ?

— En un mot comme en mille, oui. Ce n'est pas drôle, ce que tu as fait. Le policier a raison, tu sais, tu aurais pu blesser quelqu'un. Tu aurais pu faire dérailler un train, causer beaucoup de dégâts. Et peut-être que quelqu'un aurait été blessé, ou tué, même, à cause de tes bêtises.

— Mais je ne *voulais* pas les faire dérailler.

— La question n'est pas là, Charity. Tu n'avais pas à te trouver sur la voie ferrée. Tu devais être à l'école, un point c'est tout.

Je me dirigeais vers son école, mais je connaissais assez bien Charity pour savoir qu'elle ne saisirait guère la gravité de ce genre de comportement si je me contentais de la reconduire en classe et de l'y laisser. On la retrouverait occupée à aplatir des objets sur les rails l'après-midi même. Par ailleurs, je ne tenais pas à la ramener chez elle. Comment réagirait sa mère ? La frapperait-elle pour ce qu'elle avait fait ? N'y prêterait-elle aucune attention ? Très probablement, il y aurait une bonne paire de claques, après quoi Charity serait de nouveau livrée à elle-même tandis que Michaela, sombrant dans une lugubre rumination de l'incident, boirait jusqu'à perdre conscience. Ceci, à supposer, bien sûr, qu'il y eût quelqu'un à la maison.

Ma position était des plus inconfortables. Je n'avais aucun droit, aucune responsabilité légale, rien qui me donnât le pouvoir d'intervenir dans l'existence de Charity. C'était dix fois pire que mon impuissance d'enseignante. Que je décide de parler à sa mère, d'aller voir son institutrice, de contacter l'assistante sociale ou la Protection de l'Enfance, je ne pouvais rien entreprendre de vital moi-même. Je n'étais qu'une voix dans le désert. Sans droits légaux, j'étais un fantôme, présente en esprit, et rien de plus.

— Dis-moi, Char, tu as pris ton petit déjeuner ?

Elle secoua la tête.

Je bifurquai sur le parking d'un *McDonald*.

— Bon, allons manger quelque chose et voir si nous pouvons éclaircir un peu cette affaire.

Charity se tenait voûtée au-dessus de son Big Mac à l'œuf. Plus aucune trace en elle de combativité. Elle commençait à comprendre, je crois, que je parlais sérieusement, *très* sérieusement, et la situation ne lui semblait plus si rose. Ses épaules s'affaissèrent, elle baissait la tête.

— Alors, tu veux bien m'expliquer? demandai-je. Comment se fait-il que tu ne sois pas à l'école?

Elle haussa les épaules.

Silence. Je la regardais; elle regardait son Big Mac à l'œuf. Je laissai le silence flotter autour de nous. A force de travailler avec des muets, j'avais appris à affronter paisiblement cette arme redoutable.

— J'aime pas l'école, répondit-elle enfin. J'aime pas prendre le car.

— Pourquoi?

— Les autres se moquent de moi.

— A quel sujet? demandai-je.

Elle haussa de nouveau les épaules.

— Des trucs.

— Quel genre de trucs, Charity?

— Des trucs, c'est tout.

Le silence encore. Il n'y avait pas foule, dans la salle — c'était mercredi —, quelques chauffeurs de poids lourds, quelques mères avec leurs gamins. Je les observai. Charity jouait avec son sandwich, dont elle tirait des miettes qu'elle déposait une à une dans sa bouche.

— Ils m'appellent « La Grosse », dit-elle tout bas.

— Je vois. Et c'est pour ça que tu es en colère contre eux.

Elle hocha la tête.

— Je ne suis *pas* vraiment grosse. C'est que j'ai des os épais.

Silence. J'avais terminé mon sandwich et mon jus d'orange, et je ne bougeai plus.

— Les autres te disent des choses désagréables qui te contrarient. Alors tu ne veux plus prendre le car, c'est bien ça?

Elle haussa les épaules, et j'eus envie de les lui clouer.

— Je déteste Yolanda, aussi.

— Qui est-ce?

— La surveillante du car. Elle crie toujours après moi, et c'est pas ma faute. Les autres me disent des trucs, et c'est après moi qu'elle se met en colère.

— Oh! je vois. Tu estimes que ce n'est pas juste qu'elle te gronde alors que les autres t'embêtent aussi?

— Oui. Et hier soir je lui ai dit que je demanderais à Sandy de venir lui cogner dessus. Sandy a douze ans, et je lui ai dit que c'était ma grande sœur, et qu'elle assommerait cette idiote de Yolanda. Je lui ai dit que Sandy allait lui flanquer son poing dans la gueule.

— Tu le lui as dit hier soir?

Charity hocha la tête. Elle tripota un peu plus son Big Mac, qu'elle avait à peine entamé.

— Et elle m'a répondu que j'étais une nouille. Que je n'ai pas de grande sœur.

— Mmm. Je vois.

— Mais *j'en ai une.*

— Je pense que tu aimerais peut-être avoir une grande sœur.

Charity leva les yeux, et pour la première fois, j'y vis des larmes.

— *Si*, j'en ai une, de grande sœur. Et si vous la fermez pas, je lui dirai de venir vous casser la figure, à vous aussi.

— Char, calme-toi. Il n'y a pas de quoi te mettre en colère.

— *J'en ai une,* de grande sœur! Vous allez voir. Vous allez voir si j'en ai pas une, de grande sœur!

Sa voix avait pris de la puissance, et les consommateurs assis aux autres tables faisaient mine de ne pas regarder.

— Elle va vous casser la figure, Torey Hayden. Vous verrez. Je vais tout lui raconter et elle va venir ici pour vous mettre son poing sur la gueule.

Elle pleurait et hurlait à la fois. Les gens ne feignaient plus de nous ignorer. Ils tournaient la tête, à présent, et observaient carrément la scène. Charity continuait à vociférer.

— Viens, dis-je, et je me levai.

M'approchant d'elle, je glissai mes mains sous ses aisselles pour la soulever. Ce fut laborieux; elle n'était pas légère. Protestant de toutes ses forces, elle hurlait, se tortillait et se débattait, tandis que je tentais de la traîner hors du restaurant. A mi-chemin entre la table et la porte, elle me planta ses crocs dans la main. Je glapis à mon tour et ne pus lui faire desserrer les mâchoires. Mais cela me permit au moins de la tirer dehors.

Je l'enfournai dans ma voiture et grimpai de l'autre côté. Charity ne se maîtrisait plus. Peut-être ne s'agissait-il de rien de plus que d'un trop-plein de contrariétés.

Pendant quelques minutes, nous restâmes côte à côte dans l'intimité de la voiture. Charity criait toujours. J'essuyais le sang qui coulait de la morsure, en songeant combien mes expériences de restaurant étaient peu plaisantes, ces temps-ci, entre elle et Kevin.

— Viens, dis-je enfin.

Le levier de vitesse nous séparait, et comme elle ne bougeait pas, je dus me pencher vers elle et la soulever par-dessus l'obstacle pour la prendre sur mes genoux. Je n'avais jamais tenu Charity dans mes bras. Ce n'était pas le genre de gamine que l'on avait envie de serrer contre soi, ce qui était sans doute, je pense, une partie du problème. Elle pleurait, maintenant, et lorsque je la pris dans mes bras, elle agrippa ma chemise, y enfouit le visage et se mit à sangloter. Je la serrai fort contre moi, tout entière, les miettes de pain collantes, les tresses en bataille, le pull crasseux, tout entière.

— Alors, qu'est-ce que tu as, ma chérie ?

— Je sais pas.

— Des trucs, comme ça ?

Elle hocha la tête et renifla contre ma chemise.

— Ça arrive, quelquefois. Il y a des jours où la vie est un peu dure.

— Vous m'aimez toujours ? questionna-t-elle, et elle leva vers moi son regard mouillé.

— Je t'aime toujours.

— Vous voulez bien encore être ma Grande Sœur ?

— Oui.

— Même que je suis méchante ?

— Nous faisons tous de grosses bêtises, parfois. C'est ainsi.

Elle renifla et, tirant sur mes bras pour qu'ils l'enlacent mieux, elle se pelotonna contre moi.

— Vous voulez savoir quelque chose ? dit-elle.

— Quoi donc ?

— Diana, c'est mon autre Grande Sœur, elle m'aimait pas beaucoup. Elle a plus voulu être ma sœur. Elle leur a demandé un autre enfant, et elle est devenue la Grande Sœur de Rosa. Elle m'aimait pas.

Il y eut un silence. Charity s'essuya encore un peu.

— Ni Sandy non plus. Ni Cheryl. J'en ai *vraiment* eu, des Grandes Sœurs. Mais elles ont toutes arrêté, sauf vous.

Je ne dis rien.

— Vous allez arrêter ?

— Non. Je l'ai promis, pas vrai ?

Elle soupira, puis s'extirpa de dessus mes cuisses et replongea dans son siège.

— Elles l'avaient toutes promis.

Je la reconduisis à l'école. Puis je revins au bureau et mis un peu d'ordre dans mon apparence. Ses dents avaient découpé dans ma peau une impeccable petite demi-lune, qui avait amplement saigné sur mes vêtements. Sur le moment, cela m'avait paru sans importance, mais arrivée à la clinique, je vis que je n'étais guère présentable. Dans la salle de repos, je nettoyai les taches de sang qui maculaient ma chemise et tentai de coller sur ma peau des bouts de sparadrap qui refusèrent de tenir. Cette partie de ma main était trop mobile. Je me contentai donc de sécher soigneusement la plaie et décidai de n'y plus penser.

La bonne blague.

Le soir, je me sentis brûlante et endolorie.

Le lendemain matin, j'avais une fièvre carabinée. Je dus rester au lit pendant huit jours et subir une injection antitétanique.

17

Les mois défilaient. L'hiver avait totalement cédé la place au printemps. Puis ce fut Pâques. Les bourgeons des lilas commençaient à gonfler.

Tant de choses avaient changé depuis ce début d'hiver, quand Jeff s'était joint à Kevin et à moi. Il y avait bien encore des moments où Kevin regimbait devant une difficulté, ou cédait à quelque phobie qui l'obsédait toujours, mais en général, il avait fait tant de progrès que l'on ne reconnaissait plus en lui le gamin qui se camouflait sous les tables autrefois.

Nous sortions régulièrement de Garson Gayer, maintenant. Nous venions même parfois le chercher le samedi ou le dimanche, Jeff et moi, pour l'emmener dans des endroits qu'il appréciait tout particulièrement. Le zoo avait un franc succès, car Kevin adorait les phoques. Il économisait son maigre argent de poche pour acheter des quantités de poissons qu'il leur lançait. Mais sa destination favorite était le parc d'attractions. Ce qui m'intriguait quelque peu, car il avait encore trop peur de la plupart des manèges pour y monter. Kevin se contentait de se promener. Il ne lui restait presque jamais assez d'argent pour se payer une barbe à papa ou une pomme d'amour, à moins que Jeff ou moi ne lui en donnions un peu. Et il n'y avait guère d'amusements en dehors des manèges. Le parc d'attractions restait malgré tout son lieu de prédilection. La seule explication satisfaisante, à mon avis, était que Jeff et moi aimions grimper sur les manèges, et Kevin nous distribuait parcimonieusement et avec soin ses propres billets pour les attractions dont il pensait que nous raffolions. Peut-être était-ce cela qui lui plaisait : avoir, pour une fois, le pouvoir de faire quelque chose pour nous.

Le temps approchait où Kevin devrait quitter Garson Gayer. Il aurait dix-sept ans en septembre, deux ans de plus que l'âge limite officiel de l'établissement. Dana ne pouvait se permettre de différer plus longtemps son transfert.

Les perspectives, cependant, s'annonçaient toutes différentes de ce qu'elles étaient au mois de septembre précédent. Il n'était plus guère fait allusion à l'hôpital psychiatrique. Libéré de la plupart de ses peurs, parlant bien, et volontiers, Kevin avait de bien meilleures chances de s'adapter à un environnement moins restrictif. Son apparence même s'était remarquablement améliorée. Grâce à un traitement approprié, son acné disparaissait peu à peu. Avec sa nouvelle coupe de cheveux, des vêtements au goût du jour et une paire de lunettes neuve, il ressemblait à un adolescent quelconque. On ne le remarquait plus, à présent ; presque plus.

Dana recherchait avec fougue une famille d'accueil pour Kevin ou, à défaut, un foyer collectif où il serait en contact avec d'autres garçons de son âge presque « normaux ».

Kevin avait parfaitement conscience de cette évolution. Il la chérissait comme une pierre précieuse dans un coffre à bijoux, et passait la plupart de son temps à méditer sur son avenir.

Quand l'appel téléphonique nous parvint, donc, à la mi-mai, aucun de nous ne fut pris au dépourvu. Dana vint à notre rencontre, un vendredi matin, tandis que nous franchissions la porte, Jeff et moi. Son visage rayonnait. Dana était vraiment très belle lorsqu'elle souriait ainsi, et sa jubilation nous contamina avant même que nous en sachions la cause.

Un foyer de Bellefountaine, bourgade située à l'écart de la ville, acceptait de prendre Kevin. C'était un centre d'accueil qui s'occupait de sept garçons, et réussissait admirablement avec les adolescents difficiles ; sa réputation était excellente. Kevin y serait admis à la fin du mois.

Jamais je n'aurais osé espérer un tel placement. Il

s'agissait d'une petite exploitation agricole qui disposait de vingt-quatre hectares de jardins maraîchers, ainsi que de vaches, de moutons, de chevaux et de cochons. Au bout de sept ans d'incarcération, Kevin y vivrait enfin libre.

Kevin, bien sûr, était fou de joie. Il bondit sur la table et dansa de bonheur quand nous fûmes dans la petite pièce blanche.

— Je suis libre, hurlait-il à pleins poumons. J'ai une maison ; je suis libre.

Il y aurait bien des changements dans sa vie. Nous en discutâmes longuement avec lui, afin de le préparer à toute éventualité. La fin approchait pour nous, pour nos séances. Lorsqu'il vivrait à Bellefountaine, ni Jeff ni moi ne pourrions continuer à le voir, car il serait trop loin. Quels que soient désormais ses besoins, aucun de nous deux ne serait plus auprès de lui.

Tandis que nous parlions de tout cela, je vis que l'heure était véritablement arrivée pour Kevin. Il exprima du regret à l'idée de notre séparation ; il craignait que nous ne pensions pas à lui écrire. Mais ce n'étaient que des soucis fugaces. Son cœur et son âme voguaient dans le futur. Jeff et moi appartenions au passé.

Le 27 mai, pour notre toute dernière séance, Jeff, Kevin et moi nous offrîmes une petite fête intime dans la pièce blanche. Jeff avait apporté son lecteur de cassettes et quelques enregistrements, ainsi que sa guitare. Je vins avec des friandises, et nous célébrâmes notre séparation.

Vers la fin, Kevin, allongé par terre, picorait miette à miette un bout de gâteau. Jeff était assis sur la table, jambes ballantes. Nous étions des gamins, vraiment, tous les trois. Cette pensée me frappa brusquement, tandis que je rêvassais, assise sur la moquette près des jambes de Jeff qui se balançaient. C'était sans doute, d'une certaine manière, ce qui nous avait réunis et liés les uns aux autres bien après que Kevin eut cessé d'avoir besoin d'un psychiatre aguerri et d'une psychologue. Jeff et moi n'étions que des gamins nous-mêmes, deux gosses ambitieux dans un monde d'adultes. Mais Kevin nous avait fourni un prétexte pour nous amuser de nouveau, pendant que nous lui apprenions à jouer. Et c'était une impression délicieuse.

Puis, tandis que nous dégustions les dernières minutes de notre petite fête, une valse prit son envol sur l'une des cassettes de Jeff. *Légendes de la forêt viennoise*.

Jeff bondit sur ses pieds. Tendant vers moi sa main, il s'inclina bien bas.

— Voulez-vous m'accorder cette danse, madame ?

J'émis un petit rire confus.

— Je ne sais pas danser.

— Mais si, vous savez. Avec moi vous saurez. Allons, la musique nous pardonnera.

— Vraiment, Jeff. Je danse comme un pied.

Mais je me retrouvai debout sans savoir comment.

Jeff me prit dans ses bras et m'entraîna tout autour de la pièce aux accents de Strauss. Son pas était sûr, ses gestes précis. Hypnotisée, je quittai cette cellule nue et étroite d'institution psychiatrique, et vis fondre le latex blanc derrière le visage de Jeff. Il souriait, des yeux, des lèvres. J'étais dans la Grande Salle de Bal. Je voguais dans les bois frais et verdoyants de Vienne.

— Regarde derrière toi, murmura Jeff, et il nous fit tourner de sorte que je voie la scène.

Kevin s'était levé à son tour. Les bras tendus, enlaçant une invisible partenaire, il fermait les yeux. La tête en arrière, il tournoyait et virevoltait dans la petite pièce, sans s'arrêter. Il était extrêmement gracieux, d'une grâce étrange, un peu irréelle.

Quand la musique se tut et que nous eûmes cessé de danser, Jeff et moi, Kevin continua à valser pendant quelques mesures encore, de mémoire. Même lorsqu'il ralentit et s'immobilisa, son corps continua à tanguer. Il vint vers nous.

— Apprends-moi à faire ça, Jeff. Remets la musique et apprends-moi, tu veux bien ? Les vrais pas.

Jeff rembobina la cassette.

— Regarde, c'est facile. Comme ça.

Il glissa ses bras autour de Kevin et lui montra le pas avant de l'entraîner dans un tourbillon autour de la pièce.

Ils formaient un couple pour le moins insolite, le jeune et brillant médecin et l'enfant sauvage. Kevin était presque aussi grand que Jeff, mais plus mince et plus frêle. Jeff était très doux avec lui, le conduisant de façon à rattraper ses erreurs de pas. Le visage de Kevin vibrait d'une expression grave et énigmatique.

Je me sentis au bord des larmes en les observant. Il y avait une forme de beauté qui émanait d'eux, de la musique, de la splendeur printanière qui ruisselait des vitres. Une beauté un peu effrayante, qui éveillait en moi une impression profonde et muette. Je crois bien que nous étions émus tous les trois, de ce même sentiment mystérieux, singulier.

Quand la musique cessa, Kevin se tourna vers moi.

— Voulez-vous danser avec moi, maintenant, professeur ? demanda-t-il.

Je le dévisageai.

Il sourit.

— Je ne suis pas aussi douée que Jeff, répondis-je.

La valse s'envola de nouveau et je sentis les bras de Kevin m'enlacer. La danse était instinctive, chez lui, comme elle ne l'avait jamais été pour moi. Il me tenait avec assurance et valsa avec moi. Peut-être n'était-ce pas la valse, qu'il dansait. Non. Kevin dessinait dans l'espace sa propre danse. La danse du phénix.

DEUXIÈME PARTIE

1

J'eus des nouvelles de Kevin par Dana. Il quitta Garson Gayer pour Bellefountaine le 1er juin. A la mi-juin, il partit pour un camp d'été de l'éducation spécialisée, où il passa deux semaines. Il allait bien, apparemment.

Puis je n'entendis plus parler de lui. Cela se terminait souvent ainsi, avec mes gamins. On finissait par s'y habituer — la séparation, puis le silence. Au début, je trouvais absurde de se perdre ainsi de vue après avoir partagé des moments si intenses et si intimes, mais c'était un aspect normal du travail.

Au cours des deux premiers mois d'été, je poursuivis mes activités à la clinique, qui consistèrent à travailler avec des enfants et à donner des cours d'été à l'université locale. Mon emploi du temps me parut soudain très vide.

Le week-end du 4 Juillet, j'emmenai Charity camper avec moi, en compagnie d'un couple de mes amis et de leurs enfants. Nous grimpâmes dans les Rocheuses, aussi loin que la Jeep voulut bien nous conduire à travers les arbres qui couvraient le flanc de la montagne, puis nous continuâmes à pied, sac au dos, sur près de six kilomètres.

Charity se plaignit tout le long du chemin. Elle n'était pas accoutumée à marcher si longtemps, et malgré les chaussures tout à fait convenables que je lui avais procurées, elle gémissait qu'elle avait mal aux pieds, qu'elle avait mal au dos et qu'elle n'en pouvait plus. Pendant ce temps, les fils de mes amis, des jumeaux qui avaient cinq ans, et leur petite fille, qui en avait trois, portaient vaillamment leur sac de couchage et leur sac à dos; même le chien trimbalait sa nourriture. Mais cela lui était bien égal, à Charity, de ne traîner, à neuf ans, qu'un misérable ballot de vêtements. Elle était fatiguée, avait trop chaud et trouvait tout trop lourd. Mais comme rien ne nous pressait, nous fîmes une halte lorsqu'elle se plaignit d'être épuisée. Quand son dos lui fit mal, je pris son sac. Nous arrivâmes enfin à destination.

Ce fut un week-end délicieux. Charity revint à la vie dans la montagne. Je lui appris à nager dans les petits plans d'eau glacés sous les cascades. Elle était aux anges. Nous avions oublié les maillots de bain, et elle nagea d'abord avec sa culotte crasseuse et trouée. Mais ses deux slips furent bientôt humides et, oubliant ses inhibitions, elle cabriola dans l'eau toute nue. C'était ainsi que la vie aurait dû être, pensai-je en la regardant, assise sur les rochers au bord du courant. J'avais dénatté ses longs cheveux épais, qui dégoulinaient autour d'elle comme une cape noire. Les rondeurs qui la boudinaient dans ses nippes devenaient robustesse parmi les troncs des pins qui plongeaient au bord de l'eau, tel un habitat ancien et mythique. Dans ce décor elle était belle, indigène de la forêt et de l'eau, se fondant instantanément dans l'univers qui la baignait.

Elle apprit aussi à pêcher et y prit un plus grand plaisir encore. Son instinct de chasseresse en éveil, elle passa de longues heures à dénicher les meilleurs trous d'eau et surveilla les poissons, muette sur la berge.

Il fallut également participer aux petits travaux nécessaires à la vie du campement. Il fallut glaner du bois, faire le feu, mettre de l'ordre dans les tentes chaque matin. Nous soupâmes de pommes de terre rôties et de saucisses, sous de tendres volutes de fumée. Puis, assis autour du foyer, nous nous racontâmes des histoires dans le crépuscule. Un incendie de forêt, au loin, épaississait l'air d'effluves âcres qui évoquaient à la fois la chaleur et la mort.

Nous composâmes d'étranges conglomérats de bananes, guimauve et chocolat, cuits sous la braise dans des feuilles d'aluminium. Nous racontâmes des choses superbes. Tous. Même Maggie, la petite de trois ans, y alla de son récit. Moi de même. Et Charity. Connaissant son talent d'invention, j'aurais dû deviner qu'elle était une conteuse, mais je fus surprise. Et plus que tous les autres, sans doute, je tombai sous le charme lorsqu'elle prit la parole. Elle était assise un peu à l'écart du feu de camp, presque isolée de notre groupe. Les flammes n'éclairaient pas son visage, et l'obscurité conférait un certain mystère à la petite voix, quasi désincarnée, qui nous parlait de l'Inconnu, Fils de Deux Hommes, de camps et de huttes depuis longtemps disparus, même dans le souvenir des siens, de dieux que personne n'adorait plus, d'un peuple évanoui comme la brume dans la nuit des temps.

Il y eut de longs silences dans le récit de Charity. Non de réflexion mais d'écoute. Elle dressait la tête, épiait les bruits de la nuit, puis reprenait sa narration. Et soudain, de sa voix calme comme le vent dans les pins, elle enchaîna sans y penser dans sa langue maternelle. Cela n'avait pas vraiment d'importance. La douce mélodie insolite des mots exprimait tout aussi bien le sens profond de la légende.

Et puis nous fûmes seules, elle et moi, lovées au chaud de nos sacs de couchage. La nuit était tiède et estivale, venteuse et suave comme un souffle, et les étoiles voilées de fumée lointaine. Je laissai ouvert sur le ciel le volet de la tente.

Nous étions perchés sur une crête reliant deux monts. Le plus haut, sur notre gauche, était un vieux volcan éteint dénommé Sommet creux. Nous apercevions de notre couche l'énorme massif qui se profilait sur une tapisserie d'étoiles un peu floue.

Longtemps après que tout se fut tu dans le camp, alors que je voguais déjà dans les limbes, j'entendis Charity appeler timidement.

— Torey?
— Mmm?
— Où est-ce qu'on est?
Je me retournai, engourdie de sommeil.
— Sous la tente. Nous campons, tu sais bien?
— Ah oui, répondit-elle, un peu inquiète.
— Tu as peur, Charity?
— Oh! non. Pas moi.
Silence.
— Est-ce qu'il y a des ours, par ici, Torey? s'enquit-elle poliment.
— Non, répondis-je. Je ne pense pas. Ils vivent dans d'autres régions.
— Vous êtes sûre?
— Oui.
— Peut-être qu'il y en a, des ours.
— Non.
— Comment vous le savez?
— Je connais bien les ours, Charity. Il n'y en a aucun par ici.
— Et s'il y en avait quand même?
— Je les éloignerais de toi, Char. Tu n'aurais rien à craindre. Dors, maintenant.
— Torey? Comment ça, j'aurais rien à craindre? Vous vous bagarreriez contre eux?
— Je me battrais, Char. Et je gagnerais. Dors.
Silence.
— Torey?
— Ouiii.
— Est-ce qu'il y a des lions par ici, Torey?
— Non. Il n'y a absolument pas de lions. Pas un seul. Rendors-toi, à présent, et ne t'inquiète plus.
— Et des pumas? Il y a peut-être des pumas?
— Non. Il n'y a pas de pumas. Je les entendrais, s'il y en avait. Nous sommes tout à fait en sécurité. Dors.
Je fermai les yeux. Charity rapprocha son sac de couchage du mien et je lui fis un petit creux où elle se pelotonna.

Le silence de la nuit descendit sur nous de nouveau, et je crus qu'elle s'était rendormie.

— Torey? (Un minuscule filet de voix.)

— Oui, Charity.

— Ma mère m'a dit que je pouvais pas dormir avec vous, sauf si vous me le demandez. Mais si vous me le demandez, elle a dit que j'avais le droit, vous voyez?

— Je vois.

— Je me disais que ça vous intéresserait de savoir ça. Si des fois vous avez envie que je dorme avec vous.

— Est-ce que tu as peur?

— Non, non. Je me disais que peut-être vous avez froid, ou quelque chose comme ça, et que vous osez pas me demander. Mais si vous avez envie, ça me dérange pas du tout.

Je me redressai, somnolente, et lui souris.

— C'est vrai, justement j'en avais très envie.

Son visage s'illumina d'un superbe sourire.

— C'est bien ce que je me disais.

Après quoi je pris un mois de vacances et m'envolai pour le Pays de Galles.

Les montagnes fraîches et brumeuses du nord de ce petit pays étaient devenues mon havre d'élection. Je n'ai jamais vraiment su pourquoi; j'en ressentais le besoin fou, le *hiraeth*, ainsi que le dénomment les Gallois dans leur langue. Fin juillet, donc, je rassemblai mes chaussures de montagne et mon sac à dos, et abandonnai la clinique et la grande ville, l'été brûlant de l'ouest des États-Unis. Je passai près de six semaines à franchir à pied les contrées humides et sauvages, les landes venteuses et le *Pass of the Arrows*, où fut vaincu le roi Arthur. Je passais mes soirées et mes nuits chez des amis, dans de petits *cottages* de pierre, ou dans des *pubs*, près du poêle à charbon, tandis que les brumes s'élevaient en volutes de la mer d'Irlande. On appelait ces monts, dans le langage familier, les montagnes du Désir.

Et s'il fallait en croire un poète de la région, les Gallois ne les quittaient qu'une seule fois dans leur vie, car ils ne pouvaient supporter de s'en séparer de nouveau.

2

Mon corps flottait encore sur l'autre rive de l'Atlantique lorsque le téléphone sonna. J'extirpai ma tête de l'oreiller, totalement désorientée. Il faisait jour. Le matin ? L'après-midi ? Hier ? Aujourd'hui ? Demain ? Je n'avais toujours pas trouvé de réponse satisfaisante quand je me jetai en titubant sur l'appareil.

C'était Jeff. Je n'étais vraiment pas d'humeur à l'écouter.

— Écoute, Jeff, je viens de rentrer. Qu'est-ce qui te prend de m'appeler à cette heure ? Quelle heure, au fait ?

— Huit heures trente.

— Oh ! Du soir ? Du matin ?

— Du matin. Je suis au bureau.

Je louchais sur la pendule de la cuisine. Il était bien huit heures trente.

— Je ne travaille pas aujourd'hui, Jeff. Je suis encore en congé. Je ne reprends que lundi.

— Je sais.

— Alors, qu'est-ce que tu me veux ?

— Eh bien... (J'entendis un soupir.) C'est Kevin...

— Oui ?

— Il est en psychiatrie au Mortenson Hospital.

Je m'éveillai complètement. En un sens, je regrettais. J'aurais préféré être encore au Pays de Galles, me dire que ce n'était qu'un rêve.

Un soir brûlant du mois d'août, Kevin avait participé à une bagarre, à Bellefountaine, qui avait mis en jeu deux autres adolescents et une éducatrice. On ignorait ce qui s'était passé exactement, m'expliqua Jeff, mais il semblait bien que Kevin eût agressé la femme au cours d'une discussion. Il lui avait cassé le bras et déboîté l'épaule. La direction appela la police. Et sans autre formalité, Kevin fut retiré du foyer et confié à la justice.

— Bon sang, soufflai-je.

— Attends, répondit Jeff, ce n'est pas tout.

Kevin était resté trois ou quatre jours dans un centre pour jeunes délinquants, pendant que les autorités compétentes décidaient de ce qu'on allait faire de lui. Puis il s'était enfui. Après avoir erré deux jours en ville, il avait pénétré par effraction, la veille au soir, dans la clinique.

— La clinique ? fis-je en écho.

— Ouais, dit Jeff. Dans notre bureau.

— Qu'allait-il donc faire dans notre bureau ? demandai-je.

Évident. Il cherchait son couteau, le poignard de métal bleu façonné dans un barreau de lit, qu'il m'avait donné en garde plusieurs mois auparavant. Est-ce que je me souvenais ? questionna Jeff. Comment aurais-je pu l'oublier ? Apparemment, Kevin n'avait qu'une idée en tête lorsqu'il s'était enfui du centre. Tuer son beau-père. Il savait que je détenais le couteau, mais ignorait que j'étais en congé. Un adolescent répondant à sa description était venu à la clinique dans la journée, et avait vivement insisté auprès de Shirley, la réceptionniste, pour me voir. Lorsqu'elle lui avait dit que je n'étais pas encore revenue du Pays de Galles, il était parti. Et pendant la nuit, il s'était introduit dans les lieux.

On l'avait rattrapé — la police — avec son poignard, qu'il avait trouvé dans un tiroir de mon bureau. Maintenant il était détenu dans le service de haute sécurité de Mortenson. Comme on l'imagine, Jeff et un tas d'autres personnes attendaient avec impatience mon retour.

— Tu devrais voir dans quel état il a mis notre bureau, conclut Jeff. Et attends que les gens de Mortenson te mettent la main dessus. Ils meurent d'envie de discuter avec toi.

Je voulais bien le croire.

J'allai dans la salle de bains, remplis le lavabo et me savonnai énergiquement. En me passant le gant sur le visage, je rencontrai mon reflet dans la glace. Cela ne faisait pas vingt-quatre heures que j'étais rentrée de voyage, et j'étais épuisée. La fatigue avait gravé dans mes traits son empreinte, et ni eau ni savon ne l'effaceraient.

Je découvris dans notre bureau une véritable zone sinistrée. Les tiroirs des deux tables étaient arrachés et leur contenu éparpillé sur le sol. On avait entièrement vidé les étagères de la bibliothèque. Il y avait des papiers partout.

Jeff trônait dans son fauteuil au milieu du désastre, la mine aussi ravagée que l'était son humeur.

— Je suppose qu'on aurait dû s'y attendre, déclara-t-il d'un ton lugubre tandis que je me frayais un passage jusqu'à mon siège. Il y avait forcément autre chose dans la tête de ce gamin, non ? Ce n'était pas normal que ce soit si facile. Pas après toutes ces années.

— J'aurais bien voulu y croire, répondis-je.

— Oui, moi aussi. Mais... (Jeff fit pivoter son fauteuil, comme désœuvré.) Je crois qu'il faut que je m'avoue que ce gosse ne m'a pas vraiment dit grand-chose. Pas vraiment. Pour être tout à fait franc, je pense qu'il ne m'a jamais rien dit.

— Comment cela ? (Je le regardai.)

Jeff haussa les épaules.

— Tu sais bien. Tu le sais aussi bien que moi. Il ne *disait* jamais rien. Tout était superficiel. Vois-tu, je... (Il se tut un instant.) Tu m'agaçais tellement, avec ta manie de me dire : « Je le sens », « C'est viscéral. » (Il eut un sourire amer.) J'ai su depuis le début que tu avais raison. J'ai su que ce sale gosse ne me disait jamais rien, que tout était de la frime, si on veut. Mais tu me sortais tellement par les yeux, avec tes histoires de viscères...

Je fis la grimace.

Jeff haussa de nouveau les épaules.

— Mais je n'ai rien appris de lui. Et au bout d'un moment, on finit par ne plus rien croire.

— Moi, j'ai cru, murmurai-je. J'ai vraiment cru qu'il allait mieux. Que nous l'avions remis sur pied.

J'étais au bord des larmes. Je n'avais aucune envie d'entendre de la bouche de Jeff ce genre de déclaration. Aucune envie de savoir que le véritable problème avait été un défaut de communication entre lui et moi. Nulle envie, surtout, d'avoir raison.

— Oui, peut-être, rectifia Jeff gentiment. Au fond, j'y ai cru moi aussi. (Il me sourit.) Tu n'as rien à te reprocher.

— Mais il allait vraiment mieux. Il avait fait des progrès, non? Qu'est-ce qui manquait? Je pensais que c'était suffisant.

— Moi aussi, je suppose, répondit Jeff.

— Mais il *faisait* des progrès, Jeff. Il allait *mieux*. Même ce qu'il vient de faire, Jeff, est préférable à ce qu'il était quand il se cachait sous les tables. Enfin, peut-être. Je ne sais plus. Qu'est-ce qui manque? Je n'ai pas de recette magique. Je n'ai pas de réponses.

— Non, dit-il. Nous n'avons jamais eu de réponses. Dans un sens, nous n'avons même jamais eu de questions. Nous n'avons vraiment rien.

L'hôpital me réclama. Ils avaient senti, j'imagine, le rôle étrange et suspect que je jouais dans cette affaire. En outre, Kevin ne parlait plus. Il n'avait pas dit un mot depuis son entrevue avec la police. Aussi, après avoir passé une heure avec Jeff dans le bureau, à ramasser les vestiges de nos tiroirs, je repris ma voiture et partis pour le Mortenson Hospital, à l'autre bout de la ville.

C'était un centre hospitalier immense où je n'étais jamais entrée, car il n'avait aucun lien avec la clinique. Il était bâti sur un affleurement rocheux qui dominait la ville, et possédait des bâtiments de sept à dix étages selon les points de la colline où il s'ancrait. C'était un complexe gigantesque, qui étalait ses antennes, tel un gros animal repu, jusque sur les corniches surplombant le fleuve.

Bien qu'à vocation essentiellement médicale, l'hôpital disposait du service psychiatrique le plus important du comté, ainsi que de la seule unité de sécurité équipée pour la détention des malades mentaux dangereux. Le cinquième étage était entièrement consacré à la psychiatrie, et accéder à ces locaux constituait en soi une épreuve. Il fallait prendre un ascenseur public jusqu'au quatrième étage, puis dénicher l'ascenseur privé qui ne montait qu'au cinquième, et pour l'utilisation duquel on devait être accompagné, ou muni d'une clé spéciale. Au cinquième, la cabine débouchait sur un bureau de réception, où le préposé, après avoir vérifié la teneur du rendez-vous, actionnait l'ouverture électronique d'une énorme porte métallique. Derrière laquelle se dressait une autre double porte. Là, il fallait appuyer sur un bouton pour avertir le service, et un membre du personnel venait déverrouiller l'un des battants.

J'avais déjà fréquenté des services psychiatriques de toutes sortes, mais jamais je n'avais vu un système de sécurité aussi imposant que celui-là. Lorsque je m'y fus habituée, je parvins à effectuer tout le parcours en quatre ou cinq minutes, si les ascenseurs coopéraient. Mais ce premier jour, je me perdis à plusieurs reprises, et fus embrouillée et cuisinée par un nombre invraisemblable d'individus en blouse blanche avant de parvenir enfin au terme de mes errances, près de vingt minutes après avoir franchi la porte d'entrée.

Kevin était dans sa chambre. Une pièce longue et étroite pourvue d'une fenêtre assez grande, au fond, d'un lit et d'une commode qui en réduisaient encore la largeur. Il y avait aussi une petite chaise de plastique, d'où débordait de toutes parts la grande carcasse vautrée de Kevin.

Il me dévisagea lorsque l'infirmière me fit entrer. Il ne semblait pas particulièrement surpris de me voir. Peut-être savait-il depuis longtemps que ses faits et gestes me ramèneraient à lui d'une façon ou d'une autre.

Il avait grandi, depuis la dernière fois que je l'avais vu.

Il avait dû dépasser le mètre quatre-vingts au cours de l'été. Ses cheveux étaient un peu plus longs. Ils avaient gardé vaguement le pli que le coiffeur de Jeff leur avait donné, mais en plus hirsute. Et cette tignasse ébouriffée conférait à Kevin un air sauvage, qui n'était pas déplaisant — différent, plutôt. Presque séduisant. L'état de sa peau s'était amélioré de façon spectaculaire, que ce fût grâce au soleil de l'été ou à l'action des antibiotiques. Kevin avait dix-sept ans maintenant, et toute l'apparence d'un homme. Il s'était écoulé une longue, très longue année, depuis le mois de septembre précédent.

Je demandai à l'infirmière de nous laisser. Je fermai la porte derrière elle, d'une main calme mais ferme. Puis je m'approchai de Kevin. Comme il n'y avait pas d'autre chaise dans l'espace exigu, je m'assis sur le lit.

Nous nous regardâmes longuement, en silence.

— Alors ? dis-je enfin.

Kevin baissa les yeux sur ses mains et haussa les épaules.

— Qu'est-ce qui t'a pris ? demandai-je.

Haussement d'épaules encore.

Silence. C'était un silence mauvais, qui m'avait empoignée à la gorge et ne me lâchait plus. Je devais déglutir sans cesse.

Et tout au fond de moi, j'étais furieuse. Je sentais, je reconnaissais ma colère.

— Où donc avais-tu la tête, Kevin ? Que s'est-il passé à Bellefountaine ? Et que comptais-tu faire, bon sang, avec ce couteau ?

Pas de réponse.

Silence. Et silence encore. Comme tous mes autres sentiments, la fureur se nichait dans mes boyaux. Elle bouillonnait. Posant une main sur mon ventre, je la sentis qui palpitait pesamment au rythme de mon cœur.

— Tu tiens vraiment à devenir le fils de ton père ? C'est cela que tu veux ? Tu veux prouver au monde entier que tu es un homme aussi brutal que ton beau-père ? Il est en train de s'immiscer en toi, Kevin, et s'il y parvient, tu ne pourras jamais le tuer, parce que tu le porteras toujours en toi. Tu ne pourras jamais t'en défaire. C'est cela que tu veux ? Lui ressembler ?

Kevin soupira.

— Tu as mieux à faire. Tu as un meilleur chemin à choisir que celui-là. Ne cherche pas à prouver que tout ce qu'il a dit sur toi est vrai.

Il n'y eut aucun changement dans l'expression de Kevin. En fait, il était presque sans expression. Immobile sur sa chaise, il se tortillait les doigts. Sans me regarder.

— Qu'avais-tu donc l'intention de faire ? repris-je. Qu'est-ce qui t'est passé dans le crâne ?

Il voûta légèrement les épaules, inspira longuement.

— Vous connaissez la loi de Murphy ? dit-il tout bas. Celle qui dit que ce qui doit mal tourner tourne mal ?

Je hochai la tête.

— Eh bien, dit-il, je crois bien que je suis le fils de Murphy.

3

Et tout recommença pour nous.

Dans les jours qui suivirent son admission à Mortenson, Kevin s'effondra, en proie à une violente dépression dont j'ignorais la cause. Peut-être était-ce le fait d'avoir manqué l'occasion d'assassiner son beau-père — sa principale raison de vivre — qui le laissait vide et sans but. Peut-être s'agissait-il simplement d'une nouvelle façon de fuir un combat intérieur dont la nature nous échappait. Mais quelle qu'en fût la raison, et il pouvait y en avoir de multiples, il se jeta tête baissée dans un désespoir qui nous dépassait et devant lequel nous étions plus démunis que nous ne l'avions jamais été.

Les modalités de ce nouvel épisode thérapeutique ne

pouvaient s'annoncer plus mal. L'hôpital attendait de moi que je persuade Kevin de parler, car j'étais alors la seule personne avec qui il acceptait de communiquer verbalement. Mais on ne voulait pas de moi comme thérapeute. L'établissement avait ses propres psychologues, et Kevin était également suivi par un psychiatre, celui qui l'avait pris en charge lorsque les policiers l'avaient amené en urgence. Il était donc évident qu'ils accepteraient encore moins l'intervention de Jeff. Le règlement, pour ce qui concernait les psychiatres, était draconien.

L'hôpital refusait de payer à la clinique mes heures de décharge. Quel contrat permettrait de justifier mes services ? Pouvais-je garantir des délais pour l'obtention d'un résultat ? Pouvais-je garantir ce résultat, s'ils payaient la clinique à l'avance ? On eût vraiment dit que je réparais des voitures, ou quelque chose de ce genre. Et qu'en était-il de ce choix, bien peu orthodoxe, que je faisais de venir voir le patient plus d'une fois par semaine ? Le coût total serait-il proportionnel au nombre des visites ? Devraient-ils payer pour chacune d'elles ? Ne pourraient-ils pas régler plutôt une sorte de forfait, disons, de deux semaines ? L'argent, l'argent, l'argent. Tout n'était qu'argent.

J'avais besoin de Jeff. Et Jeff avait envie de venir. Mais c'était impossible. Il avait trop de diplômes. L'administration hospitalière ne pouvait fermer les yeux sur le fait qu'il était psychiatre titulaire, bien qu'il acceptât d'attester qu'il travaillait, pour ce cas, sous mon autorité. La question fut longuement débattue.

Finalement, Jeff se vit réduit au rôle infamant « d'assistant de recherche » censé me seconder dans mes travaux sur le mutisme volontaire, et ce fut en tant que tel qu'il vint voir Kevin.

Les premières semaines furent lamentables. Kevin était affreusement déprimé. Il nous avait tous replongés dans les eaux marécageuses du mutisme sélectif, car s'il s'adressait volontiers à Jeff ou à moi, il ne parlait à personne d'autre, et rien de ce que nous pouvions dire ou faire ne le persuadait de changer d'attitude. Ce qui nous accorda, étrangement, un délai de grâce sans lequel, très certainement, on nous eût mis prestement à la porte, Jeff et moi.

Mais nous n'étions guère mieux lotis. Kevin n'ouvrait la bouche que quand il le décidait, ce qui arriva de moins en moins souvent. Je ne savais jamais au juste, lorsque j'entrais dans sa chambre, s'il allait jouer avec nous, bavarder tranquillement, ou passer toute la séance camouflé sous la literie, couverture sur la tête, refusant de nous regarder. Nous avions dû programmer nos visites aux alentours de cinq heures, en raison de la situation de Jeff, et c'était, semblait-il, le pire moment de la journée pour tout le monde. J'étais généralement épuisée et affamée, et pas au meilleur de ma forme intellectuelle. Jeff se jetait à cette heure-là dans une hyperactivité suspecte. Quant à Kevin, ma foi, il stagnait quoi qu'il arrivât.

Les semaines passèrent. Il ne me reste plus un seul souvenir de la façon dont elles se déroulèrent. Nul événement ne les marqua, nul changement. Kevin resta vautré au fond de sa dépression, abruti de drogues, verrouillé dans quelque intime cachot. Je ne savais que faire pour l'en tirer. Personne ne savait, ni Jeff, ni moi, ni le personnel de l'hôpital, ni le psychiatre qui le suivait. Nous nous contentions de maintenir le siège, et d'attendre.

Jeff et moi prîmes l'habitude de dîner ensemble après les séances, rite qui tenait lieu, essentiellement, de *catharsis* après l'heure de silence obligatoire, mais aussi de petit encouragement illicite à poursuivre nos efforts. Avec la perspective d'un plaisir à la clé, ces heures nous semblaient moins désespérantes. Au début, nous mangions dans des *fast-foods* du quartier, puis Jeff prit l'habitude de venir dîner chez moi lorsque nous en eûmes assez des grasses nourritures et désirâmes avoir le temps de bavarder de choses et d'autres. Nous n'avions nullement l'intention, je crois, de mêler nos existences. C'était une affaire de circonstances, simplement. La déprime de Kevin était contagieuse.

Puis il fallut nous partager les séances ; j'en pris trois et Jeff deux, car il devait assurer en même temps son travail et ses permanences à l'autre hôpital. Cela nous soulagea quelque peu, mais nous continuâmes néanmoins à prendre nos dîners en commun. Jeff appelait ces soirées nos séances de santé mentale. Sans doute avait-il raison.

Il y avait une fenêtre, tout au fond de la chambre, qui offrait un panorama superbe sur le site rocheux où était planté l'hôpital. La ville s'étirait dans le lointain et le fleuve, au pied de la butte, bondissait en tourbillons et rapides furieux le long de l'étroite gorge qu'il avait entaillée dans le cœur de la roche. Sur le versant opposé, des maisons et des immeubles de bureaux rampaient en s'agrippant aux pentes tumultueuses, adoucis aux angles par des feuillages aux couleurs d'automne.

Kevin se mit à vivre à cette fenêtre, au fil des semaines. Chaque fois que j'arrivais, je le trouvais debout devant la vitre, mains dans le dos, regard figé sur un point invisible de l'horizon. Cette fenêtre devint l'axe autour duquel s'agitèrent désormais nos existences tout entières. Kevin pouvait s'y tenir et me parler sans avoir à me regarder vraiment. Souvent, il restait là sans parler. J'étais loin de valoir, j'imagine, les images qu'il contemplait.

— Je me demande ce que sont devenues mes sœurs, me dit-il un après-midi.

Le soleil était couché et il ne bougeait pas, silhouette dressée contre les lumières de la ville. Je ne l'avais pas entendu parler de sa famille depuis une éternité.

— Je l'ignore, répondis-je.

— Je me demande. Je pense à elles, quelquefois. Vous savez depuis quand je ne les ai pas vues ? (Il me regarda brièvement. Je secouai la tête, et il se détourna de nouveau.) Très longtemps. Six ans. Enfin, presque six ans. Cinq ans, huit mois et une semaine et demie. (Il se tut un instant pour calculer.) Huit mois, une semaine et trois jours. Vous savez comment je le sais?

— Comment?

— Je me rappelle. Je me rappelle et je n'oublie jamais. J'ai une très bonne mémoire.

— Je le vois bien.

— Mais c'est long, dans la vie d'un enfant. Mes sœurs étaient toutes petites la dernière fois que je les ai vues. Je me demande comment elles sont, maintenant.

Je ne dis mot.

— Mon beau-père, il rentrait toujours soûl à la maison. Des fois, il sortait ma sœur Carol du lit. Je crois qu'il lui faisait des choses, des fois. Vous savez, des choses sales. Elle ne l'a jamais dit, mais j'en suis sûr. Carol n'aurait jamais osé le dire. Mais je le savais. Je le surveillais toujours. Et un jour, il a sorti Barbara du lit, elle aussi. Mais en général, c'était Carol. Elle était plus grande.

Il se tut.

— On a dû emmener Carol à l'hôpital, une fois. Un jour qu'il l'avait tirée du lit.

Kevin se tourna vers moi. Le crépuscule descendait, et j'avais du mal à distinguer les traits de son visage à contre-jour.

— Je me demande comment elles sont, mes sœurs, maintenant. Je ne les ai pas revues depuis... enfin, depuis ce temps-là. Depuis que ma mère a arrêté de venir me voir. Ça fait un moment. Il peut se passer tant de choses.

Il revint à la fenêtre.

— Vous savez, Torey, je me fais du mauvais sang pour elles, quelquefois. Je suis couché là, et je me mets à penser. Peut-être que mon beau-père leur fait encore des choses. Peut-être qu'il en fait à la toute petite, maintenant, sauf qu'elle n'est plus toute petite. Mais quand même. Peut-être qu'elles n'ont pas eu la chance de s'en sortir, comme moi.

Une sacrée chance, vraiment, pensai-je.

— Je suis sûre que tout va bien pour elles, Kev. Les services sociaux doivent faire attention. Après ton départ, ils ont dû surveiller ton beau-père.

Il secoua la tête.

— Non. Pas vraiment. (Il exhala un long souffle, très lent.) Ils s'en fichent, en fait. Si on se fait tabasser juste un peu, ils tournent la tête et font semblant de ne rien voir. Si on nous embête rien qu'un peu, ils ne font pas vraiment attention. Ils ont trop de problèmes plus graves sur les bras. Mais ce qu'ils ne savent pas, c'est que ce ne sont pas les choses graves qui finissent par avoir votre peau. Ce sont les petites choses. Si un type vous bat tous les soirs simplement parce que vous êtes en vie, ça fait beaucoup plus mal que de se faire à moitié tuer une seule fois.

Je hochai la tête et reculai vers le lit, où je m'assis, le cœur douloureux. Une souffrance lugubre, irrémédiable, pesait dans ma poitrine comme une serviette mouillée.

Il se retourna de nouveau et me regarda.

— Comment peut-on s'intéresser à un monde comme celui-ci ? Je n'ai même pas vraiment envie d'en faire partie. D'ailleurs je suis fou. Et je me dis que ce n'est peut-être pas si mal, d'être fou. Je veux dire, quand ça empire, ils nous bourrent de tas de saletés, et on ne sent plus rien. Mais Carol n'a pas eu autant de chance que moi. Elle n'est pas devenue folle. Ç'aurait peut-être été mieux pour elle, je crois. Je crois qu'il y a des tas de choses bien pires que la folie.

4

Kevin, de toute évidence, semblait avoir réglé cette question une fois pour toutes dans sa tête. Quoi qu'il lui fût arrivé au cours de l'été, à l'occasion de ce flirt éphémère qu'il avait vécu avec le monde extérieur, il en était revenu avec la conviction que la normalité n'était pas pour lui. Il était fou ; et totalement résigné à le rester. Et peut-être était-ce cette résolution qui causait cet effroyable abattement. En venir à la conclusion que l'existence qu'il menait depuis des années était la meilleure à laquelle il pût prétendre devait, j'imagine, le bouleverser passablement.

Cette attitude n'était pas un mince problème à résoudre, notamment au regard de sa situation à l'hôpital, où on le gavait toutes les quatre heures de drogues qui l'abrutissaient. Le système de récompenses auquel étaient soumis tous les patients ne valait guère mieux. Les malades gagnaient, grâce à des comportements appropriés, des bons points qui déterminaient tous les aspects de leur emploi du temps, y compris les séances de thérapie, les cours organisés au sein du service et les permissions de sortie. C'était une structure idéale pour un individu persuadé qu'il souhaitait rester fou.

Kevin refusait à tout propos de coopérer. S'il n'avait pas envie de se lever le matin, il ne se levait pas. Et il perdait des points. S'il ne voulait pas se laver, il ne se lavait pas. D'autres points s'envolaient. S'il ne voulait pas aller en classe, il n'y allait pas. Chaque refus lui coûtait de plus en plus de points, ou du moins lui faisait manquer l'occasion d'en gagner, mais Kevin était si peu motivé qu'aucun des privilèges qu'il perdait ainsi ne lui semblait valoir la peine de fournir un effort. La réclusion, que ce fût dans la propre chambre du malade ou en cellule d'isolement, constituait la pierre angulaire du système. Au bout de quelques semaines, Kevin se vit consigné de façon quasi permanente dans sa minuscule chambre. Il ne demandait pas mieux.

Médecins et infirmiers, on le comprend, étaient furieux. Il était d'une passivité si totale qu'ils se trouvèrent démunis devant ce problème. Il ne tempêtait ni ne hurlait, ne faisait rien d'agressif qui justifiât un passage en cellule ; quand ils étaient à bout de ressources, ils l'y enfermaient quand même durant quelques heures, dans l'espoir que cette forme de réclusion l'inciterait à sortir de sa léthargie. Peine perdue. Le psychiatre augmenta la dose d'antidépresseurs. Pas de changement. On décida alors de tenter la stratégie inverse de ce qui se pratiquait d'ordinaire. Kevin ne fut plus autorisé à entrer dans sa chambre tant qu'il n'aurait pas gagné le nombre de points nécessaire, mais les seuls endroits où on pouvait le garder étaient la salle de télévision ou la pièce de jeux, dont l'effet n'était guère dissuasif. Ou encore dans le couloir, où il restait assis par terre devant sa porte, emmitouflé dans sa chape de silence, regardant déambuler d'un œil fixe le personnel et les visiteurs, ses longues pattes étalées en travers du passage pour faire trébucher les imprudents.

Ma plus grande difficulté fut alors de simplement parvenir à le voir. C'était impossible la moitié du temps. On lui avait imposé un système dans lequel il devait gagner des points pour avoir droit à nos visites, et le plus souvent, il s'y refusait. Il entretenait avec Jeff une relation un peu plus intime qu'avec moi, et à l'occasion semblait consentir à faire un effort pour le voir les deux soirs où il venait, mais même ces points-là, il les ratait fréquemment.

Nous avions l'impression de nager dans la mélasse — des tonnes d'efforts pour une progression infime. Jeff était plus contrarié que moi par cette situation, car il désapprouvait la nature et les doses des médicaments prescrits à Kevin. J'étais entièrement d'accord avec lui sur ce dernier point, mais comme je n'intervenais jamais dans ce domaine, je n'en étais pas obsédée. Jeff, en revanche, qui était habilité à ordonner des médications, trouvait insupportable de devoir s'adapter aux choix thérapeutiques d'un confrère, pour la seule raison que son statut inférieur dans cette affaire lui interdisait de dire quoi que ce soit.

Je fus sur le point de tout lâcher. Je pensai à plusieurs reprises qu'il était préférable pour nous tous, qui étions impliqués dans le sauvetage de Kevin, d'y renoncer. Après tout, de quoi s'agissait-il ? D'un gamin qui avait subi dans son enfance des privations et des violences graves, qui avait passé la majeure partie de son existence dans des institutions, qui avait des comportements brutaux et agressifs, et plus important que tout peut-être, d'un gamin dont personne ne voulait. Il n'y avait pas un être, à l'extérieur, qui se souciât le moins du monde de la guérison de Kevin. Seulement moi. Et Jeff. Et nous n'étions pas grand-chose. J'avais connu quantité d'enfants, au cours de ma carrière, pour lesquels les pronostics avaient été bien plus optimistes que pour Kevin, et qui n'avaient jamais guéri. Peu de gamins parvenaient à s'en sortir. Pourquoi m'acharnais-je à vouloir y croire pour celui-ci ? Pourquoi tant de temps et d'énergie dépensés en pure perte ? Il n'y avait pas en lui l'ombre d'une vraie promesse.

C'était tellement facile, de songer à renoncer. Surtout lorsque j'avais pris la peine de me déplacer jusqu'à Mortenson pour me voir congédiée à la dernière minute parce que Kevin avait perdu des points. Ou quand, après l'avoir raté pendant quatre ou cinq séances de suite, je trouvais que ma vie ne serait pas si désagréable sans ces voyages de seize heures trente. Ou quand nous restions plantés face à face — ou plutôt face à dos, car il se tenait toujours devant la fenêtre, perdu dans ses contemplations fixes — et que, muette et immobile, fichée sur ma chaise, je sentais les minutes de ma vie tomber goutte à goutte pendant que lui restait immobile, muet. Oui, c'était si facile, alors, d'envisager de renoncer. Je fis même une tentative, par deux fois. Je devais venir, et ne vins pas. Je téléphonai, invoquant de fausses excuses. Quelle différence avec ce jour, plusieurs mois auparavant, où Kevin avait perdu la tête parce que j'avais sauté une séance. Nos entrevues étaient si souvent annulées, maintenant, que j'ignorais si je lui manquais ou non. Si ce fut le cas, il ne le dit jamais. Mais je tins bon. Et je ne sais pourquoi.

Kevin, par contre, semblait avoir renoncé depuis longtemps. Son état empirait de jour en jour. Et quand je me retrouvais dans la chambre avec lui, la déception m'accablait. Mes propres incertitudes finissaient par ressurgir. Il ne m'aimait pas. Il était furieux contre moi. Il pensait que je l'avais abandonné ou que je n'avais pas fait assez pour lui. Il me trouvait stupide. Mais la plupart du temps, c'était la colère qui prenait le dessus. Au fil des jours qui s'égrenaient, tandis que septembre roulait dans octobre, je sentis croître ma rogne ; je lui en voulais de se comporter ainsi, du temps qu'il me faisait perdre. Nous devenions, à la fin, semblables à deux amants qui se déchirent, incapables de vivre ensemble et incapables de vivre l'un sans l'autre.

Je revins après plusieurs jours d'absence, Kevin n'ayant pas gagné suffisamment de points pour me voir. Ni Jeff, du reste, cette semaine-là. Au bout du compte, ce fut le personnel, je crois bien, qui capitula et me laissa entrer, car lorsque j'examinai le dossier de Kevin, je ne trouvai nulle indication montrant qu'il eût cherché, plus ce jour-là que les autres, à obtenir le droit de me voir.

Dehors, il faisait un temps de chien. Nous étions fin octobre et l'humeur cadavérique de novembre flottait dans l'air. Lorsque j'arrivai, en fin d'après-midi, le ciel s'enfonçait dans les ténèbres.

Kevin se tenait devant la fenêtre, comme d'habitude. Il ne daigna pas broncher à mon entrée. Pas une lampe n'était allumée dans la chambre, et il fouillait du regard la pénombre extérieure, silhouette fondue à la grisaille qui baignait la vitre.

Je fis claquer l'interrupteur.

Pas de réaction.

— Kev, c'est moi.

Pas de réaction.

— Qu'est-ce que tu vois, de cette fenêtre ?

Silence.

— Kevin ?

Je l'observai. Il avait les mains dans le dos, l'une cadenassant le poignet de l'autre. Je posai ma boîte.

— Kevin.

Les secondes glissèrent.

— *Kevin !*

Aucun mouvement. Rien. Comme s'il ne m'entendait pas.

La fureur que j'avais accumulée au long de toutes ces semaines gâchées se mit à bouillonner en moi.

— Kevin, dis-je, tourne-toi.

Comme il ne répondait pas, je m'approchai.

— J'ai dit, tourne-toi, Kevin.

Rien.

— J'ai dit, tourne-toi, Kevin. Quand je dis tourne-toi, ça veut dire tourne-toi.

Je lui empoignai l'épaule. Sans se retourner, m'ignorant toujours, il résista néanmoins à l'étreinte de ma main, et ses muscles se durcirent comme le roc sous mes doigts. Mais il n'était pas de force à se mesurer avec moi. Quand je le poussai, il pivota.

— Bon sang, Kevin, je te prie de te retourner quand je te parle. J'en ai assez. J'en ai vraiment marre de rester assise dans cette foutue chambre pendant que tu fais semblant de ne pas me voir. Tourne-toi vers moi et restes-y.

Ses yeux me lançaient des éclairs.

— A quoi est-ce que tu penses donc, Kevin, en agissant de cette façon ? Tu veux vraiment rester ici ?

— Je m'en fiche.

— Qu'est-ce qui te prend ? Tu es en train de gâcher ta vie tout entière, dans cet endroit.

— Et alors ? (Il haussa les épaules et revint à la fenêtre.) Je m'en fous complètement.

Je lui agrippai l'épaule, avec force. La violence de mon geste le déséquilibra et il tomba en arrière contre la fenêtre. Il ne bougeait plus, me dévisageait. Je ne pouvais déchiffrer ses pensées.

Silence. Nous nous mesurions.

— Qu'est-ce que tu vis ici, Kevin ? Tu tiens vraiment à te laisser mourir sur ton lit ? Tu tiens à confirmer tout ce que ton beau-père disait de toi ? Tu veux tout laisser tomber ?

— Je m'en fous. Allez-vous-en. Laissez-moi seul.

— Tu ne peux pas t'en ficher, Kevin.

— Pourquoi ?

— Parce que. Parce que c'est tout ce que tu as, Kevin, et le seul moyen d'améliorer ta vie, c'est de la changer. Rien d'autre n'y fera, ni rêves, ni imagination, ni bonnes fées. C'est toi qui dois agir. Personne d'autre.

— Ça ne m'intéresse pas.

— Il *faut* que tu t'y intéresses ! m'écriai-je.

— Pourquoi ?

— Je m'y intéresse bien, moi !

— Pourquoi ? Qui vous l'a demandé ? Qui vous a demandé de vous mêler de ma vie, de toute façon ?

— Toi, si je me souviens bien.

— Faux. Archifaux. Je ne leur ai jamais demandé, à Garson Gayer, d'aller vous chercher. Et je ne vous ai jamais demandé de revenir, cette fois. Et certainement pas de rester.

L'argument n'était pas facile à réfuter.

— Alors, qu'est-ce que vous venez faire ici ? De quoi vous plaignez-vous, puisque je ne vous ai jamais demandé de venir ? Pourquoi est-ce que vous continuez à revenir, puisque je ne veux pas de vous ?

Il devait exister une réponse intelligente à cela, mais je ne la trouvai pas.

— Parce que, déclarai-je, et j'eus l'impression d'avoir répondu.

— Parce que quoi ? Parce qu'on vous paie ? Parce que vous gagnez votre vie sur le dos des gens qui souffrent ?

— Non.

— Pourquoi, alors ? Parce que vous croyez pouvoir m'aider ? Vous venez ici parce que vous croyez que si vous vous lamentez suffisamment sur mon sort, vous allez me sauver de moi-même, ou un truc comme ça ?

Je secouai la tête.

— Alors, *pourquoi* ? Qu'est-ce qui vous *intéresse*, là-dedans ? Ce ne sont pas vos affaires.

— Parce que c'est ma façon d'être. De même que tu es ce que tu es.

— Je trouve ça idiot, comme façon d'être. D'ailleurs vous êtes vraiment gourde, c'est tout ce que je peux dire. Encore plus gourde que je ne pensais.

— Je n'ai jamais dit le contraire.

Silence de mort. Nous nous regardions en chiens de faïence.

— Pour être tout à fait honnête, reprit-il, je vous déteste. (Voix douce, l'air de rien.) Vous entrez ici, où personne n'a le droit d'entrer, et vous venez fourrer votre nez là où personne n'a le droit de m'espionner. Vous m'avez laissé croire que je pourrais être comme tout le monde. Vous m'avez fait croire que je le méritais. Alors que nous savions tous les deux que c'était complètement faux.

» Qui êtes-vous, de toute façon, pour prétendre savoir quoi que ce soit ? Vous n'êtes pas dans ma peau. Vous vous posez là, sur une chaise, et vous faites celle qui sait. Mais vous n'avez jamais connu le genre de choses qui me sont arrivées. Vous n'avez fait que lire des bouquins là-dessus. Moi, je les ai vécues. Pour qui vous vous prenez, pour croire que vous pouvez m'aider ?

J'eus très mal. Au moment où je m'y attendais le moins, il avait repris à son compte la diatribe dans laquelle j'étais censée me lancer, pour la retourner contre moi. Et il m'avait blessée. Je sentis les larmes toutes proches. Et, farouchement résolue à ne pas pleurer, je passai là deux ou trois minutes particulièrement inconfortables.

Kevin posa sur moi un regard dur, et je sus que ce qu'il venait de me cracher sur sa haine de moi était, d'une certaine façon, très vrai.

— Écoute, dis-je. Je ne vaux peut-être pas grand-chose. Et c'est exact, on me paie pour venir ici et je peux te sembler une sorte de prostituée sentimentale, mais je suis là, non? De toutes les personnes que tu connais et qui pourraient se trouver près de toi, Kevin, je suis la seule qui soit venue. Si tu ne veux pas de moi, je m'en irai. Si c'est cela que tu souhaites, eh bien je suis d'accord.

Il ne dit rien.

— Est-ce que je dois partir?

Pas de réponse. Il m'observait toujours.

— C'est ce que tu veux?

Silence.

Je me sentis soudain accablée sous le poids du monde, lasse et malheureuse, de fort mauvaise humeur.

— Voilà, dis-je, je m'en vais.

Je lui tournai le dos et m'approchai du lit. Je soulevai le couvercle de ma boîte. Kevin resta près de la fenêtre, mais il ne me lâchait pas des yeux.

— Tu les veux? (Je soulevai les carnets de croquis.)

Il secoua la tête.

— Je les ai achetés pour toi. Ils ne me servent à rien. Je ne sais pas dessiner. Tu es sûr que tu ne les veux pas?

— Non.

— Les crayons? (Je brandis la boîte de crayons de couleurs.)

Il secoua la tête.

Je lançai le tout dans la corbeille à papier.

— Tu ne veux plus rien, c'est bien ça?

Kevin haussa les épaules.

Je saisis alors ma veste et l'enfilai. Je fermai la boîte.

— J'ignore ce que tu attendais de moi, Kevin. Je ne peux pas changer ton passé. Je ne peux pas me faufiler dans ton cerveau comme un chirurgien et retirer tous les morceaux qui sont en train d'y pourrir. Je ne peux pas extirper de toi toutes les choses atroces que tu as subies. Je ne peux rien faire de tout cela. Personne ne le peut. Il n'existe pas un seul psychologue, psychiatre, guérisseur ou sorcier qui en soit capable. Toi seul peux y arriver. Le mieux que je puisse faire, c'est d'être près de toi. Je peux marcher à tes côtés. Je peux te tenir compagnie. Mais tu dois faire seul le voyage.

Il détourna le regard. Je remontai la fermeture Éclair de ma veste et tournai le dos pour partir.

— Vous auriez pu m'appeler Bryan, fit-il tout bas.

— Pardon ?

— Je disais, vous auriez pu m'appeler Bryan. Si j'avais vraiment compté pour vous.

J'étais contre la porte, je m'arrêtai, me retournai vers lui. Il était toujours adossé à la fenêtre, mains dans les poches, épaules relevées. Ses yeux contemplaient fixement ses chaussures.

— Est-ce que cela aurait fait une différence, Kevin ?

C'était lui qui était au bord des larmes, à présent. J'étais encore fort contrariée, et mon premier mouvement fut de m'enfuir de cette pièce. Mais je savais que si je franchissais la porte, je partirais pour de bon. Kevin ne me demanderait jamais de revenir. Même si je lui offrais un moyen de sauver la face, il ne ferait rien, je le savais. Je restai immobile à la porte.

Le silence s'étira, mince et fragile, entre nous.

Kevin tentait de ravaler ses larmes, mais elles furent plus fortes que lui. Tête basse, épaules hautes, il écrasait l'une contre l'autre ses paupières. Puis, lentement, il se laissa glisser le long de la vitre, puis du mur, et s'effondra par terre en un petit tas. Visage dans les bras, il se mit à pleurer à grands sanglots.

Je ne bougeai pas. Je n'allai pas vers lui car ce n'était pas le moment. Ce n'était pas ce genre de larmes. Je restai là, donc, étouffant dans ma veste. Non loin de nous, derrière moi, arrivaient les bruits du dîner. Je sentis les odeurs familières de bœuf et de pommes de terre fondues aux inévitables parfums d'antiseptiques des couloirs d'hôpitaux.

Je fis quelques pas et m'accroupis près de Kevin. Au bout de quelques minutes, il remonta à la surface pour respirer. Couchant la tête sur ses bras, il me regarda.

Je souris, tristement, sur ce que nous avions perdu,

sur l'innocence, quelle qu'elle fût, qui avait existé entre nous. Puis je tendis les bras au-dessus de l'abîme qui nous séparait et l'enlaçai. Elle sembla durer longtemps, cette étreinte, et nous nous accrochions l'un à l'autre comme les survivants d'une catastrophe.

— Si seulement j'avais pu être Bryan, dit-il enfin, alors que nous nous séparions. Si j'avais pu être Bryan. Même pour vous je ne l'étais pas. Même vous, ne l'avez pas vu. (Kevin me dévisagea quelques secondes avant de détourner les yeux.) C'est ça, qui cloche, dans ce monde. Trop d'entre nous n'auraient pas dû naître.

Il se tut et soupira.

— Nous sommes comme des fantômes, dit-il, des reflets fantômes, absolument. Au lieu d'être des âmes sans corps, nous sommes des corps sans âme. Des coquilles vides, qui renferment parfois un individu qui n'aurait pas dû y être. Ou ne contiennent personne du tout. Des reflets fantômes. Un demi-million, un demi-milliard, bon sang, la moitié du monde sans doute, de reflets fantômes. Des corps, qui prennent de la place et qui circulent, sans rien dedans.

Il leva un doigt et essuya de ses yeux les dernières traînées de larmes.

— Si seulement j'avais pu être Bryan, si j'avais pu vraiment être lui. Mais je ne le suis pas. J'ai le cœur d'un Bryan et l'âme d'un Bryan mais je suis coincé dans le corps d'un Kevin. Et dans la vie d'un Kevin. J'aurais bien voulu qu'il en soit autrement. Je ne suis qu'un reflet fantôme moi aussi.

5

La seule personne qui maintenait en moi un semblant de cohérence était Jeff. Bien que nous nous fussions partagé les séances, il continuait à venir dîner chez moi le soir. Avec la différence qu'à présent, il amenait souvent son compagnon de chambre. Aucun d'eux ne semblait très porté sur la pratique de l'art culinaire, mais j'étais si contente d'avoir de la compagnie après Kevin que je me chargeais sans trop rechigner de la préparation des repas.

Le copain de Jeff était un Allemand solide et bien bâti, prénommé Hans, qui enseignait sa langue à l'université locale et jouait dans une équipe de hockey semi-professionnelle. Hans me plut infiniment dès notre première rencontre. Il avait ce style raffiné et courtois propre aux intellectuels européens, qui toutefois n'excluait pas une bonne dose d'humour. Il manifestait également une tolérance exceptionnelle à l'égard de Charity, qui avait décrété qu'il était ce qu'on trouvait de mieux depuis l'invention du pain en tranches. Hans était, en outre, un bricoleur émérite, et pour la première fois depuis des années, toutes mes canalisations fonctionnèrent normalement, aucune charnière ne couina plus dans la maison, et de belles et bonnes étagères remplacèrent mes échafaudages de briques et de planches.

Je ne connaissais personne qui, à l'instar de Jeff, fût capable de s'inviter ainsi à dîner tout en donnant l'impression que c'était lui qui accordait une faveur. Hans était un peu gêné, je crois, d'où les bricolages, mais Jeff ne se démontait nullement. Mais je dois bien reconnaître, en revanche, qu'il préserva mon équilibre mental au cours de ces semaines terriblement difficiles que je passai au côté de Kevin. Nous nous réfugiions dans la cuisine, lui et moi, pour peler des pommes de terre et bavarder, tandis que Hans amusait Charity, si elle était là, ou s'affairait à quelque réparation dans la maison. Après dîner, nous faisions la vaisselle en commun ; je lavais, Jeff essuyait et Hans taquinait à coups de torchon Charity, qui hurlait de délice et en réclamait encore. Jeff était un fanatique des jeux de société, et lorsqu'il n'était pas de service, nous nous installions ensuite autour d'un Scrabble ou autre amusement de ce type, et rien d'autre ne comptait plus ! Hans adorait le trictrac, mais finit par renoncer à nous l'apprendre. C'était trop cérébral pour mon goût, et Jeff préférait la joie cruelle et primaire qui consistait à me presser comme un citron au Monopoly.

Mais au milieu de nos rires, nous passions un temps fou, Jeff et moi, à nous efforcer de comprendre Kevin. La difficulté de l'opération résidait surtout dans la nécessité où nous étions, pour ce faire, de consacrer des heures à tenter de nous comprendre l'un l'autre, et de nous connaître nous-mêmes. Nous avions deux personnalités totalement différentes, et si cet aspect de la situation conférait une perspective plus ample au problème, il créait également des désaccords entre nous.

Le problème le plus grave auquel je m'étais heurtée tout au long de mon aventureuse carrière dans les divers domaines de la maladie mentale était mon statut d'athée parmi les croyants. Je ne pouvais me résoudre à adhérer honnêtement à aucune des théories existantes, qu'elles fussent de Freud, de Skinner, ou de quiconque. Pour moi, tout cela n'était que conjectures, et rien de plus. Et les diverses écoles de pensée, avec les courants qui s'étaient formés autour des idées de chaque théoricien, me semblaient toutes faites de la même étoffe que les habits neufs de l'empereur.

Il est certain que j'appréciais tout autant que mes collègues une vibrante séance de théorisation. Je ne trouvais rien de plus passionnant que l'idée que tel ou tel élément fût *peut-être* à l'origine d'un certain comportement, d'un certain acte. Mais je ne parvenais pas à dépasser le stade de la curiosité intellectuelle. J'aurais bien voulu savoir, mais je ne savais pas, et ne pouvais faire semblant de croire le contraire. Cette attitude me valut d'être rapidement cataloguée comme hérétique.

Et elle irritait Jeff au plus haut point. Car s'il n'était pas, comme le Dr Rosenthal, un adepte de l'orthodoxie pure et dure en matière de théories psychiatriques, il n'y croyait pas moins avec ferveur. Le problème du transfert le tracassait, ainsi que la façon dont il travaillait avec Kevin, qui l'empêchait de prendre le recul nécessaire. Mais ce qui l'ennuyait encore plus, c'était de ne pouvoir me convertir à ce qu'il considérait comme les vérités élémentaires qui régissent le fonctionnement de l'esprit humain. Il aurait préféré, je crois, que j'affiche des opinions totalement opposées aux siennes, mais le fait que je n'en eusse aucune le troublait plus que tout. Bien entendu, je ne réagissais guère mieux. Je ne comprenais pas comment il *pouvait* adhérer. Il était si intelligent ; comment un type aussi brillant pouvait-il sérieusement penser que nous possédions des réponses, quand il était *évident* que nous n'en avions pas ? Si Freud avait raison, fulminais-je, pourquoi n'obtenions-nous pas un taux de succès de cent pour cent ? La psychanalyse produit le même pourcentage de guérisons que l'imposition des mains. Va donc expliquer ça, Jeff.

Je m'effondrai sur le canapé du living sans même prendre la peine de retirer ma veste. Jeff et Hans étaient déjà là et Jeff, d'humeur philanthropique pour une fois, avait apporté le dîner, sous la forme d'une demi-douzaine de *Big Mac*, de frites et de Coca. Charity était aux anges. La maison tout entière empestait le hamburger. Sur la table basse du salon, Jeff éparpillait le contenu de deux *Big Mac* afin de s'assurer qu'aucune miette de cornichon doux à l'aneth ne l'empoisonnerait. Lorsque je me fus affalée tel un sac sur mon siège, Jeff envoya dans ma direction un couvercle de boîte à hamburger en polystyrène, plein de cornichons, qui tournoya dans les airs en sifflant comme une soucoupe volante.

La violente altercation que je venais d'avoir avec Kevin m'obsédait encore, et j'avais envie que Jeff me console. Il se carra dans son fauteuil et m'écouta, un grand verre de Coca niché au creux de la main.

De l'avis de Jeff, Kevin était en train de faire remonter du fond de son enfance toutes sortes d'éléments : haine, fixations, sentiments œdipiens, désirs frustrés, qu'il transférait en bloc sur moi. La manière dont je travaillais ne me permettait pas de maintenir avec le patient cette distance dont Jeff avait appris au cours de sa formation qu'elle était indispensable, et dans la mesure où je perdais mon calme, où je m'impliquais dans l'existence de Kevin, Jeff doutait que Kevin pût résoudre ses problèmes. Je faisais exactement ce qu'on lui avait dit de ne surtout pas faire, et il estimait que mon attitude était erronée, ou du moins n'était pas juste. De mon côté, bien entendu, je ne voyais aucune raison qu'elle fût l'un ou l'autre. Et comme j'obtenais autant de succès dans mon travail que nos autres collègues de la clinique, je plongeais Jeff, je le savais, dans toute une série de dilemmes intellectuels.

Jeff secoua la tête en écoutant mon récit.

— Comment diable travailles-tu ? As-tu une théorie quelconque sur laquelle tu puisses t'appuyer ?

Je contemplai un cornichon pendant quelques secondes.

— Oui, je crois. La théorie de la probabilité.

— C'est-à-dire ?

— Si je m'acharne assez longtemps, tôt ou tard la probabilité des chances en ma faveur doit survenir.

De nouveau, il secoua la tête. Je savais qu'il n'était pas spécialement enthousiasmé par mon attitude vis-à-vis de Kevin ce soir-là, par cette fureur que je lui avais jetée à la figure et qui l'avait fait pleurer. Je savais qu'il me jugeait comme une sorte de funambule qui oscillait dangereusement entre deux points fixes et ne s'ancrait jamais nulle part. Il saisit le verre de Coca et y pêcha un bout de glaçon. Il observa le liquide, secoua encore la tête et soupira.

— Vois-tu, Jeff, expliquai-je alors, j'ai plutôt l'impression de reconstituer un puzzle sans en connaître l'image finale. Je dispose d'un millier de petites pièces que je dois tenter d'ajuster, et d'un certain temps pour le faire. Comme j'ignore ce que représente l'image finale, je n'y pense pas, et j'essaie simplement de faire coller ensemble le plus grand nombre possible de pièces. Et pour moi, toutes les théories équivalent à vouloir décider quelle sera l'image de la boîte et à chercher ensuite les pièces qui correspondent. Peut-être que cela fonctionne pour certaines personnes. Je ne trouve pas que ce soit le moyen le plus efficace. Je me contente d'essayer. Parfois je mets côte à côte deux morceaux qui n'ont rien à voir l'un avec l'autre, mais ce genre d'erreur se produit quelle que soit la technique choisie. Tout ce que je veux, c'est monter le puzzle, et le plus vite possible, parce que pour ces gosses, chaque jour est un jour perdu. Pour tout le monde, d'ailleurs.

Jeff fronça le sourcil.

— Mais il faut savoir *pourquoi*, Torey. Tu dois *comprendre* ce que tu fais.

— Et toi ? Personne ne comprend, Jeff. Tout n'est qu'hypothèses. Les théories sont faites pour *nous*, Jeff, pour notre confort, pour nous empêcher de nous sentir stupides de ne pas comprendre, pour nous donner un semblant de sécurité dans la connaissance de ce mystère incroyable qui est contenu entre nos deux oreilles. Et sans doute aussi pour la fascination intellectuelle qu'elles nous procurent. Mais ce sont de simples vues de l'esprit, toutes autant qu'elles sont, et c'est pure naïveté intellectuelle que de croire que nous comprenons quoi que ce soit. Pire, elles nous font perdre de vue les raisons mêmes de notre travail. Le but du puzzle, ce n'est pas d'apprécier la qualité artistique de l'image terminée. C'est de rassembler les pièces.

Jeff se taisait. D'un doigt, il retirait la cire qui bordait le récipient de Coca.

— Merde, fit-il enfin, d'une voix douce, après quoi il se tut de nouveau, les yeux noyés, maussades, dans son verre. Tu n'as pas raison, tu sais. Je n'y crois pas. La Vision Hayden de l'Univers en Mille Pièces. Non, je n'y crois pas. (Il se tut, exhala un long souffle.) Mais merde. A quoi est-ce que je crois ? Qu'est-ce que je pige à tout ça ? Ça ne rime à rien. Je veux dire, quand on commence à y réfléchir. Ça ne rime à rien, ce que nous faisons. Parce qu'en fait, nous ne savons rien de rien.

En dépit de toutes nos différences, nous formions, Jeff et moi, une équipe sensationnelle. Et j'en vins à vraiment apprécier ces soirées qu'il passait chez moi, où nous pouvions bavarder sans être interrompus par le téléphone, loin de l'agitation de la clinique. Il était l'interlocuteur idéal pour discourir sans fin sur tel ou tel sujet. Nous passions de longues heures à échafauder notre *meilleur des mondes*.

Je ne pensai pas un instant à la façon dont Charity, ou quiconque en l'occurrence, pouvait interpréter ces soirées. Ma vie mondaine ne présentant, depuis quelque temps, aucun signe de frénésie particulière, j'avais largement le temps de me poser sur mon divan pour bavarder ou jouer à des jeux de société. Jeff me rendait visite trois fois par semaine, souvent escorté de Hans, bien qu'il fût entendu, à l'évidence, que seuls Jeff et moi éprouvions cet irrésistible besoin de nous épanouir en réciproque compagnie. Mais il s'agissait d'un échange purement intellectuel. Même Hans finit par renoncer à nous suivre et choisit la télévision. Il appelait cela nos « parties de tennis cérébral », et n'en revenait pas que nous puissions tenir si longtemps, et de façon si répétitive. Mais je ne pensais pas un instant à l'opinion que les autres pouvaient avoir. C'était un plaisir tout ce qu'il y avait d'innocent. Je ne devais pas tarder à découvrir que l'innocence, comme la beauté, réside dans le regard de celui qui observe.

Nous terminions la vaisselle, un soir, lorsque Charity passa dans la pièce voisine et prit son manteau.

— Il faut que je rentre, déclara-t-elle.

— Ah bon? répondis-je. (Elle ne s'en allait, d'habitude, que lorsque je la mettais à la porte.) Comment ça se fait?

— C'est ma maman qui m'a dit de rentrer.

— Elle a besoin de toi à la maison, ce soir? questionnai-je.

— Oh ! non, fit Charity. Non, maman a dit que je devais plus vous déranger si tard, puisque vous devez aller au travail le matin.

— Mais il n'est que six heures et demie, Charity.

— Ouais, mais maman elle dit que vous devez être très fatiguée.

— Pourquoi ta maman pense-t-elle cela ?

Charity sourit d'un air suave.

— C'est que vous voyez, je lui ai dit que vous êtes une *vraie* femme, répondit-elle avec fierté.

— *Quoi ?*

— Eh ben, ma mère, elle a qu'un seul petit ami. Mais je lui ai dit qu'il vous fallait *deux* hommes pour que vous êtes contente. (Nouveau sourire angélique.) Alors elle a dit que je ferais mieux de rentrer de bonne heure.

— Kev, dis-je un après-midi, j'ai une question à te poser, et tu dois me répondre.

Kevin se détourna de la fenêtre pour me regarder.

— Que s'est-il passé à Bellefountaine ?

Silence. Il se replongea dans la contemplation du crépuscule.

— Kevin, tu dois me le dire. Je ne peux pas t'aider si tu ne m'aides pas. Pour changer les choses, Kevin, j'ai besoin d'en savoir plus.

Silence encore.

— Je ne vous demande pas de m'aider, dit-il tout bas. (Ce n'était pas un défi mais une simple constatation.)

— Je le sais.

Silence. Un silence presque parfait. Les portes étaient épaisses, et nulle rumeur extérieure ne bordait les parois de la chambre. Il n'y avait que Kevin et moi, et je me tenais trop loin de lui pour seulement percevoir sa respiration.

— La situation nous a échappé, Kevin. Tu te retrouves coincé dans cet hôpital. Tu te sens mal en permanence. Moi, j'ai envie de tout laisser tomber, et je sais que ce n'est pas la meilleure solution, pour aucun de nous. Il faut que nous reprenions les choses en main. C'est possible. Mais tu dois y mettre un peu du tien. D'accord ?

Il ne répondit pas.

— D'accord, Kev ?

— Il ne s'est rien passé, là-bas.

— Mais tu es ici, maintenant. Pourquoi ?

Je le vis serrer le poing, le lever et le poser contre la vitre.

— Parce que j'ai cassé le bras de cette femme.

— Pourquoi ?

Il haussa les épaules.

— Pourquoi as-tu fait cela, Kevin ?

— Je me suis mis en colère, c'est tout.

— Mais pourquoi ?

— Je ne sais pas. Ça m'a pris comme ça.

— Mais pourquoi t'es-tu mis en colère ? Que s'est-il passé ? Qu'est-ce qu'elle a fait ?

— Rien. J'étais furieux contre elle. C'est tout.

— On ne se met pas en colère ainsi, sans raison, Kevin.

— Moi si. (Il se pencha en avant, colla son visage sur la vitre. Je ne voyais pas ce qu'il observait.) Regardez. Regardez, ils nettoient ce terrain vague, là-bas. Ils enlèvent toutes les ordures.

— Kevin, retire-toi de cette fenêtre.

Il ne bougea pas.

— Kevin, viens ici. Sors de cette fenêtre et viens ici.

Pendant un long moment, je crus qu'il n'obéirait pas. Il ne la quittait jamais, cette fenêtre. C'était comme une amante, et je ne représentais rien, en comparaison.

Mais lentement il pivota. Il s'approcha du lit où j'étais assise.

— Assieds-toi. (J'indiquai l'extrémité du lit.)

Il s'assit.

— Que s'est-il donc passé, Kevin ? Tu ne me l'as jamais dit.

Il haussa les épaules.

— Écoute, je suis coincée. Je ne sais plus dans quelle direction me tourner ni quoi faire, puisque j'ignore par quoi tu viens de passer. Je n'aime pas te mettre mal à l'aise. Je n'aime pas te poser cette question, mais il le faut.

Je sentis émaner de lui quelque chose d'inquiétant. Je n'aurais su dire si c'était dans la façon dont il se tenait, dans l'expression de son visage ou dans quelque vibration plus subtile enveloppant son être, mais j'en fus ébranlée de part en part. C'était une sensation profonde, souterraine, semblable aux notes graves d'un piano lorsqu'elles sont plaquées si fort qu'elles font vibrer les entrailles. Semblable à l'ouverture de la Neuvième de Beethoven.

— Je ne sais pas ce qui s'est passé, répéta-t-il. Je vous assure, Torey, je n'en sais rien. Je l'aimais bien. Vraiment. Elle s'appelait Margaret, et elle était vraiment sympa avec moi.

— Comment s'est déroulée cette soirée, au foyer ?

— On a regardé la télé. Je suis allé me coucher. Et puis les autres ont commencé à se disputer. Je suis ressorti de mon lit pour voir ce qui se passait.

— Ils se disputaient avec Margaret ?

— Non. Entre eux. Et Margaret était dans la pièce. Alors je lui ai cassé le bras.

— Tu lui as cassé le bras ? Margaret était dans la pièce, les gars se bagarraient et toi, tu t'es levé et tu lui as cassé le bras ? Pourquoi ? Tu t'es mis en colère parce qu'ils se bagarraient ? Pourquoi est-ce que tu t'en es pris à Margaret à ce moment-là, et non à l'un des garçons ?

Kevin secoua la tête.

— Je ne m'en souviens pas.

— Tu m'as dit tout à l'heure que tu étais furieux. Pourquoi ?

Kevin resta un instant silencieux.

— Je n'en sais rien. Je me suis juste mis en colère contre elle. Et tout ce que je me rappelle ensuite, c'est que je lui ai cassé le bras. Je l'ai jetée contre le mur.

Je ne répondis rien.

— Vous vous souvenez, la fois à Garson Gayer? demanda Kevin. La fois, dans notre pièce, où on coloriait cette fusée, vous et moi?

— Oui.

— Et je suis devenu tellement furieux.

— Oui, je m'en souviens.

— J'aurais pu vous casser le bras.

— En effet.

— Mais je ne l'ai pas fait, dit-il. Ils m'ont attrapé trop tôt.

— L'aurais-tu fait, sinon?

Il réfléchit un instant. Puis secoua la tête.

— Je ne crois pas. C'était différent.

— Comment cela?

Kevin ne répondit pas tout de suite. En fait, il se tut si longtemps que je crus qu'il ne dirait plus rien.

— Je n'étais pas en colère contre vous. J'avais peur. Si je vous avais blessée, ce n'aurait pas été exprès. (Il me lança un bref coup d'œil avant de se hisser de son siège et de retourner contre la vitre.) Mais elle, je crois bien que je l'aurais tuée, si j'avais pu.

6

Et puis lentement, très lentement, Kevin commença à faire quelques progrès. Il séjournait à l'hôpital depuis dix semaines lorsque les premiers signes d'évolution apparurent, infimes et sporadiques. Sans doute accepta-t-il un matin de se lever quand on l'appela. Sans doute se rendit-il sans contrainte en classe, aux séances de thérapie ou à la cantine. Avec une désespérante lenteur il gagna peu à peu des points, et nous pûmes finalement, Jeff et moi, venir lui rendre visite sans interruption.

La raison de cette amélioration n'était pas claire. Il

s'agissait, de toute évidence, d'une combinaison d'éléments divers. Il n'y eut pas, cette fois, de revirement de personnalité. Ce changement graduel n'avait rien à voir avec les mutations capricieuses d'autrefois, ce qui nous laissait espérer que le garçon que nous avions maintenant en face de nous était le véritable Kevin et que ce progrès, si peu spectaculaire fût-il, était authentique.

Le passé de Kevin obsédait Jeff de plus en plus. Les rapports que nous possédions à ce sujet étaient par trop incomplets. Il est un fait que pour un enfant qui vivait depuis si longtemps au sein du système paperassier de l'Assistance publique, il laissait bien peu de traces écrites sur son passage. On eût dit un gamin sans passé, malgré la certitude que nous avions, Jeff et moi, d'après nos entretiens avec lui, que sa petite enfance méritait largement que l'on s'y arrêtât.

En entrant dans mon bureau un matin, je trouvai Jeff à genoux par terre, entouré d'une multitude de bouts de papier, qu'il déplaçait avec précaution d'un endroit à un autre.

— Qu'est-ce que tu fais ? demandai-je.

Il devait présenter une communication, en fin de matinée, à un colloque, et s'était harnaché pour l'occasion d'un costume trois-pièces avec cravate. Quand je le vis à quatre pattes sur le plancher au milieu de tous ces confettis, je crus qu'il avait fait tomber quelque étrange matériel prévu pour son exposé.

Jeff se redressa sur ses rotules et contempla la situation.

— Hier soir, dans mon lit, je me suis mis à réfléchir. A essayer de comprendre comment tous les morceaux du passé de Kevin pouvaient coller ensemble. Tu sais, ta vieille théorie du puzzle. Mais je n'arrivais pas à me faire une idée précise du problème. (Il leva les yeux, eut un grand sourire de galopin content de lui.) Alors j'ai *fabriqué* le puzzle.

— Quel idiot ! m'esclaffai-je. C'était une façon de parler.

— Vois-tu, je me suis dit : si je faisais une sorte de rétrospective... que je la mette en ordre... (Il examina les feuilles.)

Je fis le tour des flocons de neige et m'agenouillai pour voir ce que Jeff avait écrit dessus.

— Regarde, voici le beau-père, m'expliqua-t-il. Et ça, c'est Carol. Je pense que Carol est mêlée à cette affaire. La relation que Kevin...

Je saisis un autre bout de papier.

— Combien de sœurs a-t-il ? demanda Jeff. Il y a Carol...

— Et Barbara. Il m'a parlé de Barbara.

— Qui est Ellen, alors ?

— Ellen ? Je n'ai jamais entendu ce nom. D'ailleurs, nous en avons déjà deux, et c'est le chiffre qui est inscrit au dossier. Deux sœurs seulement. Et il nous a parlé de Carol et de Barbara.

— Mais il y a bien une Ellen. Il y a fait allusion une fois. Et si Carol était un garçon ? Caroll, avec deux « l », et non pas Carol ? suggéra Jeff.

— Non. Il m'a dessiné son portrait, un jour. Et il dit « elle » quand il en parle. On n'aurait pas pu se tromper à ce point.

Jeff déplaça un morceau de feuille.

— D'accord, donc si ce secteur représente sa petite enfance, avant son départ en institut spécialisé, où places-tu les actes de violence qu'il raconte ? Il n'y a quasiment rien à ce sujet dans son dossier, exact ?

J'acquiesçai.

— Mais tu penses que c'est vrai, n'est-ce pas ? (Jeff leva les yeux.) Tu ne crois pas qu'il en invente une bonne partie ? Je veux dire, il est parfois tellement retors.

— Non. J'ai vu son dos. Est-ce que tu as regardé ? Toutes ces petites cicatrices. Si elles sont là, tout le reste aussi est possible.

— Je vais te poser une question, Tor, un truc qui me tracasse. C'est un peu tiré par les cheveux. N'as-tu jamais pensé qu'il avait pu fabriquer cette Carol de toutes pièces ? Qu'il s'agit d'une sorte d'individu imaginaire ? Que la vie était si dure pour lui qu'il avait dû projeter une partie de ses sentiments dans un personnage ? S'inventer quelqu'un qui prenne soin de lui ?

Cette idée m'avait effleurée aussi, mais au fond de moi je n'y croyais pas. Et pourtant, n'avais-je pas gobé la moitié des anecdotes extravagantes que Charity m'avait servies, avant de découvrir la vérité ? Et Kevin était bien plus subtil que Charity.

— Je n'en sais rien, répondis-je.

Jeff déplaça encore quelques bouts de papier. Il les considéra un instant, en bougea un autre. Puis il se leva et s'assit dans son fauteuil pour dominer la perspective d'ensemble. Je frottai la poussière qui maculait les genoux de son pantalon.

— Sa mère... commença Jeff d'un air pensif, et il s'en alla pécher un fragment de papier. Je me demande ce qu'est devenue sa mère. Depuis quand a-t-elle disparu de la scène ?

— Depuis Garson Gayer, je crois. Je n'en suis pas certaine.

— *Merde !* fit-il brusquement. (Et il froissa le papier qu'il tenait à la main. Il le lança à l'autre bout de la pièce.) Merde. Merde. Merde. (Il me regarda, front plissé de rage et de frustration.) Nom de Dieu, Torey, comment veux-tu que nous fassions quoi que ce soit ? Vise un peu ça. Vise un peu le numéro de foire que nous sommes en train de monter. Nous ne savons rien. Comment peut-on espérer aider un gosse quand on ne sait même pas qui est sa mère ? Il pourrait aussi bien ne pas exister, pour ce qu'on connaît de lui... Bon sang. Autant dire la bonne aventure. Autant lire l'avenir dans du marc de café.

Il dispersa d'un coup de soulier les morceaux de papier qui papillonnèrent un instant dans les airs.

J'eus mal pour Jeff, pour son désespoir, qui était aussi le mien. Il avait raison, bien sûr. Mais ce n'était pas cela qui nous consolerait.

Dès que j'arrivai à l'hôpital, en fin d'après-midi, je fus accostée par une infirmière. Kevin, me dit-elle, avait volé un manteau.

Un manteau ?

Ils étaient sûrs que c'était lui. Il était le seul à rôder dans les parages à l'heure où s'était produit le vol, et tous les autres gamins étaient occupés ailleurs. Des témoins l'avaient vu. Puisqu'il refusait toujours de parler à quiconque, pouvais-je aborder ce sujet avec lui ?

Des pensées pénibles me traversèrent l'esprit. Pourquoi diable Kevin aurait-il pris un manteau ? La seule réponse qui me vint fut que le vieux spectre de son beau-père était revenu le hanter et qu'il avait décidé de s'enfuir et de l'assassiner une fois pour toutes. Nos entretiens recommençaient lentement à tourner autour de sa famille, et ce fut la seule explication que je trouvai. Elle n'avait rien de réjouissant.

Mais pourquoi voler un manteau ? Cela ne rimait strictement à rien : Kevin possédait un manteau personnel. Là, dans sa chambre.

Contrariée de devoir engager une discussion sur un problème qui ne me concernait pas, à l'origine, j'entrai à contrecœur dans la chambre de Kevin. Il était assis au bord de la commode, qu'on avait poussée plus près de la vitre, les pieds sur le rebord de la fenêtre.

— Kev, dis-je, j'ai horreur de colporter des ragots, mais j'ai l'impression qu'il y a un petit problème. (Je fermai énergiquement la porte derrière moi.)

— Ah bon ? Je n'ai aucun problème.

— Au sujet d'un manteau.

— Ah ! ça ? répliqua-t-il d'un air entendu.

— Oui. *Ça.* Si tu veux bien m'expliquer ? On semble penser que tu es impliqué dans l'affaire. Qu'en dis-tu ?

— Moi ?

Je hochai la tête.

— Pourquoi est-ce que j'aurais besoin d'un manteau ? questionna-t-il.

— C'est ce que je leur ai dit. Mais ils semblent penser quand même que c'est toi qui l'as pris.

— Non.

— Si tu permets, je vais jeter un coup d'œil dans ta chambre. Juste pour pouvoir dire que j'ai bien vérifié. D'accord ?

— Ce n'est pas moi, Torey. Je leur ai écrit un mot. Je leur ai expliqué que ce n'était pas moi, Et c'est la vérité. Pourquoi est-ce qu'ils vous envoient, maintenant ?

— Tu permets que je jette un coup d'œil ?

— Je ne l'ai pas pris ! Ouais, allez-y, si vous y tenez. Fouillez-moi. Fouillez ma chambre. Vérifiez si j'ai pris ce foutu manteau. Pourquoi est-ce que je voudrais un manteau, de toute façon ? Je ne sors jamais.

Je commençais à flairer quelque chose. Sa voix montait dans les aigus et la manière qu'il avait de se comporter me laissait penser qu'il était coupable.

— Oui, c'est également ce que je me disais, mais toute la question est de savoir si tu l'as ou non volé.

— Je ne l'ai pas volé ! Combien de fois faut-il que je vous le dise ?

Je ne répondis rien et le regardai.

— *Ce n'est pas moi !*

— Si tu l'as pris, en tout cas, il serait sans doute plus simple que tu me le donnes tout de suite et que tu ne m'obliges pas à le chercher. Nous pourrions ensuite passer à autre chose.

Son visage se crispa et je crus qu'il allait pleurer.

— Je vous dis que ce n'est pas moi. Pourquoi vous ne me croyez pas ? Ce n'est pas moi.

Je tirai près de lui la chaise de plastique orange et m'assis.

— Ce genre d'incident se produit, quelquefois. Ça ne devrait pas, et ce serait mieux de s'en passer, mais voilà. Nous sommes ainsi faits. Et personne n'est à l'abri de ces bêtises.

Kevin ne bougeait pas, le visage figé en une grimace, comme s'il avait immobilisé ses larmes.

— Donne-moi donc ce manteau, d'accord ? Je le rendrai aux infirmières et nous en aurons fini une bonne fois avec cette histoire. Tu veux bien ?

Le silence se prolongeait.

— Ce n'est pas moi, déclara-t-il encore à mi-voix, et il frappa la commode du bout du pied.

Comme je ne disais rien et ne me levais pas pour fouiller la pièce, il m'observa un instant à travers ses cils. Puis il se dressa lentement. Il avait le geste pesant, comme si ses membres ne répondaient plus. Il s'approcha du lit, souleva le matelas. Là, plié avec soin entre le matelas et le sommier, gisait un duffel-coat à boutons allongés et capuche. Kevin le saisit doucement et me le tendit. Puis il retourna se planter devant la fenêtre. J'allai rendre le manteau au bureau des infirmières.

— Kev ?

Il savait ce que j'allais lui demander.

— Je croyais que vous m'aviez dit que nous n'en parlerions plus, si je vous le donnais. Que vous n'alliez plus me poser de questions.

— Je me demandais simplement... Entre toi et moi.

— Vous avez promis.

— J'ai promis, en effet. Et si tu le veux vraiment, je ne poserai plus de questions.

— Je le veux.

Et à ces mots il se retourna et vint s'asseoir sur le lit.

La séance fut tranquille. Nous eûmes d'autres activités, d'autres sujets de conversation. Le manteau, cependant, flottait tel un fantôme au travers de toutes nos paroles. A la fin de l'heure, tandis que je rangeais mes affaires, Kevin revint sur sa décision.

Il se leva du lit, arpenta la petite chambre, gratifia d'un coup de chaussure le pied de la commode et celui de la chaise, avant de se ficher de nouveau devant la vitre. Il devait bien consacrer la moitié de sa vie à ce carreau.

— Vous savez, commença-t-il tranquillement, il y a des vêtements dans lesquels on se sent exactement comme on est à l'intérieur de soi. Vous avez déjà remarqué ?

— Oui.

— Ça s'est produit de façon étrange. J'ai vu ce manteau... Je l'ai vu et je me suis dit... (Il se tut. Il y avait de la poussière sur le rebord de la fenêtre, et il l'écarta d'un doigt.) C'est un manteau pour Bryan. Vous comprenez ? C'est le genre de manteau que Bryan porterait ; il est si chic, si impeccable. (Il se retourna.) Je ne voulais pas le voler, Torey. Je vous assure. Je voulais juste l'essayer. Je voulais voir de quoi j'avais l'air, dans ce manteau. (Il eut un sourire pathétique.) C'est tout, simplement l'essayer. Mais je ne pouvais quand même pas demander la permission. Si ?

— Peut-être, suggérai-je.

— Non. (Il secoua la tête.) Non, c'était impossible. Ils n'auraient pas compris. C'était moi qui demandais. Ce vieux lourdaud de Kevin, ce débile, qui demandait. Bryan aurait pu, lui, mais pas moi. Ils ne le voyaient pas, Bryan. Même si j'avais mis le manteau, ils n'y auraient vu que du feu. Ç'aurait juste été ce vaurien de Kevin dans le manteau d'un autre.

— Je comprends.

— Ouais, fit-il, alors j'ai dû l'emprunter, si vous voulez. Pour qu'ils ne se moquent pas de moi. Je voulais simplement l'essayer.

Il contempla de nouveau la vitre. Je ne parlai pas.

— Torey ? dit-il sans se tourner vers moi.

— Oui ?

— Vous l'avez trouvé élégant, ce manteau ?

— Oui. Il est très beau.

Il hocha la tête.

— Bryan aurait pu le porter, non ?

— Mm-mmm.

Je m'approchai de lui. J'aperçus une sorte de sourire intérieur sur ses lèvres, qui s'attarda un moment avant de s'évanouir. Je crus qu'il allait ajouter quelque chose ; j'attendis. Mais il ne dit rien. Il resta là, les mains dans les poches. Au-delà de sa silhouette, je vis tomber la neige, et la crasse grisâtre et corrosive de la ville qui s'étalait à nos pieds s'évanouit sous le blanc duvet.

7

La saison de hockey était bien entamée, et Hans nous avait promis des billets pour l'une des compétitions qui auraient lieu dans notre ville. Un samedi soir, nous nous disposâmes à aller assister à un match de hockey. Personnellement, je n'appréciais guère ce jeu, mais je me gardai bien de le dire à Hans. J'avais toujours l'impression d'assister à un combat de gladiateurs sur glace, inutilement brutal et sanglant. Lorsque j'avais fait la connaissance de Hans, je n'avais pas été peu surprise d'apprendre qu'il jouait dans l'équipe locale ; il me semblait si paisible, toujours d'humeur égale, et ne correspondait nullement à l'image que je m'étais faite du joueur de hockey. Et j'étais ravie d'aller là-bas, je l'avoue, pour le simple plaisir de voir jouer Hans. Lui qui ne pouvait jamais se résoudre à gronder un tant soit peu Charity lorsqu'elle était insupportable, j'étais curieuse de le voir écrabouiller sans merci les crânes de l'équipe adverse.

Malheureusement, l'occasion n'était pas vraiment idéale. Je pouponnais, cette fin de semaine-là. Mes voisins les plus proches étaient un couple charmant mais plutôt singulier, survivance de la feue génération hippy, qui avaient engendré une fillette charmante mais singulière elle aussi. Elle répondait au prénom de Shayna-Jasmine, ne mangeait pas de viande ni aucune autre denrée qui ne sortît d'un sac du magasin de produits naturels et possédait un volant de sujets de conversation particulièrement étendu pour une gamine de quatre ans. Elle était née avant terme, affublée d'une tumeur qui avait nécessité l'ablation d'une partie de son estomac. Ce qui signifiait que je devais lui donner à manger six fois par jour au lieu de trois, et qu'elle en vomissait une bonne partie.

Mais c'était pour ce samedi-là précisément que Hans nous avait obtenu des billets, et ce samedi donc, nous préparâmes un panier-repas et partîmes pour le stade, Jeff, Charity, Shayna-Jasmine et moi-même.

Charity adora le match de hockey. Tout ce sang, ces flots d'hémoglobine, c'était son rayon. Jeff aussi fut un supporter enthousiaste. Lui et Charity honorèrent Hans de force hurlements et acclamations. Ce qui nous obligea, Shayna-Jasmine et moi, à débrouiller seules les finesses d'un jeu auquel aucune de nous ne comprenait grand-chose.

— Qu'est-ce qu'ils font ? questionna Shayna-Jasmine après qu'une demi-douzaine d'hommes se furent abattus sur un pauvre coéquipier tombé sur la glace, dispersant autour d'eux une nuée de cannes.

— Je ne sais pas exactement, répondis-je.

— A quoi ça sert, ce machin, là-bas ? demanda-t-elle, désignant un étrange objet, près du but d'une équipe.

— Je n'en sais rien, dis-je.

Nous regardâmes sans parler. Les équipes filèrent devant nous et il y eut une attaque qui se termina en mêlée juste au-dessous de nous, dans un concert de vociférations obscènes, dont tous les termes figuraient déjà au vocabulaire de Shayna-Jasmine.

Shayna me tira le bras.

— Pourquoi ils se battent ?

— Ils essaient d'attraper ce petit palet, là-bas.

— Mais alors, pourquoi ils le demandent pas, simplement ?

— Les autres ne voudraient pas le leur donner.

— Eh ben, ils pourraient dire *s'il vous plaît*, répliqua-t-elle, péremptoire.

Je lui souris.

— Ça ne fait pas partie du jeu.

— Oh ! fit-elle, et elle émit un petit soupir maussade. C'est idiot, comme jeu, non ?

Plus tard, après le départ des équipes, tandis que les hommes d'entretien nettoyaient la glace, Hans émergea du vestiaire avec plusieurs paires de patins dans les mains.

— J'ai pensé que nous pourrions aller patiner un moment pendant qu'ils refont la glace. Avant qu'ils ne regèlent la surface, ce sera moins glissant pour les petites.

Il souriait de toutes ses dents. Sans doute avait-il prévu cette réjouissance pour faire une petite surprise à Charity et Shayna-Jasmine. La patinoire était ouverte au public une partie de la semaine et disposait d'un vaste stock de patins de location, et Hans s'était occupé, avant le match, d'en emprunter une paire pour chacun de nous.

Je faillis lui faire remarquer qu'il était plus de onze heures, et que les deux fillettes avaient le regard un peu trouble. De plus, Jeff avait gavé Shayna de réglisse tout au long du match, et j'étais certaine qu'elle nous vomirait tout dessus si nous lui infligions trop de secousses. Mais bien évidemment, la perspective d'un tel plaisir enchanta au plus haut point Charity, qui s'éveilla illico, retira ses chaussures et tirait déjà comme une folle sur ses patins avant que j'aie eu le courage d'émettre une objection.

Et ce fut en fin de compte l'un de ces moments superbement fous comme on en vit, parfois, lorsqu'on abandonne toute sagesse et qu'on n'écoute plus que son bon plaisir. Hans se révéla un piètre juge en matière de pointures de petites filles. Les patins de Charity étaient trop grands d'au moins trois pointures, et il fallut en rembourrer le bout avec une paire de ses odorantes chaussettes de sport. Ceux de Shayna étaient trop petits, et elle rouspéta tandis que je tentais de lui fourrer les pieds à l'intérieur. Mais dès que nous fûmes sur la glace, tous ces ennuis furent vite oubliés.

Hans, bien sûr, était un excellent patineur, et il apprit aux deux gamines à se tenir fermement sur la glace en un rien de temps. Je patinais, étant enfant, sur le petit cours d'eau que dominait la maison de mes parents, et que je descendais jusque dans la lagune où il se jetait. En vieillissant, j'avais oublié cette sensation presque aérienne, et je m'en grisai ce soir-là sur l'immense piste, où je devais virevolter autour des ouvriers affolés et de leurs longs balais.

Nous fîmes les petits fous jusqu'à près de minuit, heure à laquelle les hommes d'entretien s'apprêtèrent à inonder la piste et à rentrer chez eux. Je me rendis compte alors que Shayna-Jasmine avait disparu. Elle était sortie de la piste pour aller boire un verre d'eau, et je la retrouvai, encore en patins, pelotonnée sur nos manteaux, profondément endormie.

Nous restâmes ensuite chez moi afin de coucher Shayna. Charity restait elle aussi pour la nuit, et je promis de préparer un chocolat chaud à son intention, ainsi qu'un *Irish coffee* pour Hans et Jeff avant qu'ils ne regagnent leurs pénates.

— Tiens, me fit Jeff lorsque j'arrivai le lundi matin.

Il m'expédia un bloc-notes sur le bureau.

— Qu'est-ce que c'est ?

J'aperçus un numéro de téléphone. D'après l'indicatif, je devinai qu'il correspondait à l'État voisin.

— J'ai retrouvé la mère de Kevin.

Mes yeux s'élargirent.

— Tu viens lui rendre visite avec moi ? Je lui ai parlé au téléphone. Dans l'espoir qu'elle consentirait à partager avec nous ce qu'elle sait, si elle sait quelque chose.

Je parcourus donc avec Jeff plus de cent cinquante kilomètres pour passer un après-midi chez la mère de Kevin. Nous la trouvâmes dans un petit deux-pièces délabré, à la périphérie d'une bourgade située tout près de la frontière. L'endroit était chichement meublé et dans un état de saleté incroyable. Le salon ne comportait qu'un canapé effondré, un poste de télévision et un carton servant de table basse. Un petit garçon au pantalon mouillé nous ouvrit la porte.

Malgré un accueil hésitant et timide, la mère de Kevin souhaitait, de toute évidence, faire honneur à ses hôtes. Bien que l'heure du déjeuner fût passée depuis longtemps, elle nous avait préparé un repas. C'était à fendre l'âme, vraiment. Les mets qu'elle avait achetés pour nous étaient fort chers — fromages, pickles, fruits hors de saison — et avaient dû considérablement grever le montant du chèque qui lui était alloué par l'Aide sociale. Elle les avait étalés sur la table de jeu dressée dans la cuisine, où il n'y avait comme vrais meubles que deux bancs de bois. Elle n'avait rien prévu, dans ce festin, pour elle ni pour le bambin qui, frissonnant dans son survêtement humide, contemplait avec envie les tomates et les gâteaux, mais n'ouvrit pas une seule fois la bouche pour réclamer.

Nous fûmes obligés de manger; c'était le genre de situation où il était impossible de refuser, même si nous n'avions nullement faim, même en sachant qu'ils avaient plus que nous besoin de ces nourritures. Mais je me sentais horriblement gênée de manger devant eux qui ne mangeaient pas. Et Jeff devait ressentir la même confusion, car il avait les joues en feu.

— Comment va Kevin? demanda-t-elle timidement.

— Il a quelques problèmes, dit Jeff. Nous espérions que vous pourriez nous donner des précisions à son sujet, concernant l'époque où il vivait avec vous.

— Il n'est plus mon fils, répondit-elle d'une voix douce. Il n'y a rien à dire. Vous le saviez, n'est-ce pas? Que j'ai dû l'abandonner.

Le front de Jeff se plissa.

— J'avais plutôt l'impression que vous aviez renoncé de plein gré à l'exercice de vos droits parentaux.

Les termes étaient trop savants. Je sentis l'embarras de la femme.

— Nous pensions que vous l'aviez abandonné volontairement, précisai-je.

Elle baissa les paupières, et il y eut un silence.

— On avait des difficultés.

— Oui?

— On pouvait plus le garder.

— Pourquoi donc?

— A cause de Malcolm. Mon mari.

— Combien d'enfants avez-vous, votre mari et vous? En tout? demanda Jeff.

— En comptant Kevin? Eh bien, lui. (Elle désigna le petit garçon.) Lui et les filles, et Kevin, bien sûr.

— Combien de filles?

— Rien que deux. Barbara et Ellen. Barbara... (Elle se tut.) Enfin, Barbara, ils l'ont placée dans un foyer, vous savez. Mais Ellen va à l'école, maintenant.

Jeff me regarda, revint à la femme. Elle faisait pitié à voir.

— Et Carol? demanda-t-il, gentiment.

Elle observa ses mains.

— Rien que deux filles. Ellen et Barbara. Rien qu'elles.

Il y eut quelques minutes de silence. Le gamin se mit à pleurnicher et elle le prit dans son giron, nicha tendrement ses pieds nus contre ses mains.

— Malcolm, votre mari, ne s'entendait pas très bien avec Kevin, n'est-ce pas? reprit Jeff.

Elle secoua la tête.

— Et c'est Malcolm qui vous a demandé de vous débarrasser de Kevin?

Elle ne répondit pas. Elle appuya le visage sur les cheveux du petit garçon. Puis lentement, elle secoua la tête.

— Non, c'est le tribunal.

Comme Jeff, j'avais toujours eu la conviction que les parents avaient volontairement abandonné Kevin à l'Assistance publique. En fait, c'était précisément ce que j'avais lu dans le dossier de Kevin à Garson Gayer, et je trouvai tout cela fort étrange.

— Le tribunal vous a dit de vous débarrasser de Kevin? demandai-je.

La conversation commençait à l'ennuyer. Elle étreignit plus fort le gamin. Son souffle s'accéléra. De nouveau elle secoua la tête.

— C'est-à-dire, après... Après, vous savez bien, cette dernière histoire.

— Quelle histoire ? interrogea Jeff. Nous n'y comprenons plus rien.

Elle refusait de nous regarder.

— Vous savez bien. Cette *histoire*. Ce que Malcolm lui a fait, à Kevin.

— Non, dit Jeff, nous ne sommes pas au courant. C'est bien notre problème.

— Eh ben, la dernière fois. Quand il l'a battu. Vous savez bien.

Nous la dévisageâmes tous deux. Elle avait relevé l'épaule qui était de notre côté tout contre son oreille, comme si Jeff et moi pouvions soudain la frapper.

— Malcolm, voyez-vous, il l'a cogné. Un peu, quoi. Il, enfin je veux dire Kevin, il est allé à l'hôpital. Après, les juges, vous savez, ils nous ont dit que Malcolm ne devait plus s'approcher de Kevin. Ils ont dit qu'ils le mettraient en taule, quoi. Si jamais on le trouvait près de Kevin. Vous comprenez. Alors...

Le silence vint s'asseoir à notre table. La pièce n'était pas chauffée, et le gamin tremblait dans sa culotte mouillée. Il ne portait rien d'autre que ce pantalon de survêtement, ni pull, ni chaussures, ni chaussettes.

— Alors, eh ben, reprit-elle, j'ai été obligée de placer Kevin quelque part. Vous comprenez. Autrement, j'aurais pas pu reprendre Malcolm avec moi. Il serait pas revenu, si j'avais gardé Kevin.

Dans la voiture, au retour, j'étais furieuse. Quelle sorte de violence avait donc subie cet enfant pour qu'on ait dû l'hospitaliser et interdire à son beau-père de le revoir, alors qu'ils vivaient tous deux sous le même toit ? Et pourquoi n'y avait-il rien, bon sang, dans le dossier de Kevin ? J'étais hors de moi. Je hurlais presque, et parce que Jeff était dans la voiture avec moi, c'était après lui que je criais. Qu'est-ce qu'ils foutaient donc, ces tordus des services sociaux, pour nous avoir dissimulé cette information ? Jeff ne disait rien. Nous savions l'un et l'autre que ce n'était pas contre lui que je fulminais. Ni même contre la démence qui s'était apparemment emparée des transmissions interdépartementales de l'Assistance publique. Mais comment exprimer ce malaise que suscitait en moi une femme qui aimait une brute plus que son propre fils ?

Le lendemain au bureau, je ne cessai de passer des coups de fil. Il devait bien exister dans cette ville quelqu'un, quelque part, qui connaissait l'histoire de Kevin. Tard dans la journée, je mis enfin la main dessus. Il s'agissait d'une assistante sociale nommée Marlys Menzies, qui travaillait encore dans le secteur de l'enfance abandonnée.

Kevin avait douze ans, me dit-elle, lorsque se déroula cet épisode. Il venait de rentrer d'un foyer d'accueil et vivait dans sa famille depuis trois mois environ. Il y avait toujours eu du tirage entre Kevin et son beau-père, précisa Marlys Menzies, et le désaccord tournait essentiellement autour du refus de l'enfant de parler à son tuteur.

Il y avait eu un incident sans gravité, un soir, et dont personne ne se souvenait avec précision. Kevin et le beau-père commencèrent à se bagarrer, et l'homme exigea une explication. Kevin, bien sûr, ne répondit pas. Le père lui donna un coup de poing. Puis il l'enferma dans un placard à balais, sachant qu'il avait peur du noir, et refusa de le laisser sortir tant qu'il ne répondrait pas. Kevin s'obstina. Le père l'emmena alors dans la chambre, le déshabilla devant ses deux petites sœurs et l'attacha, bras et jambes écartés, sur le lit. Il obligea ensuite les fillettes à toucher et à embrasser son sexe.

Le lendemain matin, Kevin était toujours ficelé, et ses sœurs durent le regarder uriner sous lui puisqu'il ne pouvait pas se lever, et se moquer à voix haute de son état, faute de quoi elles auraient été battues à leur tour. Comme Kevin refusait toujours de parler, de répondre de son attitude, le beau-père entra dans une fureur noire. Il détacha Kevin, le traîna jusqu'à la cuisine et le frappa avec une poêle jusqu'à ce que l'enfant s'évanouisse.

Après le départ du beau-père, la mère de Kevin le porta dans le salon et le soigna. Elle pansa ses blessures, et quand les bandes furent imbibées de sang, elle les brûla et en mit d'autres. Elle rangea la poêle et n'habilla pas Kevin, de crainte qu'il ne saigne dans ses habits. Quand elle comprit qu'il était gravement blessé et qu'il ne s'en tirerait pas sans l'intervention d'un médecin, elle fit venir une voisine, qui avertit la police.

Tandis que la mère faisait sa déclaration aux policiers, Kevin fut expédié à l'hôpital, où il fallut l'opérer d'urgence pour écarter le risque d'une hémorragie cérébrale.

L'assistante sociale s'exprimait d'une voix suave et moelleuse, qui évoquait les belles aristocrates du Sud. La douceur de son timbre contrastait bizarrement avec les mots qu'elle prononçait.

Selon la mère, expliquai-je, le beau-père n'avait été condamné qu'à une amende et à l'interdiction de revoir Kevin. Pourquoi n'avait-il pas été poursuivi en criminel ?

Justement, répondit Marlys Menzies, c'était là le hic. La mère avait refusé de porter plainte et Kevin, bien sûr, ne parlait pas. Impossible de le faire comparaître à la barre des témoins. De plus, la mère avait détruit toutes les preuves qui dénonçaient l'agression. Le beau-père fut accusé d'infraction mineure.

— Je croyais qu'il existait des lois qui protégeaient les enfants, dans cet État, commentai-je.

Marlys Menzies resta un instant muette.

— En effet, dit-elle enfin. Mais elles ne sont pas toujours efficaces.

La colère qui m'avait envahie dans la voiture se mit à rugir de nouveau en moi. Quelle farce grotesque et ignoble était-ce là, qui permettait qu'un gosse, après s'être fait à moitié écraser la tête, soit condamné non seulement à une existence à jamais marginale, mais aussi à l'oubli de la société ?

A la fin de la semaine, j'indiquai à Kevin que nous avions retrouvé sa mère et discuté avec elle. Nous étions dans sa chambre, comme d'habitude. Je lui avais apporté un livre de mots croisés, l'un des rares divertissements auxquels il trouvât encore quelque plaisir. Il était donc assis sur le lit et s'affairait sur une grille, tandis que nous bavardions.

— Est-ce qu'elle va venir me voir ? demanda-t-il, mais sans l'ombre d'une modulation d'espoir dans la voix.

C'était une question neutre. Il n'avait pas pris la peine de lever les yeux quand j'avais annoncé la nouvelle.

— Je ne crois pas.

— C'est bien ce que je pensais.

Je l'observai. J'étais installée par terre, le nez au niveau de ses sandales qui dépassaient du lit.

— Elle nous a dit comment ils ont décidé de te mettre à Garson Gayer.

— Elle vous a tout raconté ? (Nulle émotion dans sa voix.)

— Non. Mais je l'ai su. J'ai téléphoné à une femme qui s'appelle Marlys Menzies. Tu te souviens d'elle ?

— Oui.

— Elle m'a expliqué le reste.

— Alors vous devriez savoir, dit Kevin, que ce ne sont pas eux qui m'ont emmené à Garson Gayer. Vous devriez savoir que c'est Mrs. Menzies qui m'a conduit là-bas. La dernière fois que j'ai vu ma mère, c'est le jour où mon beau-père m'a tabassé. Je ne l'ai jamais revue depuis.

— Tu as envie de la revoir ?

Son regard quitta la grille de mots croisés et il contempla le vide devant lui. Pendant quelques secondes, il s'absorba dans ses pensées. Puis il secoua la tête et revint à son livre.

— Non, je crois que non. Pas vraiment. Il y a des choses que l'on renonce à désirer. Et au bout d'un moment, elles disparaissent. Elles s'effacent complètement, et on ne se rappelle même plus qu'on en a eu envie.

8

Et puis Kevin parla.

Ce fut comme à Garson Gayer. Après des jours, des semaines et des mois de silence, il prit soudain la décision de parler au personnel de l'hôpital. Ce dut être une rude épreuve, car tout le monde s'était habitué à son mutisme. L'événement provoqua une véritable frénésie au cours des premiers jours et Kevin, gêné, rasait les murs. Il ne me semblait pas prendre un plaisir particulier à l'émoi qu'il suscitait, et pourtant je ne pouvais m'empêcher de penser que, pour avoir toujours ce genre de comportement, il fallait peut-être qu'une part de lui, profonde et secrète, y trouvât quelque joie.

Nous approchions de Noël, et il vivait dans le service depuis septembre. Comme la première fois, je lui demandai pourquoi il avait décidé de parler, et pourquoi à ce moment-là. J'espérais plus ou moins détecter dans ce choix un reflet du travail que nous avions accompli, Jeff et moi, mais rien n'était moins sûr. Comme toujours, Kevin semblait évoluer sur un chemin parallèle. Et au fil de ses progrès, je cherchais en vain un rapport avec ce que nous faisions. Peut-être s'en serait-il sorti de toute façon, sans nous.

La raison de son changement d'attitude était moins précise, cette fois, que l'année précédente. Il ne savait pas, dit-il, et je le crus. A Jeff il déclara qu'il en avait assez de vivre seul dans une chambre, et qu'il n'aurait jamais de copain de chambre s'il ne parlait pas. Alors il parla. D'abord à un autre adolescent du service que tout le monde appelait Loopy Larry[1], et qui était vraiment dérangé, lui ; puis, lentement, à deux membres du personnel qu'il aimait bien. Au bout de quelques jours, on autorisa Kevin à cohabiter avec Loopy.

Mais si Kevin se réjouissait, de toute évidence, d'avoir

1. Larry le Dingo. *(N.d.T.)*

quelqu'un avec qui partager sa vie, le déménagement compliqua les choses pour Jeff et moi. Nous avions perdu cet espace intime que constituait la chambre de Kevin, et du même coup cette sorte de relation spontanée que nous avions développée entre nous. Il nous fallait travailler à présent dans la salle de thérapie, à l'autre bout du couloir. Une pièce typique du genre, avec linoléum, table, chaises, divan et miroir sans tain. Le premier jour, quand j'y entrai, je fus brusquement replongée dans le souvenir de ma première rencontre avec Kevin, et je compris une nouvelle fois quel chemin nous avions parcouru.

Le sol était traversé de courants d'air et plutôt sale, ce qui nous obligea à nous planter chacun sur une chaise, position que nous n'avions jamais adoptée, Kevin et moi, dans tout le temps que nous avions passé ensemble. Je ne m'étais jamais rendu compte jusqu'alors à quel point mon travail se déroulait à ras de terre. Les planchers m'avaient toujours semblé un endroit naturel pour entrer en contact avec les individus, notamment les enfants, car j'étais si grande que je ne pouvais, sans cela, les regarder dans les yeux. Ce n'était certainement pas le problème avec Kevin, mais depuis que nous en avions pris le pli, au tout début, nous y étions restés fidèles. Aujourd'hui, nous nous retrouvions coincés sur des sièges d'où aucun de nous ne pouvait se dérober.

Et puis surtout, la fenêtre de Kevin avait disparu. Sa nouvelle chambre était située de l'autre côté du couloir, et la fenêtre ne donnait plus sur le spectaculaire panorama de la ville, mais sur le parking de l'hôpital. De plus, le lit de Loopy en bouchait l'accès. La salle de thérapie n'offrait aucune ouverture intéressante. Elles étaient toutes petites, hautes et couvertes de givre. Quand la lumière les frappait de plein fouet, j'apercevais les fines mailles de fil de fer qui armaient les vitres.

Mais au fil des jours, nous avancions, malgré les chaises, les fenêtres et le reste. Nos séances prirent un tour beaucoup moins informel et se mirent à ressembler à de vraies séances de thérapie, ce qui n'était peut-être pas si mal, après tout. Le changement ne parut pas affecter Kevin ; quant à moi, je m'y résignai.

A la suite de la décision qu'il avait prise de parler de nouveau, Kevin fit des progrès de plus en plus notables. Ce n'était pas encore l'évolution spectaculaire du printemps précédent, mais du moins nous sortions enfin du marasme. La dépression qui le paralysait relâchait enfin son emprise, et Kevin commença à manifester un renouveau d'intérêt pour le monde extérieur.

Tout ragaillardis par cette attitude, Jeff et moi encouragions Kevin à gagner les points nécessaires à l'obtention d'un permis de sortie. Nous le tentions par toutes sortes de perspectives alléchantes. Le parc d'attractions était fermé pendant l'hiver, mais il restait le zoo et le musée, et aussi le *Taco John's* du coin, avec ses montagnes de *tacos*[1]. A tous ces choix, cependant, Kevin préféra une initiative de son cru.

Une seule terreur obsédait encore Kevin, du moins une seule qui intervînt régulièrement dans son existence. La phobie de l'eau. Il supportait le contact de l'eau courante, comme sous la douche, mais c'était tout. La simple idée d'être immergé, ne fût-ce que dans une petite casserole de liquide, l'affolait encore.

En même temps, l'élément aquatique exerçait sur lui une horrible fascination. Un soir que j'étais avec lui, il me demanda s'il serait possible, enfin, peut-être, si je pensais qu'il pouvait, eh bien, s'il gagnait une permission de sortie, pourrait-il, enfin pourrais-je l'emmener nager ?

Nager ? Le projet me sembla saugrenu.

L'emmènerais-je ? Entrerais-je dans l'eau avec lui ? Où irions-nous ? Est-ce que je connaissais un endroit ?

Je souris. Oui, je supposais que c'était possible. S'il était vraiment sûr d'en avoir envie.

Kevin en avait envie. Mais, précisa-t-il, il fallait que

1. Sortes de pizzas californiennes. *(N.d.T.)*

nous y allions seuls tous les deux. Sans Jeff. Ce serait une surprise, pour Jeff. Kevin apprendrait à nager, puis il irait avec Jeff et l'épaterait. Kevin me gratifia d'un énorme rictus en disant cela. Nous allions éblouir ce bon vieux Jeff. Il croirait avoir en face de lui Kevin, et ce serait Bryan. Même à l'extérieur.

Fort de ce secret que nous partagions désormais, Kevin parvint à gagner suffisamment de points pour pouvoir sortir de hôpital début janvier. Comme il était touchant, lorsqu'il vint à ma rencontre à la porte de l'hôpital, son maillot de bain tout neuf encore dans le sac de papier du magasin. Il avait très peur, apparemment, et pourtant le feu de Bryan étincelait dans ses yeux.

J'avais choisi un vendredi en début de soirée, car c'était le jour où Jeff ne venait jamais, et parce que j'avais l'intention d'aller au *Y*[1], où ils ne donnaient pas de cours le vendredi soir. Dans un bon mouvement, j'avais décidé d'inviter Charity. Kevin l'avait rencontrée à deux reprises au cours du printemps précédent et savait qu'elle adorerait se baigner. J'espérais également que sa présence équilibrerait celle de Kevin. Ainsi, lorsque la tension serait trop forte, je pourrais m'occuper un peu d'elle et laisser Kevin se détendre seul.

Le *Y* possédait deux bassins : une piscine olympique et un petit bain pour les enfants, dont la profondeur maximale ne dépassait pas soixante centimètres. Comme nous étions arrivés à cinq heures trente et qu'il n'y avait aucun vrai bambin dans les parages, j'estimai que nous pouvions commencer par là.

Charity sortit en gambadant du vestiaire, moulée dans un bikini d'un rose fougueux, le ventre faisant saillie plus qu'aucune autre portion de son anatomie. Elle sauta dans l'eau au milieu d'une gerbe, les fesses en premier. Kevin restait invisible.

1. Cercle de la jeunesse chrétienne (YMCA ou YWCA). (*N.d.T.*)

Je l'attendis. Assise au bord du petit bassin, je trempai mes pieds, une oreille tendue vers les vestiaires des hommes.

Au bout d'une dizaine de minutes, je me dirigeai vers la porte dudit vestiaire.

— Kev ? appelai-je à tout hasard.

Pas de réponse.

— Kev ? Kevin ? Tu es là ?

Pas de réponse.

— Kevin !

Pas de réponse.

Je jetai un coup d'œil alentour, ne vis personne que le préposé aux serviettes dans son box, derrière la paroi vitrée. D'un pied furtif, je franchis le seuil du vestiaire.

— Kevin ? Tu es prêt ? Tu es là ?

Rien.

— Réponds-moi, s'il te plaît.

Comme rien n'indiquait qu'il fût seulement dans cette pièce, je me sentis un brin désespérée.

— Kevin ? Est-ce que tu as des problèmes ? Je ne peux pas entrer. C'est réservé aux hommes, et je ne peux guère t'aider d'où je suis. Viens à la porte.

Mais pourquoi avait-il fallu que j'écoute Kevin ? C'était une situation pour Jeff, cela.

Toujours aucun signe de vie de l'intérieur du vestiaire. Aucun bruit, rien. Charity venait de se rendre compte qu'il se passait quelque chose. Elle sortit du petit bain et approcha.

— On n'a pas le droit d'entrer là-dedans, Torey, m'informa-t-elle.

— Je sais.

— Il y a des hommes tout nus, là-dedans.

— Je sais, Charity. Mais je crains que Kevin n'ait quelque problème.

— Vous voulez que j'y aille à votre place ? proposa-t-elle, visiblement alléchée par cette perspective.

— Non ! Va-t'en, à présent. Retourne jouer dans l'eau.

— Qu'est-ce que vous allez faire ? Vous allez entrer ?

(Un rictus mauvais fendit sa frimousse d'une oreille à l'autre.) Il y a des hommes complètement à poil, là-dedans. Vous avez pas le droit.

— Retourne donc jouer dans le bassin. Je reviens dans une seconde. Allez, file !

— Vous voulez que je vous aide ? Voilà, je vous aide. Kevin ! brailla-t-elle à pleins poumons. KEVIN ! résonna en écho la piscine tout entière, tant sa voix était puissante. KEVIN, SORS DE LÀ TOUT DE SUITE OU TOREY VA ENTRER TE CHERCHER !

— *Charity !*

Le préposé aux serviettes jeta un œil à l'angle de son box. Évidemment.

— Écoute-moi, écoute-moi bien. Tu vas retourner dans l'eau et *t'amuser*. Tu as compris ?

Elle recula un peu, mais avec sur la figure un grand sourire terriblement malveillant.

— Je vais regarder tous ces types à poil sortir en courant, murmura-t-elle d'une voix presque inaudible.

Elle savait que j'allais entrer.

Avec mille précautions, je franchis l'angle de la cloison qui masquait la porte. En deux secondes, Charity fut à mon côté, plaquée au mur comme un fin limier de série noire.

— Charity, sors de là. Je n'ai pas besoin de toi.

Son regard était un défi.

— Tu veux voir comment je suis quand je me mets en colère ? C'est ça, que tu cherches ? Tu veux savoir si je suis capable de flanquer une fessée à une gamine de neuf ans ? C'est ce qui pourrait bien se passer, en effet.

Un semblant d'inquiétude vacilla dans ses yeux.

— Si tu ne veux pas que je te renvoie chez toi à l'instant même sans que tu aies seulement eu le temps de nager une brasse, je te conseille de ficher le camp d'ici et de retourner dans l'eau. Immédiatement. Compris ?

A ce moment apparut un homme en caleçon de bain. Il nous décocha un regard résolument bizarre et, passant son chemin, se dirigea vers la piscine. D'une poussée un peu vive, j'aiguillai Charity sur la même trajectoire.

— *File!* fulminai-je, dents serrées. Je ne plaisante pas.

Elle dut le sentir, car elle battit en retraite.

Affreusement gênée de ce que j'étais obligée d'entreprendre, je me faufilai dans la pièce. Comme dans le vestiaire des femmes, je découvris plusieurs rangées de placards, séparées par des bancs. Il devait y avoir quelques hommes dans les environs, car j'entrevis un grand nombre de chaussures de tennis, d'étuis à raquettes de squash et autres accessoires. Et la douche coulait.

— Kevin, réponds-moi. Où es-tu, bon sang? appelai-je dans un murmure rauque.

Mon embarras extrême freinait considérablement l'élan de ma mauvaise humeur. J'avais envie de hurler son nom. De lui hurler ma fureur.

Je le repérai enfin. Entre les deux dernières rangées d'armoires, assis sur le banc. Uniquement vêtu de son slip, il tenait cramponné contre son visage son maillot tout neuf. Il pleurait.

— Qu'est-ce que tu as?

Je me glissai près de lui sur le banc. Dans ce fond de vestiaire, du moins, j'avais quelque chance de passer à peu près inaperçue.

— Je ne sais pas comment le mettre, brama-t-il, pitoyable.

— Hé là, hé là! (Je l'entourai de mon bras.) C'est sûrement épouvantable, mais il n'y a pas de quoi pleurer.

La gêne que je ressentais à me trouver ainsi dans un vestiaire pour hommes, assise près d'un adolescent de dix-sept ans en larmes, fondit soudain, et une vague de tendresse m'envahit. Kevin était si innocent. Je devinai quel sinistre désespoir avait dû le submerger quand il s'était vu seul dans ce lieu inconnu, sachant que de l'eau l'attendait derrière la porte, et obligé de se battre avec ce bout d'étoffe insolite; c'était vraiment trop.

Je tendis la main.

— Donne-le-moi. Voyons si j'y comprends quelque chose.

Mon savoir en matière de caleçons de bain pour hommes était, je dois bien l'avouer, plutôt limité. Quelqu'un, à l'hôpital, avait acheté pour Kevin celui-ci, qui se révélait d'un maniement un peu délicat. D'après ce que je pus en juger, il se composait d'une partie blanche attachée en son milieu à une partie bleue, et de quatre trous pour les jambes, sans aucun moyen d'y accéder. Un véritable casse-tête chinois. D'une main hésitante, je m'efforçai de démêler le tout, puis de comprendre comment je pouvais bien fourrer la partie blanche à l'intérieur de la partie bleue. Cela fait, restait à distinguer le devant du dos. Ou à déterminer si le sens avait quelque importance. Kevin, solennel à mon côté, observait.

Et puis ce qui devait se produire arriva. Un homme déboucha au coin d'une armoire, une serviette autour des hanches. Nous nous dévisageâmes, aussi affolés l'un que l'autre.

Silence de mort.

Toujours agrippée au caleçon, je décidai que la franchise serait la façon la plus valeureuse d'aborder le problème. Je lui lançai le maillot de bain à la figure.

— Pourriez-vous nous dire quel est le devant et quel est le dos ? Nous n'y comprenons rien.

Abasourdi, il saisit le slip. Regarda à l'intérieur.

— Voilà, dit-il, et il me le rendit.

— Nous sommes sauvés, Kevin. Le devant est ici. Bon, tu enfiles ça, je t'attends au bord du bassin.

Et je sortis comme une flèche du vestiaire, sans prendre le temps de voir s'il y avait ou non d'autres occupants.

Kevin en émergea à contrecœur quelques minutes plus tard. Charity alla à sa rencontre et le tira jusqu'au bord du petit bain où j'étais assise, les pieds dans l'eau.

Puis commença le long, lent apprivoisement aquatique de Kevin. Hélas, le temps de démêler cette horripilante affaire de maillot de bain, il était déjà plus de six heures, et des parents arrivaient avec leurs rejetons, envahissant le petit bassin.

L'ego de Kevin en ressentit quelque meurtrissure, et sans avoir seulement tâté de cette eau-là, Kevin proposa que nous nous propulsions jusqu'au grand bain.

Ce bassin avait des proportions impressionnantes. Charity, plongeant illico, avec sa bravade habituelle, découvrit que l'eau, à l'endroit où elle était le moins profonde, lui arrivait aux aisselles. Elle poussa un hurlement de terreur, pagaya frénétiquement jusqu'à moi et me grimpa sur le dos. Je dus la tenir dans mes bras, chose que je n'aurais jamais pu réaliser sur la terre ferme, jusqu'à ce qu'elle eût recouvré assez de courage pour nager jusqu'aux marches ; après quoi, elle alla quérir une planche auprès du préposé.

Des marches s'enfonçaient dans l'eau, de ce côté du bassin, et je m'assis sur l'une d'elles, immergée jusqu'à la taille. Kevin prit place au bord de la piscine, d'abord sur le banc, à plus d'un mètre de l'eau, puis plus près : il se leva et vint s'asseoir non loin de moi, sur le ciment. Je ne fis aucun commentaire ; nous bavardions comme deux amis, simplement, moi assise dans l'eau, lui au bord. Aucun de nous n'ignorait ce qui se jouait sous les mots. Son courage se raffermit. Il se rapprocha.

— Vous vous rappelez ? me dit Kevin.

— Quoi donc ?

— L'an dernier. Quand on est allés au *Frosty-Freez* ?

Je gloussai. Comment oublier ?

— C'est un peu la même chose, hein ? (Il sourit.) Vous vous rappelez la trouille que j'ai eue ? (D'un doigt il suivit les aspérités du ciment.) Ça me paraît idiot maintenant, quand j'y pense. J'ai eu *tellement* peur. J'ai pissé dans mon pantalon, vous vous rappelez ? Bon sang, ce que je me sentais bête.

Il me regarda. Ce fut un long examen minutieux. Ma peau se ratatinait en ridules, d'avoir macéré si longtemps dans l'eau, et je commençai à remonter marche à marche.

— Vous m'aimez bien, pas vrai ? demanda-t-il, d'un ton plein de confiance.

Je hochai la tête sans lever les yeux.

— C'est pour ça que vous faites toutes ces choses avec moi. C'est pour ça que vous vous en fichez pas mal que je sois si bête, hein? C'est parce que vous m'aimez bien.

— Oui.

Il eut un bref sourire, plus pour lui-même que pour moi, tandis qu'il se penchait pour aller se titiller un ongle d'orteil.

— Je le savais, dit-il. C'est bon. C'est bon, de savoir ça.

Et puis ce fut sept heures. Et bientôt huit. La piscine fermait à neuf. Même Charity, qui continuait à s'ébattre folâtrement dans son coin depuis des siècles, commençait à donner des signes de faiblesse. Elle se mit à geindre. Elle voulait une glace. Elle avait froid. Elle voulait rentrer.

Kevin était toujours au bord du bassin, assis en tailleur.

Je m'enfonçai dans l'eau.

— Tiens, donne-moi ton pied, dis-je en me dirigeant, le long du bord, vers une zone plus profonde.

Kevin m'observa et ne bougea pas.

— Rien qu'un pied. Ici. Viens jusqu'ici.

Il se leva et vint à mon niveau. Après s'être assis, il tendit soigneusement un pied. Je le pris dans ma main, d'une poigne douce mais ferme. Très lentement, je l'abaissai vers la surface de l'eau mais m'arrêtai lorsque ma main la toucha. De ma main libre, je pris un peu d'eau et lui mouillai le pied, tout en lui parlant d'autre chose; je m'efforçai de lui procurer un contact léger et agréable, sans éclaboussures.

Pendant une fraction de seconde, il m'abandonna son pied, puis le retira brutalement en m'aspergeant avec violence.

— Je ne peux pas! s'écria-t-il. Je ne peux pas le faire. Je n'y arrive pas.

— D'accord, d'accord. Ça ne fait rien. Ça viendra en son temps.

Charity s'approcha de nous en battant des gambettes,

accrochée à sa planche. Lâchant son flotteur, elle se transporta jusqu'à moi, qui me tenais debout dans l'eau, noua ses bras autour de mon cou et ses cuisses autour de ma taille. Ainsi cramponnée à mon dos, elle appuya le menton sur mon épaule pour regarder Kevin.

Je me saisis de nouveau de son pied, l'autre cette fois, et le dirigeai vers le bassin. Mais je ne mouillai que mon bras, au-dessus de sa cheville. Même cela, il ne put le supporter qu'un instant et dut relever le pied.

— Comment ça se fait que tu as peur, Kevin? demanda Charity. Moi j'ai que neuf ans et j'ai pas peur. Comment ça se fait?

— Je ne sais pas, répondit-il.

— Tu crois que tu vas te noyer ou quoi? C'est ce que je pensais, moi aussi, la première fois. Ça me faisait peur. Mais plus maintenant.

— J' chais pas, dit-il.

— Tu risques rien, tu sais, insista-t-elle. Ce type, là-bas, c'est un maître nageur. Il te sauverait. Même Torey, elle te sauverait si elle pouvait. Hein, Tor? Vous le laisseriez pas se noyer, hein?

Je secouai la tête.

— Et moi non plus. Vous me laisseriez pas me noyer, hein?

— Non.

— Tu vois, Kevin, il y a pas de quoi avoir peur, je t'assure. Alors pourquoi tu veux même pas mettre ton pied dans l'eau?

— Ne te moque pas, Charity, dis-je. (Kevin baissait la tête.)

— Je me moque pas. Je demande.

Je lui enfonçai mon coude dans les côtes, ce qui l'incita à m'étrangler encore un peu plus.

— Je n'en sais rien, pourquoi j'ai peur. Vraiment.

— Ce n'est pas grave, Kevin, dis-je. Ça passera. Comme toutes tes autres peurs. Rappelle-toi le nombre de frayeurs que tu avais, et comme elles ont presque toutes disparu. Celle-ci aussi s'en ira en son temps, comme les autres.

Charity s'agrippait fort à mon cou, le menton toujours posé sur mon épaule, ses longs cheveux noirs décrivant un cercle autour de nous.

Kevin se pencha par-dessus le bord du bassin et toucha les cheveux de Charity. Il trempa son doigt dans l'eau et regarda tomber les gouttes.

— J'en sais rien. Je crois que j'ai peur de me noyer. Tu peux me dire ce que tu veux, je suis sûr que je vais me noyer. C'est ce que je ressens.

Il était à genoux maintenant, et scrutait la surface de l'eau. Il y avait bien un mètre vingt de profondeur à cet endroit, et Charity n'osait plus me lâcher. Kevin effleura l'eau d'une main et observa les vaguelettes.

— Des fois, je fais un rêve, dit-il. Il y a un lac. Je vous ai déjà parlé de ce rêve ?

Je secouai la tête.

— Avant, je le faisais tout le temps, mais maintenant c'est moins souvent. Il y a ce lac. Je ne sais pas où il se trouve. Je ne l'ai jamais vu, en vrai. Et j'entends ma sœur qui m'appelle. Elle est de l'autre côté et elle pleure. Elle a peur. Je ne sais pas de quoi, mais je sais qu'elle a peur. Je l'entends qui dit mon nom en pleurant. Et je sais que je dois aller la chercher, mais le seul moyen, pour y aller, c'est de traverser le lac. Et je sais que je vais me noyer, si je nage dans ce lac. Il est tout noir. L'eau est vraiment noire, comme la nuit.

Kevin se rassit et me regarda. Il jeta un coup d'œil à Charity, dans mon dos, revint à moi. Puis, à genoux de nouveau, il contempla l'eau, fixement, sans la toucher.

— De l'eau noire. Pas comme ici. Ici, elle est verte. Claire. Mais je sais que je dois traverser ce lac. Et je sais que si je le fais, je me noierai. J'en suis sûr. Mais je dois y aller. Je *veux* y aller. Personne d'autre n'ira au secours de Carol, si je n'y vais pas. Personne ne l'entend. Et je me mets à courir comme un fou le long de la berge, en lui hurlant des choses. Et je tombe dans le lac. L'eau me recouvre. Elle est toute noire. Elle me recouvre et je ne peux plus respirer, et Carol pleure encore plus maintenant parce qu'elle sait que je me noie. Et je suis sous l'eau et je me débats pour en sortir, mais je ne peux pas. Je me noie. Je ne peux plus sortir. Je ne peux plus aider personne. Ni Carol. Ni moi.

— C'est un rêve horrible, dis-je.

Il hocha la tête.

— C'est un cauchemar. Et quand je me réveille, j'ai envie de vomir, tellement j'ai peur. J'ai l'impression de mourir. Chaque fois que je fais ce rêve, je crois que je vais mourir, et j'ai très peur. Si un jour je vois ce lac, je suis sûr que je m'y noierai. Il est quelque part, et je m'y noierai, si je le vois un jour.

Charity glissa de mon dos à mon flanc. Elle tendit une main et toucha Kevin.

— T'en fais pas, Kevin, dit-elle. J'ai un lac comme ça, moi aussi, en moi. Tout le monde en a un, je pense.

9

En temps normal, Jeff arrivait toujours au bureau avant moi. De huit à neuf heures, j'avais une séance dans une école voisine, et je ne pointais pas à la clinique, généralement, avant neuf heures trente. Ce qui arrangeait Jeff, qui pouvait alors prendre un patient dans notre bureau sans avoir à réserver une salle de thérapie.

Accoutumée à le trouver sur les lieux quand j'arrivais, je fus déçue, un lundi matin, de voir qu'il n'était pas là. Je ruminais depuis un certain temps déjà cette histoire du rêve de Kevin, et tout en tenant à préserver le secret de la piscine, j'avais très envie de discuter de ce rêve avec Jeff et de savoir s'il en avait déjà entendu parler au cours de ses entrevues avec Kevin. Mais comme Jeff n'était pas là, et n'était pas encore arrivé, semblait-il, puisque son portemanteau était vide, je pensai bientôt à autre chose et m'assis à mon bureau pour travailler.

Et puis je cherchai en vain ses ciseaux. Je me levai, allai farfouiller dans le tiroir de Jeff. Bon sang, Jeff, où les as-tu fourrés, cette fois ? J'eus envie de le boxer, vraiment. Il me chipait toujours mes ciseaux. Et ne les remettait jamais à leur place.

Je fouillai. Je fouillai partout, sans pouvoir mettre la main dessus. Dans un accès de rage, je sortis du bureau d'un pas furieux et déboulai devant la réceptionniste pour lui emprunter les siens.

— Est-ce que vous sauriez où est passé Jeff ? lui demandai-je tandis qu'elle me donnait des ciseaux.

Shirley, la réceptionniste, et une dactylo buvaient un café, accompagné du traditionnel beignet au sucre offert au personnel tous les lundis matin par le Dr Rosenthal. Une expression bizarre flotta sur le visage de Shirley à ma question. Elle ne répondit rien.

Je lançai un regard à l'autre femme. Elle baissa les yeux. Je revins à Shirley.

— Il y a un problème ? questionnai-je, perplexe.

La mine de Shirley m'en persuadait, mais je n'avais pas la moindre idée de ce que cela pouvait bien être. Le silence, qui ne dura sans doute que quelques secondes, sembla envahir toute la pièce.

— Le Dr Rosenthal ne vous a pas dit ? me demanda-t-elle tranquillement.

— Dit quoi ?

C'était horrible. Il était arrivé malheur à Jeff. Il avait dû se faire mutiler dans un accident. Ou tuer. Jeff, c'était le genre d'individu à avoir des accidents. Il vivait ainsi.

— Que s'est-il passé ? insistai-je, comme personne ne disait mot.

Shirley jeta un coup d'œil à l'autre femme, puis à moi de nouveau. Elle avala sa bouchée de beignet.

— Le Dr Rosenthal ne vous a rien dit ? Rien du tout ?

Encore une fois je secouai la tête.

— Jeff a dû partir.

— *Quoi ?*

— Ils l'ont laissé partir vendredi soir.

— Vous voulez dire qu'on l'a mis à la porte ? Mais pourquoi ?

— Non, pas vraiment mis à la porte. On l'a simplement laissé partir. Ailleurs.

Je restai interdite. Jeff n'avait jamais eu l'intention de s'en aller. J'en étais certaine. Il adorait la clinique et il adorait la ville. Quinze jours auparavant, il m'avait parlé d'une subvention de recherche qu'il venait de demander, et qui devait lui être allouée à la Sandry Clinic. Et je savais fort bien qu'une fois terminée sa spécialité, à la fin du printemps, Jeff avait prévu de rester ici. Il me l'avait assuré.

Que voulait-elle donc dire ? L'avait-on congédié ? Et pourquoi diable aurait-on fait cela ? Il réussissait admirablement dans son travail. Bien mieux que moi.

Shirley avait les traits tirés. Elle tripota le reste de son beignet, avant de le lancer dans la corbeille à papier.

— Jeff est homosexuel, Torey, dit-elle. Avec tout ce qui se passe en ville en ce moment, le conseil d'administration... vous savez comment c'est. Ils ont estimé qu'il serait préférable qu'il ne travaille plus avec des enfants.

— C'est un homo ? répétai-je à mi-voix.

Je l'ignorais. Et pourtant, dans quelque repli semiconscient de mon cerveau, je devinai que je l'avais toujours su. Lorsque Shirley me le dit, je sus que c'était vrai. Hans était donc plus, sans doute, qu'un simple compagnon de chambre.

Puis tout devint terriblement clair. Le référendum du comté de Dade, en Floride, ne datait que de quelques mois. Plusieurs grandes villes, dans tout le pays, avaient commencé à abroger les lois concernant les droits des homosexuels. Notre propre référendum était prévu dans quelques semaines.

— Ils lui ont trouvé une place, reprit Shirley. En Californie. Il ne sera pas au chômage, Torey. Ils ne l'ont pas vraiment licencié. C'était simplement parce qu'il travaillait avec des gamins.

— Mais il était *formidable*, avec les gosses, Shirley. (J'entendis le timbre pathétique de ma voix.) Il n'aurait jamais fait de mal à un enfant. Pas plus que moi. Il était excellent. Nous avions besoin de lui, ici.

— Mais ils lui ont trouvé une bonne place. Le Dr Rosenthal lui a donné une lettre de recommandation très élogieuse. Je le sais. C'est moi qui l'ai tapée. Il va travailler dans un centre de réhabilitation pour alcooliques.

— Des alcooliques ? Jeff n'y connaît rien, aux alcooliques. Qu'est-ce qu'il va ficher là-bas ? C'est avec les gosses, qu'il réussit.

— Il réussira, là-bas aussi, Torey. Et ils ont besoin de lui.

— Qu'est-ce que ça peut bien faire, répondis-je, puisque moi, c'est ici que j'ai besoin de lui ?

Je revins dans mon bureau complètement bouleversée. Incapable de penser. Jeff n'avait dû connaître la sentence que vendredi soir, car rien ne manquait, dans la pièce, qui eût pu me mettre la puce à l'oreille. Le bureau de Jeff était toujours le bureau de Jeff, encombré d'un fouillis de dossiers et de manuels, de dictionnaires médicaux. Deux friandises et un papier vide gisaient sur un coin de la table. Au fond s'alignait une collection de boîtes à hamburger en polystyrène, où Jeff rangeait ses trombones, élastiques et autres menus objets. Solitaire sur son panneau d'affichage, une longue pancarte figurant la Panthère rose indiquait : « C'est ici que Jeff s'éclate ! »

Plus maintenant, vieux.

En m'asseyant à mon bureau, je me mis à songer combien nous étions intimement liés, professionnellement. Nous partagions six patients, à l'époque. Autant pour le travail d'équipe. Autant pour le duo parfait que nous formions, lui et moi. Qu'allait-il advenir de moi et de nos gosses, à présent ?

Et Kevin. *Kevin*. Oh ! mon Dieu. Je m'effondrai dans mon fauteuil. Qu'allais-je bien pouvoir dire à Kevin ? Comment lui faire comprendre ? Tout ce qu'il verrait, c'était qu'une fois de plus un homme avait trahi sa confiance, qu'un autre individu avait disparu de sa vie sans même lui dire au revoir.

Je me mis à pleurer, autant sur moi-même, je le crains, que sur Jeff ou Kevin. Toute cette affaire équivalait à construire un château de cartes dans une pièce balayée de vents coulis. On passait la moitié du temps à monter éperdument l'édifice, l'autre moitié à tenter de le sauver du courant d'air. Et chaque fois que l'on croyait avoir enfin terminé, une brise se levait d'une direction totalement différente, qui jetait à bas toutes les cartes.

A seize heures trente, je pris mes accessoires et allai voir Kevin. Il était assis sur son lit lorsque j'entrai, absorbé dans un livre de rébus. Fermant la porte derrière moi, je m'approchai et m'assis près de lui. Loopy Larry était là également, allongé sur son lit, contemplant fixement le plafond.

Kevin leva les yeux.

— Vous êtes là ? C'est le soir de Jeff. (Puis, avant que j'aie pu ouvrir la bouche, il enchaîna :) Oh ! vous ne savez pas ? J'ai gagné encore douze points aujourd'hui. Si j'arrive à soixante, vous m'emmènerez nager une autre fois ?

Je le regardai attentivement.

Kevin se tut. Fouilla mon visage.

— Où est Jeff ?

— Jeff ne viendra pas.

Il devina qu'il se passait quelque chose. Je cherchais désespérément dans ma tête une formule correcte qui me permît d'exposer ce que j'avais à lui dire.

— Nous avons un problème, Kev. Jeff ne pourra plus venir travailler avec nous.

— Hein ? Quoi ? (Un éclair de panique vacilla, violent et nu, dans ses yeux.) Comment ça ? Qu'est-ce qui lui est arrivé ?

— Vois-tu, c'est un peu difficile à dire. Jeff a été obligé de partir. Il a décidé d'aller vivre en Californie et de travailler dans une autre clinique, là-bas.

Kevin fronça les sourcils.

— Mais pourquoi? J'ai fait une bêtise? Il ne m'a jamais dit qu'il voulait partir.

— Oh! Kevin. (Je m'approchai de lui et passai mon bras sur ses épaules.) Ça n'a rien à voir avec toi. Ni avec aucun de nous. Jeff n'avait pas vraiment envie de s'en aller; ce n'est pas à cause de nous. Ni à cause de quelque chose que tu aurais fait, ou moi, ou de ce qui se passait ici. Ce n'est pas pour cela. Mais d'autres problèmes sont intervenus. Et la direction de la clinique a décidé que ce serait peut-être mieux qu'il aille travailler ailleurs.

Ses yeux s'emplirent de larmes, qu'il ne fit aucun effort pour dissimuler.

— Quels *imbéciles*!

— Oui, je suis d'accord avec toi.

Kevin renifla.

— Je suis vraiment navrée de ce qui arrive, Kev. Je sais que tu aimais beaucoup Jeff. Nous l'aimions tous les deux. Il était l'un de nos meilleurs amis, n'est-ce pas? Et il va nous manquer terriblement. Mais je veux que tu saches que son départ n'a aucun rapport avec toi ou avec ce qui a pu se passer ici. C'est une décision d'un autre ordre, que Jeff a dû prendre.

— Mais pourquoi il ne m'a pas dit qu'il s'en allait?

— Je crois qu'il ne l'a su qu'au dernier moment. Il ne m'a rien dit, à moi non plus. Mais je suis sûre qu'il l'aurait fait, s'il avait pu.

Le silence descendit sur nous, suintant le long des murs comme une vase gluante. De son lit, Loopy Larry nous observait. Il avait des traits plats, et je me demandai s'il était atteint du syndrome de Down. Quand le silence fut total, il se mit à le percer de minuscules piaulements rauques. Fou à lier, le Larry.

Kevin lorgnait son livre de rébus. Je l'entendais respirer, et il y avait quelque chose de déchirant dans ce murmure. Il était si pathétiquement humain, avec sa trame de larmes.

— Pourquoi est-il parti? Pourquoi des gens ont-ils

décidé qu'il devait travailler ailleurs, alors qu'on avait besoin de lui, vous et moi ?

J'exhalai un long souffle et pesai ce que j'avais à lui dire. Ce devait être la vérité, mais comment l'exprimer à un enfant comme Kevin, sachant ce qu'il avait vécu, afin que Jeff lui apparaisse exactement comme il était, ni meilleur ni pire ?

— Jeff est homosexuel, Kevin. Tu sais ce que c'est ?

— Ouais. Un peu.

— C'est quand une personne préfère avoir des relations sexuelles avec quelqu'un de son propre sexe. Quand un homme choisit de faire l'amour avec un homme, et une femme avec une femme.

Kevin soupira.

— Et c'est ce qui ennuie certains. Ils ne comprennent pas, et la plupart des gens ont peur de ce qu'ils ne comprennent pas. Ils ont peur des individus qui ne sont pas comme eux, et ils essaient de les éloigner.

— Mince alors, je connais bien ça, répondit Kevin.

— Vois-tu, Jeff était différent à sa manière, comme tu l'es à la tienne. Et des gens ont eu peur de lui et ont décidé qu'il devait partir.

Kevin baissa de nouveau la tête. *Pip*, gazouillait Loopy Larry dans mon dos. Un petit oiseau.

Front plissé, Kevin leva les yeux vers moi.

— Mais ce que je ne comprends pas, Torey, c'est *pourquoi*. Qu'est-ce que ça change, un truc comme ça ? Ça n'avait rien à voir avec ce qu'il faisait avec moi, ou avec vous. On s'en fichait bien, non ?

Au lieu de rentrer chez moi après avoir quitté Kevin, je retournai à la clinique. Il était près de six heures, mais je savais que le Dr Rosenthal serait encore là. C'était le moment qu'il se réservait, sans téléphones ni interphones, pour écrire la plupart de ses articles.

Il m'attendait. Je n'avais pas pris rendez-vous, mais il avait dû deviner que je viendrais. La porte de son bureau était ouverte, et avant même que j'en aie franchi le seuil, il s'était retourné dans son fauteuil. Il me fit signe de m'asseoir. Je m'assis. Encore vêtue de ma veste, chargée d'une brassée de livres et de matériel, je me laissai tomber au creux du siège.

Tandis qu'il se balançait d'avant en arrière sur son fauteuil, le Dr Rosenthal me considéra un long moment. Il connaissait mes questions avant même que je les pose. Je savais ce qu'il répondrait. D'arrière en avant il se balançait. Enfin, il se pencha sur son bureau, prit un mouchoir en papier. Retirant ses lunettes, il les nettoya, les examina, les frotta encore. Puis il les ferma et les glissa dans sa poche de poitrine. Il se caressa l'arête du nez. Il desserra sa cravate. Je me demandai, en l'observant, ce qui rendait ces intellectuels un peu froids si séduisants. Je le trouvai irrésistible. Puis il tira sa pipe. Muet toujours, il ouvrit la blague à tabac, et bourra le fourneau de la pipe. Était-ce moi qui le rendais nerveux, pour qu'il fumât toujours quand j'étais là ? Ou bien avait-il coutume de fumer un peu, dans la solitude de son bureau, avant d'aller rejoindre femme et enfants, qui croyaient qu'il avait cessé ? Il ouvrit ensuite le tiroir du bureau, d'où il tira la théière et les sachets de thé.

— Pas pour moi, merci, dis-je.

Il sourit.

— Mais si, mais si. Allons, vous me tiendrez bien compagnie.

Et il se leva pour aller chercher de l'eau.

J'étais installée dans un fauteuil dit « de thérapie », un énorme siège à bascule moelleux et rembourré, censé détendre les patients. Les larmes surgirent et roulèrent le long de mes joues tandis qu'il me tendait la tasse de thé chaud et fumant. Je n'essayai pas de les cacher. A quoi bon ? Il savait déjà qu'il m'avait blessée. J'espérais seulement que mes pleurs le mettraient aussi mal à l'aise que je l'étais moi-même.

— Pourquoi ne m'en avez-vous jamais parlé ? demandai-je. Je n'étais pas du tout au courant.

— Cela ne vous concernait pas vraiment, répondit-il.

— Si. Nous avions des patients en commun.

— C'était à Jeff de vous le dire, non à moi. C'était une question d'ordre intime.

— Mais il ne m'a rien dit. Et je ne savais pas.

Nous ne parlions plus. Le Dr Rosenthal but son thé à grandes goulées assoiffées. Puis il se versa une seconde tasse. La clinique était absolument silencieuse à cette heure, et je l'entendis déglutir.

— Pourquoi avez-vous fait ça? demandai-je.

— Ce n'est pas moi. C'est le conseil d'administration.

— Mais vous auriez pu les en empêcher, non? Pourquoi avez-vous donné tant d'importance à une chose aussi idiote, aussi dérisoire, qui n'avait aucune incidence sur le travail de Jeff?

— Parce qu'elle *avait* de l'importance.

— Non. Pas plus que mes choix ou mes comportements sexuels n'interviennent dans mon métier. Jeff n'aurait jamais touché un enfant. Vous le savez bien. Il n'aurait pas plus fait de mal à un gosse que moi. Ou vous.

— Non, c'est exact. Mais le conseil ne voyait pas les choses ainsi.

— Mais pourquoi les avez-vous laissés faire? Ce sont des imbéciles, mesquins et bornés.

Le Dr Rosenthal baissa la tête et contempla le tissu de son costume. Il hocha la tête.

— Oui, c'est vrai. Mais parfois, ce sont les imbéciles qui tiennent les commandes. Le plus souvent, hélas. Parce que ceux qui sont intelligents, généreux et larges d'esprit ont trop à faire ailleurs.

Pendant un moment, aucun de nous ne dit mot. Il se balança, alluma sa pipe et s'immobilisa, perdu dans la contemplation de ses ongles et de ses mains. Je le regardais, en m'efforçant d'extraire quelques idées de mon cerveau brumeux et endolori.

Puis le Dr Rosenthal leva les yeux vers moi. Il ne dit rien, tout d'abord, et scruta mon visage.

— Étiez-vous amoureuse de lui, Torey?

— Non, répondis-je.

Et c'était vrai. En grande partie, du moins. Je n'y avais jamais vraiment réfléchi, et lorsque la pensée n'en vient pas spontanément à l'esprit, je suppose que ce n'est pas ce que l'on appelle d'ordinaire l'amour. L'anglais est une langue pauvre, dans ce domaine. Il ne propose qu'un seul terme très général, quand les nuances de l'émotion appelleraient un millier de vocables différents. Je n'avais jamais envisagé avec Jeff une liaison amoureuse, et il ne m'avait jamais donné de raison de le faire. Mais nous avions vécu ensemble une passion intellectuelle, et je dirais, faute d'un mot plus juste, que je l'avais aimé pour cela. J'étais particulièrement douée pour le sentiment, de toute façon. Je me laissais facilement avoir. J'aimais sans effort, et une variété impressionnante d'individus, des gros, des petits, des vieux, des jeunes, des hommes, des femmes. J'adorais cette sensation, la savourais ; elle me rendait toute réalité resplendissante et superbe même si, dans la lumière froide et crue du jour, je savais qu'elle ne l'était guère. Mais ressentir cette beauté me suffisait.

— Pas amoureuse de lui, non, repris-je, mais je l'aimais.

Le Dr Rosenthal sourit tristement et baissa la tête.

— Vous m'avez fait un sale coup, lui dis-je, à moi et à mes gosses. Et un plus sale coup encore à Jeff.

— Je sais, répondit-il, et je sentis qu'il était sincère.

Le pire, peut-être, ce fut Charity.

Elle était en retard. Sa mère avait des problèmes, à l'époque, et Charity devait s'occuper plus souvent de ses petits frères. Elle arriva alors que j'avais déjà dîné. Je l'entendis longer le trottoir. La nuit était sombre et glaciale, et Charity sautillait, goualant *Douce Nuit* à pleins poumons.

— Tu sais ce que j'ai fait aujourd'hui ? brailla-t-elle de la porte d'entrée. Hans ? Où tu es, Hans ? Devine ce que j'ai fait à l'école, aujourd'hui, Hans.

J'allai à sa rencontre dans le couloir.

— Où ils sont ? Où il est, Hans ? demanda-t-elle d'une voix prudente. (Elle avait déjà flairé quelque chose.)

— Viens dans la cuisine, Charity. Tu veux une tasse de chocolat ?

— Où qu'ils sont ? Ils viennent toujours le lundi. Tous les lundis. Pourquoi ils sont pas là ?

Avec précaution, je tentai de lui expliquer que Hans et Jeff ne reviendraient pas. Elle était assise sur un tabouret, près de moi, pendant que je préparais son chocolat. Quand je le lui tendis, elle regarda fixement sa tasse, la bouche crispée en une grimace amère. Quand j'eus fini de parler, elle leva les yeux vers moi sans vraiment redresser la tête. Et j'entrevis ses prunelles sombres derrière les mèches de sa frange.

— Ils nous ont divorcées, hein ?

Je lui souris tendrement.

— Non, Char, ce n'est pas du tout ça.

— Si. Exactement comme mon père il m'a divorcée.

— Mais les parents ne divorcent pas d'avec les enfants. Ce sont les adultes qui divorcent entre eux. Les parents ne divorcent pas d'avec leurs enfants. Ni les amis d'avec les amis.

J'observai son visage. Elle avait une expression dure, intelligente.

— Le divorce, c'est une affaire d'adultes, dis-je. Un truc de grandes personnes. Mais des amis ne divorcent pas, et Jeff et Hans étaient nos amis, vois-tu. Les choses changent parfois, entre des amis, mais ce n'est pas un divorce.

— C'est pareil.

— Non.

— Si fait. Par exemple, votre père s'en va un jour, et vous le revoyez plus, vraiment. Je veux dire, il fait plus partie de la famille, il vous baigne plus, mettons, il joue plus à chaud et froid quand les copines viennent à la maison. Hans, c'est pareil, il m'emmènera plus patiner. C'est fini, et je le reverrai plus jamais, et Jeff non plus.

Peut-être que c'est pas un divorce. Peut-être que c'est pas parce qu'ils nous ont divorcées. Mais c'est la même chose.

Je la délivrai de mon étreinte et tentai d'imaginer une réponse très honnête qui nous eût permis d'y voir plus clair. Joues ruisselantes, Charity me surprit dans ma méditation et me gratifia d'un petit sourire sardonique.

— C'est *pareil*, Torey, je vous assure, conclut-elle d'une voix douce et sans appel. J'ai raison. Je le sais. Croyez-moi, c'est pareil.

10

Le mardi soir, Jeff vint chez moi avec Hans, et nous bavardâmes longuement, assis autour d'un verre. Fait notable, nous réussîmes la performance d'éviter le sujet même dont nous avions tous, je crois, eu l'intention de parler, et notre conversation concerna essentiellement l'avenir et le passé. Nous fûmes frappés d'amnésie pour ce qui intéressait le présent.

Le mercredi, Jeff vint au bureau et débarrassa ses affaires. Ce soir-là, lorsque j'allai voir Kevin, il me dit que Jeff était passé discuter avec lui et lui faire ses adieux.

— Quelle importance? commenta Kevin, morose. Je me fiche pas mal de ce qui peut lui arriver. Il peut bien se jeter dans le Pacifique en arrivant en Californie, pour ce que j'en ai à faire. Qu'il s'y jette, après tout, mais ça polluera l'océan.

— Je vois, dis-je.

— Je souhaite qu'ils aient un tremblement de terre, là-bas. Que tout ce foutu État de Californie tombe dans la mer également.

Assise au bord de son lit, je me mis à fourrager dans ma boîte d'accessoires, à la recherche d'un nouveau livre de bandes dessinées que je lui avais apporté. Un peu dans le même état d'esprit qu'une mère divorcée achetant par un cadeau le silence de l'enfant qu'elle prend auprès d'elle deux jours par semaine, je sondai à gestes concis, impatients, le contenu du carton. De la camelote. C'était tout ce qu'il y avait là-dedans. Un fouillis de saletés à deux sous. Pourquoi est-ce que je ne rangeais pas tout cela une bonne fois, que je puisse enfin trouver quelque chose ?

Kevin leva les yeux et observa mon investigation fébrile, et ce fut un instant un peu amer, où nous sentîmes tous deux à quel point j'étais vulnérable. A quel point il l'était aussi.

Je ne revis Jeff qu'une fois, et par hasard. Le vendredi, en sortant du travail, je m'arrêtai dans un bar du centre-ville avec des amis. C'était un lieu agréable et très animé, mais que mes collègues de la clinique ne fréquentaient guère, principale raison pour laquelle je l'avais choisi. Jeff aussi, apparemment, car tandis que je me délassais en buvant une bière et en grignotant des cacahuètes, je l'aperçus à l'autre bout de la salle Je me levai et allai vers lui.

Il était attablé avec un groupe de gens que je ne connaissais pas, mais dès qu'il me vit, il vint à ma rencontre à mi-chemin de nos tables respectives. Nous allâmes au bar, où il m'offrit une autre bière. Nous étions côte à côte, sans dire un mot.

— Vois-tu, c'est un drôle de monde, que celui où nous vivons, dit-il enfin. Si j'étais nazi, il y aurait toujours quelqu'un pour clamer bien haut que j'ai le droit de haïr les juifs. Si j'étais membre du Ku-Klux-Klan, il se trouverait toujours quelqu'un pour affirmer que j'ai le droit de haïr les Noirs. C'est un drôle de monde. La haine a des droits. L'amour n'en a aucun.

Et c'était vrai. Il partit.

Le téléphone sonna à trois heures moins vingt du matin. Je dormais profondément, et ce ne fut qu'après avoir raccroché que je m'éveillai assez pour mesurer ce que l'on venait de m'annoncer.

Une infirmière de Mortenson m'avait appelée. Pouvais-je venir immédiatement ? Kevin était enfermé en cellule d'isolement, et même cela ne l'avait pas calmé. Il s'agrippait à la porte et tenait un morceau de barreau métallique à la main.

Je frissonnai dans l'obscurité du petit matin, assise sur une marche de l'escalier, le téléphone sur mes cuisses. Je remontai lentement à la surface, prenant peu à peu conscience de ce qui se passait. Je me levai pesamment, allumai toutes les lampes et remontai m'habiller. Comme la température était glaciale dans la maison, j'enfilai sur ma chemise un pull de laine, que je ne portais d'ordinaire que dans mes randonnées montagnardes.

La voiture toussa longuement dans la fraîcheur âpre de cette nuit d'hiver, avant de démarrer, et je mis le cap sur Mortenson. Vingt minutes seulement s'étaient écoulées entre le coup de fil et le moment où je débouchai de l'allée, mais qui m'avaient paru, dans mon ivresse somnolente, une éternité.

J'entendis Kevin hurler. Avant même d'avoir franchi la première moitié du système de sécurité, j'entendis ses lamentations stridentes et fantomatiques. « Je veux sortir, je veux sortir, je veux sortir », criait-il. Je me demandai ce que pouvaient en penser les autres malades. C'était une plainte étrange et irréelle, qui donnait le frisson, et qui résonnait loin dans les couloirs de l'hôpital.

De derrière la seconde porte blindée, où j'attendais que l'on vienne m'ouvrir, je perçus le vent de panique qui s'était emparé du personnel. Des bavardages affolés me parvenaient de l'autre côté, tandis que quelqu'un tripotait fébrilement le trousseau de clés.

Kevin se trouvait dans la chambre d'isolement, qui consistait en une cellule nue. Contrairement à celle de

Garson Gayer, celle-ci n'était pas matelassée. Au bout du couloir, devant sa première chambre, j'aperçus le lit de Kevin, ses draps, son peignoir de bain, son pyjama, et un fatras d'objets divers qu'il avait arrachés du lit, des murs, de l'appareillage électrique et de la fenêtre.

Il voulait se suicider, m'expliqua l'une des infirmières, qui me montra les accessoires avec lesquels Kevin avait tenté de se pendre. Elle me mima la façon dont il avait essayé de se poignarder.

Trois infirmiers s'étaient agglutinés à la porte de la cellule dont ils surveillaient attentivement la lucarne. Kevin brandissait toujours son barreau de lit, car il était devenu si violent qu'ils n'avaient pas pu le maîtriser assez longtemps pour le lui retirer. Et ils restaient plantés devant la vitre incassable, ahuris, se demandant s'il risquait plus de se tuer ou de les tuer.

Mon adrénaline s'affola. J'entendis s'accélérer à mes oreilles les pulsations de mon flot sanguin. Mes mains ne tremblaient pas, mais je sentais crépiter sous ma peau les fourmillements familiers. Et comme toujours dans ce cas, je devins absolument intrépide. Tout disparut autour de moi. Je ne pensai plus qu'à Kevin.

— Kev ? C'est moi, Kevin, tu m'entends ? hurlai-je à travers la porte.

Je tirai le verrou et entrai ; je l'entendis claquer de nouveau dans mon dos.

Il se tenait au fond de la pièce, et se pétrifia un instant à ma vue, puis il se mit à pousser des cris aigus, sans paroles. Il y eut une minute de panique absolue, pendant laquelle il s'élança dans une course frénétique autour de la cellule, dans un sens, puis dans l'autre, tout en continuant à piailler. Immobile, je regardai.

Kevin était totalement incapable de parler. Je pense même qu'il ne m'entendit pas lorsque je m'adressai à lui. Son angoisse anéantissait toute autre perception. Et il lançait des cris informes, griffait les murs, se jetait contre le béton, déchiquetait sa peau nue, s'arrachait les cheveux par poignées.

Mais pas une fois il ne s'approcha de moi. Pas une fois il ne me menaça. J'aurais pu tout aussi bien être invisible. Il agrippait d'une main une arme dont la forme ne m'était pas inconnue, un barreau de lit. Il s'y connaissait, en poignards, ce gamin. Il savait se faire une lame de n'importe quoi. Mais il ne s'en était pas servi jusque-là. Il le tenait, simplement, tandis qu'il poursuivait son manège effréné, battant l'air de ses bras.

Dans mon départ précipité, j'avais oublié de mettre ma montre, et j'ignorais depuis combien de temps j'étais là, debout, statufiée. Des siècles, me semblait-il, et c'était fort possible. Ce ne fut que lorsque je sentis mes jambes lourdes et mon dos douloureux que je compris que les heures avaient dû remplacer les minutes. Mais je ne bougeai pas, dos à la porte. Je craignais de m'asseoir, car les mouvements de Kevin étaient si incontrôlés que même sans le vouloir, il pouvait me faire mal si je n'étais pas en mesure de m'esquiver à temps. Je n'estimai pas raisonnable, non plus, de me déplacer sans motif dans la pièce. Il avait l'esprit trop confus pour bien percevoir ce qui se passait, et Dieu sait comment il risquait d'interpréter mes gestes, s'il me voyait bouger. Alors je restai immobile. Longtemps. Longtemps.

Kevin avait la vigueur et l'endurance que confère la terreur. Malgré tous ses cris, tous les coups qu'il se donnait, son énergie semblait inépuisable. Le ciel de janvier commençait à s'éclaircir à la fenêtre lorsqu'il se calma enfin un peu. Et même alors, il n'arrêta pas. Errant sans répit d'un mur à l'autre, il gémissait d'une voix rauque et cassée, jambes vacillantes.

Puis il s'effondra. Pareil à une cheminée qu'on abat, filmée au ralenti, il s'affaissa, genoux en avant ; puis son torse chancela et il tomba, face contre terre, sur le linoléum. Et il resta là, comme un jouet d'enfant au rebut.

Prudemment, je m'agenouillai. Il ne bougea pas. Je m'approchai avec lenteur. Il ne s'était pas écroulé très loin de moi.

— Kevin ? murmurai-je. Tu m'entends, Kevin ?

J'allai jusqu'à lui à quatre pattes et posai la main sur son front. Il remua. Doucement, j'écartai les cheveux de son visage. Et je me sentis enfiévrée soudain, à son contact, d'une émotion primitive, indéfinissable, surgie d'une source profonde et secrète de mon être. Et je crois bien que j'aurais pu pleurer à cet instant, où m'apparut dans sa splendeur le brutal privilège d'être humaine.

Kevin remua encore. Sa respiration était plus une plainte qu'un souffle, et je craignis qu'il ne se fût blessé dans ses courses folles. Il ouvrit les yeux, me regarda.

Je souris, faute de mieux.

Lentement, douloureusement, il se redressa sur ses coudes et se traîna jusqu'à ce que sa tête touchât mes genoux. Levant une main, il s'agrippa au-devant de mon pull-over et puis, tel un chiot, il se hissa et blottit son museau dans la laine moelleuse. Il se mit à sangloter, sans un bruit, le visage enfoui dans le tricot. Comme le pull était ample, et Kevin costaud, il le tenait écarté loin de moi, et je ne sentais pas la chaleur de son corps. Seulement le rythme profond de ses sanglots.

En douceur, je tendis le bras et ouvris son autre main. Je retirai de ses doigts la barre de fer et la posai sur le sol, à côté de moi. La porte s'ouvrit et un flot d'infirmières se déversa dans la pièce, un peu loin de nous toutefois. Une seule osa s'approcher, minuscule femme aux cheveux courts, avec un nez en trompette qui lui donnait l'air d'un lutin. Elle portait sur un petit plateau une seringue hypodermique. Vive et preste, elle fit le tour de Kevin, s'agenouilla et lui administra l'injection dans la hanche. Kevin ne bougea pas un muscle.

Tout en recapsulant l'aiguille, elle me regarda, assise par terre, à demi étranglée par le col de mon pull-over. Elle sourit gentiment.

— J'espère que vous vous rendez compte à quel point nous apprécions ce que vous avez fait, me dit-elle.

Mal à l'aise et lasse, je ne pus que la dévisager fixement. Comment pouvaient-ils apprécier ce que j'avais fait, alors que je n'avais rien fait ?

11

Kevin sombra, se recroquevilla, disparut de nouveau. Il cessa de parler, non seulement au personnel, mais à moi aussi, cette fois. Il refusa de réagir à quoi que ce soit. Couvertures sur la tête, il ne bougeait plus de son lit. Mais ces périodes d'intense dépression étaient émaillées maintenant de violentes crises d'angoisse, au cours desquelles il gémissait pendant des heures. Dans ces moments, Kevin courait dans la cellule de réclusion, fonçant d'un mur à l'autre, d'un coin à l'autre, en des va-et-vient incessants, comme un animal en cage. Nous ne pouvions le calmer. Seule une injection de tranquillisants lui apportait alors un peu de paix.

Pour la première fois depuis l'admission de Kevin à l'hôpital, en septembre, je fus amenée à rencontrer le psychiatre officiellement chargé de son cas. Nous n'avions échangé que quelques mots au téléphone. Et voici que nous nous retrouvions côte à côte, unis dans l'épreuve soudain, devant la porte de la cellule.

Le Dr Winslow était mince, élancé, bien plus jeune que je ne l'avais cru en entendant sa voix au téléphone, et remarquablement bel homme dans le sens le plus traditionnel du terme. Il avait également un charme puissant, magnétique, et les infirmières se pâmaient de toutes parts dès qu'il apparaissait à l'étage. Difficile de ne pas tomber folle amoureuse de ce genre d'homme. Pourtant, si l'envie saugrenue m'en était venue, il se fût chargé bien vite de me la faire passer, car en dépit de toutes ses inestimables qualités, le Dr Winslow ne souffrait pas d'une surdose de compassion pour ses semblables.

Il appréciait beaucoup que je me sois chargée du cas de Kevin. Il m'annonça la chose ce jour-là alors que nous nous tenions devant la cellule, observant Kevin. On accédait à cette pièce par une longue voûte de béton mal éclairée. Mais c'était une pénombre plutôt intime, qui nous permettait de bavarder sans avoir à nous regarder dans le blanc des yeux. Oui, il était content, me dit-il, ravi que je m'occupe de ce patient. Il n'avait guère de temps à perdre, de son côté. Il soupira, et ses traits se plissèrent en une moue boudeuse. Après tout, dit-il, cela ne mène à rien de travailler avec ce gamin, n'est-ce pas ? C'est un cas bien triste, mais enfin, qu'est-ce qui l'attend ? Un grabat dans un quelconque asile, où il pourrira jusqu'à la fin de ses jours ? Très probablement. Personne ne veut de lui. Il n'intéresse personne. Non, dit le médecin, et il secoua la tête. Un cas bien triste. Il appréciait que je m'en charge. Il n'avait guère de temps à perdre. Je fus flattée de constater en quelle estime il tenait mon temps à moi.

Et que venais-je chercher ici ? me demanda le Dr Winslow un autre jour. Du matériel pour mes recherches ? Allais-je écrire un article sur ce cas ? Quelle était ma motivation ? Je haussai les épaules.

— Un cas sans intérêt, ajouta-t-il. Sans espoir. Ce garçon n'a rien pour lui, même au niveau de la recherche.

— Il est humain, répondis-je, me faisant l'effet d'une étudiante en psychologie de deuxième année.

Mais il y avait eu un silence trop long entre nous et je n'avais rien trouvé d'autre à dire.

— Oui, concéda Winslow, il est humain.

Et cela n'avait rien de bien exceptionnel, pas vrai ?

— C'est un cas bien triste, mais à force de voir ce genre d'histoires, ces déchets humains, dit-il, on finit par s'immuniser. Ils ne vous touchent plus, humains ou pas.

Quelle piètre victoire, pensai-je dans l'alcôve de béton, le nez contre la vitre de la lucarne, que de se durcir contre la réalité de ces destins, de ces individus, de s'habituer à ces tragédies bien concrètes. Je sentais, dans cette attitude, plus de misanthropie que de désir de se protéger. Peut-être que la seule qualité de Kevin était son humanité, dis-je au Dr Winslow, mais n'en était-il pas ainsi de nous tous, de lui, de moi ? Peut-être n'était-ce rien, mais qui étions-nous pour juger que cela ne suffisait pas ? Et le Dr Winslow ricana tout bas, me caressa le crâne et s'éloigna.

Au bout d'un certain nombre de ces rencontres avec le Dr Winslow à la porte de la cellule d'isolement, je me surpris à l'éviter. Ma fureur à son égard ne cessait de croître, et je savais que le temps viendrait où je ne pourrais plus tenir ma langue. Et je devais la tenir. Je n'obtiendrais rien en me mettant Winslow à dos, et je ne pouvais me permettre ce caprice, de toute façon. Il restait trop à faire. Je lui savais gré, cependant, d'une chose. Ses réflexions galvanisaient les sentiments que j'éprouvais pour Kevin. Peut-être cet adolescent n'intéressait-il personne, mais je me rendis compte, pour la première fois, à quel point il comptait pour moi.

Je revins, et revins encore à l'hôpital. Après le départ de Jeff, je ne pus reprendre mes visites quotidiennes, car je me débattais sous le fardeau de quelques autres patients de Jeff, et des cas sur lesquels nous travaillions ensemble, en plus des miens. Et il y avait aussi tous les appels d'urgence concernant Kevin, qui m'obligeaient à me déplacer en pleine nuit. Mais je vins quand je le pus, aussi souvent que je le pus.

Nous ne faisions pas grand-chose ensemble. On avait mis Kevin dans une petite chambre à un lit, juste à côté du bureau des infirmières, qui n'offrait aucun des avantages de ses chambres précédentes : ni fenêtre ni Loopy Larry. La plupart du temps, Kevin restait allongé sur le lit, la tête sous les couvertures ; assise près de lui, j'entretenais un babillage solitaire, banal et stupide. Ou s'il était en cellule d'isolement, j'en faisais encore moins. J'entrais et restais là, immobile, en attendant qu'il se calme, ou qu'il soit l'heure pour moi de partir. Ce furent deux semaines usantes et éprouvantes pour nous deux, mais je pris garde de ne pas me laisser décourager. Je continuai à venir. Il fallait que quelqu'un le fasse. Et il semblait bien que ce fût moi.

Au bout d'un moment, même mes réserves de caquetage unilatéral déclinèrent, et pour tenir le silence en échec, je pris l'habitude d'apporter des livres et de faire la lecture à Kevin, blotti en chien de fusil sous ses couvertures. Quelle idée ingénieuse, commenta le Dr Winslow, qui me surprit un jour dans cette activité, la bibliothérapie. Bibliothérapie, tu parles. J'étais simplement à court d'idées, et je tenais à venir quand même. C'était une manière indolore de tuer le temps. Un stratagème qui m'avait souvent rendu service quand j'étais enseignante, et qui ne pouvait me laisser tomber à présent. De toute façon, ce que je faisais n'avait pas tellement d'importance, j'imagine, pourvu que je continue à le faire.

Je lui lisais des histoires, donc. Un moment, ce fut un tome des *Chroniques de Narnia, Le Fauteuil d'Argent* de C.S. Lewis. Nous étions plongés dans un univers de grands personnages, de géants et de princes. A un certain point de l'histoire, une sorcière capture les héros de l'aventure et les oblige à reconnaître que le soleil n'existe pas. Il n'y a pas de soleil. Tout n'est que rêve. Le soleil n'est qu'un rêve.

Kevin remua.

— Il y a des tas de choses qui ne sont que des rêves, dit-il.

C'était la première fois qu'il m'adressait la parole depuis quinze jours.

De ma place, je le regardai. Je levai les yeux sans redresser la tête.

— Il y a tant de choses qui ne sont rien de plus que des rêves, répéta-t-il, et puis il y a les choses qui ne sont pas des rêves.

Je hochai la tête.

— Et parfois, c'est difficile de faire la différence.

Il était toujours couché sur le côté, couvertures remontées sur les épaules, le regard fixe perdu devant lui, m'ignorant.

— Parfois, je n'ai pas envie de faire la différence. Parfois je ne sais plus si les choses sont réelles ou si ce ne sont que des rêves.

Je hochai de nouveau la tête.

— Peut-être que ce n'est qu'un rêve. Peut-être que Jeff va revenir. Peut-être qu'il n'est pas parti du tout. Peut-être bien que je l'ai juste rêvé et que je vais me réveiller.

— Je crains que ce ne soit pas un rêve, Kevin.

Il m'observa par-dessus le bord de la couverture.

— Vous n'êtes pas un rêve, hein ?

— Non, je suis bien réelle.

— C'est ce que je pensais, répondit-il.

Et je ne saurais dire si cette constatation le soulagea ou le laissa consterné.

Nous ne bougions plus, ficelés dans les fibres vigoureuses du silence.

— Mais je ne tiens pas vraiment à savoir, reprit-il. Je voudrais simplement pouvoir croire ce qui me plaît. Je voudrais arriver à ne plus distinguer le faux du vrai.

Je ne dis rien.

— Je veux rester fou. C'est mieux ainsi.

Et le calme de la pièce s'enroula autour de moi, emmitoufla mes oreilles comme la soie d'une chenille. Pendant quelques minutes, il n'y eut aucun son.

Puis Kevin me dévisagea de nouveau par-dessus sa couverture. Pour la première fois, il me regarda dans les yeux, et dut se soulever légèrement sur un coude.

— Vous ne me croyez pas, hein ?

— Je n'en ai pas envie.

— C'est mieux d'être fou. Je vous l'ai déjà dit, et j'ai raison. C'est mieux d'être fou, parce que si on n'aime pas la façon dont les choses se passent, on peut faire des rêves. Et si on n'aime pas les rêves, ils viennent vous injecter un truc, et on ne sent plus rien, on a l'impression de flotter. Mort. A moitié mort. On vit mais on est comme mort. On flotte en vie, mais mort. Et tout finit par se ressembler, au bout d'un moment.

— Ce n'est pas la vie, Kevin. Tu trouves que c'est une vie, ça ?

— Qui demande à vivre ? Vous trouvez que c'est une vie, celle qu'on mène ?

— Rien n'est une vie, Kevin, quand on est dans cet état d'esprit.

Il retomba lourdement en arrière, impassible, et contempla le plafond.

— Ce n'est pas si mal d'être fou, Tor. Les gens vous fichent la paix.

— Je ne pense pas que tu sois fou, Kevin. Je pense que tu joues une sorte de grand jeu, et depuis longtemps, avec tout le monde. Je pense que tu le joues depuis si longtemps maintenant qu'il te semble peut-être plus réel que ta vraie vie. Je pense que tu as oublié quel effet ça fait, de ne plus jouer. Mais je ne crois pas que tu sois fou, Kevin. Loopy Larry est fou. Mais pas toi.

— Je suis comme Loopy Larry.

— Non, Kevin. Tu es un renard. Tu es un renard coincé dans son terrier par les chasseurs.

— Je l'ai vu faire.

Je me tus, déconcertée.

— Je l'ai vu. Il a dit, Kevin, viens ici. Il a dit, tu vois ce qu'elle a fait, ta sœur ? Elle a pissé par terre. Il a dit, tu vas m'essuyer ça. Je n'avais rien pour essuyer.

— De quoi parles-tu, Kevin ?

Il me regarda.

— Vous voulez savoir pourquoi je suis dingue ? Vous voulez savoir pourquoi je suis ici, vous qui pensez si bien me connaître ?

Je ne répondis pas.

— Je n'avais rien pour essuyer la pisse. Et je n'osais pas bouger, j'avais peur qu'il m'attrape, si j'allais chercher quelque chose. Et il fait comme ça, sers-toi de tes mains. Alors je me suis approché et j'ai essayé d'essuyer avec mes mains. Il dit, comment est-ce que je vais bien pouvoir la punir, Kevin, pour avoir pissé par terre ? Ma mère était là, et il lui dit, Josie — c'était le nom de ma mère —, il fait, Josie, va chercher la sauce au piment dans le placard. Et ma mère, elle y va. Il prend Carol par les cheveux. Il la tire vers lui et il dit, tu vas boire ça, puisque tu as pissé par terre. Ça t'apprendra à ne plus recommencer.

Les couvertures glissèrent des épaules de Kevin. Il les agrippa du bout des doigts mais ne les remonta pas. Son visage était blanc.

— Carol ne voulait pas ouvrir la bouche, alors il l'a coincée entre ses jambes et il lui a tiré les cheveux très fort jusqu'à ce qu'elle crie. Alors il lui a fait couler la sauce dans la bouche. Carol hurlait, et je hurlais moi aussi, je l'insultais et il rigolait. Il me dit, tu as retrouvé ta langue, hein? Tu sais parler quand tu veux. J'ai envie de t'entendre encore un peu. Et il lui a mis la tête en arrière et il a secoué la bouteille, encore et encore. Et moi je criais. Je lui criais d'arrêter. J'engueulais ma mère. Je lui disais, pourquoi tu l'empêches pas? Je l'ai frappé, je hurlais, et il rigolait. Il a lâché Carol et il lui a ordonné de pisser par terre. Il lui dit, tu dois pisser quand je te l'ordonne. Il l'a forcée à enlever ses vêtements et il dit, pisse. Et quand elle s'est accroupie, il lui a envoyé un coup de pied, très fort, dans cette partie intime qu'ont les filles, vous savez. Et il lui fait, je t'ai dit de ne plus jamais pisser par terre. Carol pleurait. Et je le suppliais d'arrêter. Je me suis mis à genoux. Je lui ai promis que je lui parlerais. Tout ce qu'il voulait s'il arrêtait. Je suppliais. Je priais Dieu. J'étais à genoux et je suppliais.

» Après, Carol a vomi. Il la tenait et il la forçait à boire cette sauce au piment, et elle a tout vomi sur lui. Il est devenu fou furieux. Il a commencé à hurler et à l'engueuler. Elle n'aurait jamais dû faire ça, qu'il criait. Elle allait le regretter. Encore plus que d'avoir pissé par terre. Et il la prend par les cheveux et il la traîne à l'autre bout de la pièce. Moi je cours derrière elle. Je cours, et il me flanque une baffe qui m'envoie valdinguer sur le sol, et là il me donne des coups de pied. Il me frappait si fort avec ses godasses que j'ai pissé du sang, et ça a transpercé mon pantalon. J'ai eu peur qu'il me tabasse, à cause de ça, mais il tenait Carol. A côté du fauteuil à bascule. Il s'est assis sur elle, il tenait sa tête par les cheveux, et il s'est mis à lui cogner la tête sur le plancher. Il a cogné, cogné, cogné. Juste à côté du fauteuil à bascule.

» Je pleurais et je lui criais après, mais ma mère, elle restait là sans rien faire. Et je lui hurlais, à ma mère, *aide-la!* Dis-lui d'arrêter! Et ma mère restait là, sans rien faire. Elle me dit, laisse-les. C'est pas tes oignons.

» Quand il s'est relevé, Carol ne bougeait plus. Elle était étendue, et il dit, ça t'apprendra. Compris? On verra bien qui est le patron dans cette maison, et c'est sûrement pas une sale gosse qui pisse partout. Une sale gosse qui sait même pas lire. Il disait ça pour lui faire honte. Elle était en cours préparatoire pour la deuxième année, et elle n'arrivait toujours pas à apprendre à lire. Et je l'ai détesté plus que tout d'avoir dit ça, de lui faire de la peine. J'avais envie de le tuer.

» Lève-toi, maintenant, qu'il dit à Carol. Et Carol, elle ne bouge pas. Elle reste allongée. Je la vois saigner. Ça sort de son oreille. Et je priais sans arrêt pour qu'il ne le voie pas, parce qu'il se mettrait encore en fureur contre elle si elle salissait le plancher. Et il lui hurlait dessus parce qu'elle ne se relevait pas. Lève-toi, Carol, je dis, fais ce qu'il demande. Et je suppliais Dieu qu'elle se dépêche de se relever pour ne pas le mettre encore plus en colère. Je priais sans arrêt. Dieu, Jésus, pour qu'ils m'entendent. Je disais, *je t'en supplie*, Jésus, fais qu'elle se relève. Mais elle ne bougeait pas. Alors il a saisi la plaque du four. Et il dit, lève-toi, Carol, sans quoi tu vas comprendre ta douleur. Et elle ne bougeait pas. Alors il lui a jeté la plaque dessus. Plusieurs fois.

Kevin se tut. Il gisait, raide comme la mort, sur son lit, tous muscles bandés, doigts livides, crispés sur la couverture.

— Et alors, vous savez. J'ai vu son cerveau gicler sur le sol tout près de moi. J'aurais pu le toucher en tendant la main. J'aurais pu toucher le cerveau de Carol.

Kevin s'arrêta de parler, et dans le brusque et bref

intermède de silence, les bruits de l'hôpital revinrent s'engouffrer violemment dans notre espace, comme l'air aspiré dans un vide.

Kevin se tourna légèrement, comme pour me regarder, mais ses yeux glissèrent sur moi.

— Et ma mère a vu ça. Ma mère a tout vu, et elle est restée là sans rien faire. Elle m'a dit, laisse-les, c'est pas tes oignons. Et elle n'a pas bougé le petit doigt.

12

De retour dans mon bureau, je cherchai le nom de Marlys Menzies dans mon répertoire. Je composai son numéro.

— Torey Hayden, dis-je. Vous vous souvenez de moi ? Je suis la thérapeute de Kevin Richter. Au Mortenson Hospital.

Elle ne se rappelait pas, je crois bien. Sa voix sonna faux lorsqu'elle prétendit le contraire. Sans doute me confondait-elle avec le *Torrey Canyon*.

Avait-elle eu connaissance d'une scène de violence, dans le passé de Kevin ? demandai-je. D'un incident très grave, où une fillette avait été grièvement blessée ou tuée ?

— Kevin Richter. Hmmm. Mmmm. Voyons. Laissez-moi réfléchir.

Après un long silence, elle proposa de me rappeler un peu plus tard. D'accord, dis-je. Furieuse et maussade, je raccrochai.

A deux heures et demie, comme je buvais une boîte de soda à la réception, en bavardant avec Shirley et les autres secrétaires, le téléphone sonna.

— Torey ?

— Oui ?

— Marlys, des services sociaux. J'ai retrouvé le dossier Richter. J'ai vérifié. Il y a bien eu un incident de ce genre. Il y a longtemps. Neuf ans environ. Une certaine Carol Marie Richter, âgée de sept ans et deux mois, a été battue à mort par le beau-père au cours d'une dispute familiale. Il était ivre, apparemment. Condamné à la prison. Quatre ans.

— Il a eu quatre ans pour le meurtre d'un enfant ?

— Oui, vous savez bien comment ça se passe.

— Y a-t-il autre chose dans ce dossier ? Je veux dire, va-t-on découvrir d'autres squelettes dans le placard, si je peux me permettre cette mauvaise plaisanterie ?

Elle trouva la remarque très amusante. Ce n'était pas mon but. Je ne m'étais rendu compte qu'à mi-phrase de ce que je disais.

— Non, non, gloussa-t-elle, tant elle riait, rien de spécial. Je pense que vous pouvez venir consulter vous-même le dossier, si vous désirez des précisions.

C'était une vieille, très vieille histoire, un mélodrame sordide, tant par ses personnages que par l'incompétence crasse des bureaucrates qui l'avaient mis en scène. Sans cesse, le beau-père de Kevin avait martyrisé ses enfants. Et sans cesse les enfants lui avaient été rendus, à lui et à sa femme, même après la mort de Carol. Des cinq enfants, aujourd'hui, trois vivaient définitivement hors du foyer familial.

— Comment se fait-il, demandai-je, que les services sociaux en sachent autant sur la famille et qu'il n'y ait pas un mot de tout cela, ni sur les violences subies par Kevin, ni sur l'horrible sort de la petite Carol, dans le dossier de Kevin à Garson Gayer ? Je travaille avec lui depuis près de dix-huit mois maintenant, et je n'étais au courant de rien.

Elle ne répondit pas tout de suite.

— C'est que, expliqua-t-elle enfin, je suppose que nous avons estimé qu'il était préférable pour Kevin de repartir sur des bases nouvelles en arrivant dans ce centre. Il n'avait pas vraiment eu ce que l'on peut appeler une enfance heureuse. Il avait déjà vécu tant de drames que les gens se faisaient des tas de fausses idées sur lui. Je veux dire, on n'a jamais vu un gosse bourré de problèmes à ce point. Tout était contre lui. Finalement, personne ne voulait plus s'en occuper. C'était sans espoir. Alors on a préféré tout effacer, j'imagine, pour repartir de zéro. Oublier qu'il avait un passé avant d'être confié au centre.

— Là où le bât blesse, voyez-vous, Marlys, c'est que Kevin, lui, n'a jamais oublié son passé.

— Oui, je m'en doute...

— Qui a pris cette décision? De n'informer personne, à Garson Gayer, de ce qu'avait été son enfance?

— C'était d'un accord unanime.

— De qui?

— De nous, ici, je crois.

— Vous vous rendez bien compte, j'espère, que ma tâche aurait été grandement facilitée si j'avais eu tous ces éléments dès le début. Ils expliquent beaucoup de choses.

— Oui, mais...

— Dois-je m'attendre à d'autres surprises de ce genre?

Elle soupira.

— Maintenant que vous êtes au courant de cette histoire, vous connaissez le pire.

Piètre consolation.

Rien ne changea beaucoup entre Kevin et moi. Tout continua à peu près comme avant qu'il m'eût fait don de ce petit épisode.

J'espérais autre chose, je crois. J'espérais en fait que lorsque je serais en possession de toutes les pièces du puzzle, je pourrais enfin le reconstituer. Mais il n'en fut rien. Kevin retourna à son silence, ou du moins à un mutisme partiel, et sa vie et ma vie continuèrent à suivre leur cours de façon très ordinaire, si l'on peut qualifier d'ordinaire notre situation d'alors.

Je poursuivis mes lectures. Chaque jour, pendant toute l'heure que nous passions ensemble, je lisais. Je ne suis pas sûre qu'il m'écoutait. Plié en deux sur le lit ou sur la chaise de plastique orange, il se tenait immobile, coudes sur les genoux, menton sur les poings, regard noyé au loin. De temps en temps, une pensée affleurait brusquement à la surface de son mutisme, et il me parlait pendant quelques minutes. C'était sans aucun rapport, généralement, avec ce que je lisais. D'une certaine manière, sachant qu'il n'écoutait pas, je me sentais un peu ridicule, de lire ainsi à voix haute, et je m'interrogeais sur l'utilité de ma prestation. Pourtant, ces livres donnaient du corps à ma présence dans cette chambre. Ils lui donnaient une raison d'être. Et, de même que la fenêtre dans l'autre chambre, ils nous dispensaient d'affronter des sujets plus gênants, les vrais sujets pour lesquels nous étions réunis, lui et moi.

— Je ne pense pas qu'il existe un dieu, me dit Kevin un après-midi.

Je lisais *Men of Iron*, et je crachais péniblement des vers superbes du genre : *Vous êtes le fripon le plus écervelé qui jamais inhala sur cette terre le souffle de vie, déclara Gascoyne*.

Je levai les yeux, soulagée par cette diversion. C'était un récit magnifique, mais qui eût mérité la diction d'un Richard Burton.

Kevin tourna la tête vers moi.

— Vous croyez qu'il y a un dieu ? J'étais en train de réfléchir à ça, et je pense que non.

— Qu'est-ce qui te donne cette idée ?

— Aucun dieu ne ferait un monde où il y a tant de gens qui n'ont personne pour les aimer. Si un esprit avait conçu tout ça, il y aurait assez de gens sur terre pour aimer tout le monde.

— Il y a beaucoup de gens, Kevin. Peut-être y en a-t-il assez.

— Non, non. Il y a des tas de gens qui ne sont vraiment aimés par personne. (Il se tut, examina ses mains.) Je parle d'un véritable amour, où les gens vous aiment exactement pour ce que vous êtes.

— C'est vrai, je suis d'accord, mais je ne crois pas que ce soit forcément la faute de Dieu. Je suppose que Dieu nous a équipés de tout ce qu'il fallait pour cela.

— Bof, ricana-t-il à mon adresse. Vous ne savez même pas de quoi je veux parler, Torey. Vous n'en avez pas la moindre idée. Vous avez toujours été aimée, n'est-ce pas ? Vous avez toujours eu autour de vous des gens qui vous aimaient.

Je ne répondis pas.

— J'ai raison ou pas ?

— Oui, c'est vrai.

— Alors vous n'avez pas la moindre idée, pas la moindre, de ce dont je vous parle. Vous ne pouvez pas imaginer ce que c'est.

— Sans doute que non.

— Vous savez de quoi meurent la plupart des gens ?

Je secouai la tête.

— D'un pourrissement du cœur. C'est une sorte de cancer invisible. Il vous prend dans le cœur. On le sent. Il vous ronge à l'intérieur. C'est quand votre seule raison d'être au monde, c'est d'y être né un jour. Le cœur ne sert jamais. Alors il se met à pourrir lentement. Parfois longtemps avant le corps. Mais peu importe alors, puisqu'une fois qu'on est mort dans son cœur, on est mort.

Je ne dis rien.

— C'est pour ça que je pense que Dieu n'existe pas. Aucun dieu ne ferait un monde aussi moche que celui-ci.

Comme je ne répondais pas, il se tourna vers moi.

— Vous pouvez imaginer ce que c'est, de savoir qu'il y a sur terre quatre milliards d'individus, et que pas un seul d'entre eux ne s'intéresse de près ou de loin à vous ?

— Je m'intéresse à toi, Kevin.

— Mais qui vous êtes, vous ? Vous êtes ici maintenant, et un jour vous partirez. Vous êtes ici parce que c'est votre boulot. On vous paie, pour venir vous occuper de moi. Vous ne seriez jamais venue, sinon. Jamais je ne vous aurais intéressée, si on ne vous avait pas payée pour ça.

— Tu oublies toutes les fois où on ne m'a pas payée.

— Oui. Mais au début, vous ne veniez que parce que vous étiez payée. Pour aucune autre raison. Vous ne seriez pas venue, si ça n'avait pas été votre boulot. Ce n'est pas vrai ? Répondez franchement.

— Mais je suis venue.

— Mais vous ne l'auriez pas fait, Torey, sinon. Répondez franchement. Vous ne seriez pas venue.

— C'est idiot, Kevin. Je ne te connaissais pas, à l'époque. Comment aurais-je pu venir ?

— Vous voyez bien.

Je soupirai, découragée.

— Oui, tu as sans doute raison. Je ne serais sûrement pas venue te voir. Mais je ne te connaissais pas, à l'époque, Kevin. Tu ne peux quand même pas me le reprocher. Ce n'est pas ma faute. Il existe un nombre infini de gens que je ne connais pas, et je refuse que l'on me reproche de ne pas m'intéresser à eux. Quand on ignore quelque chose, on ne peut guère intervenir. Mais ce n'est pas cela, l'important, Kevin. Ce n'est pas de savoir si je suis venue parce que j'étais payée ou non. L'essentiel, c'est que je sois revenue. Et plusieurs fois. Parmi tous les enfants avec qui je travaille ou ai travaillé dans le passé, c'est vers toi que je suis revenue. Chaque fois, je suis revenue. Bien sûr, on me paie pour ça, d'accord, parce que c'est mon métier et que si je n'étais pas payée, je ne pourrais pas me permettre de venir ici du tout, car je devrais aller travailler ailleurs. Mais cela mis à part, rien ne m'oblige à venir ici. Il y a des tas de gosses, à l'extérieur, avec qui je pourrais travailler, si je voulais simplement gagner un salaire. Et la plupart sont bien plus faciles que toi, tu peux me croire. Mais c'est ici que je suis revenue. J'ai *choisi* de revenir te voir, je te prierai de ne pas l'oublier. Le passé est le passé, et sans mon métier, sans le fait que quelqu'un me paie pour cela, jamais je n'aurais mis les pieds à Garson Gayer à l'époque, et je ne serais certainement pas ici aujourd'hui. Alors cesse de me rabâcher toujours la même chose, Kevin. Cesse de me dire que je suis venue te voir parce que j'étais payée. Oui, on me paie. Nous le savons tous les deux. C'est une vieille histoire. Mais ça n'a rien à voir avec la raison pour laquelle je continue à venir ici. Le moyen ne justifie pas la fin. Je suis ici parce que j'ai choisi d'y être. Parce que tu comptes pour moi. La façon dont j'y suis venue n'a aucune importance.

— Je croyais, répondit-il d'un ton très calme, que c'était le contraire, que c'était la fin qui ne justifiait pas les moyens.

— Kevin, pour l'amour du ciel, ne cherche pas tout le temps ce qui n'est pas là.

Il leva la main, se frotta le visage d'un air las. Il soupira.

— Ouais. Vous avez sûrement raison, peut-être que ça n'a pas d'importance. Peut-être que ça suffit, dit-il. Mais j'en voulais un peu plus, sans doute.

13

Ce fut une étrange période. Kevin m'adressait de moins en moins souvent la parole, et lorsqu'il le faisait, il y avait dans sa voix une irritation croissante. Mais généralement, il ne bougeait pas, voûté sur la chaise orange, et me regardait lire d'un œil noir, impassible. Je sentais monter en lui une émotion, dont je ne pus déterminer pendant un long moment la nature exacte, en partie, je suppose, parce que j'étais trop occupée à lire. Mais jour après jour il devenait un peu plus désagréable, son attitude envers moi un peu plus revêche. Il m'était difficile d'évaluer si cette hostilité m'était entièrement destinée, ou s'il la ressentait envers tout le monde, car il ne me parlait presque plus et, bien entendu, il ne parlait à personne d'autre.

Mais bientôt, je n'eus plus à me poser de questions. Quel que fût ce sentiment, il devint bientôt si puissant qu'il en était presque palpable.

La colère. La haine. Je l'identifiai enfin, cette émotion chauffée à blanc ; elle était de même nature que celle qui avait secoué Kevin à Garson Gayer, avant l'intervention de Jeff dans nos séances de thérapie. Mais à la différence que, cette fois, il ne l'exprimait pas. Ni ne la dirigeait. Elle grandissait simplement, assise entre nous.

Je me sentis devenir nerveuse. C'était une forme de fureur qui était apparue lentement, d'une manière quasi impalpable au fil des semaines, à la frange de nos conversations plus que dans leur trame, dans l'ombre d'autres émotions plus qu'en leur sein. Mais elle se nourrissait du silence qui s'était installé entre Kevin et moi, et sa vigueur bientôt fut telle que je la sentais vibrer malgré le bourdonnement continu de ma voix. Mais jamais Kevin n'en dit un mot. Aussi terrifiante qu'eût été sa haine, à Garson Gayer, elle s'étalait du moins à la lumière glacée du grand jour, sous mes yeux. Mais à présent, il semblait totalement l'ignorer. Il ne lui accordait même pas la maigre substance des mots.

Un après-midi, j'arrivai en retard. J'avais l'esprit préoccupé par un autre enfant, ce jour-là, et j'avais été retenue à la clinique à cause de lui.

Kevin faisait les cent pas dans sa petite chambre. Mains au fond des poches, il arpentait le sol en traînant la savate. Cela faisait bien longtemps que je ne l'avais pas vu si actif, et je me demandai si on ne l'avait pas de nouveau gavé de quelque drogue. Il semblait agité et comme hors de lui.

— Vous êtes en retard, me lança-t-il d'un ton de reproche dès que j'entrai. Pourquoi est-ce que vous êtes en retard ?

— J'ai été retenue à la clinique.

— Il est cinq heures. Vous deviez être là à quatre heures et demie. Vous avez une bonne demi-heure de retard.

— Je m'en excuse, Kev. Mais j'avais des problèmes avec un autre garçon. Je n'ai pas pu m'échapper plus tôt.

— Je m'en fous. Qu'est-ce que vous voulez que ça me fasse ? Vous devez être ici à quatre heures et demie. Il ne le savait pas, l'autre ? C'est ici, avec moi, que vous devez être à quatre heures trente, et nulle part ailleurs. Je vous ai attendue une bonne demi-heure.

— Navrée de t'avoir contrarié.

— Je ne suis pas contrarié, c'est vous qui êtes en tort.

Il s'abattit mollement sur le lit.

Je tirai le livre de ma boîte et le feuilletai.

— Tu veux lire, aujourd'hui, Kevin ? suggérai-je. (Je n'avais aucune envie de lui faire la lecture. La journée avait été dure pour moi, trop dure vraiment. De plus, il semblait tellement nerveux. Je pensais que cela le calmerait peut-être.) Tiens, tu vas lire, d'accord ? Moi j'écoute. Qu'en dis-tu ?

Kevin me prit le livre des mains et examina la page où nous nous étions arrêtés. Puis brusquement il sourit.

— C'est comme au début, au tout début. Vous vous rappelez ? Il y a longtemps. Quand vous êtes venue me voir, la première fois, et que vous m'avez demandé de lire. Vous vous rappelez comment j'étais, à l'époque ?

Je souris à mon tour. Dieu Tout-Puissant, que cela était loin ! L'espace de toute une vie, semblait-il.

Puis, tout aussi soudainement, il jeta le livre sur le lit.

— Je n'ai pas envie de lire. Pourquoi est-ce que je lirais ?

Nerveux de nouveau, il se remit à marcher de long en large.

S'approchant de ma boîte d'accessoires, il s'agenouilla et retira le couvercle. Il fourragea d'une main brutale à l'intérieur. Puis, il renversa le tout sur le lit et remit les objets en place, un par un. Il enfila les marionnettes sur ses doigts, les agita, les retira vivement et les jeta dans le carton. Il ouvrit la boîte de pastels, en essaya deux sur le bord de l'étui, examina le résultat, repoussa le tout. Les cubes de bois colorés, il les observa un instant et, ne comprenant pas à quoi ils servaient, il les lança dans le carton. Tout ce qu'il y avait de feuilles de papier, de crayons, de feutres et de carnets de croquis, il le tritura distraitement avant de le mettre au rebut avec le reste.

— Il n'y a plus rien d'intéressant, là-dedans, grommela-t-il. Vous n'avez jamais rien de bien à me proposer.

— Qu'as-tu envie de faire ?

— J' chais pas, moi. Un truc intéressant. Vous ne me proposez jamais rien d'intéressant à faire.

— Eh bien, donne-moi une idée de ce que tu aimerais faire.

Il haussa les épaules, réfléchit.

— J'ai envie de peindre. Ça fait très longtemps que je n'ai pas peint. Voilà ce que je veux faire. Mais vous n'avez pas ce qu'il faut.

Prise au dépourvu par cette requête, je la retournai un instant dans ma tête. Après une telle période d'inactivité, je ne demandais qu'à répondre à tout désir de sa part qui pût signaler un recul de sa dépression. Et je cherchais désespérément un moyen de canaliser son irascible fébrilité. Faire n'importe quoi valait mieux que ne rien faire.

— Peut-être, proposai-je, pourrions-nous emprunter du matériel à la salle de classe.

Je savais, pour y avoir déjà effectué quelques incursions, que les cours avaient lieu dans une salle située au bout du bâtiment, et qu'il y avait au fond de la pièce un grand placard regorgeant de fournitures scolaires. Nous y trouverions de quoi peindre, sans aucun doute.

J'obtins sans difficulté l'autorisation d'une infirmière. Munie d'un trousseau de clés, je filai dans le couloir. Kevin avait décidé de m'accompagner pour m'aider à porter le matériel.

Nous entrâmes dans la classe. Je fermai soigneusement la porte derrière nous. J'ouvris le placard, qui était fermé à clé.

Il était fort vaste, près de deux mètres cinquante de long et un mètre cinquante de large. De chaque côté, des étagères couvraient le mur du sol au plafond, chargées d'un choix superbe de matériel, toutes les qualités imaginables de papier à dessin, des peintures à la colle, des aquarelles, des boîtes de fusains, de pastels et de crayons de couleurs. Il y avait des livres, des carnets et des cahiers de travaux pratiques. Une profusion de toutes ces sortes de trésors dont raffolait mon petit cœur avide d'enseignante.

— Tiens, fis-je, tendant à Kevin quelques feuilles. Prends ça. Quel genre de peinture veux-tu ? A la colle ? A moins que tu ne préfères l'aquarelle ? Tiens, regarde celles-là, là-bas.

Il se tenait dans mon dos, entre moi et la porte, tandis que je fouillais, au fond du placard, afin de lui proposer un choix de peintures.

— Kev, lesquelles veux-tu ?

Il ne répondit pas.

— Kevin, viens décider toi-même. Tu préfères celles-ci ? Ou ce genre ? Ou bien ces deux-là, peut-être. Qu'en penses-tu ? C'est toi, l'artiste, à toi de choisir.

Les lampes s'éteignirent.

Je me retournai dans l'obscurité.

— Kevin ?

Aucun bruit. Je ne voyais strictement rien.

— Tu t'es appuyé sur l'interrupteur ? Ou c'est une panne de courant ? Drôle d'endroit pour se faire coincer par une panne de courant, hein ?

Je l'entendis bouger, mais il ne dit rien. Un soupçon germa dans mon cerveau.

— Que se passe-t-il, Kevin ? C'est toi qui as éteint la lumière ?

Il s'approcha de moi. Il n'eut guère de distance à franchir, dans ce réduit pour que nous nous retrouvions poitrine contre poitrine. Il faisait si noir que je ne distinguais même pas sa silhouette.

— Kevin, recule.

Il s'appuya contre moi.

— Kevin, je t'ai dit de reculer. Je parle sérieusement. Recule-toi.

Il accentua sa pression.

Son corps pesait lourdement contre moi ; son souffle était brûlant. La frayeur me monta soudain à la bouche comme un flot de bile.

— Ne fais pas ça, Kevin. Ne fais pas ça.

— Je te déteste, murmura-t-il.

Ses mots étaient glacés comme une lame de poignard. Ses mains rampèrent sur moi. Sur mon épaule, sur mes seins.

— Allons, Kevin, ça suffit. Arrête.

— Je te *déteste*.

J'étais terrifiée. Terrifiée comme jamais je ne l'avais été de ma vie. Aucune autre circonstance, aucune autre situation n'avait provoqué en moi cette sensation. Tout cédait devant ma peur. Même cette artificielle bravade qui s'infusait d'ordinaire dans mes veines à des moments de forte tension. Rien n'existait plus que cet effroi, dont la puanteur douceâtre planait autour de moi.

Sa main s'énervait sur ma chemise, maltraitait les boutons à l'aveuglette. Son corps était raidi contre le mien et me collait de tout son poids aux étagères, qui s'incrustaient douloureusement dans mon dos.

Et il y avait tous ces petits détails qui renforçaient l'atmosphère un peu irréelle de ce moment, le doux froissement des feuilles tombées à terre et que nous piétinions, le parfum de cire des pastels, qui avait toujours évoqué pour moi des classes chaudes et ensoleillées, des rires d'enfants. La sueur me coulait sur le corps, transperçait ma chemise. Je sentis un morceau de papier journal se coller à moi, tandis que je parvenais à me déplacer légèrement afin de soulager la pression qui torturait mes vertèbres.

Dieu merci, mes boutons étaient minuscules. Il n'arrivait pas à les défaire dans l'obscurité, et je me tortillais sans arrêt sous ses doigts pour l'en empêcher, en évitant cependant des mouvements brusques qui l'eussent trop contrarié.

Puis me parvint le sifflement étrangement sonore de sa braguette qui s'ouvrait.

— Kevin, *arrête* !

— Je suis un homme maintenant, maman. Je vais te prouver que je suis un homme.

— *Kevin !*

Il y eut pendant quelques minutes une bagarre à tâtons, violente, lui me serrant plus fort, moi m'agitant dans tous les sens. Il n'avait pas encore réussi à se frayer un passage dans mes vêtements, néanmoins, et j'eus une pensée pleine de gratitude pour mon vieux Levi's coriace et le vigoureux soutien-gorge dont je m'étais caparaçonnée sous ma chemise.

— Je vais te montrer, maman, chuchota-t-il.

— Je ne suis pas ta mère, Kevin.

— La ferme. Espèce de salope. La ferme.

Silence. Les effluves de ma terreur me donnaient la nausée. Ils rappelaient un parfum de jasmin ou de fleurs d'oranger, mais beaucoup trop suave, et entremêlé d'une odeur fauve, comme celle d'un renard.

— Lâche-moi, Kevin. Je ne suis pas ta mère. Ce n'est que moi. Torey. Je ne suis pas ta mère.

— La ferme, salope. (Sa main me souleva le menton.) Je vais te faire très mal. Je vais t'apprendre ce que c'est, que d'avoir mal.

— Tu n'as pas envie de me faire mal, Kevin, dis-je. (Son corps était collé à moi ; j'entendais son souffle tout près de mon oreille gauche. Je sentais contre mon flanc gauche la chaleur de son pénis dur comme pierre.) C'est moi, Kevin. *Moi.* Personne d'autre. Ce n'est pas à moi, que tu veux faire du mal.

— Je t'ai dit de fermer ta gueule. Tu vas *la fermer*, oui ? Tais-toi !

Il s'appuya encore plus fort, m'épinglant dans le fond du recoin que formaient les étagères. Mais je l'entendais; j'entendais sa respiration. Il commençait à se troubler.

— Remonte la fermeture de ton pantalon, Kevin. Remonte-la et allume la lumière; sortons de là.

— Je te hais! Espèce de salope. Salope, salope, salope, salope, *salope*! Je te hais, je te hais, je te hais. Si tu savais à quel point je te hais.

Il était au bord des sanglots, il divaguait presque.

— Je ne suis pas ta mère, Kevin. Je ne suis pas elle.

— *La ferme!*

Il me gifla à toute volée pour me faire taire. Dans l'espace exigu, il ne pouvait guère me manquer et, n'ayant pas vu venir le coup, je ne l'avais pas esquivé. Il me frappa carrément sur le côté de la tête. Mes oreilles tintèrent.

A mon tour, je lui assenai un coup. Ce qui me donna assez de place pour atteindre l'interrupteur. J'allumai.

J'avais cogné dur. Kevin s'était effondré par terre, les bras sur le visage. Il y avait du sang, mais j'ignorais s'il s'agissait du sien ou du mien. Il pleurait, de douleur ou de détresse, des deux peut-être. Je restai un moment immobile, la main sur l'interrupteur, à le regarder. Je dois bien l'avouer, je n'avais guère envie de le plaindre.

14

La question de savoir si je signalerais ou non ce qui s'était passé entre Kevin et moi dans le réduit aux peintures ne se posa pas. Car si l'incident était bel et bien clos, si je m'en étais tirée sans trop d'égratignures et relativement présentable, ce n'était pas le genre d'affaire qu'on pouvait classer d'un petit haussement d'épaules désinvolte.

J'étais furieuse et troublée. L'expérience avait été humiliante pour moi, quelle qu'en fût la cause réelle, et que Kevin m'eût ou non réellement confondue avec sa mère. Mais devoir exposer ces faits me fut encore plus pénible. J'aurais dû, travaillant avec un adolescent de dix-sept ans, envisager la possibilité d'une telle réaction, mais je n'y avais jamais sérieusement réfléchi jusque-là. Affublée de jeans informes et de chemises tout ce qu'il y avait de fonctionnel, je ne me jugeais vraiment pas provocante, et la sexualité de Kevin n'avait jamais posé problème auparavant. Quand elle était apparue, Jeff s'était chargé d'expliquer à Kevin tout ce qu'il devait savoir.

Même au cœur de l'agitation qui s'ensuivit, pourtant, je ne pus me résoudre à croire que Kevin eût prémédité son geste. Une forte charge émotionnelle s'était accumulée en lui au cours des semaines précédentes. La grande brèche que je pensais voir surgir après ses confidences sur Carol s'était peut-être ouverte, après tout, mais d'une façon que je n'avais pas prévue.

Si Kevin manifestait, et depuis longtemps, une franche hostilité à l'égard de son beau-père, cette violence soudaine me laissa supposer que c'était à sa mère qu'il vouait le plus fanatique de sa haine. Détester le beau-père n'était pas difficile. Il avait assassiné Carol. Il était l'auteur de toutes les violences. Et l'intrus, aussi, venu se surimposer au noyau familial. Ce qui provoquait une qualité de haine sans détour ni complications. Mais les sentiments de Kevin envers sa mère primèrent soudain dans mes réflexions. Car à l'affectivité obscure et complexe qui lie l'enfant à sa mère s'ajoutait l'abandon volontaire de Kevin au profit d'un homme brutal et violent. Cette expérience avait dû blesser Kevin à un point que quelqu'un comme moi, avec mon vécu ordinaire, ne pouvait imaginer. Et, plus important peut-être, je percevais à présent l'impact qu'avait eu sur Kevin le comportement de sa mère le soir de la mort de Carol. Elle avait trahi sa fille en refusant d'intervenir. Et elle avait définitivement détruit, ce soir-là, la relation qui l'unissait à son fils. Jamais il n'avait oublié, encore moins pardonné. Et je suppose qu'à l'époque où elle l'abandonna à l'Assistance, il avait, depuis longtemps déjà, renoncé à son amour.

Je n'arrivai donc pas à croire, même au plus fort du chaos qui suivit l'incident du placard, que Kevin eût consciemment prévu de me coincer dans ce réduit. C'était juste un élément parmi d'autres. Les semaines s'étaient ajoutées aux semaines, et la tension était devenue trop forte pour qu'il pût la maîtriser. Dans la nuit du placard aux peintures, n'importe quel individu ayant eu la malchance de se trouver là en cet instant eût été sa mère.

Mais dans la fièvre du moment, l'analyse lucide ne comptait guère. J'étais moi-même fort nerveuse. Ce n'était pas vraiment le genre d'aventure qui suscitait une attitude rationnelle. Et je ne fus pas d'humeur clémente et magnanime lorsque je dus expliquer aux Drs Rosenthal et Winslow, puis au personnel du service, ce qui s'était passé et ce qui en était, à mon avis, l'origine, et répondre ensuite à leurs questions. Je me sentis affreusement gênée. J'étais furieuse de m'être fourrée dans une position aussi vulnérable. J'en voulais aux autres de leurs allusions et sous-entendus, réels ou imaginaires. J'étais au désespoir d'avoir pu rester plantée derrière un livre pendant quatre semaines, perçu toute cette fureur qui s'amoncelait, et été assez stupide pour n'avoir rien tenté de constructif à ce sujet. Mais surtout, j'étais fort humiliée, non seulement parce que j'étais forcée d'étaler une affaire aussi intime devant quiconque exprimait un intérêt pour la chose, mais parce que mon discernement professionnel venait de recevoir, et en public, un sacré camouflet.

Je savais ce que j'avais à faire. Je savais, lorsque seize heures trente approchèrent, le lendemain après-midi, que je devais retourner voir Kevin dans sa chambre. Comme lorsque l'on tombe de cheval, il faut remonter en selle tout de suite, ou jamais. Et, serrant les dents pour franchir le poste des infirmières, je revins près de lui.

Il était tapi sous les couvertures de son lit. Il les avait tirées si haut que je ne voyais même pas le sommet de son crâne. Voilà, fis-je, et je m'assis sur la chaise orange. Nous avions perdu un peu la tête. Mais c'était fini, à présent, et mieux valait oublier ce qui s'était passé. Je n'étais pas en colère, précisai-je comme il refusait toujours de sortir de dessous ses couvertures, et je me rendis compte aussitôt que je l'étais. La blessure était trop fraîche. En le voyant vautré là, qui refusait de me parler, refusait même de sortir un œil de cette fichue couverture pour me regarder, j'explosai. Il avait bousillé tout ce que j'avais tenté de faire pour lui, dis-je. Il m'avait trahie, plus encore sur le plan affectif et moral que physique.

Kevin, pour sa part, me laissa développer ma petite crise de cri primal. Il resta allongé, sans bouger un seul muscle.

De retour à la clinique, le lendemain matin, je fus convoquée dans le bureau du Dr Rosenthal. Il n'était pas seul. Le Dr Winslow était installé dans un fauteuil, tel un adonis vieillissant, et souriait gentiment.

— Nous avons discuté, dit le Dr Rosenthal, et en sommes venus à la conclusion qu'il valait mieux laisser tomber le cas Richter. J'en ai parlé avec le Dr Winslow, et il semble préférable pour tout le monde que nous nous retirions, vous et moi, et que nous le confiions totalement à l'hôpital.

Je le regardai.

Silence.

— Je peux me tirer de cette affaire, dis-je. C'était idiot. Je sais que tout a été de ma faute. Mais c'est fini, maintenant.

— Non, répondit-il.

— Le pire est derrière nous, dis-je. Je suis retournée à l'hôpital hier soir, et je pense que nous pouvons surmonter cette histoire, Kevin et moi. J'en suis certaine. Si nous avons un peu de temps.

— Non, dit le Dr Rosenthal.

— Pourquoi ?

Mon regard volait de l'un à l'autre. Soudain, toutes mes émotions, la fureur, l'embarras et l'humiliation, cédèrent le pas à la panique. Bien sûr, je n'ignorais pas que l'on cessait parfois un traitement lorsqu'il se produisait un incident de ce genre. Cette éventualité était toujours envisageable. Mais je ne m'y étais jamais vraiment arrêtée.

— Ne pourrions-nous pas insister encore un peu ? demandai-je. Si vous acceptiez de superviser, peut-être... De vous en charger personnellement... proposai-je, d'abord au Dr Rosenthal puis, comme il ne répondait rien, au Dr Winslow.

Je cherchais désespérément sur leurs visages un démenti de ce que je sentais maintenant inévitable.

Le Dr Rosenthal secoua la tête.

— Je crains que ce ne soit pas vraiment un patient pour vous, Torey. Kevin a vécu des expériences traumatisantes. Vous êtes jeune ; vous êtes jolie ; vous êtes terriblement féminine, que vous le vouliez ou non. C'est trop risqué.

Pour la première fois depuis le début de cette folle histoire, je fondis en larmes. Voilà donc le résultat ? Un an et demi de ma vie qui allait se terminer ainsi ? Si brusquement ? Si simplement ? Si bêtement ? Parce que sur les milliers de fois où j'avais dû tenter de prévoir les réactions de ce gamin, pour une fois je m'étais trompée ?

— Nous prendrons un thérapeute masculin, intervint le Dr Winslow d'une voix réconfortante, tandis qu'il se penchait vers moi.

— Oui, approuva le Dr Rosenthal. Rappelez-vous comme Kevin avait fait des progrès avec Jeff Tomlinson. Ce serait mieux, vous ne pensez pas ? Franchement ? Vous parliez vous-même des sentiments agressifs que le gamin nourrit à l'égard de sa mère. Peut-être qu'une femme thérapeute n'est pas ce qu'il lui faut pour l'instant. Il est trop instable.

— Il n'est *pas* instable, protestai-je. Ce n'était pas pour cela que...

Le Dr Rosenthal eut un vague haussement d'épaules. Ce fut un petit geste pathétique, puis il détourna les yeux. Il ne pouvait plus croiser mon regard.

— C'est une façon bien triste de clore une thérapie, Torey, je le sais, déclara-t-il à ses doigts. Mais sans doute est-ce préférable, l'avenir nous le dira. Plus tard.

— Mais est-ce que je ne pourrais pas au moins...

Sans lever les yeux, le Dr Rosenthal secoua la tête, et je sus que tout était fini. Dix-huit mois. Et c'était tout ce qu'il en restait.

Je rentrai chez moi bouleversée. Imprégnée d'un accablement pâteux, nauséeux, trop pesant pour libérer les larmes. Voilà donc à quoi se résumait mon travail ? Tous ces mois d'efforts annulés sans cérémonie par vingt malheureuses minutes passées dans un placard à peintures ? Car si l'horreur de ce que Kevin avait tenté de me faire m'avait paru sur le moment la pire expérience qu'un gamin m'eût jamais infligée, ce qui se passait à présent me semblait plus grave encore. Aussi terrible que fût cette mésaventure, je savais que Kevin et moi pouvions la surmonter. Après tout, je n'étais pas une victime si innocente. Ce genre d'incident faisait partie des risques du métier. Je l'avais toujours su, et l'avais accepté le jour où j'avais choisi de franchir les portes verrouillées du service psychiatrique.

Nous nous en serions sortis. Qu'allait-il se passer maintenant ? Tout ce que j'avais réussi à faire, en fin de compte, c'était donner raison à Kevin. Personne ne voulait de lui, et tôt ou tard, tout le monde s'en irait.

Dans la soirée, j'eus la visite d'un très vieil ami d'université. Je n'avais pas revu Hal depuis des années, depuis l'époque de la guerre du Vietnam, où nous passions ensemble nos soirées au fond de bars obscurs et enfumés, à refaire le monde aux accents de Joan Baez et de Peter, Paul and Mary.

Malgré son intrusion tardive et mon humeur déplorable, j'acceptai son invitation à dîner. Nous allâmes dans une de ces boîtes à la mode où la musique est trop forte et où les plantes vertes traînent dans les assiettes. Assis dans la pénombre, nous bavardâmes, un peu mal à l'aise, car tant de choses avaient changé en dix ans et nous étions des étrangers l'un pour l'autre.

Je sortis ce soir-là, je pense, pour échapper à Kevin, échapper au présent. J'avais aimé Hal, à l'époque. C'était l'idéaliste du groupe. De nous tous, qui avions grandi dans ces années tumultueuses avec au cœur le fougueux désir de changer le monde, il était le seul qui allait vraiment essayer. Il refusa un métier régulier. Refusa de s'intégrer. Tandis que je m'orientais vers l'enseignement, Hal avait choisi l'errance. Il était devenu acteur, avait connu un semblant de succès, traversé deux mariages et des épreuves plutôt rudes. Mais aujourd'hui, dix ans plus tard, le parfum et l'ambiance des années 60 lui collait toujours à la peau. Il s'exprimait encore avec les mots de notre génération perdue, et n'avait pas totalement renoncé à ses rêves. Blottie dans le noir, je l'écoutai et me laissai voguer dans la nostalgie de ce qui me parut alors une époque plus douce, plus riche d'espérances.

Et puis Hal se mit à pleurer. Il n'était pas venu sans raison me rendre visite. Ni par hasard. Il sortit des photographies qu'il désirait me montrer. Sa fille. Son fils, un petit diable couvert de taches de rousseur, aux cheveux poil de carotte. C'est Ian, me dit-il. Ian était autistique. Hal venait de le confier à une institution psychiatrique d'État, car il avait déjà détruit ses deux mariages, et Hal ne pouvait plus le garder près de lui. Ian avait sept ans.

Tandis que Hal essuyait des larmes confuses, aucun de nous ne releva l'ironie de son destin : un enfant qui le liait, pieds et poings, à la plus inhumaine de toutes les institutions sociales. Aucun de nous ne fit plus allusion non plus à notre vieille utopie. Mais le silence me replongea, sans pitié, dans la réalité du moment.

Et dans l'obscurité intime, nous bûmes ensemble trop de verres, et grignotâmes longuement et sans appétit le contenu de nos assiettes. Puis je lui parlai de Kevin et de moi, pour lui changer un peu les idées. A la fin, nous sanglotions tous les deux dans nos bières, pleurant un monde qui n'avait jamais existé que dans nos rêves.

TROISIÈME PARTIE

1

La vie continua. Les mois d'hiver glissèrent vers le printemps. Mars vint sans jonquilles cette année-là parce qu'il faisait trop sec. Avril arriva chargé des tourmentes de neige lourdes et humides que nous attendions en février. Et mai nous apporta enfin le soleil.

Un nouveau médecin partageait le bureau avec moi. C'était un homme d'un certain âge dénommé Jules. Pas vraiment un prix de beauté : la cinquantaine ingrate, court sur pattes, un peu chauve et assez gros ; mais ses manières étaient si douces et si effacées que toutes les femmes de la clinique avaient plus ou moins le béguin pour lui. Dans ses loisirs, Jules pratiquait fort sérieusement la sculpture, et il passait la plupart de ses soirées et de ses week-ends dans des expositions et des galeries. En fait, je pense que Jules avait plus l'âme d'un artiste que d'un médecin. La plupart de nos conversations ne tournaient pas autour de nos patients, comme du temps de Jeff, mais de nos réalisations artistiques.

Bien qu'il n'y eût pas, avec Jules, cette magie qui nous liait, Jeff et moi, je l'aimais beaucoup et appréciais d'avoir un nouveau compagnon de bureau. Je finissais par me sentir très seule, au milieu des trois téléphones. J'avais reçu deux fois des nouvelles de Jeff, mais comme il n'indiquait pas son adresse, je n'avais pu lui répondre. Une carte pour la Saint-Patrick, je me demande bien pourquoi, puisque aucun de nous deux n'était irlandais. Et une carte pour mon anniversaire, en mai. Jeff semblait heureux dans son nouveau poste en Californie. Mais comment savoir ? On ne dit pas grand-chose sur une carte. Il ne faisait pas allusion à Kevin ni à la clinique, n'indiquait pas si Hans vivait encore avec lui.

Pendant l'hiver, également, j'avais fait la connaissance de Hugh, et notre relation s'épanouit au cours des mois qui suivirent. Hugh s'était fait une spécialité d'exterminer les insectes nuisibles, et il sillonnait la contrée dans une vieille estafette VW sur laquelle il avait peint une profusion de ces bestioles, ventre en l'air. Comment résister à un sens de l'humour si charmant ? Je l'adorais.

Et bien entendu, Charity continuait à mettre son piquant grain de sel dans mon existence. Elle changeait, cependant. Juste après Noël, on l'avait transférée dans une autre classe de cours élémentaire. J'en ignorais la raison. Sa nouvelle institutrice, Mrs Thatcher, lui manifestait un intérêt particulier et lui organisait toutes sortes d'activités destinées non seulement à lui assurer un niveau scolaire passable, mais à lui procurer une certaine stabilité en dehors de l'école. Mrs Thatcher était une femme d'âge mûr, mariée et mère de grands enfants. Elle habitait une petite ferme à l'ouest de la ville, où elle prenait Charity le samedi et le dimanche et lui permettait de nourrir les chèvres, d'aider à la grange et de nettoyer le poulailler. Elle était plus sévère que moi, et exigeait de l'enfant une certaine qualité de comportement avant de l'inviter, mais rien de bien draconien. Cela changea tout pour Charity. Elle avait enfin de vraies « grandes sœurs » et une vraie « mère » qui la traitait comme une mère devait traiter sa fille. L'évolution fut spectaculaire.

Charity venait toujours me rendre visite dans la semaine, mais je ne retrouvais plus ma bonne vieille Charity. Elle portait de nouvelles tenues, dont un authentique jean Levi's pourvu de sa petite étiquette rouge et une salopette signée d'un grand couturier. Elle devint un véritable mannequin ambulant, et passait son temps le nez dans mes magazines, à noter les vêtements qui lui faisaient envie. Elle avait également entrepris un régime pour maigrir. Mrs Thatcher tenait un graphique, à l'école, et pesait Charity une fois par semaine. J'appréciai cette initiative, car sans être vraiment obèse, Charity était trop grosse pour son âge et les autres gamins se moquaient d'elle. Et j'admirai l'institutrice d'être parvenue à la convaincre de se mettre au régime et de persévérer, car j'avais moi-même essayé plusieurs fois, sans succès. Quoi qu'il en soit, Charity était devenue intraitable sur le chapitre de la diététique, qu'elle pratiquait maintenant avec une ardeur pharisaïque. Elle savait ce qu'elle devait et ne devait pas manger, et comme on ne se nourrissait, chez les Thatcher, que de produits très sains, elle se mit à discourir, telle une Adele Davis, en inspectant le contenu de mes placards. Et je n'imagine que trop bien quelle vie d'enfer elle devait faire à sa tribu, qui n'avalait, la plupart du temps, que des saletés.

J'étais ravie de voir l'institutrice prendre si bien soin d'elle et Charity, de son côté, réagir si favorablement à ces marques d'affection, mais en même temps, je l'avoue, je me sentais un peu mise à l'écart lorsque la gamine me rebattait les oreilles de tout ce qu'elle faisait, pendant le week-end, à la ferme de Mrs Thatcher. Et puis elle perdait peu à peu cette espèce de charme primitif que j'aimais tant chez elle, et commençait à ressembler à tout le monde. Les choses étaient bien ainsi, sans doute, et je me réjouissais de la voir si heureuse, mais quand même, c'était un peu triste.

Vers l'époque de mon anniversaire, au mois de mai, j'allai passer quelques jours à New York pour mon travail, et Hugh vint me rejoindre. Nous avions prévu ensuite de remonter Long Island, de prendre le ferry jusqu'à New London et de visiter la Nouvelle-Angleterre. Il me tardait de voir devant mon hôtel de Manhattan la vieille VW délabrée, avec ses constellations d'insectes crevés, mais je découvris Hugh dans une très respectable Ford de location. Et puis ce fut une semaine de promenades parmi d'antiques cimetières, de piqueniques frileux au bord des routes du New Hampshire, d'orgies de palourdes grillées et de fritures. Quand nous regagnâmes nos pénates, début juin, nous attendait la plus forte vague de chaleur que la région eût connue depuis cinquante ans.

Dans le petit bureau sans fenêtres, l'air torride exaltait des effluves de rongeurs et de volatiles, qui nous asphyxiaient. Jules transpirait à grosses gouttes sur ses dossiers. Il avait retiré son veston, roulé ses manches et noué sur son front un mouchoir qui empêchait la sueur de dégouliner sur ses papiers. Mais la façon dont il avait attaché le mouchoir, nœud pendant sur le nez, lui donnait l'allure d'un gangster novice postulant pour entrer dans la bande à Jesse James et qui aurait raté la mise en place du foulard, épreuve élémentaire pour le pilleur de banque moyen.

— Regarde ça, tu as vu ?

Il désigna sur le panneau d'affichage, au-dessus de son bureau, un ruban bleu qu'il venait de remporter lors d'une exposition.

Je n'avais pas remarqué, obnubilée par une note posée sur mon bureau, et qui comportait, pour seule mention : « Kevin Richter », avec un numéro de téléphone.

Je m'assis aussitôt et appelai. Une secrétaire de Seven Oaks me répondit.

Je connaissais Seven Oaks. On y avait déjà envoyé deux de mes gamins. C'était un centre de redressement pour adolescents de sexe masculin, sorte de prison miniature où les garçons se faisaient les dents avant la grande, la vraie. Il se composait de cinq hectares de bâtiments neufs, bas, style ranch, qui abritaient quarante pensionnaires. Il était bien équipé et bien géré pour le genre de programme qu'il proposait, mais l'assistance psychiatrique y était minime, et je pense que rien n'était vraiment prévu pour traiter les problèmes psychologiques graves. A ma connaissance, la clientèle comptait en majeure partie des jeunes délinquants, des gamins qui avaient grandi dans un sale milieu et n'avaient appris que trop bien à s'en accommoder. On les encourageait ici à se déshabituer de ces comportements et à en découvrir de nouveaux, plus adaptés à la vie en société. L'endroit semblait donc plutôt incongru pour un garçon tel que Kevin.

C'était là néanmoins qu'il avait échoué. On l'avait gardé deux mois à l'hôpital après mon départ. Puis était venu le moment délicat de décider de ce que l'on allait faire de lui. Plus sous la pression des circonstances que par choix véritable, on l'avait finalement envoyé à Seven Oaks. A titre d'essai. Il n'y avait plus de place dans aucun des établissements appropriés à son cas, même dans les institutions d'État; on le confia donc à Seven Oaks pour six mois, le temps d'évaluer s'il pourrait ou non y faire quelques progrès. Dans la négative, il ne resterait plus pour lui que la détention permanente en hôpital psychiatrique, puisqu'il aurait atteint sa majorité.

D'après le rapport que me fit le conseiller éducatif, l'état de Kevin ne s'était guère amélioré. Ses vieux problèmes l'obsédaient toujours. Il parlait très peu et passait parfois des semaines entières sans dire un mot. Physiquement, il se négligeait. Il refusait de participer aux activités collectives et semblait généralement las et déprimé.

Son mutisme constituait, bien sûr, le principal obstacle. Kevin s'obstinait dans un silence impénétrable, qui excluait toute initiative de leur part, car il refusait même de s'exprimer par écrit. Le dossier me mentionnait en tant que spécialiste des problèmes du langage... Suivit un de ces courts silences un peu tendus que je connaissais si bien, et qui me rappela le premier coup de fil que Dana Wendolowski m'avait passé de Garson Gayer. Accepterais-je de reprendre le traitement? me demanda le conseiller.

Oui, répondis-je sans la moindre hésitation.

Tel Big Brother, le Dr Rosenthal savait déjà que Seven Oaks m'avait téléphoné, et pour quelle raison. Il vint à ma rencontre devant la réception, comme je sortais déjeuner, et sans qu'un mot fût prononcé, chacun de nous sut que l'autre savait.

— Je peux ? demandai-je.

Un sourire affleura un instant sur son visage.

— Si vous voulez.

— Je le veux.

Il tenait sa théière à la main. Pleine d'eau. Il scruta le liquide, puis me regarda de nouveau.

— Vous avez deviné, bien entendu, me dit-il, que si j'avais eu le choix, jamais je ne vous aurais retiré ce cas, en février. C'est le Dr Winslow qui a pris la décision. Je n'ai rien pu faire. Kevin était le patient de Winslow. Mais pas un instant, je crois, je n'ai estimé que vous deviez arrêter.

Je n'avais pas deviné, mais fus ravie de l'apprendre.

Puis un grand sourire étrangement complice étira les lèvres du Dr Rosenthal.

— Quel salaud, ce Winslow, tout de même, non ? Je l'ai toujours pensé.

Cette nuit-là fut torride et poisseuse ; nous étions en juin, on eût dit une nuit d'août. Allongée sous un simple drap, j'avais les yeux grands ouverts sur la pénombre estivale. Le ronronnement lointain des voitures filtrait entre les lamelles des stores. Je n'avais aucune illusion sur la raison pour laquelle on m'avait rappelée. Un infime caprice du destin nous maintenait liés l'un à l'autre, Kevin et moi. N'eût été ma recherche sur le mutisme volontaire, seule spécialisation à laquelle j'eusse jamais prétendu, je pense que jamais personne n'aurait pris la peine de me distinguer parmi les centaines d'autres thérapeutes qui exerçaient dans la ville. Très vraisemblablement, j'aurais quitté Kevin ce jour de mai de l'année précédente où je l'avais vu valser dans le soleil, et jamais plus je n'aurais entendu parler de lui. C'était ainsi que les choses se passaient, en principe.

Insolite, vraiment : le seul élément qui nous avait de nouveau réunis, non pas une, mais deux fois, avait eu pour origine fortuite et involontaire l'incapacité où je m'étais trouvée, des années auparavant, de comprendre pourquoi un enfant que je connaissais refusait de parler. Sans cette étincelle de curiosité qui avait embrasé, si longtemps après, mes recherches, j'aurais été une psychologue parmi tant d'autres. Il n'y aurait eu aucune raison de me contacter ainsi à plusieurs reprises. Le piquant de l'affaire, c'était que le mutisme de Kevin avait cessé d'être un problème entre nous cinq jours après notre première rencontre.

Quand le matin arriva, je me levai et m'habillai, et pris la longue route qui devait me conduire à Seven Oaks.

Kevin ne m'attendait pas. Je n'avais même pas pensé à demander si on lui avait annoncé ma visite. Il n'en était rien, visiblement, car lorsque j'entrai dans la salle où il était assis, je le vis arrondir les yeux et la bouche, comme à l'apparition d'un spectre.

— Veux-tu aller avec miss Hayden? lui demanda le conseiller.

Kevin acquiesça d'un hochement de tête engourdi et se leva. On nous conduisit dans une petite pièce réservée aux entrevues, où on nous laissa seuls. Je m'installai sur une chaise. Kevin resta debout près de la porte et me dévisagea.

— Je croyais que vous ne reviendriez jamais. Je croyais que vous étiez fâchée. Je croyais que vous me détestiez, peut-être.

Je souris.

— J'étais fâchée, c'est vrai. Mais ça n'a rien à voir. Le Dr Winslow et mon patron ont estimé que ce serait mieux pour toi et moi que nous ne nous voyions plus pendant quelque temps. Mais c'est fini, maintenant.

Kevin eut un mince sourire. Un sourire incrédule, qui n'affleura qu'au coin de ses lèvres. Il n'approchait pas. Il restait à la porte et continuait à m'observer d'un œil fixe, comme si je venais de me matérialiser du néant.

— Alors, comment vas-tu? Si tu me racontais ce qui s'est passé au cours des derniers mois?

Regard encore ébahi. Un semblant de sourire sur les lèvres.

— Vous ne savez pas ? dit-il tout bas.

— Quoi donc ?

— Je savais que vous alliez venir. C'était obligé. Je priais sans arrêt, sans arrêt, pour que vous reveniez. Je pensais tout le temps, si Dieu existe, qu'il m'écoute. Qu'il fasse une seule chose pour moi. Je ferais tout ce qu'il veut, si seulement il vous ramenait ici.

Je ne dis rien.

— Je le savais. Je savais bien que vous ne me laisseriez pas comme ça. Que vous ne me laisseriez pas vraiment tomber.

Il avait plus de confiance en moi que je n'en avais moi-même.

Ces quatre mois avaient été difficiles pour Kevin. Mon absence l'avait secoué. Un nouveau thérapeute était arrivé, mais pendant un temps, Kevin était resté convaincu que j'allais revenir. Il travaillait dur, me dit-il, car il voulait me faire une bonne surprise. Et puis, à un moment donné, il avait compris que je ne reviendrais plus. Jeff et moi, nous l'avions abandonné. C'était cela qui avait été dur, dit-il. Le plus dur.

Le nouveau thérapeute devait être compétent néanmoins, car Kevin continua à faire des progrès lents et sûrs, quoique fantasques, et lorsqu'il fallut prendre une décision pour le placement de Kevin, il insista pour que l'on tente une solution moins définitive que l'asile. On choisit Seven Oaks pour les garanties de sécurité qu'offrait cet établissement et que le Dr Winslow estimait indispensables. Les fureurs de Kevin en cellule d'isolement avaient dû vivement l'impressionner, car il ne se sentait pas en sécurité, semblait-il, tant que Kevin n'était pas bouclé à double tour quelque part. Pour Kevin, cela importait peu. Il vivait enfermé depuis si longtemps, maintenant, qu'il acceptait sa réclusion comme allant de soi.

Il s'était donc retrouvé ici. Il ne s'adaptait pas bien à la vie collective de Seven Oaks. Les autres garçons le taquinaient volontiers, raillant sa naïveté. Toutes ces années d'enfermement, avec pour seule compagnie des enfants attardés, n'avaient offert à Kevin qu'une connaissance très approximative du monde extérieur, et dans ce milieu moins protégé, il était une cible idéale pour les mauvais plaisants. Cela, c'était les bons jours. Les mauvais jours, il restait dans sa chambre, et personne ne pouvait le tirer de dessous ses couvertures. Il refusait de parler ou de participer à quoi que ce soit, et sa vie s'était figée en une douloureuse immobilité.

Bill Smith, le conseiller qui m'avait contactée, n'avait guère d'espoir sur ses chances de survie à Seven Oaks. Si Kevin ne saisissait pas le ton de la maison, s'il ne voulait pas coopérer, Bill ne pensait pas, honnêtement, pouvoir plaider en faveur d'un séjour plus long lorsque la période probatoire de six mois serait terminée. Tout en souhaitant l'aider de son mieux, notamment en me faisant venir auprès de lui, Bill ne tenait pas à traîner Kevin comme un poids mort.

Il me plut, ce Bill. C'était un homme bon, loyal et sans détour, et qui ne mâchait pas ses mots. Il s'élancerait sur une corde raide pour Kevin, comme pour tous les autres, sans doute, mais jamais ne scierait le fil derrière lui.

Après quatre mois d'absence, donc, je constatai que rien n'avait beaucoup changé. Kevin végétait toujours dans un marais stagnant entre monde extérieur et asile psychiatrique, sortes de limbes bureaucratiques.

— Jeff viendra, lui aussi ? me demanda Kevin.

Il avait enfin réussi à traverser la pièce et à s'asseoir sur une autre chaise de vinyle. La pièce était tiède de la chaleur de juin, et le soleil de l'après-midi à travers les stores baissés l'emplissait d'une pénombre dorée.

— Non. (Je secouai la tête.) Jeff est parti, rappelle-toi. Il est parti avant moi, tu t'en souviens ? Il est en Californie, maintenant.

— Ah ! ouais, fit Kevin d'un air misérable, et il

détourna la tête. J'espérais un peu que ce serait un rêve. J'ai beaucoup rêvé, ici. J'espérais que certains mauvais souvenirs seraient des rêves, aussi.

Je me voûtai sur mon siège et posai les pieds sur la table basse.

— Alors, Kev, on essaie encore un peu ?

Il hocha la tête.

— Mais certaines choses doivent changer entre nous, ajoutai-je.

Il me regarda.

— Pourquoi ? A cause de ce que je vous ai fait à l'hôpital ? Vous êtes toujours fâchée ? (Il se tut, mâchouilla sa lèvre inférieure.) Je regrette ce qui est arrivé. Je ne voulais pas. Je regrette vraiment.

— Oui, je le sais. Mais ce n'est pas de cela que je veux parler. Je pense que nous devons changer carrément de méthode. Je pense que nous devons nous fixer des buts. Nous nous connaissons depuis près de deux ans maintenant, toi et moi, Kev, et je ne sais pas trop à quoi nous avons abouti. J'ai eu parfois l'impression que nous flottions à la dérive, comme deux petits bateaux ayant perdu leurs amarres, au fil du courant. C'est une méthode qui réussit quelquefois, mais ce n'est pas ce qu'il nous faut, je crois. Des tas de gens décident de ta vie à ta place, Kevin — tes parents, les assistantes sociales, les médecins, les infirmières, les éducateurs, Jeff, moi. Il est temps que tu commences à prendre quelques décisions toi-même.

— Vous êtes toujours en colère, on dirait ?

— Non. Déterminée, simplement.

Kevin leva les yeux vers moi. Dans le clair-obscur brûlant de la pièce, ses pupilles étaient d'un gris liquide, comme des taches de soleil sur l'eau.

— Torey, je peux vous demander quelque chose ?

— Oui, quoi ?

— Vous m'aimez toujours ?

— Euh, oui, bien sûr, que je t'aime bien. (Je lui souris.) Est-ce que je serais revenue, si je ne t'aimais pas, d'après toi ?

— Mais vous m'aimez vraiment beaucoup ? Comme avant ? Vous m'aimez toujours autant ?

Je hochai la tête.

— Très bien, dit-il, reprenez ce que vous étiez en train de dire.

2

Et une nouvelle fois, tout recommença.

Chagrinée par la perpétuelle ambiguïté qui planait sur le cas de Kevin, je décidai que ce dont nous avions manqué jusque-là, c'était d'objectifs bien définis. Et je partis pour Seven Oaks pleine de bonnes résolutions dans ce sens, sensation plutôt insolite, en ce qui me concerne. Car je vis sans trop me fixer de buts moi-même. Mettre l'accent sur l'avenir et sur les conséquences de mes actes ne m'avait jamais convenu. Mon travail et mon mode de vie se concentraient plus sur le présent et la réalisation des choses que sur leurs fins. De temps à autre, pourtant, quand je ressentais un manque de cohésion dans ce qui se passait autour de moi je recourais à ce genre de stratagème. Un peu comme lorsque chez moi, lasse de ne rien retrouver dans mon fouillis familier, je me lançais soudain dans un nettoyage grandiose de tous mes tiroirs et placards.

Il devait en être ainsi pour Kevin. Il fallait lui trouver quelques objectifs tangibles, décidai-je. Pour moi aussi, afin de me persuader que ces deux années de travail n'avaient pas été totalement vaines. J'exigerais donc qu'il aille du point A aux points B, puis C, et je tenais à définir dès le départ ce que seraient A, B et C. Et je tenais à ce que Kevin le sache aussi.

De plus, ce projet semblait fort raisonnable dans le contexte de Seven Oaks, où toute la vie était régie par un contrôle très suivi du comportement des enfants. Les garçons recevaient des bons en fonction des attitudes qui étaient exigées d'eux ainsi que des tâches accomplies, et ces bons leur servaient à acheter les produits de base, à se procurer des extras en matière d'activités et d'articles personnels. Comme tous les systèmes de ce genre, celui-ci fixait des objectifs très précis, et des heures étaient prévues dans l'emploi du temps pour permettre aux gamins de faire le point sur leurs comportements et leurs progrès, de choisir de nouveaux buts à court ou long terme. Il me parut donc très logique d'insérer Kevin dans ce réseau. Ainsi, les éducateurs et les surveillants comprendraient le sens de mon action, et je serais sûre qu'ils superviseraient les progrès de Kevin en mon absence.

La réaction de Kevin à cette soudaine frénésie d'organisation de ma part fut plutôt déroutante. Je ne sus jamais s'il ne comprenait rien à ce que je tentais de mettre en place ou s'il organisait une résistance passive, contrecarrant mes projets sans en avoir l'air. Chaque fois que j'arrivais avec un stock d'idées sous le bras et que je commençais à les lui exposer, il prenait un air totalement idiot. Je n'obtenais de lui aucune réelle coopération, bien qu'il fît mine d'essayer.

Fixer des objectifs, avec lui, était un exercice particulièrement frustrant. Jamais il n'adhérait à des projets que je jugeais, moi, importants, comme d'améliorer ses relations avec les autres garçons. Au lieu de cela, il me proposait des idées du genre : aller voir Jeff en Californie. J'expliquais patiemment que, oui, ce serait fort sympathique, mais que ce n'était pas, je le craignais, un objectif très réaliste, ne fût-ce que parce que nous ne connaissions ni l'un ni l'autre l'adresse de Jeff. Et nous ergotions ainsi pendant des heures pour définir des priorités, pour tenter de faire coïncider ses objectifs avec les miens. Et tout au long de ces débats, Kevin affichait un masque stupide et borné, et je ne sus jamais vraiment s'il n'y comprenait goutte, ainsi que sa mine le suggérait, ou s'il se payait royalement ma figure.

Cela mis à part, je tirai un grand réconfort des listes que j'étalais devant moi. J'en vins à me demander si la théorie du béhaviorisme et ses applications pratiques — contrôle et modification du comportement — ne répondaient pas, en fin de compte, à cet immense besoin que nous avons de croire que nous pouvons comprendre ce petit bout d'existence qu'est notre vie, et en avoir l'entière maîtrise. Savoir ce que l'on fait, ou du moins en avoir l'illusion, surtout lorsque ces données sont consignées noir sur blanc, confère un formidable sentiment de puissance.

Kevin était fort loin de partager cet enthousiasme.

— Pourquoi est-ce qu'on ne fait plus comme avant? me demanda-t-il un après-midi.

— Parce que ça ne nous menait à rien.

— Mais si. Regardez. Je ne me cache plus sous les tables. Je n'ai plus si peur.

— Oui, mais tu vis toujours derrière des barreaux, comme un vulgaire voleur, exact?

— Ouais, ouais...

— Souviens-toi. Tu me disais toujours que tu ne comprenais pas pourquoi c'était toi qui étais enfermé alors que c'était ton beau-père qui avait commis toutes ces horreurs. Vois-tu, c'est tout cela que j'essaie de changer. J'essaie de te tirer de là, et de t'aider à trouver ta place. Tu veux sortir d'ici, oui ou non?

— Ouais, mais...

— C'est la seule façon, à mon avis.

— Ouais, mais... (Il fronça les sourcils et se détourna.) Vous voyez, j'ai envie de sortir, mais, eh bien, c'est que, simplement, vous voyez, j'aimerais bien que ce soit comme avant. C'était mieux, je trouve.

— Mais ça n'a rien donné.

— Ouais, mais...

Il apparut enfin qu'il n'y avait qu'un seul objectif qui intéressât véritablement Kevin. Il le garda longtemps secret et puis, un jour que nous discutions dans la pièce chaude, aux ombres dorées :

— Vous savez — pour ces fameux objectifs ? J'en ai un, me dit-il.

— Ah ? Qu'est-ce que c'est ?

Un coin de sa bouche se souleva en une petite moue timide.

— Vous n'allez pas vous moquer, hein ? Si je vous le dis ?

— Non, bien sûr que non.

Je le vis réfléchir longuement, peser le pour et le contre de la confidence qu'il voulait me faire.

— Je veux me transformer en Bryan.

— Je comprends.

— Je crois que j'ai trouvé un moyen d'y arriver. C'est idiot, comme objectif ?

Je secouai la tête.

— Non. Comment comptes-tu t'y prendre ?

— En apprenant à nager. Je pense que Bryan saurait nager. Alors je vais nager. J'y arriverai. Je suis décidé. (Il me sourit tendrement.) Si bien sûr vous voulez bien m'apprendre.

Ainsi débuta notre croisade au nom du saint contrôle des contingences. Je tapissai la chambre de Kevin de tableaux où nous dressâmes au feutre des graphiques aux couleurs rutilantes, suivant jour après jour les progrès accomplis en fonction de buts précis : hygiène personnelle (se brosser les dents, x1, x2, x3 ; se peigner ; se laver le visage ; se laver les mains avant de manger ; changer de sous-vêtements ; mettre une chemise propre ; un point supplémentaire si tout a été fait), participation à la vie collective, activités individuelles, et ainsi de suite. Je distribuais des jetons de poker et des étoiles d'or, et tout ce qui pouvait inciter Kevin à faire un effort. Les récompenses étaient nombreuses et variées ; il y en avait des petites qu'il pouvait gagner au fil de la journée, des moyennes pour le bilan quotidien et d'autres, plus importantes, qui portaient sur l'activité d'une semaine ou plus, comme une sortie hors des murs de Seven Oaks. Nous coloriions, comptions, enregistrions les succès. Le soir, chez moi, je traçais des graphiques sur papier millimétré et tenais des tableaux que je gardais en permanence dans une chemise, sur mon bureau. A la clinique, je comparais ce que nous faisions avec d'anciens bilans effectués sur d'autres enfants, ou avec ce que disaient les livres. Tout le mois de juin se passa ainsi ; moi dévorant assez de papier pour massacrer une petite forêt, Kevin propulsé dans l'action, hébété par le dynamisme de cette guerre éclair.

Curieusement, la seule chose que nous partageâmes vraiment, la seule activité que je tenais le plus à inclure dans le programme de Kevin, mais qui n'interféra jamais, finalement, fut la natation. Il y avait une piscine à Seven Oaks même, et trois fois par semaine j'apportais mon maillot de bain ; lorsque nous avions terminé nos séances, nous nous rendions au bassin et je m'efforçais d'apprendre à nager à Kevin. Ce fut une affaire longue et pitoyable, mais qui créa entre nous une communication secrète et prit le pas sur tout ce que nous tentions de réaliser sur le papier avec des mots. Quoi qu'il se fût passé dans la journée, que Kevin eût ou non progressé dans son programme ou dans ses séances avec moi, nous allions nager. Et cet espace devint notre zone de cessez-le-feu. Nager ensemble nous unissait tout simplement, et d'une manière absolue comme d'autres l'amour.

Après la fin de l'année scolaire, à la mi-juin, la relation qu'entretenait Charity avec Mrs. Thatcher pâlit quelque peu, puisqu'elle n'était plus son élève. Privée du contact quotidien, Charity se laissa aller. Sa silhouette, qui avait presque atteint des proportions normales, s'épaissit de nouveau de quelques livres, et son comportement se relâcha. Mrs. Thatcher s'efforça néanmoins de continuer à recevoir Charity et de ne pas la laisser totalement livrée à elle-même. C'était déjà quelque chose. Et puis, le vaste groupe familial de Charity absorbait mieux ses problèmes en été, car la fillette se rendait souvent chez ses cousins, dans la réserve, et la liberté des collines poussiéreuses semblait l'apaiser un peu. Mais pour compenser tous ces moments où elle ne savait que faire de sa peau, Charity revint s'installer chez moi.

Et c'est pourquoi, tandis que la vague de chaleur du mois de juin s'étirait sur juillet, Mrs. Thatcher ayant invité Charity à un barbecue qu'elle organisait dans sa ferme, Charity nous proposa, à Hugh et à moi, de l'accompagner. Je ne connaissais pas Mrs. Thatcher, et il va sans dire que j'étais fort impatiente de la rencontrer. Elle de même, sans doute. Et par un soir brûlant et brumeux de juillet, nous nous enfournâmes tous dans la camionnette de Hugh et partîmes pour la ferme. Nous avions également avec nous Ransome, un cousin de Charity, âgé de quatorze ans. Il vivait dans une des bourgades de la réserve, mais après des ennuis répétés avec la police du coin, la famille l'avait envoyé vivre quelque temps au sein du groupe installé chez Charity. C'était un adolescent de haute taille, beau, l'air maussade, avec des cheveux longs et un bandeau autour du front, à la manière apache. Il n'était vêtu que d'un jean ; ni chemise ni chaussures. J'échangeai un regard avec Hugh en grimpant dans le camion. Ransome n'ouvrit pas la bouche.

Les Thatcher possédaient une petite ferme charmante dans un secteur envahi de ranches gigantesques. Un vol de poussins se dispersa devant nos roues sur le long chemin de terre qui y conduisait, et une chèvre attachée à un pilier du porche nous accueillit d'un bêlement. Mrs. Thatcher accourut à notre rencontre. Elle avait un tablier noué haut sous la poitrine, et des cheveux gris disciplinés dans un foulard. J'éprouvai pour elle une sympathie immédiate et profonde ; elle avait cette familiarité chaleureuse et toute simple des femmes de l'Ouest et nous reçut comme si nous étions de la famille. Puis elle nous conduisit à l'arrière de la maison, où nous fîmes la connaissance des autres invités, pendant que la viande finissait de cuire sur le gril.

Les enfants s'en allèrent jouer dans les prés quand le repas fut terminé. Hugh et moi nous attardâmes un peu à discuter avec nos hôtes et quelques autres convives, mais nous ne connaissions vraiment personne en dehors de Charity. Passé un délai convenable, nous nous excusâmes et partîmes nous promener. Je m'inquiétais de l'absence de Ransome, qui avait disparu après le dîner, et Hugh en avait un peu assez des bavardages polis et de la fumée du barbecue.

La nuit approchait, bien que le soleil fût encore sur l'horizon. Le crépuscule s'éternisait, à cette période de l'année, et le jour restait longtemps suspendu entre chien et loup. Main dans la main, nous flânâmes dans les petits chemins qui entouraient la ferme, de simples pistes de terre, pour la plupart, qui couraient le long de clôtures en barbelé.

Ce ne fut qu'aux approches d'un pâturage éloigné, qui longeait la rivière, que j'aperçus enfin Ransome. Les Thatcher y faisaient pacager dix poneys mustangs sauvages que leur avait confiés le Bureau d'aménagement du territoire et l'adolescent était parmi eux. Comme chez lui, apparemment, pieds et torse nus, miroitements de sueur sur son corps brun. Il faisait courir les mustangs d'un côté, puis de l'autre. Une petite jument, un poulain contre son flanc, se détacha du groupe. Il lui empoigna la crinière et bondit sur son dos. Elle était farouche, courte sur pattes et nerveuse, et les pieds du garçon touchaient presque le sol. Mais elle n'avait pas l'habitude d'être montée et se mit à galoper furieusement, avec force ruades et contorsions. Ransome, ses longs cheveux noirs flottant dans son dos, était couché sur son cou et s'agrippait avec assurance.

C'était un spectacle ensorcelant, comme ces gambades de lièvres au clair de lune, et j'aurais voulu, tant elle me fascinait, que cette chevauchée impudique et clandestine ne cesse jamais. Mais il nous vit et glissa à terre aussitôt.

Il s'immobilisa un instant, visiblement tenté de chercher son salut dans la fuite. Mais non. Au bout d'une minute ou deux, il vint vers nous d'un pas nonchalant.

— Je ne leur faisais pas de mal, dit-il.

— Non, répondit Hugh, nous avons vu ça.

— C'est facile. (Il se tourna et regarda par-dessus son épaule les poneys, encore affolés par sa présence.) C'est mon grand-père qui m'a appris. Il m'a appris, pour que je sache ce que c'est que de vivre quand les autres ne font que survivre.

De retour à la ferme, où Charity et les autres gamins faisaient griller de la guimauve sur les braises, je m'installai dans la pénombre auprès de Mrs. Thatcher, pour discuter. J'étais ravie de me trouver en compagnie d'une autre enseignante, et nous évoquâmes de bons souvenirs. Lorsque le téléphone sonna, je découvris avec stupeur que c'était pour moi.

Jules était au bout du fil. Seven Oaks venait d'appeler le numéro d'urgence de la clinique.

— On m'a demandé de te joindre, dit Jules. Il y a eu une fugue. Trois gamins. Ton Kevin était du nombre.

Mon Kevin. Ces deux mots flottaient dans ma tête tandis que Hugh me reconduisait chez moi, où je devais prendre ma voiture. Et ils me poursuivirent pendant les soixante kilomètres qui me séparaient de Seven Oaks. Mon Kevin.

Il était près de dix heures lorsque je me garai dans le parking, habituellement désert, mais encombré ce soir-là de voitures de police. Le bureau principal flamboyait de toutes ses lampes.

Kevin et deux autres garçons, Carlos et Troy, s'étaient enfuis entre le repas du soir et l'heure des activités de groupe, sept heures trente. Personne ne savait au juste comment ils étaient sortis ni quelle direction ils avaient prise, mais tout le monde était d'avis qu'ils avaient dû emprunter le lit du fleuve. En raison de la longue vague de chaleur, l'eau était basse et découvrait une bonne partie du chenal qu'elle emplissait d'ordinaire. Ce qui offrait un des rares moyens de s'enfuir de l'établissement, si l'on était assez petit ou assez mince pour se glisser entre la clôture et le cours d'eau proprement dit. On pouvait profiter aussi, sur une assez longue distance, de la protection des saules, si on ne craignait pas les rochers.

J'eus un soupir de lassitude lorsque Bill m'eut mise au courant. Voilà où menaient tous mes efforts pour lui apprendre à nager, pensais-je. Kevin n'avait plus peur de l'eau.

Carlos n'en était pas à sa première fugue. Il s'était déjà enfui de Seven Oaks et avait réussi, une fois, à rester libre près de deux semaines. C'était un adolescent de quatorze ans, coriace et madré, qui avait poussé dans la rue. Troy, le plus jeune des trois — douze ans —, était un petit gosse chahuteur, dépourvu de toute conscience, et qui avait déjà à son actif tout un chapelet d'arrestations pour vols et incendies volontaires. Lui aussi avait grandi dans la rue et connaissait son affaire en matière de trafic de drogue ou de tabac ; il avait donc une bonne chance de survivre dans les milieux marginaux, s'il arrivait jusque-là.

Et puis il y avait Kevin. On n'aurait pu imaginer à ce trio membre plus incongru. Sa participation stupéfiait tout le monde, surtout dans la mesure où il ne passait pas pour un gamin particulièrement intrépide. Pourquoi s'était-il enfui ? Pour aller où ? On ne cessa de me harceler de questions, sur tous les tons. Est-ce que je le savais ? Est-ce que j'avais une idée ? Non, pas la moindre. Tout ce que je voyais, c'était qu'il avait pu décider de retrouver son beau-père, mais je priais qu'il n'en fût rien. Tandis que je tentais d'extirper un soda du distributeur et m'installais dans un fauteuil du bureau dans la perspective d'une longue veille, ils continuèrent à me poser des colles. Parlez-nous de ceci. Et de cela. Dites-nous-en plus sur Kevin. Et une fois encore, je me rendis compte à quel point je le connaissais mal.

Je restai dans le bureau jusqu'à deux heures et demie

du matin. Même la caféine des Coca ne parvenait plus à me tenir éveillée, et je dus rentrer chez moi. Il ne se passait rien, de toute façon. Malgré les efforts des policiers, des éducateurs et des habitants du coin qui auraient pu apercevoir les garçons sur leurs terres, nous n'avions toujours pas le moindre indice. Je pris donc congé d'une voix lasse, bus la dernière gorgée de mon soda et rejoignis ma voiture pour le long trajet du retour.

Je fus envahie, à mon volant, d'une sorte de mélancolie nonchalante. J'étais épuisée, sans aucun doute, et surexcitée par trop de caféine, mais la seule chose qui me venait à l'esprit était que Kevin s'était enfui une fois de plus pour trucider son beau-père. A quoi bon? me dis-je. A quoi servait de travailler avec ce gamin? Étais-je parvenue à un résultat quelconque? Y arriverais-je jamais? Les réalisations concrètes ne m'importaient guère, généralement, mais au cœur de cette nuit d'été, je cherchais en vain un détail, un seul, qui eût indiqué qu'une fois, au cours de ces longs mois passés auprès de Kevin, ma présence avait changé quelque chose. D'une certaine façon, pensai-je, c'eût été bien plus facile d'affronter une vibrante défaite que la longue, longue traversée de ce marécage sans fin.

Le lendemain, la police récupéra Carlos dans une localité située à une trentaine de kilomètres au sud de la ville, où on l'avait pincé en train de voler à l'étalage. Il fut ramené à Seven Oaks, cloîtré illico en notre compagnie et pressé de questions sur ce qu'il était advenu des deux autres. Ils s'étaient séparés presque aussitôt, répondit Carlos. Après une dispute. Puis il refusa d'en dire davantage. Le sujet de la querelle, il nous fut impossible de le lui tirer de la bouche.

Je discutai ensuite avec Carlos pour savoir si Kevin avait parlé de l'endroit où il comptait se rendre. Avait-il fait allusion à son beau-père? demandai-je. Avait-il une arme sur lui? Carlos se contenta de hausser les épaules et de hocher légèrement la tête, comme font les enfants pour indiquer qu'ils ne parleront plus.

Trois jours passèrent encore avant que la police pût mettre la main sur Kevin et Troy. Ils ne s'étaient pas quittés. Ils avaient réussi à atteindre les faubourgs de la ville, mais pas plus, et furent dénichés dans une vieille cahute en papier goudronné, sous un pont qui enjambait la voie ferrée. Ils étaient tous deux à demi morts de faim et fourbus lorsqu'ils arrivèrent, transbahutés sans ménagement à l'arrière d'un fourgon de police.

Lorsque j'allai voir Kevin après qu'il se fut lavé et sustenté, je le trouvai couché à plat ventre sur son lit. Il semblait épuisé. Ils s'étaient nourris de deux boîtes de porc aux haricots et d'un paquet de biscuits que Troy avait réussi à chaparder dans une épicerie. Kevin avait bien perdu deux kilos. Mais c'était surtout une intense fatigue qui creusait son visage.

Je m'assis sur une chaise à côté de son lit. Je l'observai un moment, couché sur le ventre, le visage à moitié enfoui dans l'oreiller. Il gardait les yeux fermés, comme si les ouvrir lui eût demandé trop d'efforts.

Je le regardai. J'avais cru que je serais furieuse de tous les ennuis et de l'inquiétude qu'il m'avait causés. Je pensais que lorsque je me retrouverais seule avec lui, je lui dirais vertement ce que je pensais de son attitude.

Mais je n'en fis rien. Je me penchai et écartai les cheveux de son visage, les lissai doucement. J'aimais cet enfant. Pour la première fois depuis que je le connaissais, je m'avouai qu'il s'agissait bel et bien d'amour. Les sombres pensées qui m'avaient obsédée cette fameuse nuit lorsque j'étais rentrée chez moi au volant de ma voiture me revinrent en mémoire, mais d'une manière abstraite, comme irréelles. Voilà ce qui était bien réel. J'aimais ce gamin, et j'étais heureuse et soulagée qu'il soit de retour.

— Pourquoi t'es-tu enfui ? demandai-je.

Il ne répondit pas, resta sans bouger, le visage presque invisible. Je lui caressai encore les cheveux

— Je me suis fait du mauvais sang. Pourquoi es-tu parti ?

Kevin remua.

— Je n'en sais rien. Je voulais juste sortir d'ici. Je savais qu'ils se tiraient, alors je leur ai demandé si je pouvais aller avec eux. Il y avait du soleil. Je voulais juste savoir quel effet ça faisait, d'être libre.

3

— J'ai pensé que peut-être tu avais décidé d'aller jusqu'à la prison et de tuer ton beau-père, expliquai-je.

— Qui vous a dit ça ?

— Personne. C'est juste une idée qui m'est venue. C'est vrai ?

Kevin ne répondit rien. Nous devions aller nager, mais on avait fermé la piscine pour la nettoyer, et nous nous étions installés sous les ormes, encore en maillot de bain. J'avais jeté ma serviette sur mes épaules pour pouvoir m'adosser au tronc sans me déchirer la peau à l'écorce. Kevin était allongé à plat ventre dans l'herbe.

— Alors, Kev, c'est vrai ?

— Je ne sais pas.

— Il me semble pourtant que tu devrais savoir. Alors ?

Il haussa les épaules.

— C'est un oui ?

— Non, pas vraiment.

— C'est non, alors ?

Il haussa les épaules.

— Je vous ai dit que je ne savais pas.

— Mais qu'est-ce que ça veut dire, que tu ne sais pas ? Comment peux-tu ne pas savoir une chose pareille ?

Nouveau mouvement d'épaules.

— C'est ainsi. L'an dernier, je savais. L'an dernier, c'est ce que je voulais faire. Mais maintenant ? Peut-être qu'il n'est même plus en prison. Peut-être qu'il est autre part. Qui sait ? L'an dernier, j'étais certain. Mais plus maintenant.

Je tirai par-dessus mon épaule une longue mèche de cheveux et l'examinai. Il faudrait la tailler. Je tripotai les bouts fourchus.

— Qu'allons-nous faire de ton beau-père, Kevin? Et de ta mère?

— Que voulez-vous dire?

— Comment allons-nous les neutraliser? Ta mère et ton beau-père font partie de ta vie, Kevin. Les choses qu'ils t'ont données, bonnes ou mauvaises, font également partie de ta vie. Et lorsqu'un événement a eu lieu, personne ne peut faire qu'il n'ait pas eu lieu. Il est là. On ne peut pas revenir en arrière. On ne peut pas changer ce qui est arrivé. Toi, moi ou les éducateurs, aucun de nous ne peut faire en sorte que ton beau-père ne t'ait pas battu il y a dix ans, ou que ta mère soit intervenue pour empêcher ce qui est arrivé à Carol. Ou autre chose de ce genre. C'est arrivé. C'est fini. Nous n'y pouvons rien. Tout ce qui nous reste à faire, c'est d'accepter que ce soit arrivé et d'aller de l'avant du mieux possible.

— Je le sais.

— Je sais que tu sais. Mais j'ai l'impression que tu regardes aussi derrière toi. Que tu as encore envie de revenir en arrière et de défaire ce qui a été fait.

Il m'observait.

— Je me trompe?

Kevin haussa les épaules.

— Et je me dis qu'il faut que nous réagissions, toi et moi. Parce que ce problème te ronge, Kevin. Ils te tiennent toujours dans leurs griffes. Ton beau-père te fait tout autant de mal aujourd'hui qu'avant, et tu ne l'as pas vu depuis six ans. Nous devons les oublier, d'une façon ou d'une autre, pour que tu sois enfin libre.

Kevin s'amusait avec un brin d'herbe. La journée était torride. Malgré les bruits de l'été, il y avait entre nous comme un grand calme.

— Vous savez, cette femme, Margaret, dit-il, cette femme de Bellefountaine?

Je hochai la tête.

— Vous ne savez pas ce qu'elle m'a dit, un jour ?

— Non. Quoi donc ?

— Elle m'a dit : « Tu ne seras jamais vraiment normal, Kevin. » Elle m'a dit : « Ça ne fait rien. Il y a des tas de gens comme toi, tu devras t'y habituer. Il y a des gens, dans la vie, qui ont de la chance. D'autres qui n'en ont pas. Tu dois accepter certaines choses. » Et après, je suis monté dans ma chambre et je me suis regardé dans la glace, et je me suis dit, *j'ai l'air* normal. Vraiment. Je veux dire, peut-être que je ne suis pas aussi beau que certains types, ou je ne sais quoi. Mais j'ai l'air de quelqu'un qui pourrait être normal. Je suis redescendu et j'ai dit ça. J'ai dit : « Margaret, je me trouve l'air normal. Pourquoi je ne peux pas l'être ? » Mais elle n'a rien répondu.

— C'est là que tu lui as cassé le bras ?

— Non, dit-il, c'était une autre fois.

— Que s'était-il passé ?

— Un des garçons cognait un gamin. Il le frappait vraiment fort. Je suis sorti de mon lit et je suis redescendu parce que je les entendais. Et j'ai dit : « Margaret, il faut l'aider. » Et elle est restée là, sans bouger. Et le gosse se faisait vraiment casser la gueule. Et j'ai dit : « Margaret, pourquoi vous ne l'aidez pas ? Il *faut* l'aider. Vous ne pouvez pas rester là les bras croisés. Il va se faire tuer. » Et elle m'a répondu : « Laisse-les donc régler leurs comptes ensemble. Ça ne te regarde pas. » Alors je lui ai pris le bras. Je voulais juste l'obliger à les arrêter. Je ne voulais pas lui casser le bras, je vous assure. Je voulais juste qu'elle fasse quelque chose.

— Un peu comme le jour où ta mère est restée à regarder Carol se faire battre, hein ?

— Ouais, un peu comme ça, dit Kevin. Mais cette fois, j'étais plus fort.

Un scarabée sauta sur ma jambe. Je le regardai un moment ramper sur ma peau, mais il me chatouillait ; je le chassai de l'autre pied. Il revint immédiatement.

— Mais qu'est-ce que vous en pensez, vous, Torey ?

— De quoi ?

— Est-ce que vous pensez que je peux être comme tout le monde ? Vous ne trouvez pas que je donne l'impression de pouvoir être un peu normal ? Rien qu'un peu, même ? Je réfléchissais à ça. Quand je suis parti avec Troy et Carlos, vous savez. Je me disais que je pourrais marcher dans la rue et que personne ne remarquerait, non ? (Il se tut un instant et me regarda.) Je veux dire, ça ne se voit pas, n'est-ce pas, ce n'est pas comme si je portais un insigne ou autre chose ?

Je secouai la tête.

— C'était surtout ce que je voulais faire quand j'étais dehors, dit-il. Je voulais simplement marcher dans la rue et faire semblant d'être comme tout le monde.

Je souris.

— Je pense que tu es normal, Kev. Et je ne vois pas pourquoi tu ne pourrais pas marcher dans la rue et être comme les autres, si tu en as envie.

— Pourquoi je suis ici, alors ?

— Parce que...

Et je m'arrêtai. Comment répondre à cette question ? Il ne bougeait plus, captant tel un radar mon silence. Puis il se détourna de moi d'un air las. Il arracha un autre brin d'herbe.

— Je leur avais demandé de m'appeler Bryan. A Carlos et Troy, je leur ai dit : « Mon vrai nom, c'est Bryan, appelez-moi comme ça à partir de maintenant. » Mais vous savez, Torey, le nom ça ne fait pas tout, hein ? Même si je suis Bryan à l'intérieur, si je suis Bryan sans arrêt, à l'extérieur je resterai toujours Kevin. Elle avait raison, Margaret.

Les semaines suivantes furent épouvantables. Plus que jamais peut-être, Kevin fut obsédé par l'idée de sortir, de laisser derrière lui toutes ces années d'internement. Par moments, comme lorsque nous discutions sous les ormes, il ne pensait qu'à être libre, et les questions qu'il se posait à ce sujet étaient si déchirantes que j'en aurais pleuré. Mais d'autres fois, il refusait avec un entêtement insupportable de renoncer à ses vieilles habitudes de comportement, et lorsque je le réprimandais à ce sujet, il répondait, comme autrefois, qu'il s'en fichait et que de toute façon, il voulait rester fou.

Je m'énervai quelque peu. Je ne savais jamais d'un jour sur l'autre dans quel état je le trouverais et, plus grave, je ne voyais d'autre solution que de suivre le courant. Les deux extrémités du spectre n'avaient jamais été si éloignées, semblait-il. Kevin se comportait plus normalement que jamais, désirait plus que jamais être comme tout le monde. Mais dans le même temps, il lui arrivait de se bloquer plus fort qu'avant sur le moindre petit changement, de refuser avec plus d'énergie encore toute innovation. La seule lueur d'espoir qui parût éclairer le bout du tunnel résidait dans le fait que, malgré ses protestations et son opiniâtreté, il ne retomba jamais vraiment dans des comportements aberrants du genre de ceux qu'il avait eus à Garson Gayer ou à l'hôpital.

Peut-être était-ce une étape normale. Après tant d'années d'incarcération, la perspective de la liberté devait être, en dépit de ses charmes, plutôt intimidante. Peut-être ce mouvement de bascule était-il un signe favorable d'évolution. Il suffisait en tout cas, certains jours, à me faire perdre la boule.

Ce fut également au cours de cette période que s'effondra mon génial système de graphiques et d'objectifs à atteindre. J'avais vu s'entrouvrir les fissures. En dépit de son efficacité théorique, il n'était pas adapté, tout simplement. Kevin continuait à détester cette méthode, et je n'y étais pas très à l'aise, moi non plus. Elle était un peu trop organisée pour mon goût ; elle enrégimentait plus mes faits et gestes qu'elle ne nous aidait, Kevin ou moi. Nous passions de plus en plus de temps aux abords de la piscine, fuyant les petites séances crispées et bien en ordre pendant lesquelles je pointais mes tableaux et Kevin comptait ses bons. Je dus finir par m'avouer qu'une structure de travail plus souple dans sa formule générale me convenait davantage, à tous égards.

— Tu veux laisser tomber ce système ? proposai-je enfin à Kevin un après-midi.

— Oui, oh ! oui, répondit-il, empli de gratitude. Oh ! oui, oui, oui, oui, oui.

— Cela signifie : plus de petits cadeaux. Plus de récompenses lorsque tu auras atteint les objectifs choisis. Et en même temps, il faudra continuer à travailler dur. Pas de relâchement.

— Ça me va.

— Tu es sûr ?

— Oui, je suis sûr. Sûr et certain.

— Tu n'aimais pas beaucoup ça, hein ? demandai-je.

— Non. Pas du tout.

— Mais pourquoi ? C'était efficace, pourtant. On obtenait des résultats.

— Parce que, dit Kevin. (Il ferma un instant les paupières, s'adossa.) Je ne peux plus faire semblant, ajouta-t-il.

— Faire semblant de quoi ?

— Voyez-vous, répondit-il, et il eut un sourire désenchanté, paupières toujours closes. Quand j'étais à l'hôpital, je faisais souvent semblant. Les autres, ils avaient toujours quelqu'un qui venait les voir. Et moi je n'avais que vous. Alors je faisais comme si vous veniez pour moi. Comme si vous n'étiez pas psychologue ni rien, et que vous veniez simplement pour moi. Je leur disais même, aux autres, quelquefois. Je le disais à Larry. Je lui disais que vous étiez ma sœur. Pour qu'il croie que vous veniez juste me voir. (Tête en arrière, il posa les bras sur ses yeux fermés.) Mais ici ce n'était plus possible. Pas avec tous ces graphiques. Je ne pouvais plus faire semblant du tout, même pour moi. Tout devenait trop clair.

Tandis que s'étiraient les chaudes, très chaudes semaines de juillet, je notai une évolution dans son attitude. Au fil de ses irritantes fluctuations de comportement, je me rendis compte que peu à peu les hauts devenaient plus hauts et les bas moins bas. C'était un progrès d'une extrême lenteur; si imperceptible tout d'abord que personne ne le remarqua pendant quelque temps, mais il s'accentuait à présent. Kevin apprenait à intégrer en lui les divers aspects de sa personnalité, colères, frayeurs, violence, déprimes, ainsi qu'il en est de nous tous. Il avait bien encore recours, à l'occasion, à l'un de ses anciens stratagèmes, mais il ne s'agissait alors que d'éclats brefs, sans suite.

Pourquoi, après tout ce temps, les choses s'organisaient-elles enfin un peu dans sa tête? C'était le genre même de question à quoi on ne pouvait répondre. Nous n'avions aucun moyen ni, en fait, aucun réel besoin, de le savoir. Mais quelle qu'en fût la cause, tout le monde reconnut cette évolution. Pour la première fois, on discuta sérieusement, dans le bureau directorial de Seven Oaks, du futur placement de Kevin. Sa place n'était pas à l'hôpital psychiatrique, nous étions tous d'accord là-dessus. Mais où, alors? Devait-il rester à Seven Oaks? Peut-être. Peut-être même pouvait-on envisager un milieu plus ouvert.

Kevin aussi avait conscience de ses progrès.

— Vous savez ce que j'ai envie de faire? me dit-il un après-midi. (Nous étions assis sur la moquette de la grande salle, juste au-dessous de la fenêtre, et le soleil coulait à flots sur nous.) J'ai envie d'aller au lycée.

Je le regardai.

— Au lycée?

— Ouais. Si je sors un jour d'ici, c'est ce que je veux faire. Aller au lycée.

— Pourquoi? demandai-je.

— Parce que. (Il haussa les épaules.) Je n'en sais trop rien. Pour y aller. Pour être avec d'autres jeunes. Pour voir ce que c'est que d'être une vraie personne.

Il faisait très chaud, dans la pièce. Je m'allongeai et glissai mes bras derrière ma tête. Et je revécus soudain ces journées d'été, torrides et sèches, de mon enfance, où je me couchais dans le grenier, la joue sur le plancher rugueux, pour observer les araignées qui vivaient là. Le soleil ruisselait par les lamelles du trou d'aération, braquant le feu de ses projecteurs sur les petites créatures. L'air autour de moi était toujours palpable, tant y flottaient de poussières, et brûlant toujours.

— Qu'est-ce que vous en dites ? me demanda Kevin comme je ne répondais rien.

— Ce sera dur, Kevin. On travaille vraiment beaucoup, au lycée, et tu n'as pas fréquenté une véritable école depuis...

— Depuis longtemps. Je sais. Mais j'y arriverai. Mr Gomez, qui était mon instituteur à l'hôpital, m'a fait passer des tests. Il a dit que j'avais le niveau de lecture d'un élève de troisième. Pour les autres matières, aussi, presque. Même en maths.

— Mais cela te fait quand même deux ans de retard, Kev. Les élèves de troisième ont quinze ans, et tu vas sur tes dix-huit. Mais ce n'est pas seulement la question du travail, en fait ce n'est pas cela, le vrai problème. Tu y arriverais, je crois, en t'accrochant.

— Qu'est-ce que c'est, alors ?

— Tout le reste.

— Quoi, tout le reste ?

— Eh bien, les déplacements d'un cours à l'autre. Le fait de devoir te débrouiller tout seul. Et les autres élèves. Ils te taquineraient, Kevin, parce que tu n'es pas comme eux. C'est une période difficile pour tous les jeunes, à cet âge-là, et pour cette raison ils ne sont pas très tolérants. Ils pourraient te rendre la vie insupportable, sans même s'en rendre compte.

Kevin me dévisageait. Il avait un chewing-gum dans la bouche, qu'il mâchait pensivement et étirait de temps à autre en un long fil. J'avais dû le blesser en affirmant carrément qu'il n'était pas comme les autres, mais nous le savions tous deux. Il souhaitait réfuter mon argument, je le sentais bien, mais il était trop honnête avec lui-même.

— Je dis simplement que ce serait un peu difficile, Kevin, rien de plus. Les autres te feraient des remarques. Les jeunes font souvent ce genre de choses sans vouloir vraiment faire mal. Ils ne réfléchissent pas beaucoup avant d'agir. Ils te diraient que tu as raté tes études ou que tu es idiot et que c'est pour ça que tu es si en retard. Même si ce n'est pas la vérité, ils diraient des choses de ce genre.

— J'ai déjà vécu des moments difficiles, Torey.

— Oui, mais ce serait différent. Tu serais seul. Il n'y aurait personne pour te soutenir, et tu aurais l'entière responsabilité de tes actes.

Il m'examinait toujours. Puis ses épaules se voûtèrent légèrement et il regarda ses mains.

— Vous ne comprenez donc pas, Torey? Il faut que j'essaie. J'ai besoin de me prouver que je suis un véritable individu, si je sors d'ici. Juste une fois dans ma vie, j'ai besoin de me le prouver à moi-même.

J'aurais bien voulu lui donner raison, mais ne pouvais m'y résoudre. Il s'agissait plus d'un rêve que d'un projet ou même d'un espoir. Il n'imaginait pas du tout, je pense, à quel point il serait vulnérable dans un milieu aussi ouvert qu'un lycée.

— Ce serait trop dur, Kev. Toutes ces remarques finiraient par te blesser. Tu as d'autres solutions. Aussi bonnes, sinon meilleures. Tu pourrais peut-être suivre des cours du soir, ou quelque chose dans ce genre.

— Mais il *faut* que ce soit difficile, Torey, vous ne le voyez donc pas?

Je ne répondis rien.

— J'ai déjà vécu des choses dures.

— Oui, je le sais.

— Je peux y arriver, dit-il tout bas. Je peux y arriver, même si vous n'y croyez pas. Personne ne sait, même pas vous, à quel point c'est important pour moi. Les types dont vous me parlez, il n'y a pas que pour eux que je dois me montrer à la hauteur. Pour moi aussi. Une seule fois, j'ai besoin de me prouver que j'en suis capable.

4

Il y avait un point qui ne cessait de me tourmenter ; le problème de la mère et du beau-père de Kevin. S'il devait voler un jour de ses propres ailes, les autorités tenaient à s'assurer qu'il n'irait pas casser les bras des gens pour un mot de travers. Pour ma part, je ne le trouvais pas si imprévisible que cela. Kevin agissait rarement sans motif discernable, une fois qu'on était dans la confidence. Mais il apparaissait que les expériences de son passé continuaient d'influer sur son comportement actuel, ce qui ne permettait guère de garantir qu'il ne fût pas dangereux. Connaître le pourquoi de tel ou tel acte violent était une chose, savoir s'il le commettrait ou non en était une autre. Et il est certain que cet aspect du problème importait beaucoup au comité qui tentait de décider si Kevin était ou non apte à la liberté.

Je n'étais pas d'avis d'atermoyer plus longtemps. Nous n'avons pas des années pour résoudre ce genre de situations, en psychothérapie. Chaque semaine, chaque mois que Kevin passait en internement l'éloignait un peu plus d'une éventuelle réadaptation au monde extérieur. Après une si longue incarcération, je m'inquiétais même de chaque jour perdu. En un sens, cette Margaret de Bellefountaine avait raison. Peut-être une vie normale était-elle déjà hors de portée de Kevin. Le choc culturel serait formidable, et sans les bénéfices d'une enfance ne fût-ce que partiellement ordinaire, Kevin n'avait pas grand-chose à quoi se raccrocher.

Kevin lui-même n'était pas d'une grande aide dès qu'il s'agissait de résoudre le problème de ses parents. Et lorsqu'il n'avait pas envie d'aborder un sujet, rien ne pouvait l'en persuader. Si je n'avais cessé de revenir sur la question, je me demande s'il en aurait jamais parlé spontanément. Et même alors, il n'avait aucune réponse à proposer, ni à mon profit ni au sien. Qu'allons-nous faire ? demandais-je. Comment arriver à vivre avec ces sentiments ? Kevin se contentait de hausser les épaules et de passer à autre chose.

Ce fut lui, pourtant, à la fin, qui trouva la pièce manquante.

Dans le cadre de son programme régulier, il avait obtenu assez de points pour les troquer contre une permission de sortie. Il y pensait déjà depuis un moment et s'en réjouissait, car ce serait la première fois qu'il pourrait sortir de Seven Oaks depuis sa fuite, cinq semaines auparavant.

Il avait envie que je l'emmène dans un *Taco John*. Kevin adorait la cuisine mexicaine, et je lui avais promis, du temps où nous poursuivions notre propre contrôle de comportement, que, s'il réalisait un objectif majeur et gagnait assez de points, nous ferions une virée là-bas, et qu'il pourrait se goinfrer tant qu'il voudrait.

Permis de sortie en main, donc, il s'envola avec moi par un après-midi du mois d'août. Nous étions au début du mois, et les nuits et les jours ne faisaient qu'un, comme souvent à cette période de l'année, sans que descendît aucune fraîcheur ; les nuits étaient si courtes et si longs les crépuscules et les aubes que la canicule semblait s'étirer sur le temps comme un lion endormi, puissant mais indolent.

Nous nous rendîmes à la ville par des chemins buissonniers. Après avoir quitté Seven Oaks peu après une heure de l'après-midi, j'empruntai des routes de campagne plutôt que l'autoroute. Nous savions tous deux, je crois, que le début de la fin était proche, de quelque façon que s'annonçât l'avenir, et il y avait entre nous un désir urgent et tacite de préserver ces derniers instants d'intimité. Il y avait si longtemps que Kevin n'était pas sorti que je tenais à lui rendre la promenade aussi agréable que possible, afin qu'il en garde un bon souvenir.

Je musardai sur des routes bordées d'arbres, le long du fleuve qui somnolait dans la chaleur d'août. Avisant une petite réserve zoologique, j'y entrai et nous traversâmes en voiture une vaste zone clôturée, où vivaient des animaux sauvages de la région. Il y avait des élans, des cervidés, des antilopes, ainsi qu'un orignal solitaire, des petits animaux. Dans un secteur séparé du reste, un ours mendiait sans vergogne quelques gâteries, bien qu'une énorme pancarte peinte en rouge interdît de le nourrir. Kevin contemplait, hypnotisé, le nez contre la vitre, l'ours qui déambulait lentement, tandis que je lui racontais mon enfance dans une ville située en bordure du parc Yellowstone, où les ours faisaient partie de la vie de chaque enfant. A la fin, nous fîmes une halte dans la boutique du musée, où Kevin dilapida son maigre argent de poche pour l'achat d'un cerf en plastique et de six cartes postales dont il voulait décorer sa chambre. Ce qui lui laissa juste assez de monnaie pour s'offrir sept huitièmes d'une barre de chocolat ; je dus lui prêter les trois *cents* manquants.

Plus loin, je m'arrêtai dans une petite aire de pique-nique qui bordait le fleuve. Je garai la voiture à l'ombre et nous continuâmes à pied. Après avoir retiré mes chaussures, je pataugeai dans les remous peu profonds que dessinait l'eau claire autour des rochers. Kevin m'observait avec méfiance de la rive, peu rassuré par les pierres glissantes, la mousse et les petites choses qui vivaient en dessous, sans parler de l'eau elle-même. Il savait bien nager maintenant, mais cette eau-là était différente. Quand il fut enfin certain qu'il ne lui arriverait rien de fâcheux, il enleva ses souliers et ses chaussettes et s'avança jusqu'au bord du courant avec la circonspection d'un tout jeune enfant. S'agrippant d'une main à mon épaule, il plongea ses orteils, et sursauta, saisi par la température. Et puis ce furent des éclats de rire, tandis que nous cherchions des cailloux de couleur et faisions mousser l'écume dans les trous d'eau à l'aide de branches de saule.

Il nous fallut donc quelque temps pour atteindre la ville, près de trois heures sans doute. Je vis se grouper à l'ouest d'énormes nuages orageux en forme d'enclume, et un vent chaud se leva, doux mais lourd et tiède comme le souffle d'un animal.

L'idée d'un repas dans un *Taco John* n'était pas toute neuve, elle datait en fait des débuts du séjour de Kevin à l'hôpital, ou même du printemps précédent à Garson Gayer. Il y avait un *Taco John* non loin des deux établissements, mais celui qui se trouvait près de l'hôpital était visible du cinquième étage. Seven Oaks était situé néanmoins à près de cinquante kilomètres au sud de la ville. Il ne rimait à rien d'aller jusque dans les parages de l'hôpital, et Garson Gayer était encore plus éloigné, d'une quinzaine de kilomètres. Je décidai donc de quitter l'autoroute lorsque j'aperçus ce qui me sembla être un quartier commerçant.

Je ne connaissais pas du tout cette partie de la ville, qui s'étendait très au sud de tous les endroits où j'avais travaillé. Mais je parvins à nous dénicher un coin où foisonnaient des *McDonald* et des *Burger King*, et où nous trouverions bien un *Taco John*, sans doute.

— Vous savez, me dit Kevin comme nous contournions un autre pâté d'immeubles, j'ai l'impression que je suis déjà venu par ici.

— Vraiment ? Moi, c'est la première fois.

— Ouais. Je crois. Oui, il y a longtemps. (Il fronça les sourcils en observant le paysage.) Là-bas, vous voyez ? Si vous tournez au coin, il y a une laverie automatique. Allez par là, pour voir.

Je descendis la rue et pris le virage. Il y avait bien une laverie, plutôt minable.

— Ouais, fit-il, plus pour lui-même que pour moi ; oui, maintenant allez par là.

Je tournai au coin suivant. Le secteur se délabrait rapidement : ce n'étaient que maisons à l'abandon, vitrines condamnées par des planches.

— Je me rappelle. Hé ! je sais où on est. On habitait par ici. J'avais complètement oublié où c'était. Mais je me souviens, maintenant. Je passais par là pour aller à l'école. Prenez cette rue. Je vais vous montrer mon ancienne école.

Malmenant le volant, je fis demi-tour et filai dans la direction indiquée par Kevin. Nous longeâmes bientôt un bâtiment scolaire étiré et bas. La cour de récréation qui l'entourait était encombrée de classes mobiles en aluminium.

— C'est ici que j'allais à l'école, dit Kevin. Arrêtez-vous, d'accord? Je vais vous montrer ma classe. D'accord? Regardez ces machins en métal. Il n'y en avait pas, avant. Juste le bâtiment en brique. Arrêtez la voiture, que je vous montre.

Je me garai dans le parking de l'école. Kevin trottait devant, maintenant, se dirigeant droit sur le bâtiment en brique. Il tourna à l'angle de l'école et galopa le long des fenêtres.

— C'est là, dit-il, mains en coupe autour du visage et appuyées contre la vitre. C'est là que j'ai fait le cours préparatoire. Avec Mrs Hutchinson. Vous voyez? Vous voyez, Tor? Je me demande si elle est toujours là, Mrs Hutchinson.

Je scrutai la fenêtre à mon tour. C'était une salle de classe assez traditionnelle. Les portes et les bibliothèques étaient scellées au ruban adhésif pour l'été. Les pupitres étaient dressés et le plancher étincelait de cire.

— Je me demande si Mrs Hutchinson se souvient encore de moi, dit Kevin. Moi je me souviens d'elle. Je l'aimais bien. Mais je me demande si elle se souvient de moi.

Puis il se tourna vers moi.

— Venez, dit-il, et il me toucha le bras. Je vais vous montrer où j'habitais. (Comme je me dirigeais vers la voiture, il m'agrippa le bras.) Pas besoin de voiture. Ce n'est pas très loin. Allons-y à pied.

Kevin me conduisit le long d'une ruelle; il courait presque, toujours devant moi, le corps projeté en avant, impatient. Les rues étaient sordides et je n'étais pas très fière de m'y promener à pied, même en plein jour. La plupart des logements semblaient abandonnés, et même ceux que l'on devinait habités étaient déserts.

Encore un tournant, et nous débouchâmes sur une rue bordée de maisons de planches dans un état désastreux. Elles étaient toutes peintes de couleurs hideuses : rose, mauve, vert. Les fenêtres se détachaient et les portes battaient librement sur leurs charnières. Des bouts de voitures, des essoreuses démontées, des carcasses de cuisinières et de réfrigérateurs jonchaient les cours. La plupart des maisons semblaient vides, mais au bout de la rue, un gamin minuscule déambulait. Plusieurs chiens-loups bâtards se prélassaient en bande au soleil, sur le trottoir.

Kevin s'arrêta net. Il resta muet pendant une minute ou deux, figé, regard écarquillé.

— C'est ici, murmura-t-il. C'est ma maison.

Il désigna une bicoque vert foncé dont la peinture s'écaillait.

Il avança lentement vers l'entrée. Le logement me parut abandonné, mais je n'en étais pas certaine.

— Maman, entendis-je Kevin chuchoter très bas.

— Kev. (Je lui touchai l'épaule.) Il y a peut-être des gens qui vivent là-dedans. Il vaudrait mieux ne pas y aller.

— Mais c'est *ma* maison, répliqua-t-il, sûr de son fait.

— C'était il y a longtemps, Kevin. Il y a peut-être quelqu'un d'autre, maintenant.

Il m'écarta de la main. Je bondis devant lui pour frapper à la porte avant qu'il ne la pousse, mais mon inquiétude était vaine. La porte céda facilement et pivota sur des gonds rongés de rouille. Le logement était inhabité depuis un bon moment, sans aucun doute. Nous entrâmes, et l'écran de toile grillagée se referma bruyamment sur nous.

Kevin regarda autour de lui. Consciente d'avoir fait intrusion dans une propriété privée, je ressentais un vague malaise et l'envie très nette de ressortir. L'endroit n'était pas des plus accueillants, de toute façon. Des clochards avaient campé dans un coin de la pièce principale. Des rats, des souris et des oiseaux avaient envahi le reste, déposant sur le plancher un tapis d'excréments. Le claquement du battant métallique avait surpris des chauves-souris, et je les entendais s'agiter fébrilement au-dessus de la cheminée.

— Maman? répéta Kevin, toujours dans un murmure. (Il ne faisait aucune différence, semblait-il, entre les divers plans de son monde intérieur. Il avait conscience de ma présence en même temps que de l'univers très ancien qu'il venait de réveiller dans sa mémoire.) C'est la salle de séjour, me dit-il, et par là on va à la cuisine, et là-bas c'est la chambre de maman et papa. Et au fond, c'était là qu'on dormait, moi, Carol et Barbara. Sauf après la naissance d'Ellen, maman me faisait dormir sur le canapé, parce qu'il n'y avait pas assez de place dans le lit.

Nous fîmes le tour du logement. Kevin inspectait tout avec le sérieux d'un agent immobilier, les murs, les sols, les linteaux de portes, comme s'il les voyait pour la première fois. Démunie de souvenirs, je ne vis que le nid d'oiseaux dans le placard de la cuisine, les tas de chiffons et de boîtes de conserve abandonnés par les clochards. Je n'entendis que le froissement des chauves-souris somnolentes qui remuaient dans les coins.

Kevin retrouvait des anecdotes pour illustrer chaque pièce.

— Le cabinet tombait toujours en panne. Des fois, je devais pisser par la fenêtre de la chambre, et un jour une voisine m'a vu, et elle a dit qu'elle appellerait les flics si jamais je pissais sur sa maison. Bon sang, comment est-ce que j'aurais pu pisser jusque-là? Vous voyez la distance? Même mon père, il n'aurait pas pu pisser aussi loin. Mais j'avais toujours peur de le faire quand même, par accident ou je ne sais quoi, alors à la fin, je passais les fesses en premier par la fenêtre, comme Carol. (Kevin glissa la tête par le carreau cassé.) On était obligés de se retenir tant qu'on pouvait, et après, quand on avait trop mal au ventre, on essayait de creuser un trou dans le sol. Mais, ajouta-t-il d'un air plutôt dépité, je crois qu'on ne voit plus rien, maintenant.

Puis il rentra la tête et se tourna vers moi avec un sourire.

— Moi et Carol, quand on était petits, on jouait aux Chinois, le soir. On mettait les deux jambes du même côté, dans le pantalon du pyjama, et on s'étirait les paupières comme ça, et on sautait partout en faisant « Ah si ! Ah si ! » et maman s'amenait et disait qu'elle allait nous passer un de ces savons si on ne se mettait pas au lit. Alors, moi et Carol on se couchait et on restait bien sages sous les couvertures, et de temps en temps je l'entendais dire tout bas « Ah si ! » avec une voix très aiguë, et je répondais tout doucement « Ah si ! », et on tirait les couvertures par-dessus nos têtes, et on faisait semblant d'être dans les montagnes de Chine.

Il me sourit encore.

— Carol, elle était vraiment marrante. Elle me faisait toujours rire. Et je pense encore à ça, des fois, comment on jouait aux Chinois. Et je me sens bien, même encore aujourd'hui, quand j'y pense.

Je me sentis remplie d'admiration pour lui en l'écoutant ainsi, tandis que nous visitions la bicoque, récupérer par petits bouts des fragments de son passé. Il avait réussi non seulement à survivre, mais comme disait Ransome, à vivre. Malgré tous les traumatismes macabres qui avaient ébranlé son enfance, il avait été heureux, aussi.

Puis, dans la salle de séjour, il se tut, lèvre inférieure saillant en une moue pensive. Il examina le plancher. Du bout de sa chaussure, il écarta quelques débris. Regard braqué sur le bout de planche ainsi dégagé, il s'agenouilla et enleva la poussière.

— Venez, Torey, dit-il. Venez voir.

Je m'approchai et restai debout au-dessus de lui.

— Vous voyez ? Il y a du sang. Une tache de sang. Ici. Vous la voyez ? Baissez-vous, regardez.

Je restai un instant immobile.

— Approchez. Baissez-vous.

Je me mis à genoux.

— Touchez. On la sent

J'hésitai. J'ignorais ce qu'il avait découvert. Des années d'abandon avaient encrassé le plancher d'immondices. Excréments d'oiseaux, crottes de rats et sécrétions de chauves-souris recouvraient les planches. Je ne tenais guère à palper la trouvaille de Kevin. Mais il insista.

— Touchez, touchez ça, Torey. C'est le sang de Carol.

Je passai donc mes doigts sur le vieux bois raboteux, dont je ne sentis que le grain. Je ne vis rien, non plus. Le plancher n'était que taches, crasse et détritus, et rien ne distinguait à mes yeux ce coin-là d'un autre.

Il se mit à pleuvoir. Le bruit noya tout, pendant un instant, même les battements de mon cœur à mes oreilles.

Kevin nettoya une autre portion de plancher.

— C'est quoi, ça? s'interrogea-t-il à voix haute. Du sang, aussi?

Il leva la tête, scruta les alentours.

— Je crois que c'est juste une tache, Kevin.

Il secoua la tête.

— Il devait y avoir un oiseau, peut-être. Ce n'est qu'une tache sur le bois.

Il revint à l'endroit qu'il m'avait fait toucher. Se baissa pour l'examiner. Puis il se leva et me tourna le dos. Il se dirigea vers la fenêtre. La vitre du bas était cassée et fermée par des planches, mais la moitié supérieure était restée intacte. Kevin l'essuya de la main et regarda dehors. Le silence se cristallisa autour de nous, aigu et froid comme la lame d'un couteau, malgré la rumeur de l'orage. Il ne nous séparait pas, pourtant. Il nous liait, Kevin et moi, comme des otages.

Je frissonnai.

Se tournant vers moi, Kevin s'assit sur le rebord de la fenêtre. Il ne dit rien.

J'étais toujours à genoux, les doigts sur le bois du plancher.

Il observa longuement mes yeux, mon visage, mon

bras de l'épaule au poignet, mes doigts, jusqu'à ce que son regard se pose enfin sur le morceau de plancher que j'effleurais. Pendant un très long moment, il le contempla, immobile et muet.

La pluie traversait goutte à goutte et dégoulinait au bas du mur où elle formait une flaque. Kevin remarqua enfin le filet d'eau qui s'étirait vers l'endroit où il était assis. Il avança la main, le toucha. Puis levant les doigts, il observa l'empreinte que l'eau y avait dessinée.

— Ils ne sont plus là, dit-il paisiblement à sa main. (Une étrange expression passa sur son visage. Il fronça le front, puis le détendit, et continua à regarder la pluie goutter du bout de ses doigts. Son regard se leva enfin sur moi.) C'est fini, pas vrai ?

Je hochai la tête.

— Ouais, fit-il, je crois bien que je l'ai toujours su.

5

Et ce fut fini. Le silence d'une maison abandonnée, au cœur d'un orage d'août, avait su communiquer à Kevin ce que je m'efforçais en vain, depuis des mois, de lui faire comprendre. Ses fantômes enfin s'étaient tus.

Il ne fut plus jamais question entre nous de cet après-midi-là, ni pendant le trajet du retour à Seven Oaks ni plus tard au cours de nos séances. Jamais. J'en discutai longuement avec Bill Smith, et surtout avec le Dr Rosenthal, mais jamais, entre Kevin et moi, cet instant ne fut revêtu de l'étoffe immatérielle des mots. C'était inutile. Nous l'avions partagé. Et cela suffisait.

Je continuai à rechercher avec Bill Smith un établissement pour Kevin. Dans deux semaines, Kevin aurait dix-huit ans, et Bill n'estimait pas que Seven Oaks fût pour lui la meilleure solution. La plupart des garçons qui vivaient là étaient plus jeunes que lui, et d'un autre genre. Kevin était si impatient d'exercer ses nouvelles aptitudes sociales et de se faire des amis qu'il risquait, craignait Bill, de devenir le jouet des gamins les plus roublards ou pire, d'apprendre, dans un désir de gagner leur amitié, toutes les ficelles du milieu, ce qui équivaudrait à troquer un comportement aberrant contre un autre.

Je savais que Bill se démenait pour trouver une alternative à un nouvel internement, car nous sentions tous qu'il fallait donner sa chance à Kevin. A près de dix-huit ans, cependant, il n'était pas facile de lui trouver une famille d'adoption, car peu de gens se proposaient pour prendre en charge des enfants de cet âge, et pourvus d'un tel passé.

Mais Bill trouva un couple. Mr et Mrs Burchell avaient un air aimable, des manières douces, une certaine timidité. Ils n'étaient pas très âgés, moins de la trentaine, mariés depuis deux ans, sans enfant. Quand ils arrivèrent, je bavardais avec Bill dans son bureau en buvant de la limonade. Lorsque je leur demandai pourquoi ils avaient décidé de parrainer des enfants, et notamment des adolescents à problèmes, Mrs Burchell répondit qu'ils souhaitaient se rendre utiles à la société. Ils avaient la chance d'avoir eu tous deux une enfance heureuse et entourée d'affection, et voulaient se consacrer à de plus malheureux qu'eux.

La façon dont ils le dirent était un peu idiote, et je dus prendre une expression éloquente, car ils s'excusèrent longuement de ne pas savoir bien exprimer ce qu'ils ressentaient. Je me mis à rire, et Bill Smith leur conseilla de ne pas faire attention à moi ; j'étais depuis trop longtemps dans ce métier, dit-il, pour ne pas en subir de séquelles. Je gloussais toujours et dus m'excuser, à mon tour, ajoutant que les mots n'étaient rien, de toute façon. Seuls comptaient les actes.

Je n'avais pas vu Kevin entre le moment où je fus informée de l'existence des Burchell et leur venue. Il était en classe de menuiserie et ne sortait pas avant seize heures. Toute cette affaire me prenait au dépourvu, car Bill n'avait jamais fait allusion à l'éventualité d'une adoption. Sans doute ne voulait-il pas me donner trop d'espoir, non plus qu'à Kevin. Je n'étais donc pas préparée à cette chance soudaine. Les Burchell me semblaient gentils, mais j'en savais trop peu encore pour me faire une opinion.

Kevin entra dans le bureau, la mine rayonnante. Il connaissait la nouvelle depuis le matin, semblait-il, et était incapable de contenir plus longtemps son enthousiasme. Maman et papa. Il voulait appeler ainsi, et sur l'heure, ces gens qui n'avaient peut-être pas plus de dix ans de plus que lui. Le vieux Kevin, cependant, n'était jamais loin. L'émotion était trop forte, et quand Bill lui posa une question, il baissa subitement la tête et refusa de répondre.

Assise à côté de lui, je lui flanquai un coup du flanc de ma chaussure. Je sifflai entre mes dents serrées. Sourire aux Burchell.

— Kevin est un peu timide, quelquefois. Mais il surmonte sa timidité. N'est-ce pas, Kevin ? dis-je, ponctuant ma remarque d'un second coup de pied.

Finalement, l'entrevue ne se déroula pas si mal. Kevin finit par retrouver sa voix — il suffisait de patienter assez longtemps — et les Burchell parurent sincèrement désireux de le prendre auprès d'eux. Après quoi je sortis avec Kevin, et les Burchell s'attardèrent dans le bureau de Bill.

— Je vais avoir une famille, chuchota Kevin tandis que nous longions le couloir. (Puis, quand nous fûmes dehors, il explosa de joie.) Youpiiii ! *Je vais enfin avoir une famille !*

J'éclatai de rire. J'avais envie de lui dire de ne pas s'emballer, juste au cas où les choses tourneraient mal. Mais ce me fut impossible. Quand je vis son visage, je ne pus me résoudre à tant de cruauté.

Au bout d'une semaine de pure ivresse côté Kevin, pendant que les Burchell mûrissaient leur décision, Kevin ne pensait plus qu'à « sa famille ». Il fut enfin convenu qu'il irait passer chez eux le week-end du *Labor Day*[1], à titre d'essai. Kevin ne se tint plus de joie. Il ne fut plus question, dans nos séances, que de ce qu'il emporterait, des vêtements qu'il mettrait, de ce qu'il allait faire là-bas. Il nourrissait pour ces quatre jours des projets grandioses. Entre autres : nager. Il se débrouillait assez bien à présent, exploit considérable aux yeux de chacun, et il désirait furieusement impressionner les Burchell dans ce domaine, malgré mes mises en garde : peut-être ces gens n'apprécieraient-ils pas à sa juste mesure le mérite de sa performance. Mais peu lui importait. Y aurait-il une piscine ? Pouvait-il emporter son maillot de bain ? Viendraient-ils le regarder nager ? Et ainsi de suite, *ad nauseam*.

Quand arriva enfin le fameux week-end du *Labor Day*, cependant, plantée au côté de Bill dans l'allée de gravier, je regardai le vieux break délabré des Burchell, Kevin et sa valise marron ballottant à l'arrière, disparaître à l'angle de la grille de Seven Oaks. Et j'eus envie de pleurer.

Au cours de ces deux mois d'été, j'avais très peu vu Charity. Il y avait eu ce barbecue chez les Thatcher, après quoi je l'avais emmenée camper, et nous nous étions retrouvées pour un pique-nique Grands Frères-Grandes Sœurs. Par la suite, ses visites s'espacèrent. Elle avait pris l'habitude d'aller passer le samedi et le dimanche à la réserve, dans la famille de sa mère ; puis très vite, ce furent les semaines qu'elle passa là-bas et les week-ends en ville, pour finalement ne plus revenir.

Le 15 août, Charity avait eu dix ans. Je lui avais pro-

1. Fête du Travail (premier lundi de septembre, dans la plupart des États americains). (*N.d.T.*)

mis que nous irions lui acheter un cadeau lorsqu'elle rentrerait de la réserve, et voilà qu'elle réapparut sur le pas de ma porte au cours du week-end du *Labor Day*, après une absence de plusieurs semaines.

— Vous voulez pas m'acheter mon cadeau d'anniversaire aujourd'hui ? brailla-t-elle à travers la porte de toile métallique qu'elle trouva fermée à clé.

J'étais dans une autre partie de la maison, occupée à nettoyer des placards ; c'était une activité que je détestais cordialement et à laquelle, en conséquence, je m'adonnais fort peu. Mais j'avais dû céder, finalement, car j'étais arrivée à un point où je ne pouvais plus ouvrir un placard sans mettre mes jours en péril.

— Vous pouvez, aujourd'hui? me demanda-t-elle quand je la fis entrer. (Elle me suivit jusqu'à la chambre.) Vous m'emmenez? Vous savez ce que je veux? Je veux une robe. Je veux une robe disco. Vous savez, de celles qui sont toutes brillantes.

— Une robe disco?

Je soulevai un sourcil en reprenant le tri du tas informe que je venais d'extraire du bas de mon placard. Lorsque j'avais eu dix ans, j'avais demandé un cheval, une tente à deux places et une toque de Davy Crockett.

— Ouais. Vous savez bien. Comme ils ont dans *La Fièvre du vendredi soir*.

— Tu veux dire *La Fièvre du samedi soir*.

— Ouais, enfin, n'importe. J'en veux une comme ça.

— Tu as l'intention d'aller danser du disco?

Elle haussa les épaules.

— On sait jamais. Je peux avoir l'occasion.

— Oui, sans doute.

— Alors c'est d'accord? J'en ai vu une. A la Salvador's Boutique. Elle est en vitrine.

— Mais c'est un magasin pour dames, Char. Uniquement des grandes tailles.

— On pourrait pas aller voir, quand même? Hein? On n'a rien fait ensemble depuis un bon moment. Vous pourriez pas m'emmener, pour voir? S'il vous plaît?

Je soupirai. Ce n'était pas le jour idéal. Week-end de fête, et samedi, qui plus est. Ce serait la folie, au centre-ville. Et puis surtout, je portais une vieille paire de bermudas tout déguenillés et un tee-shirt, et il faudrait que je me change, un des passe-temps que je goûtais le moins.

— *Je vous en prie*. Je vous ai pas manqué un tout petit peu, cet été ? J'ai presque jamais été là.

— Bon, d'accord. Si tu m'aides à ranger tout ça dans l'armoire.

— Bien sûr, pépia-t-elle, et elle s'empara d'une pleine brassée d'objets divers, qui atterrirent d'un seul élan au bas du placard.

Au lieu de pester dans les embouteillages, on décida de prendre l'autobus 43, et de continuer à pied à partir du tribunal. Dans un élan inattendu de tendresse, Charity me prit la main.

— Ça vous dérange pas, hein ? me demanda-t-elle, comme je baissais les yeux sur elle.

— Non, bien sûr que non.

— Bon, répondit-elle avec un sourire. Il y a des grandes personnes que ça dérange, voyez-vous. Elles sont toutes gênées de vous tenir la main parce qu'elles se trouvent trop grandes pour ça.

— Je vois.

Nous louvoyâmes à travers la foule, ignorant Dalton's, Woolworth et le plus important grand magasin de la ville, pour tourner à l'angle de la rue, cap sur Salvador's Boutique.

— Vous savez pas ? dit Charity.

— Quoi donc ?

— Devinez. Devinez ce que je vais faire ?

— Je ne sais pas. Tu vas te changer en petit homme vert et prendre une fusée pour Mars. C'est ça ?

— Nooon ! Que vous êtes bête. Non, je vais déménager.

— Ah bon ? (J'étais sincèrement surprise.)

— Ouais. Samedi prochain. Mon oncle Myron vient

de Bitter Creek pour nous aider à emporter toutes nos affaires là-bas. On va habiter avec lui et tante Lila et leurs gosses pendant un moment. Et j'ai beaucoup d'autres cousins, là-bas.

— Hé là. C'est une grande nouvelle.

— Vous savez à quelle école je vais aller ? A St. Xavier. Je l'ai vue. Ransome y va. Et Jennifer aussi. Et Tara. Elle est vraiment chouette. Il y a un gymnase tout neuf. Je serai sans doute dans la classe de Tara, elle est en cours élémentaire, elle aussi.

— Formidable. On dirait qu'il te tarde vraiment d'y aller.

— Ouais, répondit Charity. Ce sera mieux qu'ici. Mon grand-père vit là-bas, aussi, et je l'aime beaucoup. Et j'ai beaucoup de cousins. Et Jennifer a un âne. Elle m'a dit que je pourrais monter dessus, des fois. Ce sera mieux qu'ici, je pense.

Nous arrivions devant Salvador's Boutique. Nous contemplâmes un instant la vitrine. Il y avait bien une robe. Incroyable mixture orange vif de sequins et de fine étoffe brillante. Le genre même d'article qu'achèterait une prostituée de bas étage.

— Vous voyez ? C'est celle-là. Hein qu'elle est belle ?

— Mm-mmm.

— Vous me l'achetez pour mon anniversaire ? C'est ça, que je veux.

— Mais Charity, c'est une robe pour femme.

— Je vais bientôt être une femme. J'ai déjà dix ans. Et regardez. J'ai presque de la poitrine.

Elle écrasa son tee-shirt contre son torse.

Je ne dis rien : il n'y avait là rien à dire.

— Oh ! je vous en prié, Torey ? Je vous en prie, *je vous en prie*. Je voudrais juste l'essayer. *Je vous en prie*. (Elle se tortilla et se contorsionna tant qu'on l'eût dite prise d'un besoin urgent.) Oh ! je vous en prie. Je vous en prie.

Je me penchai pour examiner plus amplement la chose. Elle était proprement invraisemblable.

— Écoute, Charity, on ne voit même pas l'étiquette.

Ils ont dû la cacher pour qu'on ne voie pas le prix. Ce qui signifie sûrement qu'elle est plus chère qu'elle ne vaut.

— *Je vous en prie*.

Je la regardai.

— Allez, viens, répondis-je, et je la tirai d'un coup sec dans la boutique.

Comme je me sentis idiote lorsque je demandai à voir cette robe criarde et de mauvais goût. La vendeuse pensait visiblement qu'elle était pour moi, et je la vis tiquer quand, du haut de mes soixante-dix kilos, je précisai : taille 36. M'assurant d'un coup d'œil, par-dessus mon épaule, qu'aucune personne de ma connaissance ne se trouvait dans les lieux, j'arrachai la robe des mains de la vendeuse et poussai Charity devant moi jusqu'à un minuscule salon d'essayage.

Charity se dévêtit en un éclair et se glissa dans la robe disco aux reflets aveuglants. Même un 36 était bien trop grand pour elle, malgré ses rondeurs. Les fines bretelles amenaient le haut du corsage bien au-dessous de ses mamelons. La taille ceignait ses hanches, si hanches il y avait. La jupe lui descendait jusqu'aux chevilles.

Charity s'examina pensivement dans la glace.

— Je crois bien qu'elle est un peu grande, hein ? dit-elle, sinistre.

Je hochai la tête, n'osant ouvrir la bouche. Le fou rire menaçait, tant elle était drôle, et je dus me mordre l'intérieur de la lèvre pour ne pas éclater.

— Elle est quand même jolie, non ?

Elle se tenait devant le miroir, étudiant son image. Un léger sourire vola sur ses lèvres, son regard était sombre et embué de la secrète beauté de ses rêves. Elle caressa amoureusement l'étoffe, et je perçus le très léger balancement de ses hanches, comme si la musique avait déjà démarré.

Je me demandai ce qu'elle voyait. Pour moi il n'y avait là qu'une gamine noiraude aux pieds nus, dont le fin tissu moulait la culotte de coton. Ses longs cheveux noirs étaient retenus en deux nattes irrégulières et, bien qu'elle eût beaucoup maigri, elle avait encore ses bonnes joues rebondies et des fossettes aux coudes, comme un bébé de deux ans. Mais je me demandai ce qu'elle voyait, elle, figée devant son reflet. L'orange électrique de la robe jetait des feux dans la lumière pourtant blême de la cabine.

Je lui souris et elle me regarda dans la glace.

— Je la trouve formidable, murmura-t-elle.

— Oui.

Elle glissa doucement les doigts sur le tissu.

— Combien vaut-elle ? demandai-je, en cherchant l'étiquette.

La robe coûtait près de seize dollars, bien plus que je n'avais l'intention de dépenser pour son cadeau d'anniversaire. Charity le savait. Elle me regarda, puis ses yeux plongèrent sur la robe, remontèrent sur son reflet dans la glace. Puis, sans un mot, elle se pencha pour la retirer.

— Hé, une minute, poussin. Viens ici.

Elle se redressa et vint à ma portée. Assise sur une chaise, je passai la main sur l'étoffe.

— Écoute, dis-je, je pense que je peux te l'offrir. Pour une fois. On pourrait dire que c'est ton cadeau d'anniversaire et d'adieux à la fois.

L'espoir avait déserté son minois.

— Elle est trop grande, fit-elle, l'air piteux.

Je la fis pivoter afin qu'elle puisse se voir dans le miroir et me plaçai derrière elle. Je remontai les bretelles, et le haut de la robe se hissa au niveau de son cou.

— Peut-être en raccourcissant les bretelles, dis-je tout bas.

La robe était encore désespérément trop longue, mais déjà les yeux de Charity se voilaient à nouveau de ces visions intérieures que je ne pouvais voir. Revint aussi l'ébauche d'un sourire.

— Elle est tellement belle, Torey. C'est la plus belle robe que j'aie jamais vue dans toute ma vie.

— Oui, et tu es superbe, avec, non ?

Elle hocha la tête.

Nous nous tûmes. Soigneusement, elle retira la robe et la lissa sur mes genoux. Avant d'enfiler son short, elle s'immobilisa et scruta mon visage.

— Vous me regretterez, quand je serai partie ?

— Oui, dis-je. C'est sûr.

— Vous m'oublierez pas, hein ?

— Non, promis.

— Dites : croix de bois croix de fer si je mens j'vais en enfer.

— Croix de bois croix de fer si je mens j'vais en enfer, répétai-je.

— Non, non. Vous avez pas tracé une croix sur votre cœur en le disant. Recommencez. Comme ça. (Elle me montra. Je l'imitai.) Bon, croix de bois croix de fer, je vous oublierai jamais, Torey Hayden. Parce que vous êtes vraiment ma meilleure amie. (Elle se baissa et mit son short.) Tor, je peux vous demander autre chose ?

— Quoi donc ?

— Ben, quand on se dira au revoir, je pourrai vous embrasser ?

— Certainement.

Doucement, elle se pencha vers moi et posa un baiser sur ma joue.

— Si jamais je vous revois pas avant de partir.

Elle avait deviné juste. Je ne revis plus Charity après ce jour-là. Quand nous fûmes rentrées chez moi, je préparai le déjeuner, et elle tira sa robe orange de la boîte. Après le repas, elle l'enfila et j'épinglai les bretelles que je cousis avec du fil blanc, n'ayant pas de fil orange. Puis elle dansa en mon honneur sur un disque d'ABBA, pendant qu'assise au fond de mon placard je finissais mes rangements. Et la dernière vision que j'eus d'elle vibra dans cette fin de journée ensoleillée où je la vis disparaître, serrant sous le bras la robe qui chatoyait, évoquant la vigoureuse splendeur d'un coucher de soleil à Las Vegas.

6

Lorsque j'arrivai à Seven Oaks le lundi, nous étions en pleine déconfiture. Bill roula de gros yeux à mon passage.

— Désespérant, hurla-t-il dans mon dos. Ce gamin est vraiment désespérant.

— Alors, fis-je à Kevin en m'installant sur une chaise, à son chevet. Mon petit doigt me dit que tout ne s'est pas passé pour le mieux.

Kevin s'était glissé tout habillé sous le couvre-lit, qu'il tenait remonté jusqu'aux oreilles.

— Que s'est-il passé ? demandai-je.

Kevin haussa les épaules et tira encore plus le dessus-de-lit.

— Allons, sors de là, Kevin. Parle-moi. Tu ne résoudras rien en te cachant ainsi.

Il secoua la tête.

— Ce n'est pas la fin du monde, hein ? Nous trouverons d'autres familles.

Il secoua encore la tête.

— Si, nous en trouverons. S'il y a eu celle-là, il y en aura d'autres. Raconte-moi ce qui s'est passé. Peut-être que ce n'était pas si grave que cela.

Mais il refusa. Agacée de le voir retomber dans sa vieille manie, je me levai.

— Écoute, je reviens dans un quart d'heure, et si tu n'es toujours pas décidé à me parler, je m'en vais pour de bon. Compris ?

Et je sortis.

Dans le bureau de Bill, j'entendis la version officielle. Bill tripotait une tasse de café froid et secoua la tête.

— Ce gamin est impossible. Croyez-moi, je n'ai jamais vu un gosse capable de bousiller à ce point une situation. Nom de nom, une vraie catastrophe ambulante.

— Mais que s'est-il passé ? Qu'est-ce qu'il a fait ?

— Rien. Voilà justement ce qu'il a fait, ce petit con — rien du tout. Une fois arrivé là-bas, une vraie statue. Il n'a pas voulu faire quoi que ce soit. Ni ouvrir la bouche, ni même seulement sortir de cette foutue voiture. Vous imaginez ? Ils avaient organisé une sorte de grand pique-nique pour qu'il fasse connaissance du reste de la famille. Et cet idiot n'a même pas voulu sortir de la voiture.

— Oh ! Bill, ça devait être terrifiant pour lui. Rendez-vous compte. Arriver au milieu de tous ces gens qui faisaient la bringue, alors qu'il ne connaissait même pas ceux qui l'avaient amené.

— C'est un imbécile, un point c'est tout. Vous savez que ça n'a pas été facile de trouver ces gens. Je me suis donné un mal de chien. Et maintenant ils ne veulent plus de lui. Il est décourageant, ce gosse. Il est dingue, voilà ce qu'il est, un vrai cinglé. Pourquoi est-ce qu'on l'a envoyé ici ? C'est un dingue.

— Il ne faut pas dramatiser. Cela faisait une éternité qu'il n'avait pas été reçu dans une famille. Il y a juste eu ce foyer, l'été dernier, c'est ce qu'il a connu de plus intime depuis des années. Il a eu peur, c'est tout. Après tout, c'est compréhensible, non ? Il ne les connaît pas. Tout était nouveau pour lui. Il a dû suffoquer sous le choc.

— Hmmm, fit Bill, c'est quand même une cause perdue.

Dans sa chambre, Kevin se camouflait toujours sous le couvre-lit.

— Sors de là, Kevin. Sors ou je viens te chercher.

Pas de réponse.

— Je ne plaisante pas. Je vais venir te tirer de là-dessous. Lève-toi.

Silence.

— Je viens. Je viens, Kevin, et je t'assure que je n'ai pas envie de rire.

Je fis un pas de géant en direction du lit.

A contrecœur, Kevin se dressa sur son séant, emmitouflé dans l'étoffe.

— Lève-toi. Complètement. Lève-toi et remets ce couvre-lit en place, pour l'amour du ciel ! Tu as l'air d'une vieille mémé.

Pesamment, Kevin replaça le couvre-lit et se traîna jusqu'à une chaise.

— Alors, que s'est-il passé ? demandai-je.

Je lissai le lit et m'assis dessus.

Kevin se plia en deux sur son siège et contempla le plancher.

— Écoute, Kevin, je sais que tu es déçu. Je sais que tu es malheureux. Ce qui s'est passé a dû être horrible à vivre. Mais c'est fini, et la terre continue de tourner. Discutons-en une bonne fois, pour que cela ne se reproduise plus.

Toujours pas de réponse. Je me levai.

— Je m'en vais. Je croyais que nous en avions terminé avec ce genre d'attitude ? C'est grossier, et je ne tolérerai pas que tu sois grossier avec moi. Choisis : ou tu parles ou je pars. Alors ?

Il haussa les épaules, sans enthousiasme.

— Je parle.

— D'accord. J'écoute ?

Nouveau mouvement d'épaules.

— Que s'est-il donc passé, pour que ça ne marche pas ?

— Ils avaient de drôles de cabinets.

— Hein ?

Il rentrait la tête dans les épaules, comme si quelqu'un allait le gifler.

— Ils avaient de drôles de cabinets. Ils étaient bizarres. Très grands. J'avais peur d'y aller.

Mon cœur chavira. Viendrions-nous jamais à bout de ses terreurs ? Je n'étais guère plus ravie que lui ou Bill de cet échec, et j'eus bien du mal à tenir ma langue.

— Kev, peut-être que cette famille ne te convenait pas.

— Si, répondit-il, l'air chagrin. C'est moi. J'ai tout gâché. J'avais tellement peur de tout gâcher que j'ai fait trop d'efforts pour me maîtriser. Et finalement j'ai tout gâché quand même.

— Ce n'est pas toi, Kevin. C'est une question de circonstances. Ils n'avaient jamais accueilli de jeunes chez eux auparavant, et sans doute étaient-ils aussi nerveux que toi. Ce sont des choses qui arrivent. Ce n'est pas très drôle, mais ça arrive parfois. Ce n'était pas simplement ta faute. Ne t'en fais pas.

Il regardait ses mains d'un œil fixe et sombre.

— Nous en trouverons d'autres.

Il secoua la tête.

— Non. Qui voudrait d'un enfant comme moi ?

— Des tas de gens, sûrement, Kevin. Mais ils ne le savent pas encore.

Ce placement était une erreur. Cet atroce week-end se révéla, en fin de compte, une chance, car nous apprîmes plus tard que les Burchell cachaient bien leur jeu. Ne pouvant avoir d'enfants, ils avaient décidé d'en adopter un. Les agences d'adoption, néanmoins, avaient unanimement rejeté leur candidature. Ce qu'ils attendaient à la fois l'un de l'autre et des enfants à venir dépassait les limites du raisonnable, et chacun des partenaires alourdissait la relation d'un lot de problèmes personnels assez graves. Devant ce nouvel échec, le couple avait décidé de tenter l'accueil de jeunes de l'Assistance, seul moyen pour eux, désormais, de se procurer ces enfants qu'ils estimaient indispensables au sauvetage de leur couple en perdition.

Ce n'étaient pas leurs problèmes personnels, pourtant, qui avaient compromis le week-end du *Labor Day*, mais leur manque de discernement par rapport aux réels besoins d'un garçon tel que Kevin. Les Burchell étaient remplis de bonnes intentions mais sans expérience, et ils avaient trop bien préparé sa venue. Kevin, qui n'avait pas l'habitude des grands attroupements ni du joyeux vacarme familial des jours de fête, s'était affolé devant tous ces événements, tous ces inconnus avec leurs questions indiscrètes. Son attitude avait inquiété à leur tour les Burchell, et la situation, aggravée par leurs propres difficultés intimes, avait tourné à la débâcle. Mais cela valait mieux, sans doute. Kevin n'avait nullement besoin d'un foyer d'accueil aussi instable.

Forts de ces conclusions, nous repartîmes en quête, Bill et moi, d'un autre placement dans le réseau de nos connaissances respectives. Sans grand optimisme. Où trouver une personne assez avertie et assez solide pour accepter de prendre en charge un garçon de dix-huit ans qui traînait derrière lui dix ans d'internement ? Ce genre d'individus ne courait pas les rues.

Ce fut Jules, en fait, qui trouva finalement la bonne solution. Pourquoi ne pas essayer un foyer protégé ? me suggéra-t-il un après-midi que nous étions au bureau. Je crus qu'il avait perdu la tête. Les foyers de ce type étaient destinés aux handicapés mentaux qui avaient atteint la majorité. Que ferait Kevin dans un tel milieu ? Il n'était pas attardé. Et j'en avais soupé, de ces foyers, de toute façon.

Mais Jules insista. Si Kevin n'avait rien, effectivement, d'un handicapé mental, il était loin de valoir ses pairs en société, sinon sur le plan intellectuel, du moins sur celui de l'expérience. Et pourtant ce n'était plus un enfant. Il était un homme à présent, même si j'avais plus ou moins tendance à l'oublier. Il avait eu dix-huit ans au cours de la semaine qui avait suivi le *Labor Day*, et mesurait plus d'un mètre quatre-vingts. Et des incidents comme celui du placard aux peintures, fit remarquer Jules, devaient me rappeler qu'il fonctionnait également comme un homme. Qui voudrait de lui comme enfant ? Était-ce vraiment le meilleur rôle à lui faire jouer, maintenant ? Kevin ne pourrait jamais récupérer son enfance perdue. Ne vaudrait-il pas mieux tenter de le lancer dans une vie décente d'adulte ?

Tous ces arguments n'étaient pas inintéressants. Jules pensait très précisément à un foyer protégé avec lequel il avait travaillé avant de se joindre à notre équipe. L'établissement était géré par un vieil ami à lui, médecin retiré des affaires, et son épouse. Ils avaient tous deux la cinquantaine, et avaient ouvert ce centre plusieurs années auparavant pour subvenir aux besoins de leur fils, handicapé mental.

Le foyer était prévu pour huit adultes déficients mentaux, assez évolués pour avoir envie de vivre seuls et d'occuper un emploi facile, mais non encore capables d'assumer une totale indépendance. La maison était une vieille et énorme bâtisse de style victorien, où chacun des pensionnaires avait sa chambre, en échange d'un « loyer » symbolique. Ils prenaient les repas en commun dans la salle à manger familiale, et partageaient les tâches domestiques ainsi que les sorties récréatives. Ils avaient tous entre vingt et trente ans et travaillaient, soit dans des ateliers protégés, soit dans des emplois subalternes. Les soirées étaient consacrées à l'apprentissage des techniques élémentaires de la vie quotidienne : compter l'argent, faire la lessive... ainsi qu'à des moments de vraie détente. En dehors du médecin et de sa femme, quatre personnes salariées encadraient les pensionnaires, dont un professeur qui venait le soir donner des cours de lecture et un jeune homme qui enseignait les travaux manuels en fin de semaine. Le but déclaré de ce foyer était de procurer à ses résidents les moyens d'acquérir une totale indépendance, mais le règlement n'était pas draconien à ce sujet, et tandis que la plupart s'étaient déjà envolés du nid, deux d'entre eux y resteraient visiblement toute leur vie.

Plus j'y réfléchissais et plus Jules m'en parlait, plus j'en venais à penser que l'idée n'était peut-être pas si mauvaise. Kevin était terriblement naïf, j'étais bien forcée de le reconnaître. Une seule personne ne suffirait jamais à pallier toutes ses ignorances. Et pourtant, il avait atteint l'âge adulte. Peut-être était-ce la solution qui lui conviendrait le mieux, après tout.

Avant de soumettre la proposition à Bill, je décidai un soir d'aller me rendre compte par moi-même.

George et Nancy Mac Farlane étaient un couple à l'allure jeune et fort dynamique. J'arrivai à l'heure du dîner, et Mrs Mac Farlane me fit visiter la cuisine, la salle à manger, la buanderie au sous-sol, les chambres en haut, et retour à la cuisine, avant que les pommes de terre eussent fini de cuire. C'était au tour des « filles » à préparer le repas, et la pièce vibrait des bavardages des quatre pensionnaires et de l'employée chargée de les encadrer. Une des jeunes filles rouspétait violemment sur la façon dont on voulait lui faire éplucher les carottes, et l'employée répétait sans s'énerver ses explications. Nancy Mac Farlane se pencha sur l'épaule de la fille, lui demanda quel était le problème. Elle voulait le faire de cette façon-ci, non de celle-là. De cette façon-ci, on risquait de se couper, expliqua Mrs Mac Farlane, c'est pourquoi ils s'y prenaient tous autrement. Elle fit la démonstration, puis rendit la carotte et le couteau à la jeune fille.

— Montre à notre visiteuse comment il faut faire, dit-elle, et elle me poussa contre l'évier où attendaient les carottes.

La fille procéda avec grand soin au maniement du couteau et à l'épluchage.

— Bon, et pourquoi fait-on ainsi, Clare, peux-tu l'expliquer à notre visiteuse ? demanda Nancy Mac Farlane.

— Parce que sinon, on risquait de se couper.

Après le repas, Mrs Mac Farlane aiguilla les « garçons » vers la cuisine, pour la vaisselle, au milieu des grognements d'usage, tandis que le Dr Mac Farlane me montrait le reste de la maison. Il me conduisit dans les chambres des pensionnaires, la salle de jeux et la petite cuisine du premier étage, où les jeunes gens pouvaient se préparer seuls un thé ou une soupe, s'ils le désiraient. Il me fit voir également la chambre vide qui serait celle de Kevin, s'il venait.

Ainsi que Jules l'avait prévu, l'atmosphère de ce centre me plut infiniment. Le couple qui le dirigeait était affectueux et dévoué, mais sans condescendance. L'accent était mis sur l'aspect pratique de l'apprentissage. Leur propre fils, me dit le Dr Mac Farlane, avait opéré avec succès la transition ; il vivait maintenant dans son appartement à quelques rues de là et assurait huit heures de travail par jour. Malgré l'importance donnée à l'acquisition des connaissances le foyer n'avait rien d'une institution officielle. C'était une famille.

Mon unique scrupule provenait du fait indéniable que tous les autres résidents étaient des déficients mentaux profonds. Ce qui n'était nullement le cas de Kevin, quoique certains rapports consignés dans son dossier eussent pu faire croire le contraire. Cela poserait-il des problèmes ? demandai-je.

Non, répondit le Dr Mac Farlane, d'après ce qu'il savait de Kevin. Après tant d'années d'internement, Kevin se conduirait effectivement comme un attardé mental dans de nombreux domaines, et il trouverait ici un lieu protégé, en même temps qu'ouvert, où il apprendrait les comportements nécessaires. Le Dr Mac Farlane me conduisit dans le salon. Parmi les photos grand format des pensionnaires actuels posées sur le piano, il saisit un album et le feuilleta sous mes yeux. Vous voyez ? C'est Benny, qui vit maintenant dans le Mississippi ; il travaille chez un maraîcher. Et voici Norma ; employée dans un centre pour enfants. Et Candy. Et Bob. Toutes les photos de ceux qui étaient parvenus à couper le cordon ombilical. Y avait-il eu des échecs ? demandai-je. Il secoua la tête, sourit. Non. Quand ils n'y arrivaient pas, ils revenaient. Mais pouvait-on appeler cela un échec ?

Je m'installai dans un fauteuil du salon, et un pensionnaire m'apporta une tasse de café. Avait-il bien compris, demandai-je au Dr Mac Farlane, que Kevin souffrait de troubles affectifs et que s'il avait fait de grands progrès dans ce domaine, ses problèmes n'avaient pas totalement disparu ? Savait-il que de temps à autre, immanquablement, les fantômes de Kevin reviendraient le hanter du fond de son passé ?

— Oui, dit-il. N'est-ce pas la même chose pour nous tous ?

Bill Smith se montra circonspect lorsque je suggérai pour Kevin un placement chez les Mac Farlane. J'eus droit aux mille questions que j'avais moi-même posées. Kevin fut encore plus méfiant.

— Qui sont ces gens ? demanda-t-il. De quel genre d'endroit s'agit-il ?

Je le lui expliquai.

— Je n'irai pas, dit-il carrément.

— Pourquoi ? Ils sont très gentils. Je suis allée là-bas pour me faire une idée. Je trouve ça formidable.

— Je n'irai pas, affirma-t-il de nouveau. Je me plais bien, ici.

A l'occasion de sa permission de sortie suivante, j'emmenai Kevin manger un hamburger en ville. Nous aurions pu trouver, sans doute, des hamburgers plus près et n'avions pas vraiment besoin de faire soixante kilomètres pour cela, mais j'avais mon idée.

— Si nous passions devant chez les Mac Farlane ? proposai-je tandis que nous grignotions dans le parking du *McDonald*.

Il haussa les épaules.

— Allez, je t'emmène. Nous passerons simplement devant en retournant à Seven Oaks.

Comme nous longions la propriété, Kevin glissa la tête par la vitre ouverte.

— C'est grand, non ? Arrêtez-vous un peu, que je voie mieux.

Je fis le tour du pâté de maisons et me garai le long du trottoir d'en face. Kevin observait d'un œil ébahi.

— C'est immense. Combien de gens vivent là-dedans ? Des centaines, on dirait.

— Non, huit seulement. Huit jeunes gens de ton âge,

les Mac Farlane et deux autres personnes qui les aident. Ils sont dix ou douze en tout.

— De toute façon, fit-il d'un ton ironique, ce n'est pas une vraie famille. C'est un foyer, comme à Bellefoutaine.

— Pas vraiment. Il n'y a pas de surveillants. Juste les Mac Farlane. Et tous les pensionnaires ont leur propre chambre et leurs affaires personnelles. C'est plus familial qu'à Bellefountaine. Et puis, ce n'est pas une maison pour enfants. C'est pour des adultes. Comme toi.

Visiblement, cette idée ne l'avait jamais effleuré. Il resta immobile sur son siège, le temps de l'assimiler.

— Oui, il faut croire, sans doute. Hmmm. (Il se tut, examina encore la maison. Je démarrai.) Enfin, dit-il, ce n'est pas si moche que ça. Je vais réfléchir.

Quand les Mac Farlane vinrent à Seven Oaks, Kevin décida de descendre au bureau faire leur connaissance. L'entrevue fut bien différente de celle qu'il avait eue avec les Burchell. Résolu à ne pas se faire échauder une seconde fois, Kevin se montra poli et timide mais leur posa des tas de questions, qui n'avaient rien à voir avec le fait qu'il pût ou non les appeler maman et papa.

Puis vint le jour de la première visite, le week-end suivant. Bill et moi n'osions pas seulement nous confier nos angoisses. Nous étions déjà à la mi-octobre, et les six mois de Kevin à Seven Oaks arrivaient à leur terme. Il *fallait* que cette tentative fût la bonne. Seven Oaks ne convenait pas à Kevin. Mais où irait-il ? Aucun de nous deux n'osait penser à ce week-end. En rentrant chez moi le vendredi soir, je décrochai mon téléphone. S'il y avait un problème, je ne voulais pas le savoir. Mais lorsque Hugh m'emmena dîner en ville le samedi soir, je lui demandai de passer devant chez les Mac Farlane, à l'autre bout de la ville. Sans raison aucune. Juste pour regarder.

Kevin et moi savions désormais, je crois, que la fin approchait pour nous. Aucun de nous n'en parla, mais quand il rentra de ce premier week-end et qu'il fut question de préparer le suivant, je sentis que c'était presque fini.

J'arrivai tard un soir, et trouvai Kevin dans sa chambre, occupé à faire ses devoirs.

— Vous êtes en retard, me dit-il. Très en retard. C'est bientôt l'heure de dîner.

— Excuse-moi. Je n'ai pas pu me libérer plus tôt.

— Pourquoi ?

— Un gamin. Je suis un petit garçon en psychothérapie. Je pense qu'il est schizophrène, mais je n'en suis pas sûre. Ils veulent l'envoyer à Medicine Rock, et c'est un peu compliqué à débrouiller.

— Il n'est pas content ?

— Non, tu penses. Il a peur. Il vit dans une famille d'accueil, actuellement, et il a peur d'aller ailleurs.

— Quel âge a-t-il ?

— Dix ans. Il a vraiment de gros problèmes. Mais assez parlé de ça. Je suis navrée de n'avoir pas pu venir avant.

— Vous n'étiez pas là hier non plus, dit Kevin.

— On t'a averti, au moins ? J'ai téléphoné pour demander qu'on te prévienne.

— Ouais, fit-il, on m'a prévenu.

— Écoute, Kevin, je suis désolée. Sincèrement, mais si tu voyais ce gamin...

Il me souriait. C'était un sourire doux et énigmatique, qui me déconcerta. Quand j'eus fini de parler, il continua à me dévisager un moment sans dire un mot.

— Vous l'avez assez fait pour moi, non ? conclut-il.

— Quoi donc ?

— Quand j'avais des problèmes, vous preniez du temps à d'autres personnes, non ? Comme maintenant : ce garçon a plus besoin de vous que moi.

Je hochai la tête.

— Je vais mieux, hein ?

— Oui. Bien mieux.

Il regarda ses devoirs, revint a moi.

— J'ai décidé d'y aller, Torey. Chez les Mac Farlane.

— Vraiment ?

Il hocha la tête.

— J'ai demandé au Dr Mac Farlane si je pourrais aller au lycée, si je vivais chez lui. Et vous savez ce qu'il m'a répondu ?

— Quoi donc ?

— Il m'a dit : « Oui, fiston. Je pense que c'est une bonne idée. »

7

L'installation chez les Mac Farlane se déroula sans heurts. Pendant que Kevin s'organisait dans son nouveau foyer, le week-end suivant, je passai mon temps, avec le Dr Mac Farlane, à chercher un lycée dans le secteur qui acceptât de courir le risque.

Au début, le projet me parut insensé, tant il rassemblait d'éléments qui le vouaient à la catastrophe. Mais le Dr Mac Farlane semblait le trouver tout à fait raisonnable, et Kevin le dorlotait comme un nouveau-né. Je m'efforçai donc d'utiliser au mieux mon expérience pédagogique dans la recherche de l'établissement idéal et la mise au point d'un programme scolaire adapté. Je me retrouvai bientôt en terrain familier, je rencontrai des équipes, devisai avec des directeurs, me rendis dans des classes spécialisées et auprès de conseillers pédagogiques, le tout pour tenter d'élaborer un projet éducatif destiné à un garçon qui n'avait pas mis les pieds dans une école publique depuis dix ans.

Un lycée enfin accepta, grâces lui soient rendues. Deux semaines plus tard, Kevin y fut inscrit en seconde année. Il suivrait quatre cours : anglais, mathématiques, sciences sociales et dessin, plus des heures d'étude. Le reste de son emploi du temps serait consacré à des cours de soutien scolaire et psychologique assurés par un enseignant spécialisé.

Le premier jour, par une sombre et brumeuse matinée

de novembre, je vins prendre Kevin pour le conduire en voiture au lycée. Il m'attendait dehors, vêtu d'une chemise style cow-boy et d'un jean tout neuf. Ses cheveux avaient poussé, et je me demandai à quel moment j'avais commencé à le trouver beau, car il l'était. Un effluve de Brut fit irruption dans la voiture en même temps que lui.

— Regardez mon cahier, Torey, dit-il. Mrs Mac m'a emmené au magasin, hier soir, pour l'acheter. Regardez. Et voyez ça. J'ai des crayons. Et trois stylos. J'en voulais un à cartouche. C'est ce qu'il a, Dale. Mais elle a dit, plus tard. Vous voyez, Tor, tout ce que j'ai ?

Il déversa sur le siège avant, pendant que je conduisais, une véritable diarrhée verbale à propos de ce cahier. Sa voix s'affolait, cassée par l'émotion. Et puis il se tut. Et ce fut dans la voiture une explosion de silence, après tant de babillages.

— Et si je ne leur plais pas ? Je risque de me perdre. C'est grand. Si je me perds ?

Je lui souris.

— J'ai un peu peur, je l'avoue. (Il me sourit à son tour.) Mais j'y vais, non ? Je vais vraiment au lycée.

La nouvelle vie de Kevin lui convenait parfaitement. Alors que toutes les autres fois le moindre petit changement le bouleversait, ce chamboulement radical dans son mode de vie se déroula le plus naturellement du monde.

Son statut de seul pensionnaire non déficient mental de la maisonnée Mac Farlane fut un atout supplémentaire. Pour la première fois de son existence, il était le meilleur dans presque tout ce qu'il faisait. Les autres résidents le respectaient et admiraient à haute voix ses prouesses. Leur estime importait beaucoup à Kevin. Il apprit rapidement à bien compter. Les mathématiques n'avaient jamais été son fort, mais en comparaison des autres, il fit, même là, des progrès spectaculaires, et fut bientôt capable de posséder un carnet de chèques et un petit compte à la Caisse d'épargne. Il se mit plus facilement encore à la cuisine, et m'invita à dîner un samedi soir. Il avait préparé lui-même le menu, avec l'aide des autres garçons : des spaghetti ; et je me demandai, tandis qu'il nous servait, s'il se souvenait de la signification qu'avait eue pour nous ce plat, au début. Il demanda et reçut la permission de repeindre sa chambre. Il choisit une abominable nuance de mauve lavande, et en fut ravi.

Le Dr Mac Farlane devint bientôt « Pa », et son épouse resta « Mac », définitivement. Ils le traitaient tous deux avec la tendresse due à un fils naturel.

Sa plus grande fierté, cependant, fut son « métier ». Comme il allait au lycée et que tous les autres pensionnaires travaillaient plus ou moins, Kevin se trouva bien vite à court d'argent de poche. Cela posait des problèmes, notamment en fin de semaine, quand les autres voulaient aller au cinéma, au bowling ou ailleurs, sorties que Kevin ne pouvait pas toujours se payer et qui l'obligeaient à emprunter aux Mac Farlane. Mais le Dr Mac Farlane trouva une solution. Kevin avait si vite et si bien assimilé les connaissances de base que le docteur décida de le payer un peu comme « professeur ». Tous les soirs, pendant une heure, Kevin donnait à l'un ou l'autre des pensionnaires des cours élémentaires de calcul ou de lecture. Kevin adorait cela. Et cette initiative fit plus encore pour l'image qu'il avait de lui-même que pour sa bourse.

Mais ce qui me réjouit le plus ne vint pas de Kevin mais d'une autre pensionnaire, prénommée Sally. Elle trouvait Kevin superbe. Bientôt, il ne la trouva pas si mal non plus, et sous l'œil attentif des Mac Farlane, Kevin connut les joies et les affres de sa première histoire d'amour.

Ses débuts au lycée furent angoissés, pour le moins. L'emploi du temps, surtout, le troubla. Kevin n'avait pas la moindre idée de ce qui l'attendait, et avoir des cours toute la journée l'éreintait. Il s'endormait en rentrant, les premiers jours. Le contenu des cours, également, était plus ardu qu'il ne le pensait, même en dessin. Il ne comprenait pas la plupart des sujets dont il était question, par simple ignorance des notions de base. Il se désespéra, au milieu du trimestre, de découvrir qu'il n'avait pas les meilleures notes. Mais il n'échouait pas non plus, lui faisions-nous remarquer, et c'était cela qui importait. Il y eut d'autres moments délicats. Seul pensionnaire tenu à faire des devoirs en rentrant le soir, il ratait de nombreux divertissements au sein de la maison, et parfois même des sorties. Et bien sûr, au lycée, certains élèves se moquaient de lui.

Mais à la fin, il s'en tira. Mrs Mac Farlane l'aida, au début, en restant près de lui tous les soirs, jusqu'à ce que l'habitude fût prise et qu'il pût continuer seul. Au lycée, il était soutenu par un excellent enseignant spécialisé. Et il y mettait du sien, aussi. Jamais il ne répondit à côté lorsqu'on lui posa une question en classe. Jamais il ne perdit son sang-froid, ne se mit en fureur ni n'agit bizarrement. En fait, les autres le taquinaient sur des sujets touchant à l'adolescence, sur son âge, sur sa timidité avec les filles. Ils ne semblèrent pas soupçonner l'existence d'aspects plus insolites chez ce garçon, en dehors du fait qu'il fût nouveau et un peu lent à la détente. A tous égards, Kevin était un gamin comme les autres. Et je fus bien forcée de reconnaître que son idée d'aller au lycée n'était pas si mauvaise. En raison de la nature du centre Mac Farlane, il trouvait là la principale occasion de fréquenter des jeunes de son âge, normaux. Comme lui.

Cette ultime transition de Seven Oaks au foyer des Mac Farlane fut toujours pour moi un sujet de stupeur et d'admiration. Elle s'était déroulée de manière impeccable.

Contrairement à l'époque où j'enseignais, la fin d'une relation thérapeutique n'était jamais clairement définie. Ici, pas de mois de juin pour nous forcer à établir l'inventaire des succès et des échecs avant la séparation définitive. La vie était plus douce à la clinique, où l'on finissait par oublier le temps, où l'on travaillait sans se soucier d'un début ou d'une échéance. Et je ne regrettais guère ces fins brutales d'années scolaires, car ici nous nous quittions, généralement, l'enfant et moi, lorsque nous y étions préparés tous deux. C'était une séparation naturelle, plus lente et moins douloureuse.

Le temps était presque venu, pour Kevin et moi. Il s'était fait des amis au lycée et avait du travail au foyer. A la mi-juin, nos séances s'espacèrent. Depuis un bon moment déjà, nous ne nous retrouvions plus qu'une fois par semaine, et c'était lui qui venait à la clinique. Je n'étais pas allée lui rendre visite au foyer depuis quatre ou cinq semaines, hormis une fois à Noël, pour lui porter un cadeau. Mais maintenant, il nous arrivait même de rater nos séances hebdomadaires.

Nous étions dans mon bureau. D'ordinaire, nous utilisions la salle de thérapie, au bout du couloir, car elle était plus spacieuse, mais Jules en avait besoin ce jour-là, et nous nous installâmes dans le bureau. Kevin prit place dans le fauteuil de Jules et le fit pivoter.

— Je pense qu'il est temps que nous arrêtions, dis-je.

— Comment ça? Il n'est que quatre heures quinze. Ma séance dure jusqu'à cinq heures moins dix.

— Non. Ce n'est pas de cela que je parle.

Il ne fut pas très heureux quand il comprit ce que je voulais dire. Il se mit en colère, se leva de son siège, fit les cent pas avant de se rasseoir.

— Vous voyez bien? dit-il. C'est ce que j'ai toujours dit. Je ne vous intéressais pas vraiment. Vous veniez me voir simplement parce qu'on vous payait pour ça. Et maintenant vous arrêtez.

Je tentai de lui expliquer, de me défendre, tout d'abord, mais je me tus. Ce n'était pas ainsi que les choses s'étaient passées, et Kevin le savait aussi bien que moi, j'en étais sûre.

Il se renfrogna dans un silence hostile, sourcils froncés, masque grimaçant, fuyant mon regard. Je ne parvins pas à lui faire parler d'autre chose, ni à apaiser sa colère. Je décidai finalement de remettre la séance à la semaine suivante, le temps qu'il retrouve son sang-froid.

Mais Kevin savait comme moi que le moment était venu. Il s'arrêta sur le pas de la porte en sortant.

— Je suppose que ça signifie que je vais bien, maintenant, dit-il sans sourire. Sans doute que ce n'est pas toujours agréable.

Notre dernière entrevue eut lieu un jeudi froid et neigeux de février. Kevin entra dans le bureau à bout de souffle et les joues rougies par l'air glacé du dehors. Il s'assit dans le fauteuil de Jules sans retirer son manteau ni ses bottes. Il avait simplement arraché son bonnet de ski, et ses cheveux se dressaient, tout ébouriffés, sur son crâne. Au cours de la semaine, il avait changé ses lunettes contre des lentilles de contact, et bien que prévenue, j'eus un choc à le voir ainsi délivré de ses verres épais. Au-dessus du rouge rosé de ses pommettes, ses prunelles grises miroitaient comme du vif-argent.

Nous discutâmes de ses projets, de la vie au foyer, de l'avenir. J'ignorais ce qu'il pensait derrière son air guilleret. Nous avions décidé, plusieurs semaines auparavant, que ce jour serait notre dernier, et nous savions donc tous deux ce qui nous attendait.

Un silence s'insinua dans la conversation, et Kevin eut soudain les larmes aux yeux. Il bondit sur ses pieds.

— Il faut que je parte. Il est tard, et moi et Denny Crenshaw, on va à la piscine de l'*Y* ce soir.

Je hochai la tête.

S'éloignant de moi à reculons, il m'observa. Je voyais ses pleurs, je le voyais qui rentrait la tête pour les camoufler. Toutes les secondes, minutes et heures de ces deux ans et demi que nous venions de vivre se replièrent comme un accordéon, et l'espace qui nous séparait se remplit d'images muettes. Je contemplai mes doigts, écoutai le silence.

— Torey? Je peux vous demander quelque chose?

— Bien sûr.

— Mais ne répondez pas, d'accord? Écoutez, simplement.

— D'accord.

— Ben, voilà, j'aimerais savoir si vous, je veux dire, si j'avais encore des ennuis... de *vrais* ennuis, vous voyez, est-ce que vous viendriez? Est-ce que vous seriez là? (Puis, comme je me penchais vers lui, il leva une main.) Mais ne répondez pas. D'accord? Ne me dites pas votre réponse.

— Pourquoi? demandai-je.

— Parce que, voyez-vous, dit-il, et il se tut un instant, me sourit. Voyez-vous, je veux partir d'ici en me disant que vous le feriez. Je ne veux pas savoir si vous accepteriez ou non. Je veux juste savoir que je vous l'ai demandé et que vous n'avez pas dit non.

Je hochai la tête.

— Je ne vous oublierai pas, dit-il.

— Moi non plus, Kev.

— Vous viendrez me voir, de temps en temps?

— Bien sûr.

— Et moi je vous téléphonerai. Pour savoir comment vous allez. D'accord? Je ne vous oublierai pas.

— Je le sais, dis-je.

— Bon, il faut que j'y aille, maintenant. Denny m'attend en bas, et il va se demander où je suis passé. Je vous ai dit qu'ils vont peut-être me prendre dans l'équipe de natation du lycée? S'ils ne me trouvent pas trop âgé, c'est bon.

— Oui, tu me l'as dit.

Les pleurs s'étaient amoncelés de nouveau, et le dernier instant glissa entre nous en silence. Je m'étais levée pour l'accompagner à la porte du bureau. Je souris. Il sourit. Je souris encore.

— Bon, il faut que j'y aille. A un de ces jours, d'accord?

— Oui, Kev, à un de ces jours.

Il tourna les talons et prit le long couloir, où les lampes étincelaient si fort, même pour un après-midi d'hiver, qu'il ne projetait aucune ombre derrière lui. Je le regardai, immobile sur le seuil de ma porte. A l'extrême bout du couloir, il s'arrêta, se retourna et me fit un signe de la main.

— Au revoir, Torey, cria-t-il avant de disparaître.

Au revoir, Bryan.

1711

Achevé d'imprimer en Europe (France)
par Brodard et Taupin à La Flèche (Sarthe)
le 22 juin 1998. 1654U-5
Dépôt légal juin 1998. ISBN 2-290-01711-6
1er dépôt légal dans la collection : oct. 1984

Éditions J'ai lu
84, rue de Grenelle, 75007 Paris
Diffusion France et étranger : Flammarion